나는 거부한다

나는 거부한다

페르 페테르손 장편소설

손화수 옮김

한길사

제1장

짐 · 2006년 9월

어둠. 시각은 새벽 5시. 나는 헤레고르스 도로를 향해 하우케토에서부터 차를 몰고 왔다. 리안 기차역 바로 앞에서, 왼쪽으로 방향을 틀어 다리를 건넜다. 신호등엔 빨간불이 켜져 있었지만 주변엔 아무도 없어서 멈추지 않고 바로 차머리를 돌렸다. 다리를 건넌 후 '카루셀렌'이라는 조그마한 가게를 지나자, 갑자기 어둠 속에서 한 남자가 자동차 불빛 속으로 뛰어들었다. 그는 금방이라도 쓰러질 것만 같았다. 순간적으로 브레이크를 밟자 차는 귀를 찢을 듯한 소리를 내며 낯선 남자 바로 옆에서 멈추었다. 순식간에 시동이 꺼졌다. 나는 그가 차 범퍼에 부딪쳤을 것이라고 확신했다.

남자는 쓰러지지 않았다. 내 차의 보닛에 몸을 의지하고 비틀거리며 세 발자국 뒷걸음질 치더니 그 자리에 가만히 서 있었다. 나는 그의 눈동자 속으로 쏟아지는 불빛을 보았다. 그는 헤드라이트를 정면으로 바라보고 있었다. 그는 나를 볼 수 없었다. 아무것도 볼 수 없었다. 그는 회색 배낭을 꽉 움켜쥐고 있었다. 순간 나는 그가 아버지라고 생각했다. 하지만 그는 아버지가 아니었다. 나는 아버지를 한 번도 본 적이 없다.

그는 어둠 속에서 리안스달렌으로 향하는 가파른 갓길로 사라졌다. 나는 뻣뻣하게 굳은 두 팔로 운전대를 힘껏 거머쥐었다. 차는 헤레고르스베이엔 도로 위 반대편 차선에 비스듬히 서 있었다. 여전히 어두웠다. 아니, 조금 전보다 훨씬 어두워진 것 같았다. 커다란 불빛

두 줄기가 가까이 다가오고 있었다. 나는 열쇠를 돌려 시동을 걸었지만 소용이 없었다. 다시 시도해서 겨우 시동을 걸었다. 마치 헐떡이는 강아지처럼 가쁜 숨이 목까지 차 올라왔다. 맞은편에서 달려오는 차를 피해 후진해서 내 차선으로 들어온 후, 조심스레 방향을 꺾어 모세베이엔으로 차를 몰았다. 천천히 오른쪽으로 차머리를 돌리고 오슬로로 향하는 길로 접어들었다.

나는 당시 오슬로의 로메리케에 살고 있었다. 사회주의를 지향하는 당과 중도파를 지향하는 당의 연합 정부를 중심으로 옌스 스톨텐베르그*가 나라를 이끌던 시기였다. E6 고속도로를 타고 오슬로로 가는 일은 점점 드물어진 대신에 릴레스트룀에서 에네바크를 거쳐 하우케토에 이르는 도시의 동쪽 도로를 빙 둘러 오슬로로 가는 일은 점점 더 잦아졌다. 오랜 기억을 일깨우는 데 도움이 되었기 때문이리라.

그 길은 더 멀었고, 시간도 훨씬 더 많이 걸렸다. 하지만 내겐 아무 상관이 없었다. 나는 1년의 병가를 낸 상태였으니까. 미래의 일에 대해선 아는 것이 없었다. 사회보장처에서는 내게 출두 고지서를 보내왔지만, 나는 병가가 끝난 후에도 직장으로 되돌아가야 할 의무는 없었다. 단지 매일 약을 거르지 않고 먹는 것을 기억만 한다면 걱정할 일은 아무것도 없었다.

시속 60킬로미터가 조금 덜 되는 속도로 모세베이엔 도로를 지나

* 노르웨이의 정치가이자 경제학자.

10

울뵈이아섬과 육지를 연결하는 현수교에 이르렀다. 여전히 도로 위를 지나는 차들은 보이지 않았다. 발밑에서 울렁울렁 흔들리는 다리를 건너자니 마치 배의 갑판 위에 서 있는 것 같았다. 기분이 좋아졌다. 나는 이런 느낌을 좋아한다.

다리를 건너 길 오른쪽 모퉁이의 조그마한 공터에 차를 세웠다. 의자에 등을 기대고 눈을 감은 채 기다렸다. 복식 호흡으로 심호흡을 한 후 차문을 열고 나가 뒤편의 트렁크를 열고 낚시도구가 들어 있는 낡은 검은색 가방을 꺼냈다. 복잡한 것은 아무것도 없었다. 스무 개의 후크와 납덩이가 달린 낚싯줄 한 묶음이 고작이었다.

그곳을 정기적으로 찾는 낚시꾼들은 이미 다리 난간에 열을 지어 자리를 차지하고 있었다. 그들은 모두 10년 이상을 이곳에 서 있던 사람들이다. 지난 10여 년 동안 나 말고는 새로 오는 낚시꾼은 거의 없었다. 그들은 내게 왜 갑자기 그곳을 찾게 되었는지 묻지 않았다. 나는 지난 3개월 동안 적어도 일주일에 두 번 이상은 그곳을 찾았다.

가방을 거머쥐고 다리 위로 오르니 나와 가장 가까운 곳에 서 있던 남자가 몸을 돌려 나를 바라보았다. 그는 손가락 세 개를 모자에 대고 마치 보이스카우트 대원처럼 내게 인사를 건넸다. 그는 스웨터를 두 벌이나 껴입고 있었다. 바깥쪽 스웨터는 푸른색이고 안에 입은 스웨터는 흰색, 아니 거의 흰색에 가까운 회색이었다. 두 벌 모두 남루했다.

사람들은 그를 컨테이너-욘이라고 불렀다. 그는 손목 장갑을 끼고 있었다. 원래는 평범한 손가락장갑이었으나 손가락 부분을 잘라 냈는지도 모른다. 나는 신문 배달하는 소년이 그런 장갑을 끼고 있는 것을 본 적이 있다. 그의 손목 장갑은 거의 분홍색에 가까운 기이한 붉은색을 띠고 있었다.

"고기가 좀 잡히나요?"

그는 대답 대신 미소를 지으며 발 옆에 펼쳐둔 신문지를 가리켰다. 신문지 위에는 중간 크기의 대구 한 마리와 작은 고등어 두 마리가 있었다. 그중 한 마리는 여전히 숨이 붙어 있는지 펄떡거렸다. 그는 왼쪽 눈을 찡긋해보이며 오른손을 치켜들고 다섯 손가락을 세 번 활짝 펼쳐보였다.

"15분 만에 이렇게나 많이 잡았군요."

나는 감탄한 듯 나직이 휘파람을 불며 말했다.

다리 위에는 ICA인지 COOP인지 분간하기 어려운 슈퍼마켓 비닐봉지가 널브러져 있었다. 적어도 그의 것이 아닌 건 확실했다. 조금 떨어진 곳에는 종이컵 두 개, 케첩과 겨자소스 자국이 남은 냅킨 한 장 그리고 낚싯줄 한 묶음이 놓여 있었다. 컨테이너-욘은 기침을 하면서 서둘러 손목 장갑을 입으로 가져간 후 몸을 돌려 어둠을 향해 소리쳤다.

"빌어먹을 외국인들 같으니⋯ 벌건 대낮에 낚시를 하다니."

나는 그를 지나쳐 육지 쪽으로 좀 더 걸어간 후 현수교 케이블 사이에 자리를 잡고 섰다. 돌돌 말아놓은 낚싯줄 끝에 고정해놓은 후크를 걸어내고 낚싯줄을 50센티미터쯤 풀어놓은 후 다리 난간에 몸을 기댔다. 손목을 어중간하게 몇 번 비틀어 낚싯줄 끝에 걸려 있던 납덩이를 천천히 물속에 내려놓았다. 각각의 후크 위쪽에는 반짝이는 빨간색 테이프를 붙여놓았다. 남쪽으로 좀더 내려가면 로알 아문젠*의 집이 있는 분네피오르가 있다. 삼촌은 그곳에서 노를 젓는 작은 나무배를 공짜로 빌려 타고 나가 미끼로 사용할 홍합을 잡곤 했다. 삼촌은 항상 짜디짠 바닷물에서 낚시를 해야 제맛이라고 말했다. 그는 60년대 초에는 회색 볼보 PV를 타고 일부러 그곳까지 가기도 했다. 베켄스텐 부둣가에서 긴 장화를 신고 물속에 들어가 홍합을 잡기 위해서 말이다. 장화 가장자리까지 차오르는 물속에서 양팔을 걷어붙이고 홍합을 잡아 양동이에 담았다. 양동이가 꽉 차면 홍합의 속살을 도려낸 후 나머지는 물속에 다시 던져 넣었다. 나로서는 그렇게까지 하기가 쉽지 않다. 적어도 미끼를 구하기 위해 그토록 먼 거리를 달릴 생각은 없다. 사실 고기가 미끼를 무는 확률은 그때나 지금이나 비슷비슷하다. 다리 위의 낚시꾼들은 고기가 반짝이는 것을 좋아하기 때문에 살아 있는 미끼는 필요 없다고 말한다.

자전거 바퀴를 다리 난간 기둥에 단단히 묶어두었다. 그것은 낚싯대의 줄감개를 고정하는 릴 역할을 하며, 원하면 낚시도구를 파는 가게에서도 돈을 주고 구입할 수 있다. 하지만 나는 집에서 자전거 바퀴를 사용해 직접 만든 도구를 사용한다. 이것을 사용하면 낚싯줄을 풀었다 당겼다 해도 다리 난간에 스쳐 줄이 끊길 염려는 없다. 예전엔 고기를 잡아 올리는 순간 낚싯줄이 끊어지기도 했다. 그럴 때면 경쟁자가 한 명 줄어드는 셈이기에 동료 낚시꾼들의 얼굴에 만족한 표정이 피어오르기도 했다.

천천히 동이 트기 시작했다. 두 시간 넘게 서 있었지만 낚싯대를

* 인류 최초로 남극점을 탐험한 노르웨이의 탐험가.

건드리는 녀석은 한 마리도 없었다. 짜증이 나려 했다. 하지만 사실을 말하자면 난 예전에 비해 낚시를 그다지 좋아하지 않는다. 옛날 같지 않다. 설사 고기를 잡았다 해도 항상 누군가에게 줘버린다.

여느 때 같으면 다리 맞은편에서 첫차가 모습을 드러내기 전에 집으로 돌아오곤 했다. 하지만 오늘은 꾸물거리다 시간을 놓쳐버렸다. 미처 짐을 꾸려 가방에 넣기도 전에 값비싼 고급 자동차가 다리 위로 몰려들기 시작했다. 나는 차선 쪽을 등지고 서서 낡은 감색 재킷의 가슴께를 여몄다. 뫼르크에 살았던 십대 후반 무렵부터 같은 재킷을 입어왔기에, 황금색 단추들 가운데 멀쩡한 것은 단 하나밖에 없다. 털실로 짠 감색 모자를 귀까지 눌러쓴 나의 뒷모습은 다리 난간에 줄지어 서 있는 여느 낚시꾼들과 다름이 없을 것이다.

낚싯대의 줄감개를 다리 난간에 고정해놓고 쭈그려 앉아 가방에서 담배를 꺼냈다. 진작에 담배를 끊었어야 했는데. 최근엔 아침에 심하게 기침하는 일이 잦아졌다. 결코 좋은 징조는 아니다. 운전석의 창문이 내 얼굴 높이에 이르는 차 한 대가 코앞에 멈추어섰다. 나는 등을 쭉 펴고 입술 사이에 끼워둔 담배에 불을 붙이려 성냥 한 개비를 들어올리는 중이었다. 나는 항상 성냥을 사용한다. 플라스틱 라이터는 좋아하지 않는다.

공장에서 갓 나온 듯한 회색 메르세데스. 반짝이는 차체는 가끔 햇빛에 반짝이는 매끈한 피부처럼 보였다. 차창이 소리 없이 내려갔다.

"이게 누구야? 짐?"

나는 그를 한눈에 알아보았다. 토미였다. 거의 백발이 된 숱이 적은 머리. 하지만 왼쪽 눈 위에 가로로 길게 난 하얀 흉터는 여전히 선명했다. 그는 목까지 단추를 채운 자주색 코트를 입고 있었다. 싸구려 같진 않았다. 그는 여전히 옛 모습을 지니고 있었지만 동시에 '에너미 오브 스테이트'Enemy of the State*에 나오는 존 보이트Jon Voight를 보는 것 같기도 했다. 가죽 장갑. 약간 초점을 잃은 듯한 푸른 눈빛.

"맞아."

"세상에! 이게 얼마만인가. 25년? 30년?"

"거의 그럴걸. 조금 더 되었을지도 몰라."

그는 미소를 지었다.

"그때 우린 각자의 길을 갔었어, 그렇지?"

그의 말에는 사심이라곤 전혀 없는 것 같았다.

"맞아."

그는 다시 미소를 지었다. 나를 만나 진심으로 기뻐하는 것 같았다.

"그리고 지금 자네는 그 모자를 쓰고 이 다리 위에서 낚시를 하고, 난 이 자동차를 타고 오고… 절대 싸구려 자동차는 아냐, 난 그만큼의 여유가 있어. 마음만 먹으면 두 대, 아니 그 이상도 원하는 만큼 살 수 있어. 현금으로. 이상하지 않아?"

"뭐가?"

"일이 이렇게 된 것 말이야. 정반대로…"

정반대라… 그랬었나? 어쨌건 그는 나를 업신여기거나 난처하게 만들기 위해 그런 말을 한 것 같진 않았다. 그가 예전의 됨됨이를 유지하고 있다면 절대 그런 일은 없다. 그는 더도 덜도 아니고 단지 이

---

* 1998년에 제작된 토니 스콧 감독의 미국 영화.

상하다고 느꼈을 뿐이다.

"그렇군. 자네 말이 맞아. 따지고 보니 꽤 이상하군."

"그건 그렇고 고기는 좀 잡았나?"

"한 놈도 못 잡았어. 오늘은 날이 아닌가봐."

"하지만 자넨 고기를 잡을 필요가 없잖아. 내 말은… 배를 채우기 위해 고기를 잡진 않아도 되잖아, 그렇지?"

"맞아."

"만약 필요하다면 내가 도와줄게."

나는 아무 말도 하지 않았다.

"내가 바보 같은 말을 했군. 미안해."

그의 얼굴은 마치 술을 거나하게 마신 것처럼 벌겋게 달아올랐다.

"괜찮아."

사실은 괜찮지 않았다. 하지만 그는 예전에 내게 너무나 중요한 사람이었고, 우리는 좋은 일이나 나쁜 일을 함께 겪어온 친구였기에 그렇게 넘기고 말았다.

다리를 향해 내리막길을 달려오는 차가 점점 많아졌다. 일차선 도로였기에 그의 차 뒤로 정체가 일어나기 시작했다. 차 한 대가 경적을 울렸다.

"어쨌든 자네를 만나서 반가웠네. 다음에 또 봐, 짐."

그가 내 이름을 부르자 조금 불쾌한 감정이 스멀스멀 치솟았다. 마치 강렬한 손전등 불빛이 얼굴을 정면으로 비추는 것 같았다. 나는 다음에 또 보자는 그의 말을 이해할 수 없었다. 다음에 무슨 일이 일어날지 알 수 없는데도 말이다. 검은색 차창이 미끄러지듯 스르르 올라갔다. 그가 손을 올려 작별 인사를 건넸다. 차는 다리를 건너 깜박이를 켜고 왼쪽으로 방향을 튼 후 시내 쪽으로 사라졌다. 어느새 동이 환하게 텄다. 하늘은 맑았다.

어정쩡한 손동작으로 낚싯줄을 되감고 줄 끝에 달려 있는 후크를 줄감개에 쿡 찔러넣은 후, 납덩이를 덜렁거리면서 다리 난간을 따라 걸었다. 맛을 제대로 보지도 못한 피다 만 담배는 물속에 던져넣었다. 줄감개를 가방에 넣고, 가방을 트렁크에 넣은 후 빙 돌아 조수석 쪽으로 걸어간 나는 덤불 끝 쪽에 무릎을 꿇고 쭈그리고 앉아 두 팔로 배를 움켜쥐고 최대한 천천히 호흡을 해보려 했지만 마음처럼 잘 되지 않았다. 울고 싶었다. 입을 쫙 벌리고 크게 심호흡을 해보았다. 신음은 크게 나지 않았다. 조금 특별하다 싶은 경험이었다.

통증이 멎기까지는 시간이 꽤 오래 걸렸다. 통증이 가시자 온몸에 피로가 몰려왔다. 인간이 경험에서 배울 수 있는 모든 것을 떠올리니 이상하다고 느껴졌다. 겨우 몸을 일으켜 한 손은 차 문을 짚고, 다른 한 손으로 얼굴에 맺힌 땀을 닦은 후 차문을 열었다. 다리 위에 서 있던 이들은 저마다 각자의 일에 정신을 쏟느라 내겐 관심을 보이지 않았다. 그중 셋은 낚시를 마치고 돌아갈 채비를 하고 있었다. 나는 운전석에 털썩 앉았다. 다리 위의 낚시꾼 가운데 차를 가져온 이는 나밖에 없었다. 나는 그들이 어디에 사는지 모르지만 걸어서 갈 수 있는 멀지 않은 곳에 사는 것이 틀림없다고 확신했다. 언젠가 차를 태워주겠다고 제안했을 때 그들은 모두 하나같이 거절했다.

다리를 건넌 후, 나는 오슬로 시내로 향하는 가장 빠른 지름길을 택했다. 비록 모세베이엔에는 교통 체증이 있을 것이 틀림없었고,

톨게이트를 지나기 위해선 20크로네를 지불해야 하지만 말이다. 뢰렌스코그, 푸루셋을 거치면 교통 체증이 없어 쉽게 지날 수 있지만, 톨게이트가 두 곳이나 있기에 결국은 이나저나 마찬가지였다.

나는 왔던 길의 반대쪽 길로 가서 시내를 벗어났다. 동쪽을 향해 내 차가 달리는 차선에는 차들이 거의 없었다. 시내 중심을 향하는 다른 차선에는 차들이 느릿느릿 제자리걸음을 하고 있었다. 나는 볼레렝가, 에테르스타를 지나는 터널을 거쳐 아침 햇살을 받으면서 E6 도로를 운전해 가다 카리하우겐에서 릴레스트룀으로 향하는 오른쪽 차선으로 갈아탔다. 뢰렌스코그 코뮤네*는 재개발 중이라 곳곳에서 공사 중이었다. 고층 쇼핑센터와 주차장을 건설 중인 곳에는 깊이를 알 수 없는 커다란 구덩이와 기중기들이 가득했고, 솔헤임 교차로를 지나니 나직한 산봉우리들이 마치 칼로 잘게 썰린 빵처럼 뚝뚝 잘려 있었다. 벌써 가을이었다. 어느새 9월의 한가운데 들어선 가로수들은 고속도로 양옆에서 노랗고 빨간색을 드러내고 있었고, 렐링스터널로 향하는 길엔 열린 차창으로 습기를 머금은 차가운 바람이 스쳐 들어왔다.

차고에서 계단을 올라온 나는, 혼자 사는 방 세 개짜리 집의 잠긴 대문을 열었다. 피곤했다. 목을 쭉 뻗어 몇 차례 좌우로 고개를 돌려 뻣뻣하게 굳은 근육을 풀고선 신발을 벗어 벽에 걸린 옷걸이 아래 발뒤꿈치를 벽 쪽으로 향하도록 가지런히 놓아두었다. 재킷을 벗어 걸고 낚시도구는 뚜껑에 수탉 그림이 그려진 금속 상자 속에 넣

* 노르웨이의 지방자치구역을 나누는 단위.

18

었다. 언젠가 세트레 비스킷 공장에서 제조한 특별히 엄선한 과자가 담겨 있던 그 상자를 현관 안에 있는 작은 창고 선반 속에 깊숙이 밀어넣었다. 욕실에 가서 양손에 물을 가득 담아 얼굴을 깨끗이 씻고, 거울에 비친 내 얼굴을 자세히 살펴보았다. 벌겋게 충혈된 눈 밑에는 검은 그림자가 드리워져 있었다. 별안간 음주운전을 했다는 생각이 스쳤다.

수건으로 얼굴을 힘껏 문지르고 소리 없이 거실을 지나 침실 안을 들여다보았다. 그녀는 여전히 자고 있었다. 베개 위에 보이는 검은 머리. 낯선 입술. 나는 문지방 위에 서서 기다렸다. 1분, 2분. 몸을 돌려 살롱 테이블 옆에 있는 소파에 앉아 담배에 불을 붙였다. 담배는 반밖에 태우지 못했다.

'담배를 끊어야 할 텐데.'

이번 주에 다시 금연을 시작해야겠다.

재떨이에 담배를 비벼 끄고 자리에서 일어났다. 담요 한 장을 찾아온 나는 다시 소파에 가서 드러누웠다. 눈이 따가웠다. 눈을 감고 뜨기도 힘들 정도였다. 얼굴은 너무나 뻣뻣해 마치 마스크를 쓰고 있는 것만 같았고, 광대뼈 근처의 피부는 바짝 메말라 있었다. 잠을 잘 수 있을 것 같지 않았다. 언제 잠이 들었을까. 눈을 떠보니 그녀는 이미 사라지고 없었다. 나는 그녀의 이름이 무엇인지 기억해보려 애썼지만 소용없었다.

토미 · 1962년

토미, 토미! 서둘러, 토미!

티아의 목소리. 지금도 선명하게 기억나는 어머니의 목소리다. 하지만 나는 왜 그 목소리가 어머니의 목소리가 되었는지, 왜 그 목소리가 다른 목소리와 다른지 기억할 수 없다. 이미 오래전의 일이다.

나는 토미 베르그렌. 영하의 그날이 얼마나 추웠는지 아직도 기억한다. 어머니가 내 이름을 외쳐 부르던 그날, 나는 열 살이었다.

토미, 토미! 서둘러, 토미!

나는 우편함이 있는 곳까지 뛰어 내려와 마당의 빨랫줄에 빳빳하게 걸려 있는 하얀 침대보를 쳐다보았다. 침대보는 마치 항복을 의미하는 백기처럼 보였다.

어머니의 목소리를 들은 나는 허겁지겁 달리기 시작했다.

토미! 토미!

하지만 나는 어머니의 모습을 볼 수 없었다. 어디서 어머니의 목소리가 들려오는지도 알 수 없었다. 나는 원을 그리며 달렸다. 길 아래쪽과 위쪽을 번갈아 바라보며 정신없이 달렸다. 하지만 길 위에는 아무도 보이지 않았다. 나는 집 옆의 오솔길을 지나 둠파 뒤쪽의 강을 향해 달렸다. 짐과 나는 평소 둠파에서 자주 놀곤 했다. 그곳에서 놀면 다른 사람 눈에 잘 띄지 않기 때문이었다. 마침내 어머니의 모습이 눈에 들어왔다. 따스한 회색 코트를 입고 비르케룬덴의 떡갈나무 사이에 서 있던 어머니, 그리고 가지가 꾸불꾸불한 소나무. 위쪽에서부터 한가운데가 갈라진 소나무는 옆쪽에 새로운 가지를 내어 자라고 있었다. 몸통이 갈라진 소나무는 다른 쪽 몸통이 무엇을 하는지 알지 못하리라. 내가 태어나는 날 내리쳤던 번개를 맞아 소나무가 갈라졌다는 이야기를 들은 적이 있다. 아버지가 그 말을 했었던가. 하지만 나는 믿지 않았다. 하필이면 내 생일에 번개가 내리쳤다니. 1년 중 그 시기에 천둥 번개가 치는 일은 극히 드물다. 그날 오후엔 짐이 와서 케이크를 먹기로 했다.

나는 비르케룬덴 뒤에서부터 언덕까지 이어져 흐르는 작은 시냇물을 따라 정신없이 달렸다. 내가 다니던 학교는 언덕 반대편인 뫼르크에 자리 잡고 있었다. 우리는 일요일을 제외한 매일 아침 스쿨버스를 타고 학교에 갔다. 비르케룬덴에는 아주 오래전 비외르케루드라는 농가가 자리하고 있었지만 지금은 사라지고 없다. 외양간과 닭장 등 여느 농가에서 볼 수 있는 모든 것을 갖추고 있었다고 한다. 지금은 트랙터는 물론 외양간 뒤편에 세워져 있던 쟁기, 마구간 벽에 걸려 있던 안장, 개의 목줄, 그리고 헛간도 사라져 찾을 수 없다. 내가 태어나기 전부터 자취를 감추었던 것들. 이제는 그 옛날 농가의 모습을 기억하고 있는 돌멩이 하나도 찾아볼 수 없다.

아버지는 농가에 속한 웅덩이에 오리가 살았다고 말했다. 심지어는 물속에 그들만의 보금자리도 있었다고 했다. 작은 보금자리. 그렇다. 오리들의 보금자리 말이다. 농가가 사라지기 전의 이야기다. 아버지의 말로는 농가에 살던 사람들은 녹조 낀 푸르스름한 물을 식수로 사용했다고 한다. 오리들이 헤엄을 치고 온갖 짓을 다 했던 웅덩이 물을 식수로 사용했다고 생각하니 구역질이 날 것만 같았다.

쏜살같이 달릴 때 내 머릿속을 스쳤던 것은 누군가가 그 더러운 녹색 웅덩이 물에 빠졌을 것이라는 생각이었다. 물을 마시려고 잔디를 향해 입을 벌리고 몸을 숙였다가 웅덩이에 빠졌을 것이라 짐작하던 차에, 나를 소리쳐 부르는 어머니의 모습이 눈에 들어왔다.

토미! 토미! 서둘러! 서두르란 말이야! 빠져 죽을 것 같아!

나는 있는 힘을 다해 더욱 속력을 내어 달렸다. 두 발이 땅에 닿는 것 같지 않았다. 물론 내 발은 땅을 딛고 있었다. 나는 날 수 없으니까. 오솔길을 지나 웅덩이를 향해 달리는 동안 나의 두 다리는 내 것이 아닌 것처럼 빨리 움직이고 있었다. 누군가가 물에 빠졌으니까. 그리고 어머니는 헤엄을 치지 못하니까.

그것은 개였다. 물에 빠진 것은 로보였다. 수면 위로 솟아오른 로보의 검은색 머리와 회색 수염이 보였다. 로보는 물 위로 목을 쭉 뽑아 올리고 있었다. 그것 하나만큼은 잘하는 개였다. 무척 피곤해 보였다. 나이가 꽤 든 데다 오래 관절염을 앓았기 때문에 네 발을 자유자재로 움직이지 못했으니 그럴 만도 했다. 로보는 뻣뻣한 네 발로 매일같이 슬레텐 씨의 암캐를 찾아가 발정기에 접어들었는지 쿵쿵 냄새를 맡곤 했다. 슬레텐 씨의 집까지 오르는 데 20분, 내려오는 데 20분을 소비했다. 암캐는 적당한 나이가 되면 약 1년에 두 번 발정기에 접어든다. 하지만 로보는 암캐의 엉덩이 위에 올라타는 것도 힘들어했다. 그다지 보기 좋진 않았다. 더욱이 로보는 이미 생식 능력을 잃어버린 지 오래였다. 동네 사람들은 모두 잘 알고 있는 사실이었다. 그렇기 때문에 로보를 쫓아내는 사람은 아무도 없었다. 개를 쫓아낼 이유도 없었다. 슬레텐 씨는 로보가 앞으로 살날도 얼마 남

지 않았으니 하고 싶은 대로 하며 살아도 된다고 가만히 내버려두
었다.

아버지는 그가 부엌 서랍장 속에 권총을 숨겨두고 있다고 했다.
슬레텐 씨 말이다.

어머니는 수영을 못 했다. 로보도 마찬가지였다. 목발처럼 뻣뻣한
네 다리로 헤엄을 치기는 불가능하다. 나는 회색 코트를 입고 서 있
는 어머니를 지나 웅덩이 속으로 뛰어들었다. 밤사이 생겨난 얇은
살얼음이 내 몸에 부딪칠 때마다 플랫브레드*가 으깨지듯 바삭바삭
하는 소리를 냈다. 물은 너무나 차가웠다. 이끼 낀 녹색 물속에서 한
손으로 개의 목줄을 잡았다. 헤엄을 쳐보려 했지만 신발을 신고 옷
을 입은 상태였기에 쉽지 않았다. 로보의 네 다리는 웅덩이 바닥에
닿지 않았다. 내 발도 마찬가지였다. 물은 미끈미끈했고 몸에 쩍쩍
달라붙었다. 나는 헤엄을 치면서 로보를 끌어당겨야 했다. 어렸을
때 수영 배지를 따기 위해 했던 것처럼 앞으로 쉽게 나아가기 위해
신발 끝으로 웅덩이 바닥을 차보려 했지만 도무지 발이 바닥에 닿지
않았다. 그렇다고 로보에게 도움을 청할 수도 없는 노릇이었다.

나는 있는 힘을 다해 묵직한 닻처럼 축축 늘어지는 로보를 끌어
당겼다. 털이 길지 않았기에 로보의 몸은 꽁꽁 얼어붙었고 뻣뻣하기
그지없었다. 하긴 로보의 네 다리도 뻣뻣하긴 마찬가지였다. 그때
나는 어린 소년에 불과했고, 로보는 나보다 나이가 많았다. 우리는

* 오래전 노르웨이에서 바이킹들이 주식으로 먹었던 납작하고 얇은 빵. 지금도
수프나 고기와 함께 자주 먹는 음식.

결코 단짝 친구라고 말할 수 없는 사이였다.

나는 로보가 항상 살금살금 눈치를 보며 기회만 생기면 어떻게든 짝짓기를 해보려는 개라고 생각했다. 그런 개가 웅덩이에서 도대체 뭘 하려 했던 것일까. 목이 말랐니, 로보? 곰곰이 생각해보니 사실 나는 로보를 꽤 좋아했던 것 같다. 로보가 없으면 단 하루라도 살 수 없을 것 같았다. 여기까지 물을 마시러 왔던 거니, 로보? 목은 마른데 집까지 가려니 너무 멀다고 생각했었니?

마침내 웅덩이 바닥에 발이 닿았다. 웅덩이 가장자리, 긴 뿌리를 내리고 몸통이 갈라진 구불구불한 소나무 옆의 미끈미끈한 바윗돌까지 개를 끌어당겨 놓았다. 이빨이 딱딱 마주쳤다. 마치 이빨이 입속에서 마구 자라는 것만 같았다. 로보는 마치 못을 박아 만든 나무 인형처럼 뻣뻣하게 드러누워 달달 떨고 있었다. 길고 가는 숨을 내뿜자 목에서 바람소리가 났다. 무겁고 가쁜 숨을 몇 번 쉬고 나면 숨이 끊어질 것이 분명했다. 하지만 생각과는 달리 로보는 계속 숨을 이어갔다.

나는 몸을 일으켰다. 흠뻑 젖은 옷 때문에 너무나 추웠다. 푸른색 스웨터에는 끈적끈적한 녹색 물질이 달라붙어 있었다. 여전히 딱딱 부딪치는 입속에는 단 하나의 이빨도 더 들어갈 자리가 없을 것 같았다.

잘했어, 토미.

어머니의 목소리였다.

토미 · 2006년 봄 · 1966년

사무실 전화가 울렸다. 오슬로 선착장 아래쪽에 새로 건설된 고층 빌딩 주차장에서 승강기를 타고 올라와 10층에서 내린 직후였다. 머릿속에는 여전히 짐의 생각으로 가득했다. 낡은 가방. 남루한 재킷. 칙칙한 뜨개 모자. 이전에는 세상에서 가장 옷을 잘 입는 아이로 통했던 짐. 동네 아이들 중 가장 먼저 길게 머리를 길렀고, 가장 먼저 나팔바지를 입었으며, 황금빛 단추가 달린 더블 재킷에 스카프를 둘렀던 아이. 그는 뭍에 사는 장발의 바다 사나이였다. 짐은 겉모습만큼은 그를 따라갈 사람이 없을 정도로 시대를 앞섰다.

외브레 로메리케 경찰서에서 온 전화였다.
"네, 토미입니다."
1미터도 달리지 않았는데 숨을 헐떡이다니. 아마 어젯밤에 술을 많이 마신 탓이리라.
"얼른 이곳으로 와서 아버님을 모셔가기 바랍니다."
"제 아버지는 이 세상 사람이 아닌 것으로 알고 있는데요."
"팔팔하다고는 할 수 없지만 그렇다고 죽은 몸도 아닙니다."
"정말 그분이 제 아버지라고 확신하십니까? 당신들이 어떻게 알죠?"
"아니, 당신 아버지가 아니라면 도대체 누구란 말입니까?"

나는 아버지가 죽었다고 확신했다. 살아 있다면 지금쯤 몇 살이나 되었을까. 75세? 아니, 어쩌면 그보다 더 나이가 많을지도 모른다. 정말 아버지가 살아 있단 말인가. 상상하기가 쉽지 않았다.

1966년, 우리는 뫼르크에 살았다. 아버지는 환경미화원이었다. 환경미화차를 타고 동네의 쓰레기통을 비우는 일을 했다. 트럭의 뒷부분에 매끈하고 반짝거리는 금속 문이 닫히면 두 손에 장갑을 끼고 트럭 뒤에 있는 발 디딤대에 올라서서 기다렸고, 다음 정차지에서 금속 문이 끼익 소리를 내며 열리면 아버지는 발 디딤대에서 뛰어내려 길가에 나란히 서 있는 쓰레기통을 향해 달려갔다. 아버지는 100리터나 되는 사각형 금속 상자를 자갈길 위로 끌어내거나 어깨 위로 번쩍 들어올려 환경미화차의 뒤트렁크에 쏟아넣고 다시 새 쓰레기통을 가져오기 위해 재빠르게 움직였다. 가끔은 쓰레기통 두 개를 양쪽 어깨에 각각 얹어 가져온 후 한꺼번에 비워넣기도 했다. 나는 아버지가 일하는 모습을 여러 번 보았다. 그리 기분이 좋진 않았다.

아버지는 단 한 번도 환경미화차의 운전석에 앉아보지 못했다. 근사한 좌석에 앉아 동료들이 땀을 뻘뻘 흘리며 쓰레기통을 운반할 때 창밖으로는 눈길도 주지 않는 거만한 운전사의 역할을 단 한 번도 해보지 못했던 것이다. 그들은 아버지가 양어깨에 거대한 쓰레기통을 각각 하나씩 얹고 비울 때도 모른 체했다. 아버지는 동네에서 가장 힘이 센 사람이었는데도 그들은 창밖으로 고개도 돌리지 않았다. 다만 무릎에 양손을 얹고 운전대에 상체를 기댄 채 아버지가 쓰레기통을 비우고 발 디딤대에 올라서서 차체를 퉁퉁 두드릴 때까지 느긋하게 기다렸다가 다시 다음 쓰레기통이 줄지어 서 있는 곳까지 50미 터 또는 100미터를 운전하곤 했던 것이다. 아버지도 운전면허증이 있었지만 환경미화차를 운전해본 적은 한 번도 없다. 아버지는 항상 밑바닥에서만 일했던 것이다.

아버지는 특히 상체가 강했다. 저녁 무렵에 동네 성인 남자들이 모여 눈에 보이는 것은 무엇이든 들어올리며 힘자랑을 할 때가 종종 있었다. 그들은 우유 통, 자동차 바퀴 등을 한 번에 여러 개씩 들어올 리기도 했고, 가끔은 두꺼운 석판이나 고철 덩어리, 펌프 등을 들어 올렸다 내렸다 하며 팔의 피부가 찢어질 정도로 불룩하게 나온 이두 근을 자랑하기도 했다. 하지만 그들도 아버지를 이기진 못했다. 그 렇기 때문에 아버지가 우리를 때릴 때 주먹이나 팔을 쓰지 않는 것 이 이상하게 느껴졌다. 아버지는 우리를 때릴 때 주로 발을 사용했 다. 지금 생각해보니 꽤 논리적이었던 것 같다. 그도 그럴 것이 쓰레 기통을 운반할 때 쉴 새 없이 왔다 갔다 뛰었던 것을 감안한다면 아 버지의 두 다리도 꽤 강인할 것이 틀림없기 때문이다.

아버지는 장화를 신었다. 그리고 우리를 발로 찼다. 주로 엉덩이 부분을 찼는데, 가끔은 참을 수 없이 고통스러웠다. 특히 시리와 쌍 둥이는 견디기 쉽지 않았을 것이다. 그들은 나처럼 아버지의 장홧발 을 견뎌낼 만큼 엉덩이 근육이 여물지 않았을 테니까. 하지만 아버 지는 그 어느 누구도 편애하지 않았고, 남자 여자를 가리지도 않았 다. 아버지는 우리 사 형제를 골고루 발로 찼다.

저녁이 되어 아버지가 텔레비전 앞 소파에 앉아 꾸벅꾸벅 졸 때 면, 우리는 2층 방으로 갔다. 우리는 바지를 내리고 침대 위에 올라 가 엉덩이를 번쩍 치켜들고 서로에게 피멍이 들거나 상처 난 자리에 아직 딱지가 생기지도 않은 부분을 보여주었다. 우리는 서로의 엉덩이를 보며 누구의 상처 부위가 더 큰지 또는 멍 자국의 색을 보며 누가 가장 세게 얻어맞았는지 토론을 하기도 했다. 우리 넷은 아버지의 장화발에 번갈아가며 차였고, 가끔은 넷 모두 차일 때도 있었지만, 그중에서도 가장 자주 얻어맞은 사람은 나였다. 왜냐하면 나는 남자였고 형제들 중 가장 나이가 많았기 때문이다.

여동생들의 멍 자국을 보면 가슴이 아렸다. 나는 그들의 엉덩이가 세상에서 가장 예쁘다고 위로해주었고, 언젠가는 상처와 멍 자국이 사라지고 다시 보기 좋아질 때가 있을 것이라며 걱정하지 말라고 했다. 그들은 자신의 엉덩이에서 평생 멍 자국이 사라지지 않을까봐 걱정했다. 특히, 학교에서 체육 시간이 끝나고 샤워를 할 때면 다른 아이들에게 들키지 않으려고 항상 옆으로 비스듬히 서서 걸어 들어가야 하는 것은 물론이고, 혹여 아이들이 무슨 일이냐고 물을까봐 벽 쪽에 등을 대고 몸을 돌리지도 못했다. 반면, 나는 아이들이 뭐라고 하든 상관하지 않았다. 누군가가 무슨 일이냐고 물어온다면 나는 있는 그대로 대답할 것이었다. 하지만 내게 물어오는 아이는 단 한 명도 없었다. 그들은 용기를 내지 못했던 것이다. 모두 나를 두렵게 여겼던 탓일 게다.

여동생들은 나와는 달리 학교생활을 하기가 쉽지 않았다.

어느 여름날 저녁 우리는 한방에 모였다. 나는 여느 때와 마찬가지로 여동생들의 엉덩이를 만져주며 그들의 엉덩이가 세상에서 가장 예쁘다고 위로해주었다. 갑자기 그들이 가장 고통을 느끼는 바로 그 신체 부위를 쓰다듬어주고 싶다는 욕구가 불현듯이 나를 덮쳤다.

28

나는 동생들의 엉덩이를 차례차례 한 번씩 쓰다듬어주고 몸을 돌려 창밖을 바라보았다. 가슴속에서 무언가가 울컥 치밀어 올랐다. 캄캄한 창밖으로 보이는 것이라곤 대문 옆의 누런 가로등 불빛을 반사하고 있는 늦겨울의 마지막 눈뿐이었다. 너무나 아름다웠다. 나는 매년 크리스마스 저녁에 방영되는 영화 속의 한 장면처럼 눈이 따스한 빛을 머금고 쌓여 있는 모습을 바라보길 좋아했다. 하지만 방 안에는 램프 불빛뿐이었다.

나는 세 여동생의 엉덩이를 다시 한번 쓰다듬어주며 비록 피멍이 들긴 했지만 세상에서 그보다 더 예쁜 엉덩이는 없다고 위로의 말을 건넸다. 그 어느 때보다 동생들의 엉덩이를 쓰다듬어주고 싶다는 강한 욕구가 다시 한번 나를 덮쳤다. 침대 가장자리에 앉아 그들의 엉덩이를 쓰다듬어주는 내 모습을 떠올리는 순간, 이제 이 일을 계속하면 안 된다는 생각을 하게 되었다. 앞으로는 이런 식으로 위로해줄 수 없다는 말을 입 밖에 내자, 쌍둥이들은 이유를 모르면서 훌쩍훌쩍 울기 시작했다. 아이들은 오빠의 위로가 필요하다며, 앞으로도 계속 이전과 다름없이 위로를 받지 못하면 더 슬퍼질 것이라고 했다.

물론 그들에게 위로가 필요한 것은 분명하지만 이미 때는 늦었다는 생각이 스쳤다. 왜냐하면 난 이미 아랫배 부근에서 스멀스멀 생겨나는 뜨거운 기운을 느낀 후였고, 그날 저녁엔 벌써 몇 번이나 아이들의 엉덩이를 쓰다듬어주었기 때문이다. 이전과는 다른 기분 좋은 느낌이 내 손바닥을 스치는 것을 느꼈을 때, 나는 이미 모든 것이 달라졌다는 것을 깨달았다. 나는 이전으로 돌아갈 수 없다는 것도 깨닫게 되었다. 시리가 몸을 돌려 나를 바라보았다. 나는 내가 깨달은 것을 시리도 알아차렸다는 것을 알 수 있었다. 이젠 시리와 내가 서로의 엉덩이를 쓰다듬어줄 수 없다는 사실을.

아버지를 향한 증오심은 그날 저녁 특히 더 강하게 치밀어 올랐다. 왜냐하면 나를 여동생들과 함께 한방에 밀어넣은 사람이 바로 아버지였기 때문이다. 나는 이제 존재함과 동시에 존재하지 않는 그 방을 마지못해 떠나야 한다. 이미 때는 늦었기 때문에, 이미 내 모습을 거울을 통해 보는 것과 마찬가지로 선명히 보았기 때문에, 햇볕에 탄 나의 갈색 손이 아버지의 발길질로 푸르스름하게 멍이 든 여동생들의 하얀 엉덩이를 쓰다듬는 것을 보았기 때문이다. 결과적으로 그 방에서 나를 발로 차낸 사람도 아버지였다. 적어도 나는 그렇게 느꼈고, 그 때문에 아버지를 더욱 증오하게 되었던 것이다.

그렇다. 나는 아버지를 증오했다. 동네 사람들은 내가 아버지를 증오한다는 것을 잘 알고 있었다. 나의 유일한 성인 친구 욘센도 알고 있었다. 저 아래쪽 길목에 사는 이웃들도 내가 아버지를 증오한다는 것을 알고 있었다. 해거름에 산책하러 집을 나서는 동네 사람들은 내게 조심스런 눈길을 보냈다. 가끔은 아버지와 함께 고철 덩어리를 들어올리며 힘자랑을 하던 용기 없는 머저리들은 다시 집 안으로 들어가 텔레비전만 뚫어지게 바라보다 다음 날 아침이 되면 여느 때와 마찬가지로 일터로 향했다. 그들은 언젠가는 무슨 일이 일어나리라는 것을 알고 있었다.

나와 함께 스쿨버스를 타고 등하교를 하던 많지 않은 친구들은 집에 돌아가 저녁 7시 30분이 되면 「스웨덴의 키 큰 덤불」이라는 텔레비전 프로그램을 보았다. 물론 나도 아버지가 허락하면 그 프로그램을 보곤 했다. 이들조차도 언젠가는 무슨 일이 일어나리라는 것을 깨닫고 그날이 오기를 기다리고 있었다. 하지만 나는 전혀 모르고 있었다.

밤이 되면 깜박 잠에서 깨어 어떻게 하면 아버지를 죽일 수 있을까 생각해보았다. 매일 밤, 꿈속에서조차도 최악의 순간을 떠올리며 악몽을 꾸었다. 더 기괴하고 더 추악할수록 좋다고 생각했다. 나는 여전히 아버지를 두려워했지만, 아버지를 두려워하지 않아도 될 날이 곧 올 것이라 믿었다. 1년, 아니 어쩌면 반년도 걸리지 않을 것이라 생각하며 나는 하루하루를 보냈고, 그날이 오기만을 기다렸다.

그날은 눈이 따가울 정도로 화창한 햇볕이 내리쬐었다. 마치 엄청난 힘을 가진 손이 구름을 양옆으로 밀어낸 것 같았던 그날은, 아무도 모르는 사이에 갑자기 들이닥쳤다. 모든 것은 마치 계획했던 것처럼 딱딱 들어맞았다. 화창하게 내리쬐는 햇볕은 길 양옆에 줄지어 선 집들의 창문으로 향했고, 계단을 내려오는 내 얼굴 위에도 비쳤다. 그날은 성령강림주일 후 처음 돌아오는 화요일이었다.

학교로 가기 위해 스쿨버스에 오른 나는 그날이 매우 특별한 날이라는 것을 본능적으로 깨달았다. 이른 아침, 아버지가 출근하기 전에 대문을 나섰던 나는 그 순간부터 이유 없이 안절부절못했다. 아버지는 그날 늦게 출근한다며 침대에 누워 있었다. 학교에 있던 나는 수업 시간이 너무나 길고 지루하게만 느껴졌다. 마침내 스쿨버스를 타고 집에 도착해 대문 앞 우체통 앞에 섰을 때 형언할 수 없는 극렬한 기운과 흥분이 나를 감싸왔다.

정거장에서 나와 함께 내리는 아이는 두 명이 더 있었다. 우리는 서로에게 오른손을 높이 치켜들며 작별 인사를 건넨 후 각자의 집을 향해 걷기 시작했다. 그중 한 명은 골목 위쪽에 살고, 다른 한 명은 아래쪽에 살고 있었다. 그들은 나를 전혀 두려워하지 않았다. 윌리는 생각이 모자랐고, 짐은 나를 속속들이 꿰뚫어보고 있었기 때문이다. 짐은 나와 가장 친한 친구였다. 그는 내게 특별한 눈길을 보내면서 뒷걸음질쳤다. 그는 내가 아침에 등교할 때부터 그날 무슨 일이 일어날지 짐작하고 있던 것이 틀림없었다. 하지만 그는 그것이 무엇인지, 어떤 방식으로 일어날 것인지 알지 못했다.

"혹시 내게 하고 싶은 말이 있니?"

그가 물었다.

"아니, 없어."

어쩌면 나는 그에게 조그마한 힌트라도 주었어야 했는지 모른다. 그러면 그는 집으로 가는 길에 머릿속을 기어다니는 조그마한 개미처럼 무언가 생각할 거리를 가질 수도 있었을 텐데. 하지만 나는 그에게 생각할 거리를 아무것도 주지 않았다.

"알았어."

그는 실망한 표정으로 몸을 돌려 가방을 들어올렸다. 우리는 배낭을 사용하지 않았다. 배낭은 저학년 아이들이나 사용하는 것이었기에 괜히 어색하게만 느껴졌다. 그는 홀어머니와 함께 사는 집으로 발길을 옮겼다. 그의 어머니는 노르웨이어와 종교 과목을 가르치는 교사였고, 서쪽 지방에서 이사왔기에 R을 우리와 다른 방식으로 발음했다. 그녀는 우리가 쓰는 R 발음에 적응하지 못했다. 짐의 아버지는 본 적이 없었다.

"짐!"

나는 소리 높여 그를 불렀다. 그가 걸음을 멈추고 몸을 돌렸다. 나는 미소를 지으며 말을 이었다.

"다 잘 될 거야. 넌 신경 쓸 필요 없어."

그가 나를 뚫어지게 바라보며 손등으로 뺨을 훔쳤다. 그 모습이 왠지 어색해 보였다. 마치 손바닥에 상처라도 난 것 같았다.

"알았어."

그가 말했다.

"다 잘 될 거야."

나는 다시 미소를 지으며 말했다.

"오케이."

그는 보일 듯 말 듯 고개를 끄덕이면서 몸을 돌린 후, 가방을 어깨에 들쳐 메고 다시 집을 향해 걷기 시작했다.

석판이 깔린 짧은 길을 지나 집 앞에 이르니 대문이 조금 열려 있었다. 나는 현관으로 들어가 가방을 바닥에 내려놓고 아버지의 작업복과 모자가 걸린 옷걸이를 올려다보았다. 아침에 집을 나설 때와 변함이 없었다. 낡은 작업복은 방금 세탁을 했지만 여전히 쓰레기의 악취가 배어 있었다. 아버지는 그 악취에서 벗어나지 못했다. 우리도 마찬가지였다. 그 냄새는 우리가 갖고 있는 모든 것에 스멀스멀 배어들었고, 우리 등 뒤에서 수군거리는 동네 사람들의 수다에 좋은 주제가 되었으며, 우리 집 구석구석에 자리하고 있었다. 나는 대문 안에 들어서기 전부터 아버지의 오버롤과 재킷이 아침과 다름없이 제자리에 걸려 있을 것이라는 사실을 알고 있었다. 내가 어떻게 알고 있었는지는 나도 모르겠다. 어쩌면 나는 투시력이 있었는지도 모른다.

쌍둥이들은 2층으로 올라가는 계단에 앉아 무릎 사이에 두 손을 끼워넣고 얌전히 앉아 나를 기다리고 있었다. 혹시 내가 없는 동안 누군가가 집 안에 들어와 아이들을 놀라게 한 것은 아닐까. 나는 그런 일이 없기만을 바랐다. 어쩌면 쌍둥이들도 그날 무슨 일이 일어나리라는 것을 짐작했던 것이 아닐까.

"리엔 씨의 집에 가서 대문을 두드려보렴."

아이들은 내가 시키는 대로 했다.

나는 현관과 거실을 가로질렀다. 뒷마당의 잔디밭으로 향하는 문이 살짝 열려 있었다. 아버지는 문을 등지고 양 팔꿈치를 무릎에 댄 채 두 손을 힘없이 축 늘어뜨리고 낡은 의자에 앉아 있었다. 아버지는 입술 사이에 뢰믹스*를 끼워물고 있었다. 그조차도 힘없이 구부러져 있는 것을 보니 타바코를 종이에 말 때 어딘가에 정신을 팔고 있었던 것이 틀림없었다. 자세히 보니 타바코에는 불이 붙어 있지 않았다. 아버지는 피우지도 않으면서 담배를 입에만 물고 있었던 것이다.

아버지는 나의 발소리를 듣고도 뒤돌아보지 않았다. 나는 아버지의 등 뒤에 서서 소리쳤다.

"제기랄. 직장에서 쫓겨난 거예요?"

그 말은 하지 않는 것이 좋았다. 그 말을 던진 순간, 마치 잠긴 자물쇠를 망치로 내려쳐서 오도가도 못하는 상황이 되어버렸던 것이다. 하지만 이미 뱉은 말을 주워 담기는 불가능했다. 아버지는 천천히 몸을 일으켰다. 나는 우두커니 서 있었다. 입을 벌리고 들숨 날숨을 반복하다보니 숨이 차기 시작했다. 나는 어머니가 사라졌던 그날부터

* 종이에 말아 피우는 타바코의 상표명.

34

2년 동안 달리고 또 달리며 도망치기에만 급급했다. 하지만 그날은 제자리에 가만히 서 있었다. 몸을 돌린 아버지는 마치 갑자기 눈이 멀어 당황한 사람처럼 나를 바라보았다. 아버지의 얼굴엔 절망감이 가득했다. 나는 그런 아버지의 얼굴을 한 번도 본 적이 없었다.

아버지는 내 팔을 부드럽다고 할 정도로 살짝 움켜쥐고 나를 거실로 데려갔다. 등 뒤의 문을 소리 나지 않게 조심스레 닫은 아버지는 나를 향해 다시 몸을 돌렸다. 갑자기 아버지가 나를 번쩍 들어올려 거실 가구 사이로 던져버렸다. 거기서 멈추지 않고 내게 달려와 내 어깨와 목을 거머쥐고 벽으로 밀친 후 내 뒤통수를 벽에 마구 찧기 시작했다. 아버지가 여느 때와는 달리 발을 사용하지 않고 두 팔을 사용했다는 점에 나는 놀라지 않을 수 없었다. 나는 전혀 준비되지 않은 상태였다. 생각을 해보려 애썼다. 아프지 않다고 스스로 세뇌를 하기 시작했다. 이 순간만 넘기면 다 잘될 거라고 수도 없이 되뇌었다. 지금 이 상황은 내게 일어나는 것이 아니라 다른 누군가에게 일어나는 것이라 생각해보기도 했다. 유체이탈의 경험이 불가능한 것이 아니라는 것을 누군가에게 들어본 적도 있으니까. 갑자기 아버지가 소리를 지르기 시작했다.

"다시는 네가 그 주둥아리를 놀리지 못하도록 해주겠어."

나는 아버지가 그토록 화내는 것을 본 적이 없었다. 아버지는 무자비하게 나를 벽으로 밀쳤다. 순간적으로 내 입에서 공기가 푹 빠져나가는 것을 느꼈다. 동시에 내 몸의 알 수 없는 곳에서 생겨난 신음소리가 내 귓전에 들려왔다. 하지만 나는 통증을 느끼고 싶지 않았다. 아무 소리도 듣고 싶지 않았다. 나는 아버지가 아닌 다른 생각으로 내 머릿속을 채워나가기 시작했다. 조금 도움이 되는 것 같았다. 나는 꿈속으로 젖어들었다. 아버지는 나와 같은 공간에 있다고 생각했겠지만, 나는 전혀 다른 곳에 있었다. 통증을 느낄 수 없는 곳. 나의 얼굴, 나의 두 팔과 가슴에 가해지는 고통과 통증은 내 것이 아니라고 생각했다. 나는 허공에 수도 없이 던져졌고 꿈과 생시를 왔다 갔다 했다. 꿈속에서 느끼는 바람 한 줄기는 방 안을 거쳐 창밖의 시냇물과 숲을 향해 불었다. 바람 소리가 너무나 강해 바람이 아닌 것들의 소리는 모두 그 속에 묻혀버리고 말았다. 그 바람과 함께 짐이 날아왔다. 그는 바람 속에서 나를 위해 노래를 불러주었고, 어느 순간 바람 소리와 노랫소리는 하나가 되었다. 나는 그의 목소리를 똑똑히 들을 수 있었다.

당신이 가는 길은 신이 마련해준 길
당신은 용감하게 앞으로 나아가세요

짐의 노래는 그의 어머니가 가르쳐준 성가였다. 천사들이 부르는 노래. 내 입술과 피부를 기분 좋게 감싸 안은 바람 한 줄기는 뜨겁지도 차갑지도 않았다. 나는 아무것도 느끼고 싶지 않았다. 우리를 때릴 때 항상 발을 사용하던 아버지는 놀랍게도 그날은 주먹을 사용했다. 하지만 제정신이 아니었던 나는 더 이상 아버지가 두렵지 않았다. 나는 속으로 환호했다. 아버지는 쉴 새 없이 내게 주먹질을 했다. 오히려 내가 두려워했던 것은 아버지가 힘이 다해 언젠가는 주먹질을 멈출 것이라는 사실이었다. 나를 죽이기 위해 아버지가 다른 무언가를 찾지 않는 이상 말이다.

문득 나는 꿈에서 벗어났고, 순간적으로 나의 한쪽 눈을 가격해오는 아버지의 주먹을 느낄 수 있었다. 기분 나쁜 소리와 함께 아래위 눈꺼풀이 한데 엉겨붙었다. 나는 다른 쪽 눈으로 현관에서 거실로 들어오는 시리를 보았다. 그녀는 문께에 우두커니 서서 입을 쫙 벌리고 우리를 바라보고 있었다. 나는 한쪽 팔을 들어 얼굴을 가리고 다른 쪽 팔로 계단을 가리켰다. 그 순간, 아버지는 나의 가슴에 주먹질을 했고, 나는 의자 위로 넘어지며 팔꿈치로 탁자를 찧었다. 탁자와 의자가 옆으로 넘어졌고, 시리는 계단 위로 뛰어 올라갔다. 나는 아버지의 발길질을 피하기 위해 바닥에서 몸을 굴렸다. 하지만 아버지는 쓰러진 의자를 바로 세우고 그 위에 앉아 숨을 헉헉 몰아쉬며 소파 뒤쪽의 벽만 뚫어지게 바라보았다.

나는 바닥에 무릎을 대고 조심스레 몸을 일으켰다. 아버지는 여전히 벽만 쏘아보고 있었다. 옆구리에 통증이 느껴졌다. 입으로 들이마신 공기가 허파까지 내려가지 못하고 몸속 어딘가에 머무르는 것만 같았다. 갈비뼈가 부러진 것 같았다. 한쪽 눈도 보이지 않았기에 앞을 제대로 볼 수 없었다. 눈썹 옆 상처에서 솟구친 뜨거운 피가 엉겨붙은 눈두덩이를 거쳐 뺨 위로 흘러내렸다. 다른 쪽 눈에선 짭짤하고 투명한 것이 흘러내렸다. 혀로 맛을 본 나는 그것이 눈물이라는 것을 알아차렸다. 나는 엉금엉금 기어 계단을 오르기 시작했다. 생각보다 계단이 훨씬 길다는 것을 깨달았다.

시리는 방문 앞에 서서 나를 기다리고 있었다.

"토미, 이제 어떻게 하지?"

나는 대답하지 않고 몸을 일으켰다. 목이 아팠다. 아버지가 내 머리를 벽에 찧기 위해 움켜쥐었던 바로 그곳.

"내 침대 밑."

시리는 내 말대로 방 안에 들어가 바닥에 무릎을 대고 허리를 굽혀 침대 밑에 손을 집어넣었다. 침대 밑에 있는 것은 단 하나. 시리는 엉덩이를 치켜들고 뒤로 기어 나와 몸을 일으킨 후 내게 야구 방망이를 건넸다. 나는 학교에서 야구를 가장 잘하는 학생이다. 공을 세게 치는 것은 물론이거니와 공을 가장 높게 또 멀리 치는 사람도 나다. 내가 공을 치면 학교 운동장을 넘겨 끝이 보이지 않을 정도로 멀리 날아가기에 아무도 공을 찾을 수 없다.

"이게 과연 현명한 일일까, 토미?"

시리는 열두 살, 나는 열세 살하고도 반년이 지난 나이였다. 곧 열네 살이 되는 나이긴 했지만 우린 겉보기와는 달리 훨씬 성숙했다.

"글쎄, 나도 모르겠어."

방을 나서는 내게 시리가 말했다.

"난 여기서 기다려도 될까?"

"응, 여기 있어."

아버지는 여전히 의자에 앉아 있었다. 내 발소리를 들었다고 확신했지만, 아버지는 꼼짝도 하지 않았다. 아버지 곁에 다가간 나는 야구 방망이를 어깨 위로 들어올려 그나마 내게 남아 있는 힘을 다해 아버지의 정강이를 향해 내리쳤다. 나는 야구 방망이가 우리에게 발길질을 하던 아버지의 오른쪽 다리를 내리쬘던 그 소리를 아직까지 기억한다. 의자에 등을 기대고 앉아 있던 아버지는 앞으로 푹 고꾸라졌다. 상체가 무릎에 닿는가 싶더니 아버지는 의자에서 떨어져내려 바닥을 몇 번 구르고 천장을 바라보며 죽 뻗어버렸다. 아버지의 발목은 기이한 방향으로 접혀 있었지만 아버지의 입에선 신음 소리는커녕 자그마한 한숨 소리도 새어나오지 않았다. 나는 무릎을 바닥에 대고 앉아 아버지의 머리를 양손으로 거머쥐었다.

"자, 나를 때려 봐요, 아버지. 아버지, 아버지. 나를 더 때려보라고요."

나는 그날 아버지가 왜 직장에 가지 않고 집에 있었는지 모른다. 어쩌면 아버지는 정말 직장에서 쫓겨났는지도 모른다. 아무 잘못도 없는데 말이다. 아니, 어쩌면 아버지는 그간 잘난 척해오던 환경미화차 운전사를 때려눕혔을지도 모른다. 그건 정당한 일이라 생각한다. 아버지가 쓰레기통을 운반하면서도 운전대는 넘겨보지 않고 묵묵히 자기 일만 한다는 이유로 아버지를 업신여기던 사람들. 반짝이는 환경미화차를 운전한다는 이유만으로 온 동네의 쓰레기통을 양어깨에 둘러메고 비워내는 아버지를 얕잡아 보던 사람들. 아버지는 무려 2년 동안 홀로 네 명의 자식을 돌보았다. 특별히 자랑할 일은 아니지만, 우리는 올해도 여느 가족들과 마찬가지로 성령강림주일을 함께 보냈다. 온 동네에 라일락 향기가 퍼져나가던 때였다. 어쩌면 아버지는 직장에서 무슨 일이 있었는지 우리에게 숨기고 말을 하지 않았을 수도 있다. 그것도 모른 채 우리는 여느 때와 마찬가지로 아무 일도 없다는 듯 무심하게 학교에 갔다. 이유는 여러 가지일 수도 있다. 하지만 나는 전혀 모르고 있었다. 묻지도 않았다.

나는 아버지의 가슴 위에 올라타 두 무릎으로 아버지의 널찍한 어깨를 짓눌렀다. 온갖 상처로 감각이라곤 전혀 없는 벌겋게 부풀어 오른 두 손은 아버지의 귀 옆에 내려놓았다. 내 밑에 깔려 꼼짝 않고 누워 있는 아버지는 어쩐 일인지 자그마하게 보였다. 나보다 키도 더 작은 것 같았다. 이전에는 알지 못했던 사실이었다. 아버지는 두 눈을 지그시 감았다. 야구 방망이에 얻어맞은 아버지의 발목은 완전히 비뚤어져 있었다. 아버지의 몸에선 희미하게 쓰레기통을 생각나게 하는 악취가 났다. 문득 아버지가 하는 일은 명예로운 일이라는 생각이 스쳤다. 누군가는 해야만 하는 일. 그렇지 않으면 온 동네는 쓰레기로 넘쳐날 것이고 악취를 풍길 것이다. 하지만 나는 이제부터 그 냄새를 맡고 싶지 않았다. 쓰레기의 악취를 맡으면 구토가 날 것 같고 머리가 어지러워진다. 그 냄새는 아버지의 몸을 미라처럼 머리부터 발끝까지 감고 있는 더러운 붕대 같은 것이다. 영원히 아버지를 떠나지 않을 것이다.

몸을 일으켜 야구 방망이를 아버지의 비뚤어진 발목 옆에 세워놓았다. 그 장면을 보면 누구라도 무슨 일이 있었는지 짐작할 수 있을 것이다. 나는 그제야 시리를 소리쳐 불렀다.

시리는 조심스레 계단을 내려왔다. 나와 마찬가지로 눈엔 눈물을 머금고 입엔 미소를 띠고 있었다. 시리는 내 어깨 밑으로 팔을 집어넣고 등을 감싸 나를 부축했다. 영화에서 보던 것처럼 마치 전장에서 부상당한 병사를 도와주듯 그녀는 나를 부축해 내 몸을 일으켜주었다. 나는 그녀의 팔이 닿는 부분에 극심한 통증을 느꼈지만, 아무 말도 하지 않았다. 전쟁은 이겼지만 병사는 부상을 당했다. 그녀는 너무나 가벼웠고, 나는 너무나 무거웠다. 그럼에도 우리는 그렇게 서로를 의지하며 현관을 지나 대문 밖으로 나갔다. 하늘도 그날 특별한 일이 일어날 것이라 알고 기다렸던 것일까. 아침과 마찬가지로 빛으로 가득한 하얀 하늘에서는 부드러운 햇볕이 내리쬐어 내 얼굴을 감쌌다. 이제 일어나야 할 일은 모두 일어난 셈이다.

시리와 나는 골목 위쪽에 사는 짐의 집으로 갔다. 갈 곳은 거기 말고는 아무 데도 없었다. 이웃사람들은 대문을 열고 나와 다리를 절며 걷는 우리를 지켜보았지만, 우리를 도와주기 위해 골목길로 뛰어나오는 이는 아무도 없었다. 만약 우리를 도와주기 위해 뛰어나오는 사람이 있다 하더라도 나는 그 손을 뿌리칠 것이 틀림없었지만 말이다.

방앗간 뒤 · 1966년

"톱니바퀴와 양심에 대한 이야기는 진실인 것 같아."

"뭐가?"

"양심이란 것은 톱니바퀴나 원형 톱처럼 뾰족한 톱날을 지닌 채 우리의 영혼 속에서 돌고 도는 것이래. 그래서 우리가 나쁜 짓을 하면 뾰족한 톱날에 영혼이 상처를 받고 심지어는 피가 나기도 한대. 그런데도 우리가 나쁜 짓을 계속하게 되는 것은 뾰족하던 톱날이 무뎌져서 그런 거래."

"뭐가 어떻게 된다고?"

"아주 나쁜 짓을 해도 양심의 가책을 전혀 느끼지 못하게 되는 거지."

"지금 네 아버지 이야기를 하는 거지?"

"응."

"하지만 굉장히 나쁜 짓을 하면 느낄 수 있지 않겠니?"

"글쎄, 잘 모르겠어. 조금 느끼긴 하겠지. 하지만 난 지금 아무것도 느낄 수 없는걸. 그러니까 내 말은 내가 아주 나쁜 짓을 했다는 게 아니라, 지금 난 눈과 갈비뼈 외엔 아픈 데가 없다는 거야. 하긴 이것도 아버지가 한 짓이긴 하지만 말이야."

"나중에 느끼게 될지도 모르잖아."

"글쎄. 어쩌면 내게는 영혼이 없는지도 몰라."

"영혼이 없는 사람은 없어. 어쨌든 네가 한 짓이 매우 나쁜 짓이라고 생각지는 않아. 넌 네가 해야만 하는 일을 했을 뿐이야. 난 너를 잘 알잖아."

"정말 그렇게 생각하니?"

"응. 우리 둘 중에 신앙심이 더 깊은 사람은 나잖아. 그러니까 날 믿어도 돼."

"나는 성경에 적혀 있는 대로 다른 쪽 빰을 내밀었어. 하하. 정말이야."

"돌아봐. 다른 쪽도 보게. 세상에. 이럴 수가."

"벌써 살이 자라기 시작했는걸. 이렇게 손을 대도 아무렇지 않아."

"알았어. 하지만 다른 쪽 빰을 내어주었다 하더라도 도움이 되진 않았잖아. 어쨌든 그 상황에서 네가 할 수 있는 다른 일은 없었으니까."

"난 예수님이라면 나와는 달리 행동했을 거라고 생각해."

"너무 걱정하지 마. 넌 예수님이 아니니까."

"맞아. 그건 맞아. 난 예수님이 아냐. 만약 그렇다면 참으로 특별하겠지. 하하. 뫼르크에 사는 예수라…"

짐·토미·1966년

그들은 몸을 일으켜 바지에 묻은 흙을 털어내고 방앗간을 돌아 강가를 걸으며 폭포수 쪽으로 향했다. 방앗간에서만 맡을 수 있는 특이한 곡류와 먼지 냄새가 코를 스쳤다. 호밀과 맥주 냄새가 희미하게 나는 것 같기도 했다. 예전에는 방앗간에서 절굿공이를 서로 맞부딪치며 곡물을 낟알로 만들었지만, 요즘은 방앗간 주인이 말하듯 절굿공이들은 아무 소용이 없어졌고 방앗간 역시 방향도 목적도 없이 덩그러니 자리만 지키고 있을 뿐이다.

그는 눈에 보이는 모든 것에서 돈을 벌 수 있는 기회를 잡아냈다. 하지만 쌓인 눈 위에 비치는 달빛, 경사진 언덕에 피어 있는 푸른 미나리아재비, 무수히 피어 있는 들꽃, 바닷물 위와 보리밭 사이를 스치는 바람 한 줄기, 가을을 머금고 빨갛게 물든 단풍잎, 하늘에서 날갯짓하는 이름 모를 새들처럼 우리에게 다가왔다가 다시 사라져버리는 것들에선 아무런 의미를 찾지 못했다. 왜냐하면 그런 것들은 더할 수도 없고, 곱할 수도 없기 때문이다. 그는 폭포수조차 아무것도 찾을 수 없는 빈 공간으로 떨어질 뿐이라고 말했으며, 아쉽게도 사람들은 대부분 그와 같은 생각을 지니고 있었다. 하지만 어린아이들은 손으로 스칠 수 있는 모든 것을 느끼고 알아볼 수 있다. 허리와 다리를 스치는 것들을 느끼면 아이들은 비록 장님이라 할지라도 그것들을 볼 수 있는 것이다.

언덕 꼭대기의 댐 옆에는 자전거들이 난간에 기대어져 있었고, 그들은 자전거 옆에 서서 폭포수를 내려다보았다. 토미는 눈썹 옆에 난 흉측한 상처와 뺨에 말라붙은 딱지를 손가락으로 조심스레 만져 보았다.

"가끔은 아무 생각 없이 뛰어내리고 싶을 때가 있어. 새들처럼 자유롭게 허공을 날 수 있다면 얼마나 좋을까."

"나도 그래. 댐 위로 올라가서 낙하를 해보고 싶을 때가 있어. 우리 엄마는 공중에서 뛰어내리는 건 전혀 위험하지 않다고 했어. 원한다면 고층빌딩 꼭대기에서 뛰어내려도 된다고 했어. 문제는 바닥에 떨어질 때라는 거지."

"나도 그 말은 들어봤어."

"응, 나도 알아. 모두들 그 말은 들어봤을 거야."

둘은 자전거에 올라타 구불구불한 강 옆의 오솔길을 달렸다. 손바닥만 한 강이었지만 그 강은 그들의 것이었다. 지금보다 강이 훨씬 넓고 깊었을 때는 비버강이라 불렀다. 예전에는 비버가 산다고 했지만 지금은 강에서 비버를 볼 수 없다. 나이 많은 동네 사람들만 비버를 기억하고 있을 뿐이다.

"너희들도 예전의 강을 봤어야 했는데… 아주 흉측했단다. 비버들이 높다란 떡갈나무를 갉아먹곤 했었지. 쓰러진 나무 꼭대기에 돋아난 파릇파릇한 새 나뭇잎만 조금 갉아먹고선 다시 다른 나무로 옮겨가는 일을 반복하다보니, 나무들은 강가에 쓰러진 채 그대로 썩어버리곤 했어. 아주 흉측했어. 그 때문에 우린 장작으로 쓸 나무가 모자라 애를 먹었단다. 제기랄. 하지만 이젠 비버들이 보이지 않아서 좋아. 나도 몇 마리를 총으로 쏘아 죽인 적이 있어."

하지만 짐과 토미는 비버가 나무를 갉아 쓰러뜨리는 모습을 보고

싶었다. 나무 한 그루를 쓰러뜨리는 데 얼마나 오랜 시간이 걸리는
지 지켜보는 것도 흥미로울 것 같았다. 그들은 평소 가던 곳이 아닌
뫼르크 남쪽에 진입해 방향을 틀고 주유소 옆에 자전거를 세웠다.
편의점에 들어간 그들은 주머니에 있는 쌈짓돈을 꺼내 각자 아이스
크림을 하나씩 샀다. 6월이었고 날은 더웠다.

　토미의 아버지는 어디론가 사라져버렸다. 성령강림주일 후로 그
를 본 사람은 아무도 없었다. 그가 다친 다리를 끌고 집을 나서는 것
을 본 사람도 없었다. 그가 어떻게 사람들 눈에 띄지 않고 연기처럼
사라져버렸는지는 풀 수 없는 수수께끼였다. 그 일이 있은 다음 날,
4형제가 집으로 돌아오니 아버지는 보이지 않았다. 집 안의 모든 것
은 전날 4형제가 집을 나서기 전과 조금도 다름없었다. 거실의 쓰러
진 탁자와 의자들, 조각조각 깨진 하늘색 꽃병, 벽에 비뚤비뚤하게
걸려 있는 액자들, 그중에는 유리가 깨진 액자도 하나 있었다. 야구
방망이도 제자리에 그대로 있었다. 모두 토미와 야구 방망이에 대해
알고 있었다. 그의 아버지의 다리가 어떻게 되었는지도 모두 잘 알
고 있었다.

"얼굴은 좀 어때?"
계산대 뒤의 남자가 물었다.
"아직도 많이 아프니?"
"괜찮아요."
"그렇지 않은 것 같은데. 아직도 많이 아프지?"
남자는 아이스크림 값을 지불하는 토미에게 초콜릿 하나를 손에
쥐여주었다.

"이건 공짜로 주는 거야. 지금 먹어. 한 번쯤은 저녁 식사 전에 군 것질을 해도 괜찮아."

"고맙습니다. 어쩌면 저녁까지 숨겨두었다가 탐정 프로그램을 보면서 먹게 될지도 몰라요."

"그래도 좋아. 곧 너희도 살 만하게 되겠지. 그러면 너도 홀홀 털어버리고 정상적으로 살 수 있을 거야."

그의 이름은 뤼스부였다.

"오늘 저녁은 우리 집에서 먹어도 돼. 농어를 구워 먹을 거야. 내가 직접 잡은 거라고."

짐이 끼어들어 말했다.

"그래? 그런데 내가 가면 너희 어머니는 뭐라고 하실지 모르겠구나."

토미가 말했다.

"우리 엄마는 기독교 신자야. 집에 손님이 오는 걸 거부하진 않을 거야."

"그러면 참 좋겠지만 너희 집에서 저녁을 먹을 수는 없어. 시리와 난 쌍둥이에게 저녁을 챙겨줘야 하거든. 문제없어. 집에 있던 돈으로 벌써 찬거리를 사두었는걸."

"그래, 앞으론 다 잘 될 거야."

뤼스부가 끼어들었다.

"저는 아무래도 좋아요. 우린 잘 견뎌낼 수 있어요. 참, 초콜릿은 감사히 잘 먹겠습니다."

토미가 대답했다.

사실 토미는 초콜릿을 사양할 생각이었다. 그 어느 누구에게도 동정받고 싶진 않았다. 하지만 뤼스부는 여느 동네 어른들과는 달랐다. 그는 토미의 말에 항상 귀 기울여주었으니까.

가게를 나온 후, 토미는 포장지를 벗겨 초콜릿 네 조각을 반으로 나누어 그중 하나를 짐에게 건넸다. 하지만 짐은 받으려 하지 않았다.

"오늘 저녁에 탐정 프로그램을 보면서 너희 네 명이 한 조각씩 나누어 먹으면 더 좋지 않겠니? 네가 그랬잖아. 그리고 너희는 네 명이니까."

토미는 짐을 바라보며 생각에 잠겨 초콜릿으로 눈을 돌렸다. 손가락 사이로 벌써 초콜릿이 녹아내리고 있었다. 그는 미소를 지었다.

"저녁까지 기다리면 다 녹아버릴 거야. 지금 먹자."

짐은 토미가 건네는 초콜릿을 받았다. 뤼스부는 창 너머로 자전거에 올라 왼손으로는 아이스크림을 들고 오른손으로는 핸들을 잡고서 주유소 펌프 사이를 빠져나가는 그들의 모습을 바라보았다. 그는 고개를 절레절레 저었다.

"잘되어야 할 텐데."

그는 소리 내어 말했다.

"그럼, 그래야지. 그래야 하고말고."

그는 정비소 안으로 들어갔다. 욘센의 오펠 카피탠^{Opel Kapitän}이 그를 기다리고 있었다. 반짝이는 차체에는 조그마한 흠집 하나도 보이지 않았다. 욘센은 차 수리와는 거리가 먼 사람이었다. 심지어는 나사 하나, 볼트 하나도 제자리에 끼워 맞추지 못했다. 다른 것은 거의 모든 것을 혼자 할 수 있었지만 차는 예외였다. 보닛을 열기만 하면 눈앞이 캄캄해졌기에 금방 닫아야 했다. 이런 이유로 그는 차에 문제가 생기면 주유소 옆에 있는 뤼스부의 정비소를 찾았다. 대부분의 경우 너무나 조그만 문제였기에 1, 2분만 투자하면 욘셴 스스로 해결할 수 있는 것이었다. 물론, 그가 정신을 집중하고 조금만 더 살펴본다면 말이다.

뤼스부가 은퇴하면 그의 차는 누가 고쳐줄까. 뤼스부가 일을 그만둘 날은 얼마 남지 않았다. 그는 모든 일에 시들해졌다. 토미 베르그렌의 아버지처럼 힘자랑을 하며 근육을 내보이는 동네 부랑배를 향해 소리 높여 환호하는 여자들, 바르트부르크^{Wartburg}* 와 스코다^{Skoda} 같은 고물차들, 짐을 가득 실은 낡은 볼보 트럭이 전속력으로 방앗간을 드나들 때마다 휘날리던 곡물 낟알과 먼지, 뒤차는 생각지도 않고 차도 한가운데 멈춰 서서 지나가던 행인과 대화를 나누는 운전사들을 보는 것도 지겨워졌다.

그는 생각이 꽉 막힌 동네 농부들과 이야기할 때마다 밀려드는 당혹감과 치밀어오르는 화를 참을 수 없어 머리가 지끈거릴 정도였다. 대화의 주제가 무엇이든 간에 코웃음을 치며 상관없는 말로 빙빙 둘러말하는 그들에게 전혀 적응할 수가 없었던 것이다. 그는 사르프스보르그 출신이었다. 이 동네 사람들은 뭐가 그렇게도 우스운지 항상 낄낄대며 코웃음을 쳤지만, 그는 이해할 수가 없어 멀뚱멀뚱 자리만 지키기 일쑤였다.

일을 그만두면 이제 그들과 함께 어울리지 않아도 될 것이다. 은퇴하면 오슬로에 사는 누이동생 집으로 옮겨가 연금을 받으며 생활할 생각이었다. 락케가타 7번지. 트론헤임스베이엔 쪽으로 산책을

---

* 동독에서 생산되었던 차종.

하며 아케르셀바 강가에 자리한 슈스 양조장을 창 너머로 넘겨다볼 수도 있을 것이다. 오, 그는 일을 그만두고 이사 갈 생각에 들뜨는 마음을 가눌 수가 없었다.

그들은 자전거를 타고 달렸다. 금요일 저녁. 탐정 프로그램이 방영되는 날. 집으로 가는 길은 여름 공기로 가득했다. 보름만 있으면 방학이 시작된다. 모든 것은 초록의 들판처럼 푸르렀고, 활엽수와 침엽수는 누가 더 푸른지 내기하듯 초록빛을 뽐냈으며, 보리밭도 이른 가을의 누런색 대신 청청한 초록색을 머금고 있었다. 토미는 다시 학교에 나오기 시작했다. 성령강림주일 이후부터 학교에 나오지 않았던 그는 첫 주엔 세상을 한 눈으로만 바라보았다.

의사는 토미의 집까지 와서 상처를 꿰매주고 되돌아갔다. 토미와 여동생들이 집에 있을 때면 짐이 가끔 찾아와 집안일을 도와주거나 함께 시간을 보냈다. 짐을 제외하고는 아무도 그 집에 들어갈 수 없었다. 지역 경찰관조차 집 안에 한 발짝도 못 들이고 되돌아가야만 했다.

"이제 이 집도 정상적으로 되돌려놔야지. 이대로는 안 돼. 두고 보렴."

하지만 토미 형제들이 어떻게 지내는지 보러 왔던 경찰관은 현관에도 발을 들일 수 없었다. 토미가 가로막고 서서 완강히 거부했기 때문이었다.

"젠장."

그는 타고 왔던 차로 되돌아가며 큰 소리로 불평했다.

"도대체 저 아이를 어떻게 한담."

토미는 꿈쩍도 하지 않았고, 이웃사람들은 그에게 다가갈 용기를 내지 못했다. 그들은 여느 때와 마찬가지로 아침이 되면 직장이나 학교로 갔고 오후가 되면 집으로 돌아와 저녁을 먹고 텔레비전을 보았다. 금요일 저녁 7시 30분이 되면 「캐넌목장」The High Chaparral을 보며 여주인공 빅토리아의 이빨이 참 가지런하고 예쁘다며 입을 모았다. 슬레텐이 그렇게 말했던가. 그녀의 이빨이 예쁜 건 사실이지만 입 밖에 내어 말하기엔 좀 이상하긴 했다.

"그녀가 미소를 지으면 볼 수 있어. 참 특별해."

하긴 당시 뫼르크에 사는 사람들 중엔 그처럼 이빨이 가지런한 사람은 없었다. 이웃사람들은 언젠가 베르그렌 가족이 모두 모여 살았던 그 집을 지날 때면 창 너머로 슬쩍 곁눈질을 하며 집 안을 살펴보았다. 이젠 그 집에 토미와 그의 여동생들만이 살고 있을 뿐이다. 그 집은 동네의 수치였다.

짐과 토미는 자전거를 타고 동네의 마지막 모퉁이를 돌아 뫼르크를 빠져나왔고 자갈길을 달려 슬레텐의 집을 지나쳤다. 슬레텐은 아코디언을 얹어놓은 창틀 아래 자리한 야외 벤치에 앉아 한 손에 0.5리터짜리 맥주를 들고 눈으로 그들을 쫓았다. 몇 주 동안 잔디를 깎지 않아 마당은 매우 어수선해 보였지만 그는 상관하지 않았다. 그는 삶의 구렁텅이 속으로 빠져 들어가고 있는 중이었다. 아내가 두 아이를 데리고 오슬로로 떠나버렸기 때문이다. 두 여자아이와 에길, 그리고 아우둔. 그들은 짐과 토미와 같은 학교에 다녔다. 아우둔은 그들의 이웃이었고 그들과 나이도 같았지만 함께 어울리지는 못했다. 짐과 토미의 관계는 아무도 끼어들 수 없는 것이었기 때문이다.

토미는 대문 앞에 경찰관과 함께 햇빛을 받으며 서 있는 시리를 보았다. 쌍둥이는 대문 앞 계단에 앉아 한여름인데도 마치 가을 한기를 느끼는 것처럼 서로 부둥켜안고 있었다. 경찰관은 소매를 겨드랑이까지 둘둘 감아 올린 채 팔짱을 끼고 서 있었다. 그의 몸이 건장하다는 것은 한눈에 봐도 알 수 있었다. 그가 팔뚝을 자랑스레 내보이고 있는 것도 다 이유가 있으리라. 그는 토미를 기다리고 있었다. 토미는 그가 자기를 기다리고 있다는 것을 알아챘다. 토미는 얼른 머리를 굴렸다.

"나도 힘이 달리진 않아. 재빨리 도망치면 그가 잡을 수 없을 거야. 난 그보다 훨씬 빠르니까."

토미는 그 자리에서 바로 등을 돌려 도망칠 수 있었지만, 그렇게 할 수 없었다. 시리와 쌍둥이 때문이었다. 길목에는 경찰차 외에도 낯선 차 한 대가 더 주차되어 있었다. 공산주의 국가의 깃발처럼 빨간색으로 칠한 미니 트럭에는 글자가 적혀 있었지만 짐과 토미는 그것이 무엇인지 읽을 수가 없었다. 토미가 먼저 말문을 열었다.

"차에 뭐라고 적혀 있니? 너는 멀리 있는 걸 더 잘 보잖아."

짐은 교실에서 항상 제일 뒷줄 창가에 앉았다.

"응, 그렇긴 한데 나도 읽을 수가 없어. 차에 망치가 그려져 있는 걸 보니 차 주인은 목수 같은걸."

그렇다. 그는 목수였다. 최근에 뫼르크로 이사 온 것이 틀림없었다. 이전에는 그의 차를 본 적이 없으니 말이다. 전에도 본 적이 있는 차라면 누구나 기억할 수 있을 것이다. 차의 뒷문에 노란색 망치가 그려져 있는 선명한 빨간색 차는 그리 흔하지 않다. 그는 공산주의자가 틀림없었다.

짐은 대문 앞에 어머니가 서서 기다리는 것을 보고도 토미와 함께 자전거를 타고 지나쳤다. 토미의 집 앞에 도착한 그들은 자전거를 쓰레기통 옆에 비스듬히 세워두었다. 쓰레기통 뒤에는 선글라스를 낀 경찰관이 서 있었다. 팔짱을 끼고 있던 그는 천천히 팔을 내리고 허벅지 앞쪽의 권총 자루에 손을 올려 집게손가락을 살짝 앞으로 내밀었다. 어딘지 부자연스러워 보였다. 그는 미소를 지었다. 그의 커다란 은색 벨트 버클은 빨간색 크리스털 눈이 박힌 해골 모양이었다.

계단 앞에는 커다란 가방이 네 개 놓여 있었다. 가장 큰 것은 시리의 것이었고, 중간 크기의 것은 토미의 것이었다. 쌍둥이들의 가방은 크기가 똑같고 마치 인형 가방처럼 자그마했다. 가방은 한결같이 꽉꽉 채워져 있었기에 금방이라도 터질 것만 같았다. 잔디 위에는 학교 가방이 놓여 있었다.

"도대체 무슨 일입니까?"

"너희들은 이사를 가게 될 거야."

토미의 말에 경찰관이 대답했다.

"그럴 수 없어요. 이 집은 우리 집이에요."

"너희들이 결정할 수 있는 문제가 아니야. 이 집에서 너희들만 살수는 없어. 돌봐줄 수 있는 사람이 없잖아."

"무슨 말씀이세요? 돌봐줄 사람이 없어도 우리끼리 얼마든지 잘살 수 있어요."

"쳇, 말 같은 소릴 해야지. 게다가 넌 아직 미성년자이기 때문에 혼자서 아무것도 결정할 수 없어."

"저도 머지않아 열여섯 살이 될 거예요."

"넌 아직 열세 살이야. 네가 몇 살인지 내가 모를 것 같니? 너는 7학년이잖아. 네 눈엔 내가 바보로 보이니?"

"2주만 더 있으면 다 잘될 거예요."

"세상에, 입 닥쳐. 얼른 가방을 내 차 트렁크에 실어. 그리고 너희 둘은 여기 있어."

그는 쌍둥이를 향해 말했다.

"너희들은 가방을 들고 길 건너편 집으로 가."

그가 손가락으로 가리키는 곳을 보니 리엔 씨 부부가 대문 앞 계단에 서서 그들을 지켜보고 있었다.

"우린 리엔 씨 부부와 여러 차례 이야기를 했어. 아동 보호소에서도 조사를 했지. 리엔 씨 부부는 쌍둥이를 맡아 돌보기로 했어."

"쌍둥이를 이런 식으로 누군가에게 준다는 건 말도 안 돼요."

토미는 곁눈질로 빨간 미니트럭 보닛에 몸을 기대고 담배를 피우고 있는 목수를 보았다. 열려 있는 트럭 뒷문 사이로는 갖가지 연장과 차곡차곡 쌓여 있는 나무판자가 보였다. 목수의 입술 사이에선 가늘고 하얀 형광색 담배 연기가 새어나와 햇살 사이로 스며들었다. 쌍둥이는 각자의 가방을 집어들고 걷기 시작했다.

"잠깐만 기다려봐."

토미가 소리쳤다.

쌍둥이는 걸음을 멈추고 몸을 돌려 토미에게 미소를 지었다.

"전화할게."

"젠장, 우리 동네에 전화기가 있는 집은 없어. 영화에서나 사람들이 서로 전화를 걸지 우린 그럴 수 없다고."

쌍둥이는 어깨를 으쓱 추켜올리는 동시에 우스꽝스런 표정을 지어보였다. 그 표정도 영화에서 본 것이 분명했지만 토미는 영화 제목을 기억할 수가 없었다. 쌍둥이는 다시 걸음을 옮기기 시작했다. 길을 건너 맞은편 집의 진입로에 서 있는 쓰레기통을 지나 대문 앞에 이르자, 리엔 씨 부부는 쌍둥이의 손을 잡고 집 안으로 들어가 대문을 쾅 닫았다.

"우리 짐은 이게 전부인가요? 우리 물건은 이것보다 훨씬 많은데."

토미가 경찰관에게 물었다.

"아동 보호소에서 말하길 너희들은 거의 아무것도 없는 상태에서 완벽하게 새로운 삶을 시작하는 게 좋겠다고 하더구나. 이 집에서의 기억은 부정적인 것이 대부분일 거라고 했어. 난 그 말에 동의해. 그러니 이 짐만 가져가도 충분할 거야."

"그렇지 않아요."

토미는 대문을 열고 집 안으로 뛰어 들어갔다. 거실은 먼지 하나 없이 깨끗했다. 토미는 몸이 좀 회복되자 가장 먼저 대청소부터 했다. 덩그런 집을 고즈넉한 가정으로 만들기를 바랐다. 시리와 토미는 집 안에 밴 담배 냄새를 제거했고, 구석구석을 먼지 하나 없이 깨끗하게 닦아냈으며, 음식을 만들고 쌍둥이를 돌보았다. 저녁이 되면 함께 모여 앉아 텔레비전을 보았고, 아무도 그들처럼 화목하고 정겹게 지내지 못할 것이라 확신했다.

그는 계단을 뛰어올라 침실로 들어간 다음 몸을 굽혀 침대 밑으로 기어들어갔다. 야구 방망이는 제자리를 지키고 있었다. 그는 야구 방망이를 꺼내들고 짐에게서 선물로 받은, 아직 읽지 않은 존 스타인벽의 책을 책장에서 집어들었다. 창문을 연 토미는 밖에 있는 시리를 소리쳐 불렀다.

"시리, 가져가고 싶은 것이 있니?"

"내 일기장!"

그는 시리의 침대로 가서 베개 밑에 있는 일기장을 찾아냈다. 시리는 토미가 일기장이 어디 있는지 안다는 것을 진작부터 알고 있었다. 그는 마음만 먹으면 시리의 일기장을 읽어볼 수 있었지만 단 한 번도 펼쳐보지 않았다. 토미는 계단을 내려갔다.

야구 방망이를 들고 나온 토미를 보자 경찰관은 고개를 절레절레 흔들며 소리쳤다.

"안 돼, 안 돼. 있을 수 없는 일이야. 세상에. 야구 방망이라니. 말도 안 돼. 넌 정말 생각이 없니?"

하지만 토미는 야구 방망이를 손에서 놓지 않았다. 경찰관은 토미와 몸싸움할 생각이 전혀 없었다. 적어도 동네 사람들이 모두 지켜보는 곳에서는 그럴 생각이 없었다. 싸움에서 질 수도 있기 때문이었다. 짐이 다가와 말을 건넸다.

"토미, 야구 방망이를 가져가는 게 현명한 일이라고 생각하니?"

"글쎄, 나도 현명한 일이라고 생각진 않지만…"

그러나 그는 야구 방망이를 내려놓으려 하지 않았다.

"얼른 차에 타."

경찰관의 말에 시리가 차에 올랐다. 토미는 짐에게 작별 인사를 건넸다.

"안녕. 내일 보자."

"응, 내일 학교에서 보자. 너무 슬퍼하지 마."

"아냐, 전혀 슬프지 않아."

토미가 시리에게 일기장을 건네자 시리는 일기장을 가슴에 꼭 껴안았다.

"고마워."

"이제 우린 어디로 가나요?"

토미가 물었다.

"너희들은 뫼르크로 가게 될 거야."

"시리와 저는 한집에서 살게 되나요?"

"넌 정말 머리가 모자라는 게 아니니?"

경찰관이 되물었다.

"너희들은 한집에서 살 수 없어. 정말 시리와 네가 한집에서 살 수 있을 거라고 생각하니? 아직도 상황을 이해 못 했구나."

그는 차에 올라타 시동을 건 후 천천히 속력을 냈다.

200미터쯤 차를 몰고 가자 욘센이 대문 밖으로 뛰어나왔다. 그가 뛰는 모습을 보는 건 자주 있는 일이 아니었다. 뒤뚱뒤뚱 움직이는 모양이 왠지 우습기까지 했다. 그는 자갈길까지 나와 허리에 두 팔을 얹고 차를 가로막았다.

경찰관은 한숨을 푹 내쉬며 급정거를 한 후 창문을 내렸다. 또 무슨 일이 일어나려는 건지. 욘센은 차로 가까이 다가가는 동안 생각에 잠겼다.

'이건 내가 해야만 하는 일이야. 다른 선택이 있을 수는 없어.'

그는 창틀에 손을 얹고 열린 창 너머로 말했다.

"토미는 내가 돌보겠소."

"뭐라고요?"

"토미는 내가 돌보겠다고 했소."

"그건 안 됩니다. 우린 벌써 다른 집과 이야기를 했어요."

"그게 누굽니까?"

욘센의 질문에 경찰관은 누군가의 이름을 말하며 얼굴을 붉혔다.

"누구라고요?"

뒷좌석에 앉아 있던 토미가 물었다.

"안 돼요. 그 집은 절대 안 돼요."

욘센이 말했다.

경찰관은 정면만 뚫어지게 바라보았다. 그는 숨을 깊이 들이쉬었다가 천천히 내쉬었다.

"알아요, 그건 나도 잘 압니다."

그는 의자에 등을 파묻고 차의 천장을 바라보았다.

"이 근처에 전화기가 있는 집이 있습니까?"

욘센이 생각에 잠겼다.

"없습니다. 아… 있어요! 회일란 씨의 집에 전화기가 있어요."

욘센은 맞은편 길목의 두 번째 집을 가리켰다.

"최근에 들여놨어요. 곧 우리 동네에도 전화기가 속속 들어올 거예요. 땅을 파고 전화선 공사를 하는 걸 봤어요."

경찰관은 힘없이 고개를 저었다. 갑자기 온몸이 축 늘어지는 듯 피곤해졌다.

"내가 왜 이런 일을 해야 하는 거지?"

그는 한숨을 푹 내쉬며 차에서 내렸다.

"젠장."

경찰관은 나직이 혼잣말을 했다. 그는 검은색 경찰차를 길 한가운데에 세우고 차문도 닫지 않고 시동도 끄지 않은 채 회일란의 집으로 걸어갔다. 둥둥 걷어올렸던 소매를 팔목까지 내린 그는 전혀 딴 사람처럼 보였다. 그제야 여느 동네 사람처럼 익숙해 보였던 것이다. 욘센은 그의 형과 학교를 같이 다녔다.

토미는 차에서 내려 뒤편으로 걸어간 다음 지금껏 살아왔던 집을 바라보았다. 대문 밖에 서 있던 목수는 벌써 나무판자로 창문을 가리고 못을 박아놓았다. 너무나 낯설어 보였다. 사람이 사는 집처럼 보이지 않았다. 토미는 속이 울렁거려 구토를 할 것만 같았다. 마치 허공에 붕 떠서 빙글빙글 돌고 있는 것 같기도 했다. 바닥이 보이지 않는 곳으로 떨어지는 듯한 느낌이 들었다.

"쓰러질 것 같아. 이상해. 어지러워."

토미는 땅에 손을 짚고 풀썩 주저앉았다. 자갈길에 주먹을 대고 몸을 앞으로 숙였다. 구토를 했다. 난 열세 살. 가을이 되면 열네 살이 될 참이었지만 나이 같은 건 존재하지 않는다는 생각이 들었다. 회일란의 집에서 되돌아 나오는 경찰관의 발소리가 들렸다.

"제기랄."

경찰관은 혼잣말로 욕을 내뱉고 걸음을 옮기면서 한숨을 수차례나 내쉬었다. 가는 곳마다 무겁고 답답한 가슴을 이겨낼 수가 없었다. 토미는 몸을 일으켜 차를 돌아 욘센이 서 있는 곳으로 갔다.

"상사와 이야기를 해봤습니다."

경찰관은 토미를 곁눈질로 슬쩍 바라본 후 말을 이었다. 눈을 깜박이지도 않았다. 그가 다시 욘센을 향해 고개를 돌리면서 말을 이어나갔다.

"아동 보호소에서 다른 가정을 물색할 때까지 당신이 이 아이를 돌보도록 하세요. 오래 있지는 못할 겁니다. 당신도 홀몸이니까요. 아이는 부모가 있는 가정에서 돌봐줘야 합니다. 그게 규칙이고 법입니다. 이해하시죠?"

욘센은 묵묵히 듣고 있다가 알았다고 말했다.

"가방을 가져가."

경찰관이 토미를 향해 말했다. 토미는 트렁크를 열고 가방을 꺼내 길에 놓아두고 차문을 열어 여전히 일기장을 가슴께에 꼭 껴안고 있는 시리를 바라보았다. 토미가 몸을 굽혀 차 안으로 머리를 들이밀었다. 두 사람은 서로를 마주보았다. 시리가 미소를 지었다.

"시리도 욘센 씨 댁에서 저와 함께 지내게 해주세요."

토미가 큰 소리로 외쳤다.

"젠장, 시리가 너와 한집에서 머무를 수 없다는 건 너도 잘 알잖아. 아직도 상황을 이해하지 못했니?"

"괜찮아, 토미."

시리가 말했다.

"난 괜찮아."

"정말 괜찮겠니? 어느 집으로 가는지 알고 있니?"

"응, 짐과 오빠가 오기 전에 경찰관이 말해줬어. 난 뤼데르센 씨 집으로 가게 될 거야."

"알았어, 그런데 뤼데르센은 누구니?"

"나도 그 사람이 누군지 몰라."

토미는 몸을 일으켜 차문에 손을 얹었다.

"내일 보자, 시리."

"응, 내일 학교에서 봐, 토미."

그는 차문을 닫았다. 경찰관은 운전석에 앉아 시동을 걸었다. 차는 천천히 움직이기 시작했다.

"자, 이제 우리 집으로 가자."

욘셴이 말했다. 토미는 가방을 들고 그를 따라 걷기 시작했다.

토미·1966년

뵈르크라는 지명은 노르웨이 곳곳에서 찾아볼 수 있다. 노르웨이 지도나 지도 뒤편의 색인을 살펴보면 수백 곳은 족히 될 것이다. 하지만 뵈르크라는 장소가 그토록 많다 할지라도 우리가 몸을 담고, 우리가 아는 뵈르크는 단 한곳뿐이었다. 사실 우리가 사는 곳은 엄밀히 말하자면 뵈르크라고 할 수 없었다. 우리는 뵈르크에서 6킬로미터 동쪽으로 떨어진 곳, 자갈길 좌우에 자그마한 집들이 줄지어 늘어선 조그마한 동네에 살고 있다.

우리는 항상 뵈르크에서 모였다. 가게와 방앗간, 정비소와 주유소는 물론 학생들을 위한 학교도 있었고, 기독교 신자들을 위한 교회도 있었다. 다시 말하지만 동네 사람들 중엔 기독교가 아닌 사람을 찾기 어려울 정도로 기독교 신자가 많았다. 나도 기독교 신자다. 짐처럼 신앙심이 깊진 않지만 난 내가 기독교 신자인 것 같다. 하긴 다른 생각을 할 기회조차 없었다. 뵈르크에선 다른 종교를 접해볼 수가 없었으니 말이다. 1부터 10까지 지표가 있다면 내 신앙심은 6이나 7 정도 될 것 같다. 하지만 난 이런 것을 생각하느라 시간을 낭비하진 않는다.

뵈르크에는 기차역도 있었다. 동네의 수다스러운 여인네들은 오슬로에서 오는 기차가 동네 분위기를 망친다고 입을 모았다. 오슬로발 기차에서 내리는 사람들은 자동차 절도범, 공산주의자, 여자처럼 머리를 길게 기른 청년 등 가지각색이었고 누가 누군지 구별할 수 없을 정도로 비슷비슷했다. 우리가 사는 골목길에서는 학교 버스를 제외하고 뫼르크로 가는 대중교통을 찾아볼 수 없었다. 다리를 저는 환자들, 언제 숨이 끊어질지 모르는 늙은이들은 뫼르크로 갈 방법이 없었다. 하지만 불평하는 사람은 없었다. 항상 그래왔으니까. 젊은 이들은 뫼르크까지 걸어가기도 했다. 한 시간 정도만 투자하면 충분했다.

뫼르크까지 자전거를 타고 가도 된다. 아이들은 저녁 무렵에 축구 경기가 있거나 체육관에서 영화 상영을 하거나 교차로에 있는 뤼스 부의 주유소 마당에 모이기로 약속한 날이면 주로 자전거를 이용했다. 짐과 나도 자주 자전거를 타고 뫼르크로 갔다. 가끔은 윌리도 함께 자전거를 타고 가기도 했다. 그럴 때면 열까지 세기도 전에 뫼르크에 도착하곤 했다.

나는 대부분 짐과 어울렸다. 항상 그랬다. 둘 중 한 명이 홀로 서 있는 모습을 보는 것은 매우 드물었다. 우리는 너무나 달랐기에 동네 사람들은 우리가 함께 어울리는 것을 이해하지 못했다. 특히 저녁이 되어 집 안에서 시간을 보낼 때면 우리의 삶은 정반대라 해도 과언이 아니었다. 하지만 우리는 서로의 다른 점을 보완해가며 단짝으로 지냈다. 비슷한 사람끼리 어울린다는 말을 자주 듣지만, 우리와는 상관없는 말이었다.

아버지는 자취를 감춘 지 오래다. 그날 이후 아버지를 본 사람은 아무도 없다. 그 다리로 어떻게 움직여 집을 나섰는지 생각하면 할수록 이상했다. 우리는 약 2주 동안 아버지 없이 잘 지냈다. 시리와 나는 쌍둥이를 돌봐주었고, 보름쯤 지난 후 나는 골목길 위쪽의 욘센 씨 집으로 옮겨가서 살았다. 욘센 씨와 나는 꽤 오랫동안 친밀하게 지냈다. 그는 우리 어머니 나이 또래였고, 짐의 집 위쪽에 살고 있었다. 나는 아동 보호소에서 최종 결정을 할 때까지 욘센 씨 집에서 살기로 했다. 아동 보호소 사람들은 나를 어떻게 해야 할지 몰라 우왕좌왕했고, 시간은 속절없이 흘렀다.

쌍둥이는 우리가 살던 집 맞은편 집에서 리엔 씨 부부와 살게 되었다. 우리 4형제가 집을 떠나던 날, 볼보를 타고 온 경찰관 뒤로 공산주의를 생각나게 하는 빨간 미니 트럭을 탄 목수가 따라왔다. 목수는 창문 앞에 나무판자를 박아 넣고 철제 막대기로 가로막았으며, 대문에는 자물쇠를 달아놓았다. 아무도 우리에게 미리 말해주지 않았다. 그렇기 때문에 그 집에는 우리의 소유물이 여전히 제자리를 지키고 있다.

리엔 씨의 집에는 어린아이들이 뛰어논 적이 없었다. 그들은 쌍둥이의 양부모가 되기엔 나이가 많은 편이었다. 하지만 나는 그들에게 항상 호감을 지니고 있었다. 나는 쌍둥이와 매일 만나 이야기를 할 수 있었고, 리엔 씨 부부는 쌍둥이를 보러 오는 나를 단 한 번도 거부하지 않았다. 나는 가끔 그들의 거실 소파에 쌍둥이와 함께 앉아 시간을 보내기도 했다. 여섯 살인 쌍둥이는 양 갈래로 땋은 머리에 각자 다른 색 리본을 매고 있었다. 한 명은 빨간색, 다른 한 명은 파란색. 우리는 아이들도 볼 수 있는 영화가 방영되면 함께 텔레비전을 보았다. 대부분은 프레드 아스테어^{Fred Astaire}나 캐리 그랜트^{Cary Grant}, 험프리 보가트^{Humphrey Bogart}가 주인공으로 나오는 영화였고, 우리의 현실과는 전혀 다른 세상의 일을 보여주었다. 쌍둥이는 남자 배우가 여자 배우에게 입맞춤하는 장면을 볼 때마다 손뼉을 치며 깔깔대고 웃느라 바닥에 굴러떨어지기도 했다. 하지만 그들이 이해할 수 있는 것은 아무것도 없었다.

시리는 뫼르크의 어느 집에서 살고 있었는데 나는 그 집 주인들을 절대 좋아할 수 없었다. 그들도 나를 좋아하지 않기는 마찬가지였다. 그들은 내가 시리는 물론 동네 아이들에게 나쁜 영향을 준다고 믿고 있었으며, 내가 그들의 집에 가까이 다가가는 것도 허용하지 않았다. 그들 부부의 이름은 뤼데르센이었다. 만약 내가 마을회관에서 길을 건너 뫼르크 중장비 가게와 요양소 사이에 난 골목길을 걸어 그들의 작은 잔디밭을 두른 울타리로 향하면, 뤼데르센 씨는 계단을 뛰어내려와 소리를 질렀다.

"얼른 꺼져!"

나는 시리를 그 집에 맡긴 아동 보호소의 결정을 이해할 수 없었다. 뤼데르센 부부는 극단주의적 기독교인이었다. 그들과 어울리는 사람들도 마찬가지였다. 그들은 꼭 필요한 경우를 제외하고는 동네 사람들과 대화를 나누지 않았다. 심지어 그들은 시리를 10킬로미터나 떨어진 발모에 자리한 학교로 전학시켰다. 그래서 이제는 우리가 항상 함께 타고 다니던 스쿨버스에서조차 시리를 볼 수 없게 되었다. 하지만 나는 가끔 시리를 몰래 만났다. 낮 시간이 긴 여름이면 일주일에 두 번 정도 저녁 무렵 마을회관이나 우체국 뒤편에서 그녀를 만났다. 가을이 오면 나는 홀로 자전거를 타고 한기 어린 밤기운을 이겨내며 뫼르크로 갔다. 살얼음이 언 아스팔트에 닿는 자전거 바퀴에서 끼익 소리가 나기도 했다. 불빛이라곤 길옆에 자리한 집 창문 너머에서 흘러나오는 램프 불빛이나 숲을 향해 듬성듬성 비치는 농가의 전구 불빛뿐이었다. 그 때문에 골목길은 더욱 어둡게 느껴졌다.

뢰스부의 주유소에 들어서면 나는 주유소 펌프 옆에 자전거를 기대어 세워놓고 안으로 들어갔다. 가끔 일찍 도착하는 날이나 뢰스부가 야근을 하는 날이면 나는 안으로 들어가 그와 이런저런 이야기를 나누기도 했다. 그가 야근을 하지 않는 날은 거의 없었다. 그는 내가 저녁 늦게 그곳을 찾아도 별 다른 말을 하지 않았다. 그는 내게 호감을 가지고 있었으며 이래라저래라 잔소리도 하지 않았다. 그는 내가 늦은 시간에 그곳을 찾는 이유를 알고 있었으며 아무 문제 없다고 생각했다. 피를 나눈 형제이니 서로 만나는 것은 당연하다고 말했다. 그는 내가 시리를 몰래 만난다는 사실을 아무에게도 말하지 않았다. 그런 말을 떠벌릴 필요가 없다고 생각했다.

시리가 집을 나와 언덕 아래로 내려가 길을 건너면, 나는 자전거를 주유소 뒤에 세워놓고 그녀와 함께 뫼르크 호숫가로 내려갔다. 그곳에서는 아무도 우리를 볼 수 없었다. 큰 문제가 될 일은 아니었다. 시리는 적어도 집에 갇혀 있는 몸은 아니니까.

시리 · 1967년 · 11월

그렇다. 나는 집에 갇혀 있는 몸은 아니다. 토미는 만약을 대비해 사용하라며 내게 야구 방망이를 주었다. 꼭 필요할 때가 되면 조금도 망설이지 말고 사용하라고 했다. 그렇지 않으면 상황이 더 악화될 수도 있다고 말했다. 나는 토미가 그랬듯 야구 방망이를 침대 밑에 넣어두었다. 하지만 나는 지금껏 야구 방망이를 사용해본 적이 없다. 자기방어를 할 상황은 닥치지 않았다. 샤워를 하거나 자고 있을 때 갑작스레 뤼데르센이 불쑥 들어온 적도 없었다. 하지만 토미는 항상 나를 걱정했고, 저녁이 되면 자주 자전거를 타고 나를 찾아왔다. 하지만 나는 토미가 없어도 내 몸 하나는 지킬 수 있다. 문득 토미 없이 혼자서도 잘 지낼 수 있을 것 같다는 생각이 들자 기분이 이상해졌다. 예전에는 토미와 항상 함께 있었는데…

마을회관 뒤 경사진 곳에는 늘 우리가 찾는 각자의 바윗돌이 있다. 벌써 1년이 지났다. 가을 한기 때문에 우리는 두꺼운 외투를 입고 모자를 썼다. 내가 담배를 피운 지도 꽤 오래되었다. 나는 밖에 나와 몰래 담배를 피우고 집으로 가는 길에 껌을 씹었다. 강물 위로 담배 연기와 하얀 입김을 훅 불었다.

"열여섯 살이 되면 바다로 갈 거야."

내 말을 들은 토미는 슬픈 표정을 지었다.

"네가 없으며 난 누구랑 대화하지?"

"짐이 있잖아."

"그건 그래. 내겐 짐이 있어. 하지만 난 그런 뜻으로 말한 게 아냐."

"나도 알아."

"여동생이 옆에 있는 게 좋아."

"나도 알아. 하지만 쌍둥이도 있잖아."

"그래. 하지만 쌍둥이들은 내가 그 집 앞으로 지나가면 미소 띤 얼굴로 내 이름을 부르면서 손을 흔드는 게 전부야. 인사를 한 후엔 금세 몸을 돌려 내가 이해할 수 없는 자기들만의 놀이에 열중하느라 정신이 없어. 그들은 내가 동네 사람들 중 한 명인 줄로만 아나봐. 그러고는 집 안으로 뛰어들어가 저녁을 먹지. 함께 거실에 앉아 영화를 봐도 특별하게 생각하지 않는 것 같아. 내가 아니라 그 어떤 사람이 함께 앉아 있어도 비슷할 거라는 생각이 들어. 하지만 쌍둥이가 잘 지내고 있는 건 틀림없어. 난 쌍둥이가 아버지와 함께 지냈던 시절을 잊어버렸다고 확신해. 그애들은 엄마도 기억 못 하는걸."

"엄마는 쌍둥이가 아주 어렸을 때 집을 나갔잖아. 사실, 나도 엄마에 대한 기억이 가물가물해."

"그래, 넌 적어도 엄마를 기억하고 있잖아."

"응. 하지만 기억하고 싶지 않아."

"겨울이었어. 크리스마스 전이었지. 눈이 엄청나게 내려서 스쿨버스가 골목길 안으로 들어오지 못할 정도였단다. 기억하니? 우리는 겨울 내내 매일같이 대문 앞에 쌓인 눈을 삽으로 치워야 했어."

"아니, 그건 기억이 안 나."

"난 다 기억해. 아직도 모든 것을 기억하고 있어."

토미는 갑자기 말을 멈추고 먼 곳을 응시했다. 나는 그의 얼굴을 볼 수 없었다. 그가 침묵을 지키면 나도 말을 하지 않고 기다렸다. 무슨 말을 해야 할지 알 수 없었다. 갑자기 그가 측은해졌다. 내가 입을 열면 그가 무슨 말을 할지 짐작이 되었기 때문이다. 한참 후, 그가 말문을 열었다.

"나 없이 살 수 있겠니?"

바로 그것이었다.

"글쎄… 나도 잘 모르겠어."

나는 조심스레 말했다.

"어떻게든 되겠지. 오빠도 그렇게 생각하지 않아?"

토미가 흐느껴 울기 시작했다. 이제 막 열다섯 살이 된 토미. 나는 그의 어깨에 팔을 두르고 그를 내 쪽으로 끌어당겼다.

"토미, 왜 그래? 무슨 일이야?"

하지만 그는 대답하지 않았다. 나는 그를 감싸 안고 말없이 앉아 있었다. 사실은 반대가 되어야 할 일이다. 오히려 나를 감싸 안고 위로해주어야 할 사람은 나보다 나이가 많은 토미였다. 가슴에 손을 얹고 장담하건대 나는 그가 우는 모습을 한 번도 본 적이 없다. 곧 그가 울음을 그치고 헛기침을 하며 목을 가다듬은 후 바윗돌에서 몸을 일으켰다.

"좀 피곤해."

그는 어둠 속으로 두 발짝 걸어 들어갔다. 나는 여전히 그의 얼굴을 볼 수 없었다.

"내일은 못 올 것 같아."

"그러면 다른 날 만나면 되잖아."

"수요일쯤?"

"좋아. 수요일에 기다릴게."

"알았어."

토미는 나를 기다리지 않고 언덕 위로 올라갔다. 여느 때라면 우리는 함께 손을 잡고 언덕 꼭대기의 마을회관까지 올라가, 주유소 앞에서 작별 인사를 나누었을 것이다.

"오빠가 곁에 없으면 많이 힘들 것 같아. 견딜 수 있을지 자신이 없어."

나는 그가 어둠 속에서 미소를 지었다고 생각했다. 왜냐하면 그가 듣고 싶어 했던 말이 바로 그것이라 믿었기 때문이다. 그러면 그는 틀림없이 내가 잘 견뎌낼 수 있으리라 믿는다고 말할 것이다. 하지만 나는 그의 미소를 볼 수 없었다. 너무나 어두웠기 때문에 그의 얼굴을 볼 수 없었다. 내가 예상했던 대답도 그의 입에서 나오지 않았다. 그는 말없이 언덕을 올라가 마을회관 모퉁이에서 사라져버렸다. 뤼스부가 야근을 하고 있는 주유소로 가서 자전거를 타고 어둠 속에서 6킬로미터나 되는 길을 지나 집으로 가고 있는 것이 틀림없었다.

나는 주머니에서 10개비짜리 칼튼^{Carlton} 담뱃갑을 꺼냈다. 어둠 속에서 바윗돌 위에 앉아 담배 한 대를 피운 후 몸을 일으켜 언덕을 오르기 시작했다. 차츰 어둠이 눈에 익기 시작했다. 나무와 돌이 똑똑히 보이기 시작했다. 교차로의 가로등 아래 이르자 나는 눈을 감아버렸다.

짐 · 2006년 · 9월

짐은 마치 광주리 속에서 엎치락뒤치락하는 강아지처럼 편안한 자세를 찾지 못해 몸을 이리저리 움직이며 밤새 선잠을 잤다. 자면서 눈물을 흘리며 울었지만, 그는 자신이 울고 있다는 사실을 알지 못했다. 깊은 잠 속에서 그는 죽음을 앞두고 있었다. 너무나 당황하고 슬퍼서 그는 그녀에게 자신의 죽음을 알리고 그 이유를 말해야겠다고 마음먹었다. 그녀가 슬퍼하는 모습을 보면 위로가 될 것 같았다. 둘 중에서 그의 죽음을 더욱 직접적으로 느낄 수 있도록 만드는 사람이 바로 그녀이기라도 하듯.

하지만 그는 자기가 왜 죽어야 하는지 알지 못했다. 실제로 위로를 받는다 하더라도 그의 마음이 편해지는 것은 아니었다. 그는 혼자였고 그가 알고 있는 것은 곧 죽을 것이라는 사실이 전부였다. 그리고 먼 훗날이 되면 그녀도 슬픔에서 벗어나 아무렇지 않게 살아갈 것이다. 머지않아 그녀도 다른 이들과 마찬가지로 그의 죽음을 까맣게 잊어버리거나, 기억하고 있다 하더라도 그 슬픔은 와이셔츠 단춧구멍만 한 크기밖에 되지 않을 것이다.

눈을 떴다. 여전히 묵직한 죽음의 무게가 그를 짓누르고 있었다. 끝나버렸다. 모든 것이 끝나버린 것이다. 그는 부엌 조리대에 있던 미래의 시간을 손으로 쓸어내려 휴지통에 버렸고, 밖으로 나가 마당의 덤불 속에 휴지통을 훌훌 털어냈다. 그는 자신의 삶을 조기^{弔旗}처럼 반만 올린 상태였다. 실제로는 무릎 높이 정도나 될까. 그는 무릎을 땅에 대고 엉금엉금 기듯 삶을 살아가고 있었다. 그의 어깨에 자리한 십자가는 너무나 무겁기만 했다.

'목이 말라. 하지만 그들은 내게 마실 식초만 주겠지.'

눈을 뜨고 천장을 바라보았다. 꿈속에서도 그는 뫼르크에 살고 있었다. 아, 주일 학교. 강 아래쪽에 있던 자그마한 노란색 파빌리옹*. 사람들은 그 강을 두레벡켄이라고 불렀다. 세차게 흐르는 강물 소리를 닫힌 창문 너머로도 들을 수 있는 봄이 되면 사람들은 강가로 뛰어나가 강물에 발을 담그거나 손을 넣어보기도 했다. 가끔은 물살이 너무 빨라 손을 가만히 넣고 있기 힘들 때도 있었다.

그의 어머니는 매주 일요일 두 시간씩 주일 학교에 나가면 훗날 삶에 큰 도움이 될 거라고 말했다. 어른이 되어 삶이 힘들어질 때면 반원형으로 늘어선 주일 학교 교실 안의 의자와 창 너머로 보던 두레벡켄강을 떠올리며 도움과 위로를 얻을 수 있을 거라고 덧붙였다. 그 말도 일리가 없지는 않을 것이다. 하지만 아버지의 허락을 받지 못했던 토미는 단 한 번도 주일 학교에 나오지 않았다. 그의 아버지는 주일 학교와 예수 따위는 무의미하고 공허한 것이라 생각했다.

주일 학교 교실 구석에는 삼발이 위에 플란넬보드 바탕에 종려나무, 초승달, 그리고 예수의 사도들을 묘사한 퀼트 작품이 놓여 있었다. 선한 사마리아인을 묘사한 작품과 죽음에서 깨어난 나사로, 종려나무 가지를 손에 들고 예루살렘으로 향하는 예수, 당나귀 등에 탄 남루한 예수를 보기 위해 집 밖으로 나와 절을 하는 사람들을 묘

---

* 박람회나 전시장에서 특별한 목적을 위해 임시로 만든 건물.

사한 작품은 바로 그 아래 상자 속에 담겨 있었다.

예수는 유대인의 왕이었으며, 다윗의 아들이었다. 감람산에 이른 예수는 당나귀의 등에서 기품 있게 내렸다. 아마도 동쪽이나 북동쪽을 등지고 여리고로 향하던 길이 아니었을까. 구불구불한 감람나무와 쭉쭉 뻗은 삼나무 사이를 지난 그는 그로부터 얼마 지나지 않아 너무나 중대한 일이 펼쳐질 장소인 겟세마네 동산을 가로질렀고, 언덕길을 천천히 내려가 사자의 문이나 다마스쿠스 문, 아니 그 당시엔 지금과는 이름이 달랐을지도 모르는 성문으로 향했다.

비극은 그때 이미 시작되었다. 그로부터 며칠 후, 예수는 뺨에 죽음의 입맞춤을 받았고 어깨에 무거운 십자가를 지고 십자가의 길^{Via} ^{Dolorosa}을 걸어야 했다. 딱딱한 돌길에 몇 번이나 쓰러졌던 그의 무릎에는 상처가 나 있었다. 그는 무슨 생각을 했을까. 겨우 은화 몇 푼 때문에 이 지경에 이르다니, 내가 그 정도로 가치 없는 인간이었단 말인가. 그는 전날 밤 자신의 뜻이 아니라 신의 뜻에 따르겠다고 되뇌었다. 비좁은 돌길에 무릎을 꿇고 기다시피 하며 십자가를 졌던 것은 그의 뜻과는 거리가 멀었다. 그가 두려워했을 것이라 짐작하는 것은 결코 어렵지 않았다.

짐은 뜬눈으로 꿈과 생시를 왔다 갔다 했다. 그때 누군가가 예수에게 다가와 무거운 십자가를 대신 짊어져주었다. 그는 구레네에서 온 시몬이었다. 복음서에는 그가 알렉산더와 루포의 아버지라고 적혀 있다. 하지만 그가 누구의 아버지인지 관심을 가져줄 사람은 없다. 도대체 그가 무엇을 했길래 세상에서 가장 중요한 책에 그의 이름이 올라 있단 말인가.

짐은 세상에 이름을 알리기 위해선 그에 걸맞은 일을 해야 한다고 생각했다. 그렇지 않다면 세상의 어떤 일도 가치를 판단할 수 없고 결국엔 무의미해질 것이다. 어쩌면 시몬과 예수는 친구 사이였는지도 모른다. 아니, 어쩌면 예수는 옛날에 구레네 사람 시몬에게 큰 도움을 주었을지도 모른다. 심지어 시몬을 위해 기적을 행했는지도 모르는 일 아닌가.

그들은 둠파나 방앗간 뒤편에서 토미와 짐처럼 아무도 보지 않을 때 서로를 부축해주고 힘이 되어주는 친구 사이가 아니었을까. 적어도 그들이 열여덟 살이 될 때까지 말이다.

하지만 그들은 짐과 토미와는 달랐을 것이다. 그의 이름은 시몬이었고 자원해서 누구를 도와주진 않았을 것이다. 예수가 골고다 언덕 꼭대기까지 정신을 잃지 않고 무사히 도착해 행악자들과 함께 십자가에 매달리길 바랐던 침략자의 군인은 시몬에게 예수의 십자가를 대신 짊어지라고 명령했다. 누군가 자신의 목에 총부리, 아니 뾰족한 창끝을 겨눈다면 그 누구라도 어떤 일이든 했을 것이다. 구레네 사람 시몬은 예수가 선택한 열두 제자가 아니었다. 어부도 아니었고 농부도 아니었다.

뫼르크나 다른 곳에서 농사를 짓는 사람들은 항상 행동이 굼떴고 무슨 일이든 자발적으로 하는 일이 없다. 그들은 자신의 명예가 실추되는 일이라면 그 어떤 위험도 감수하려 들지 않는다. 심지어 명예가 실추된다 하더라도 위험한 일은 아예 돌아보지도 않는다. 그 어떤 일이라도 여러 번 강요를 받으면 그제야 생각해볼 정도였다. 항상 그랬다. 그들은 누군가가 끌어주고 밀어주지 않으면 꿈쩍도 않는 사람들이다.

짐은 침대에서 거실 소파로 자리를 옮겼다. 집 안 공기는 오래도록 환기를 하지 않아 불쾌하기 그지없었으며, 가득 채워진 그와 낯선 이의 담배 연기는 벽이나 천장에서 조그만 틈만 보이면 빠져나가려 아우성을 치고 있었다. 몸을 일으키니 얼굴이 뻣뻣했고 입안도 바짝 말라 있는 것을 느낄 수 있었다. 뻣뻣한 다리로 카펫을 딛고 발코니로 나갔다. 바깥 창틀 주변에 모여 있던 차가운 공기는 그가 문을 열자마자 집 안으로 밀려 들어왔고, 동시에 거실에 있던 담배 연기는 밖으로 빠져나갔다. 그는 순간적으로 너무나 많은 일이 한꺼번에 일어난다는 느낌을 이기지 못해 얼른 침대로 돌아와 이불을 덮고 누웠다.

해는 중천에 떠 있었다. 낯선 이의 체취와 머리카락은 여전히 그의 이불과 베개에 묻어 있었다. 그 이불을 덮고 누우면 불쾌할 거라고 생각했지만 막상 누워 보니 전혀 그렇지 않았다. 오히려 정반대였다. 그는 천장을 바라보았다. 그녀의 이름을 떠올려보려 애를 써보았지만 도무지 기억나지 않았다. 어쩌면 그녀는 이름을 말하지 않았는지도 모른다. 그렇다면 이상한 일이다. 그는 자신의 이름을 말했다고 확신했다. 더블 위스키가 뱃속에 있을 때면 으레 그랬듯 상체를 깊이 굽히며 그녀의 손을 잡고 자신을 소개했을 것이며, 그녀도 예의상 그와 같은 행동을 했을 것이다. 인사를 하고 이름을 소개하는 일 말이다.

그는 두 눈을 감았다. 올라브스고르 호텔의 바. 그 커다란 호텔은 마치 만화영화에 나오는 성처럼, 신흥도시의 외곽 고속도로 옆 황폐하고 음침한 언덕 꼭대기에 우연히 세워진 건물을 생각나게 했다. 도시를 둘러싸고 흐르는 세 개의 강줄기 중 하나는 죽어 있는 물길처럼 볼품없이 열린 바다를 향해 흘렀다. 번잡한 동네에서 신흥도시라는 이름을 얻은 지 얼마 되지 않은 그곳에 자리한 호텔은 평판이 그다지 좋지 않았다. 적어도 호텔 1층에 있는 바는 더욱 그러했다. 소문에 따르면 호텔 바에 들어가면 빈손으로 나오는 일이 드물다고 했다. 전날 밤, 그가 그녀를 만났던 곳도 바로 그 호텔이었다. 그는 호텔에서 그녀와 함께 나왔던 것을 생생하게 기억하고 있었다.

쉰 살을 훌쩍 넘긴 짐은 지난 반년간 적어도 일주일에 두 번은 그곳과 오슬로 주변의 레스토랑과 바를 방문했다. 자리를 잡고 앉아 주변을 둘러보며, 그는 항상 오늘 밤은 어디서 묵을까 하는 생각에 잠기곤 했다. 대부분은 단 한 번도 얼굴을 맞대고 대화를 나눈 적 없는 낯선 여인의 집에서 밤을 보냈다. 그들은 남편이 트럭 운전사여서 주말에 함부르크로 가기 때문에 혼자 있다는 여인, 남편이 북극해의 오일 플랫폼에서 일을 해서 혼자 있다는 여인, 또는 아예 결혼을 하지 않았다는 여인들이었다. 한번은 밤을 보내기 위해 그곳의 남쪽 끝 헴네스의 휠란에 있는 집까지 낯선 여인을 따라간 적도 있었다. 그는 그 여인과 함께 밤을 지새우고 아침까지 대화를 나누면서 스스로에게 놀랐다. 하지만 그는 다시 그녀를 찾을 수 없었다. 그녀의 집도 마찬가지였다. 마치 땅속으로 사라져버린 것만 같았다.

그는 이불을 덮고 누워 뒷목에 팔베개를 하고 천장을 바라보았다. 두 눈을 감았다.

'언젠가는 기억해낼 수 있을 거야. 호텔에 전화를 해 볼까. 아니, 그건 어리석은 일이겠지. 다시 헴네스로 차를 몰고 가서 그녀의 집

을 찾아볼까. 헴네스에 집이 많은 것도 아닌데.'

그는 잠이 들었다가 일어나서 다시 생각했다. 꿈속에서 죽음을 앞두고 있다는 것을 말해주고 싶었던 여인도 바로 그녀라고. 그는 이보다 더 확실한 징조는 없을 것이라고 생각했다.

오늘 아침, 헤레고르스베이엔의 어둠 속에서 마주쳤던 나이 많은 남자가 떠올랐다. 나는 왜 그가 나의 아버지라고 생각했던 것일까. 사람들은 대부분 갑자기 아버지를 떠올릴 때, 실제 나이보다 훨씬 젊고 훨씬 잘생긴 아버지의 모습을 상상하게 된다. 기억 속에 남아 있는 아버지의 모습 중에서 그럴듯한 모습은 뇌 속에 물리적으로 각인되어 있다 해도 과언이 아닐 정도며, 심지어는 엑스레이를 찍어도 볼 수 있을 정도로 선명하다. 그도 언젠가는 한 가정의 가장이자 아버지로 제 역할을 다했던 사람이었으리라.

그러던 어느 날 갑자기 사라져버렸던 건 아닐까. 예를 들어 바다로 간다며 사라져버린 그가 마지막으로 자취를 드러냈던 곳은 상하이나 지중해의 포트사이드 부둣가의 한 창고 모퉁이였을지도 모르고, 끔찍한 사고를 당해 목숨을 잃었을지도 모르는 일이다. 예를 들어 예스헤임과 클뢰프타 사이의 E6고속도로를 시속 100킬로미터로 달리다가 정면충돌했다면, 뒤를 이어 경광등을 켠 경찰차와 구급차가 그곳을 찾았을 것이다. 소식을 듣고 달려온 저널리스트 한 무리와 사진기자들이 도착했을 때는 외브레 로메리케의 아스팔트 위에 흥건한 핏자국밖에 남아 있지 않았을 것이다.

길 가장자리에 홀로 서서 빈주먹을 아플 만큼 꼭 쥐고 있던 소년의 삶은 이미 뒤틀려버렸다. 남성의 표상이었던 아버지, 축구를 잘했고, 스키를 타고 내리막길을 내려갈 때는 발밑에서 눈을 떼지 않았지만 평상시에는 주변인들의 눈을 똑바로 바라보며 유쾌하고 솔직한 모습을 보여주었던 아버지. 그는 이미 죽거나 사라져버렸지만 어깨동무를 하기에도 힘겨울 정도의 전설적인 인물로 남아 있을 것이다. 그런 아버지의 그림자는 전혀 예상치 않았던 순간에 생각지도 못한 모습으로 느닷없이 내 삶을 파헤치고 들어오기도 한다. 오늘 아침 헤레고르스베이엔으로 향하는 길에서처럼 말이다.

하지만 짐은 기억 속에서 아버지의 모습을 찾을 수 없다. 엑스레이로 찍어낼 수 있을 정도로 선명하게 각인된 기억은 더더욱 없다. 가끔 한 번도 만난 적 없는 아버지나 어떤 다른 형태의 아버지의 자취가 기억 속을 파고 들어올 때면 그는 존재의 빈 공간이 주는 허무함 때문에 온몸의 힘이 쭉 빠져나가는 것을 느꼈다. 그는 어렸을 때부터 꽤 여성스러웠다. 세상의 모든 것이자 우상이었던 홀어머니 아래서 외동아들로 자란 그는, 기독교 신자이기도 했으며 심지어 성인이 되어서는 기독교당의 당원으로 활동하기도 했다. 코뮤네 선거 때는 당내에서 꽤 높은 서열을 차지했고, 조금 나이가 들어서는 어렸을 때 선택할 여지 없이 다녀야만 했던 바로 그 학교에서 종교과목을 가르치기도 했다.

짐은 누구를 그리워해야 하는지도 알 수 없었다. 그리워하는 것이 가능하다 할지라도 누군지 모르는 사람을 그리워할 수는 없는 일이다. 한 번도 만난 적 없는 사람, 존재의 무게감이나 심지어 공허감마저도 남겨놓지 않은 사람. 그가 지금 느끼고 있는 이 감정이 그리움이라는 것일까. 짐이 가지고 있지 않은 것을 토미는 가지고 있다는 것을 누구나 쉽게 알 수 있었다.

동네 여자들의 눈에 비친 토미의 아버지는 매일같이 어깨에 쓰레기통을 짊어지고 운반하는 사람이었으며, 동네 남자들에게는 동네 공터에 모여 함께 힘자랑을 하던 사람 중 하나였다. 하지만 토미에게 아버지라는 존재는 매일 발길질을 하고 폭력을 행사하는 사람에 불과했기에 그리워할 수 없었다.

짐은 누구에게도 발길질을 당한 적이 없었다. 적어도 지금까지는 그랬다. 그의 어머니는 폭력과는 거리가 먼 사람이었고, 폭력이 문제를 해결할 수 있다고 믿는 사람도 아니었다. 더욱이 아들에게 주먹질을 한다는 것은 상상할 수도 없는 사람이었다.

그는 침대에서 몸을 일으켜 부엌으로 갔다. 문 위에 걸린 벽시계는 파도에 휩쓸려 이리저리 움직이는 해파리처럼 보였다.

'아, 제기랄. 시간이 벌써 이렇게 흘렀군.'

그는 문께에서 몸을 홱 돌려 욕실로 들어갔다. 샤워실에 선 그는 머리 위로 흘러내리는 얼음처럼 차가운 물을 맞으며 정확히 3분 동안 서 있었다. 다시 시계를 보았다. 조금 전과는 다른 시계. 수증기 사이에서 달리의 그림 속 시계와 닮은 듯한 그 시계가 부엌 시계보다 훨씬 더 많이 움직인 후였다. 매일 아침 보는 거울 위에 걸려 있는 시계는 신기하게도 여태 움직이고 있었다. 그는 새벽에 다리 위에서 낚시하는 날에는 면도기를 사용하지 않았다.

이젠 술기운이 가신 것 같았다. 하긴 그날 새벽에도 술기운이 그리 많이 남아 있진 않았다. 설령 에네박 숲이나 하우케토로 가는 길에서 단속에 걸렸다 하더라도 면허를 취소당하는 일은 없었을 것이다.

현관으로 달려간 그는 남루한 더블 재킷을 입고 서둘러 단추를 채

왔다가 얼른 다시 단추를 풀었다.

'세상에, 옷에서 썩은 물고기 냄새가 나는걸. 외출복 사이에 걸어 놓으면 안 되는데 깜박 잊어버렸군.'

그는 다른 옷을 찾아 입었다. 디자인이 평범하고 깨끗한 회색 코트. 지금까지 두 번밖에 입지 않은 옷이다. 서둘러 계단을 내려가 두 층 아래의 차고로 간 그는, 차를 몰고 꽤 긴 골목길을 지나 세 개의 강줄기 가운데 하나로 향해 있는 언덕길을 오른 후 릴레스트룀 쪽으로 차머리를 돌렸다. 벌써 해는 중천에 떠 있었다.

기차역 옆 남쪽 주차장에 차를 세웠다. 무조건 24시간에 25크로네를 지불해야 하니 그보다 더 싸게 주차할 방법은 없었다. 철로를 따라 헬스장이 있는 벽돌건물 쪽으로 걷기 시작했다. 창 너머로 몸에 딱 붙는 트레이닝복을 입고 땀을 뻘뻘 흘리며 트레이닝 자전거를 타고 있는 사람들이 보였다. 역 안에 들어선 그는 나르베센 편의점을 지나 계단을 오른 후 8번 플랫폼에서 1번 플랫폼까지 걸어갔다. 또 다른 나르베센 편의점을 지나쳐 릴레스트룀 시내로 향하는 역문을 나섰다.

그는 예술회관 옆에서 왼쪽으로 방향을 틀고 시내의 중심 대로인 스토르가타로 들어갔다. 찬바람이 몰아쳤다. 어쩐 일인지 릴레스트룀은 로메리케의 다른 어떤 곳보다 더 추웠고 바람도 더 세게 불었다. 습기를 머금은 바람이 피부에 달라붙었다.

스토르가타에서 벗어난 그는 릴레스트룀 '시티 쇼핑몰'의 회전문을 열고 들어갔다. 양옆에 늘어선 가게들을 지나 계단과 승강기를 탈 수 있는 작은 문 앞에 서서 잠시 생각에 잠겼다. 벽에는 '사회보장처 3층'이라는 팻말 외에도 여러 개의 팻말이 붙어 있었다.

'올라가야지. 그 외에는 다른 선택이 있을 수 없어.'

하지만 그는 문을 열지 않았다. 시계를 보았다. 15분 정도 여유가 있었다. 다시 가게 쪽으로 발길을 돌린 그는 에스컬레이터를 타고 아래층으로 내려가 제과점으로 걸어갔다. 여점원에게서 비엔나 빵을 하나 산 그는 그 자리에 서서 빵을 먹으며 시계를 흘끔 바라보았다. 이제 5분밖에 남지 않았다. 에스컬레이터를 타고 위층으로 올라간 그는 승강기를 타기 위해 버튼을 눌렀다. 승강기는 그를 기다리고 있었는지 바로 문을 열어주었다. 3층에서 내린 그는 조금도 주저하지 않고 사회보장처 사무실 앞으로 걸어 들어갔다. 이미 여러 차례 와본 곳이었다. 그는 문도 두드리지 않고 바로 들어갔다.

토미 · 짐 · 1970년

이미 자정이 지났다. 목요일을 넘겨 금요일로 향하는 시간. 그들은 국도를 벗어나 밤낮으로 가로등이 켜져 있는 교차로에서 방향을 틀어 자갈길로 들어섰다. 윌리의 집에서 파티를 하고 돌아가는 길이었다. 그들과 같은 동네에 살던 윌리는 이사를 가서 뫼르크 외곽에 살고 있으며 그의 집은 허허벌판 한가운데에 외로이 서 있었다. 여태까지 그 근처 벌판을 경작하지 않고 그대로 두었다는 것이 이상하게 느껴질 정도였다.

윌리는 부모님이 모두 살아계신다. 짐과 토미는 어렸을 때 친구들이 부모님과 함께 산다는 것이 참으로 특별하다고 생각했다. 적어도 꽤 오랜 시간을 함께 산다는 사실 말이다. 그들은 최근에야 대부분의 또래 아이들에게는 모두 아버지와 어머니가 있고, 평생을 함께 살아가는 것이 이상한 일이 아니라는 것을 깨닫게 되었다. 짐에게는 여전히 어머니뿐이었고, 토미에겐 아무도 없었다. 욘센이 있긴 했지만 그 또한 한 사람에 불과했다. 토미를 돌봐주는 사람은 욘센이었다. 토미를 돌보는 일은 결코 어려운 일이라 할 수 없었다.

짐과 토미는 술에 조금 취한 상태로 함께 밤길을 걸었다. 머리끝까지 취한 정도가 아니라 조금 취한 정도였다. 어느 정도 걸으니 술기운은 마치 습기를 머금은 수건처럼 나무 사이로 스멀스멀 빠져나가 연기처럼 사라져버렸다. 곧 비틀거리지 않고 똑바로 걸을 수 있었다. 때는 5월. 발 앞에 펼쳐진 자갈길을 구별할 수는 있었지만 밝다고 할 수는 없었다. 한밤중에 대문 밖으로 나가 집 모퉁이에 서서 숲에서 오는 누군가를 기다린다고 치면, 비록 그가 수년간 사랑해온 여인이라 할지라도 그녀가 코앞에 다가오기 전에는 얼굴을 알아볼 수 없을 정도였다. 목적지는 얼마 남지 않았다. 약 1킬로미터도 남지 않았다. 그들은 곧 동네 어귀의 첫 번째 집인 슬레텐의 집 앞을 지날 것이다. 그의 마당을 밝히는 야외등이 보였다. 방향을 돌리자 슬레텐의 야외등 불빛은 사라지고 다음 집의 불빛이 길을 밝혔다.

윌리의 집에선 어떤 음반을 듣느냐는 문제로 말싸움이 벌어졌다. 발모에서 온 두 소년은 투명한 유리병에 독주를 담아왔다. 분명 대문을 나서기 전이나 대문 앞 계단을 내려온 직후, 그들의 아버지가 어머니 몰래 병을 건네주었을 것이다. 아버지들이 그런 식으로 아들을 챙기는 일은 비일비재했다. 특히 발모의 분위기는 더욱 그러했다.

"신경 쓰지 마. 그 나이에 술을 시작하지 않으면 대체 언제 제대로 술맛을 보겠니. 하지만 칼은 절대 가져가면 안 돼."

그들이 칼을 들고 오는 일은 없었다. 파티에 갈 때 칼을 가져오는 시대는 이미 지났다. 칼을 가져오는 사람들은 파티에서 구식 댄스를 추거나 탱고를 추는 구세대 사람들이다. 그런데도 윌리의 파티는 꽤 시끄러웠다. 몸싸움이 있었고, 한문으로 장식된 오래된 꽃병이 깨졌다. 그것은 윌리의 어머니가 아끼던 꽃병이었다. 코가 비뚤어질 정도로 술을 마신 윌리는 급기야 소리 내어 흐느끼기 시작했다.

"난 너희들처럼 될 수 없어. 앞으로도 너희들처럼 될 수 없을 거야."

그 말에 일리가 없지는 않았다. 짐은 괜찮다며 윌리를 위로했다.

"우리처럼 될 필요는 없잖아."

곧 몸싸움이 일어났다. 토미는 주먹질을 하고 있는 두 아이를 하나씩 번쩍 들어올려 다른 곳으로 옮겨놓았다. 파티에서 여자아이는 한 명도 볼 수 없었다. 왜 여자아이들은 아무도 오지 않았지? 마을회관 근처에 살던 운니는 파티가 있을 때면 항상 오곤 했다. 토미는 운니에게 마음이 있었다. 모두들 알고 있는 사실이었다. 같은 반의 토네는 왜 오지 않았을까. 레이둔은? 윌리는 도대체 생각을 어디에 두고 있었던 것일까. 자정이 되자 짐과 토미는 서로를 흘깃 쳐다보며 말없이 고개를 끄덕였고, 잠시 후 그들은 소리 없이 파티장을 빠져나왔다.

대문 앞 계단 위에 선 그들은 기분 좋은 밤공기를 음미하며 몇 분간 서 있었다. 5월 초순이었다.

"공기가 너무 좋은걸. 지난 한 주는 비도 거의 내리지 않았는데 말이야."

짐은 타바코를 종이에 말아보려 했지만 마음처럼 잘되지 않았다. 타바코 가루는 그의 손가락 사이로 흘러내렸고, 종이는 달빛을 닮은 누런 가로등 불빛 아래서 나비처럼 가볍게 훨훨 날아 그의 손을 떠났다.

"이런, 마음대로 잘 안 되는걸."

그는 소리 내어 웃기 시작했다.

"담배를 말 수가 없어."

그는 다시 웃음을 터뜨리며 타바코를 말아보려 했지만 이번에도 마찬가지였다.

"젠장."

그는 웃음을 멈추지 않았다.

"나한테 줘봐."

토미는 타바코 팩을 받아들고 담배를 말아보려 했지만 그 역시 성공하지 못했다. 그는 담배를 피우지 않았지만 그 누구보다 타바코를 보기 좋게 말았고, 짐을 위해 자주 말아주기도 했다. 하지만 오늘은 이상하게도 손이 마음대로 움직이지 않았다.

"이런! 안 되겠어."

그도 웃기 시작했다.

"왜 안 되는 걸까."

그는 오르막길을 걷기 시작했다.

"젠장. 이젠 집에 가야겠어. 넌 할 수 없이 내일까지 기다렸다가 담배를 피워야겠구나."

그들은 비틀거리며 윌리의 대문 앞 계단을 내려와 국도 쪽으로 걸음을 옮겼다. 집에 거의 다 왔을 때 나뭇가지 사이로 슬레텐 씨네 야외등 불빛이 보였다.

북쪽으로 난 골목길엔 전화선 공사를 하느라 땅이 파여 있었다. 공사가 끝나면 동네 집집마다 전화가 들어올 것이다. 떡갈나무 아래에는 관절염을 앓는 사람처럼 뻣뻣한 마디를 내보이며 외롭게 자리를 지키고 있는 굴착기가 있었다. 몸체에는 '브뤼네 중장비'라는 글씨가 자랑스레 새겨져 있었고, 긴 팔에 달린 버킷은 잔디 위에 축 늘어져 쉬고 있는 것만 같았다. 한쪽 면은 평평하고 다른 면은 뾰족한 굴착기의 버킷은 돌멩이와 자갈이 대부분인 마을길에서 작업하는 데 적격이지만 어느 곳이든 다 닿는 것은 아니었다. 굴착기의 버킷이 들어가지 못하는 곳에 사용한 듯한 삽과 괭이는 도랑의 안쪽 벽에 기대어져 몇 시간 후면 모습을 드러낼 전화 회사의 인부들을 기다리고 있었다.

그들은 매일 이른 아침 일을 시작했다. 가끔 트럭 뒤편에서 긴 전선을 둘둘 당겨낼 때면 리듬에 맞추어 함께 노래를 부르기도 했다. 우체통 옆에 서서 스쿨버스를 기다리며 그들의 노래를 들으면 왠지 기분이 좋아졌다. 노래를 전혀 못하는 사람들도 노래를 부를 때면 목소리를 높여 함께 노래하곤 했다. 언뜻 이상하게 느껴지기도 했다. 하긴, 한 사람이 먼저 노래를 시작하면 함께 있던 이들은 으레 따라하기 마련이다.

그들은 도랑을 따라 걷다가 인부들이 전날 오후 5시에 일을 마치고 다음 날 아침 6시 30분에 일을 시작할 바로 그 지점에서 발길을 멈추었다. 슬레텐의 집은 그곳에서 약 30미터밖에 떨어져 있지 않았다. 그의 마당에 있는 야외등 불빛은 짐과 토미가 서 있는 도랑까지 비추어 내렸다. 잿빛의 어스름한 새벽빛은 후추 알갱이처럼 눈을 파고 들어왔다. 밝은 아침 햇살이 비치기까지는 얼마 남지 않았다. 굴착기가 들어오지 못하는 비좁은 한쪽 도랑벽에는 괭이와 삽이 가지런히 놓여 있었다. 거기서부터는 모든 일을 손으로 해야 했다. 토미와 짐은 도랑 가장자리로 다가가 아래쪽을 내려다보았다. 도랑벽은 매끈했다. 토미가 몸을 돌려 짐을 바라보았다.

"술 다 깼어?"

"응, 그런 것 같아."

"나도 그래."

토미는 다시 도랑 아래쪽을 내려다보았다.

"제기랄."

그는 땅에 손을 대고 앉은 후 몸을 휙 돌려 도랑 속으로 뛰어내렸다. 매끈매끈한 도랑의 가장자리는 그의 가슴께에 이를 정도로 높았다. 그는 짐을 올려다보며 웃음을 터뜨렸다.

"아직 술이 완전히 깬 것 같진 않아."

짐도 웃음을 터뜨렸다.

"응, 그런 것 같아."

짐도 토미를 따라 몸을 앞으로 숙이고 땅에 손바닥을 댄 후 도랑 속으로 뛰어내렸다. 내려올 때는 무릎을 살짝 굽히는 것도 잊지 않았다. 비는 오지 않았지만 도랑벽은 습기로 가득했다. 도랑벽을 손으로 쓱 스치면 자잘한 돌멩이와 자갈이 손바닥에 박혔다.

"자, 이제 시작해볼까?"

토미가 말했다.

"그러자."

토미는 근처에 있는 곡괭이를 집어들고 도랑벽을 향해 두 발을 쫙 벌린 채 곡괭이의 평평한 면을 어깨 위로 높이 치켜들었다. 짐은 호미를 들고 토미 뒤에 서서 만반의 준비를 했다. 토미가 흙더미 속으로 곡괭이를 밀어넣자 도랑벽이 무너지면서 그의 발 사이에 흙이 쌓였다. 그다음에는 자갈벽으로 곡괭이를 밀어넣었다. 단단해 보이던 도랑벽은 힘없이 무너졌다. 그는 위쪽에서부터 아래쪽으로 괭이질을 했고, 흘러내린 흙과 자갈은 그의 발 사이에 차근차근 쌓였다. 열두어 번 정도 괭이질을 하니 토미의 발 사이에 쌓인 흙더미도 꽤 커졌다.

짐은 호미의 뾰족한 부분이 토미의 머리에 부딪치지 않도록 토미의 등 뒤에서 두 발자국 정도 떨어진 곳에 서 있었다. 토미가 잠시 손을 멈추면 짐은 토미의 발 사이에 쌓인 흙더미를 호미로 힘껏 긁어모았다. 흙더미가 사라져 토미가 발을 자유자재로 움직일 수 있게 되면 토미는 다시 도랑벽을 곡괭이로 찍었다. 짐은 바닥에 쌓인 흙더미를 긁어모아 평평하게 만들었고, 토미는 도랑벽을 긁어내 매끈하게 만들었다. 곧 두 사람은 각자 삽을 들고 도랑 바닥 끝 쪽에 모아 놓았던 흙더미를 길 위쪽으로 퍼올리기 시작했다. 토미는 북쪽에서 삽질을 했고, 짐은 남쪽에서 삽질을 했다. 도랑벽은 꽤 높아서 흙을 퍼올리는 데 힘이 많이 들었다. 얼마 지나지 않았는데도 두 사람은 힘이 쭉 빠졌다.

그럼에도 두 사람은 일손을 멈추지 않았다. 곧 둘의 일손에는 적절한 리듬이 찾아들었다. 이상적인 몸동작은 이미 그들의 일 속에 숨어 있었다는 듯, 그들이 손과 팔을 들어올리기만을 기다리는 것 같았다.

두 사람은 몸속에 찾아든 리듬감을 거부하지 않았다. 삽의 끝부분을 흙 속에 찍어넣고 살짝 뒤로 민 다음 90도로 틀고 팔을 들어올리면 삽이 퍼올린 흙은 도랑벽 위에 쌓였다. 삽의 무게와 움직임은 그들이 하는 일의 절반을 차지했고, 그들의 허리도 일하는 데 없어서는 안 될 정도로 중요한 역할을 했다. 일을 하는 동안 손은 더욱 효율적으로 움직였고, 몸은 생각을 하지 않아도 자동적으로 움직일 정도가 되었다. 삽을 내려찍고 허리를 움직일 때마다 무게 중심은 몸의 서로 다른 곳에 적절하게 분배되었다. 특정한 신체 부위를 특별히 자주 사용하거나 많이 사용하지 않아도 되었던 것이다. 리듬을 탄 몸은 일을 멈추기를 거부하듯 쉴 새 없이 움직였다.

"괜찮아? 일을 더 할 수 있겠니?"

토미가 물었다.

"문제없어. 너만 괜찮다면."

짐의 말에 토미가 웃음을 터뜨렸다.

"이렇게 일이 재미있는지 미처 몰랐어. 그건 그렇고 동네에 불 켜진 집이 있나 둘러봐."

짐은 도랑 위로 머리를 치켜들고 골목길의 좌우와 아래쪽을 살펴보았다. 불이 켜진 집은 없었다. 가로등만이 골목길을 비추고 있을 뿐이었다.

"캄캄해. 창문에 불빛이 새어나오는 집은 없어."

"좋아."

호미를 든 토미의 발 사이로 흙과 자갈돌이 우르르 흘러내렸다. 그는 쉴 새 없이 몸을 움직였으며 호미질을 멈출 줄 몰랐다. 허리는 마치 볼 베어링이 작동하는 것처럼 구부렸다 펴기를 수도 없이 반복했고 거기에 맞추어 그의 발 사이로 흙과 자갈돌이 쏟아져 내렸다. 짐은 괭이를 들고 그의 뒤에 서서 흘러내린 흙과 자갈돌을 긁어냈다. 그들이 쌓은 자갈돌과 흙더미는 점점 커졌다. 짐은 팔과 허리, 등을 사용해 도랑벽을 매끈하게 만들었다. 곧 그들은 삽을 이용해 발 사이에 쌓인 흙더미를 도랑 벽 위로 퍼올렸다. 흙이 도랑 위 도로에 쏟아지기 전에 도랑 바닥에 삽질을 할 정도로 그들의 움직임은 아주 빨랐다. 짐이 갑자기 허리를 펴고 말문을 열었다.

"노래를 해보는 게 어때? 전화선 공사를 하는 인부들처럼 말이야."

"멈추지 마. 계속 움직이지 않으면 근육이 굳어버려."

토미가 자갈돌과 흙을 긁어모으는 동안 짐은 허리를 굽히고 삽을 도랑 바닥에 꽂았다.

"하지만 노래를 하면 더 좋을 것 같아."

"사람들을 깨울지도 몰라."

"크게 부르지만 않으면 되잖아. 일하는 데 적당히 도움이 될 정도로 나직이 부르면 돼. 우린 어차피 도랑 속에 있으니까 노래를 한다 해도 들을 수 있는 사람은 없을 거야."

"생각해보니 그것도 좋을 것 같군. 일하는 데 안성맞춤인 노래가 하나쯤은 있을 거야."

토미가 말했다.

"리듬이 맞지 않으면 오히려 방해만 될 뿐이야."

그들은 다시 삽질을 하며 흙더미를 도랑 위쪽으로 퍼올렸다. 팔과 허리를 움직이는 동안 그들은 일할 때 어떤 노래가 적당한지 곰곰이 생각에 잠겼다. 비틀스 노래 몇 곡과 홀리스의 노래 한 곡을 생각해 냈으나 그들의 몸동작과 맞지 않았다.

"안 되겠어. 오히려 방해만 될 뿐이야."

"그럴지도 몰라."

다시 생각에 잠긴 짐이 갑자기 소리쳤다.

"이 노래를 들어봐."

그가 노래를 하기 시작했다.

언덕과 산을 걷자

겨울날과 여름날의 저녁에

그들은 삽을 자갈돌과 흙더미 속에 꽂아넣고 살짝 돌린 다음 무릎 높이까지 치켜든 후 퍼올린 흙을 도랑 위쪽으로 보냈다. 신기하게도 노래와 몸동작은 박자가 착착 들어맞았다. 노래를 빨리 부르지만 않는다면 말이다.

"젠장. 아무리 그렇다 해도 제헌절 노래를 부를 수는 없잖아."

토미가 말했다. 누가 듣는다면 얼굴이 붉어질 일이었다.

"하지만 듣는 사람은 아무도 없는걸. 우린 도랑 바닥에서 노래하고 있으니까 말이야."

짐이 말했다.

그들은 노르웨이의 제헌절 노래를 불렀다. 노랫소리는 나지막했지만 일하는 데 적당했다. 노래의 리듬에 맞추어 몸을 움직이니 일이 훨씬 쉬워지는 것 같았다. 어느덧 노래에 적응한 그들의 머릿속엔 부끄럽다는 생각조차 사라져버렸다.

더는 몸을 움직일 수 없을 정도로 피곤해졌다. 삽질 한 번, 호미질한 번조차 하기 힘들어졌다. 무릎이 덜덜 떨려 어딘가에 몸을 기대지 않고선 몸을 똑바로 세우기도 쉽지 않았다. 그들은 도랑 위쪽으로 엉금엉금 기어올라가 가장자리에 앉아 두 발을 덜렁거리며 도랑 아래쪽을 내려다보았다. 헐떡이는 그들의 숨소리가 날카로웠다. 날이 밝아오고 있었지만 대문 밖에 모습을 드러내는 동네 사람은 아무도 없었다. 그들의 노랫소리를 들은 사람도 없었다. 슬레텐의 부엌 창으로 램프 불빛이 새어나왔다.

짐은 타바코를 꺼내 담배를 말기 시작했다. 두 손이 달달 떨렸지만 이상하게도 이번엔 생각보다 담배가 잘 말렸다. 그는 담배에 불을 붙이고 만족스러운 표정으로 연기를 내뿜었다. 그 모습을 본 토미가 미소를 지었다.

"만약 나도 담배를 피운다면 지금 너와 함께 담배를 피우고 싶어. 네 표정이 지랄 맞게 만족스러워 보여서 말이야."

토미의 말에 짐은 소리 내어 웃었다.

"도대체 우리가 일을 얼마나 한 거지?"

"어디 한번 볼까."

토미가 뻣뻣해진 몸을 일으켰다.

"제기랄, 이렇게 뻣뻣할 수가…"

그는 전날 인부들이 일을 마친 지점까지 절뚝거리며 걸어갔다. 짐과 토미가 일을 시작했던 바로 그 지점이었다. 그는 발을 떼며 몇 분 전 그들이 일을 마친 지점까지 거리를 재기 시작했다.

"적어도 5미터 이상은 되는 것 같아. 이렇게 말하니까 그리 일을 많이 한 것 같지 않지만 실제로는 엄청난 양이야."

토미가 자랑스레 말했다.

"우린 노동자의 영웅이라고. 이 정도면 훈장을 받아도 될 거야."

"소비에트 연방에선 노동자들이 일을 훌륭하게 해내면 훈장을 줬대. 적어도 1930년대에는 그랬다고 들었어. 훈장 중에서 가장 권위 있는 건 스타하노프 훈장이야."

"어떻게 그런 것까지 알고 있니?"

"난 별 이상한 것들을 많이 알고 있잖아."

"그건 맞아. 하하. 하지만 우린 소비에트와 적대관계 아니니? 재작년에 있었던 일 때문에 말이야."

"그건 그래."

짐이 말했다.

"그렇다면 훈장 같은 건 생각하지 말자고. 그런 건 없어도 돼."

토미가 말했다.

길 아래쪽에서 디젤 엔진 소리가 들려왔다. 짐은 시계를 본 후 몸을 일으켜 담배꽁초를 도랑 바닥에 던졌다.

"토미, 이제 가자."

토미도 몸을 일으켰다. 두 사람은 차를 탄 인부들이 모퉁이를 돌기 전에 그곳을 떠났다. 슬레텐의 집을 돌아 그의 창고가 보이는 뒷골목으로 서둘러 걸음을 옮겼다. 슬레텐의 뒷마당에 있는 야외온실의 유리창은 세 개 건너 하나가 깨져 있을 정도로 황폐했다. 뒷골목에서 보이는 그의 거실에는 사람이라곤 그림자조차 볼 수 없었다. 사람들은 아침에 일어나면 부엌부터 찾기 마련이다. 골목길 왼쪽에 줄지어 서 있는 집에는 허브를 가꾸는 야외정원들이 보였고, 오른쪽에는 둠파가 보였다. 들판 너머로는 비르케룬덴과 로보가 빠져죽을 뻔했던 웅덩이가 보였다. 로보는 세상을 떠난 지 오래다. 뫼르크에서 온 수의사가 안락사를 시켰다.

"세상에, 이렇게 될 때까지 놔두었습니까? 이젠 너무 늦었습니다. 조금 더 일찍 왔어야 했는데."

그의 말은 일리가 있었다. 로보는 발을 움직일 수 없었을 뿐 아니라, 음식을 먹을 때도 몸을 일으키지 못해 비스듬히 누워서 먹었기 때문이다. 이미 몇 해 전의 일이다.

"로보를 기억하니?"

짐이 물었다.

"물론이지."

"난 아직도 네가 비외르케루드 웅덩이에서 익사 직전이던 로보를 구해냈던 걸 기억해. 이후엔 모두들 그 이야기를 했지. 네 어머니도 거기 있었잖아. 사람들은 네 어머니가 로보를 직접 구하지 않고 왜 네가 구해냈는지 궁금해했어."

"우리 엄마는 헤엄을 칠 수 없었어."

"하지만 어른이라면 웅덩이에 걸어 들어갈 수도 있잖아."

"나도 알아."

토미가 말했다.

"넌 그때 고작 열 살이었어. 웅덩이 바닥에 발이 닿지 않아서 헤엄을 쳐야 했지."

"나도 알아."

토미가 말했다.

"나도 네가 알고 있다는 걸 알아. 앞으로는 이 이야기를 하지 않을게."

"괜찮아."

토미가 말했다.

골목길을 거의 다 지나왔을 때 그들은 미처 생각지도 못했던 곳에 다다랐다. 그곳에 가자고 미리 약속한 것도 아니었다. 두 사람은 윌리의 파티에 다녀오는 길이었다. 그들이 마주한 것은 언젠가 토미가 살았던 집의 뒷벽이었다. 창문은 여전히 나무판자로 막혀 있었다. 토미가 집을 떠나던 날 빨간 차를 타고 온 목수가 노란 망치로 못질을 했던 바로 그 나무판자였다. 그들이 알기로는 그날 이후, 그 집 문

손잡이에 손을 댄 사람은 아무도 없었다. 욘센의 집에서 멀지 않은 곳이었지만 토미는 지난 4년간 옛집에 단 한 번도 가보지 않았다. 가끔 스쿨버스 차창 너머로 그 집을 볼 기회가 있었지만, 그때마다 토미는 고개를 돌려버렸다.

그들은 무성하게 자란 덤불을 뚫고 베르그렌 가족이 살았던 집의 뒷마당으로 들어갔다. 토미의 아버지가 앉아 담배를 피우던 의자는 여전히 그 자리를 지키고 있었지만, 토미는 그 의자에 앉을 마음이 없었다. 그들은 창문 쪽으로 다가갔다. 창을 가려놓은 나무판자는 거뭇거뭇하게 변색되었고 못 머리 주변에는 금이 가 있었다. 판자는 너무나 낡아 손만 대면 부스러질 것 같았다. 토미는 판자 하나를 떼어냈다. 길에서는 그들의 모습을 볼 수 없었다. 그곳을 지나는 사람도 없었다. 조용하고 삭막한 들판 너머 둠파와 비르케룬덴까지 이르는 곳에 보이는 사람이라곤 토미와 짐밖에 없었다. 맞은편 골목의 디젤 엔진 소리는 선명히 들을 수 있었지만, 이미 그들의 머릿속에 도랑과 인부들에 대한 생각은 사라지고 없었다. 온 동네 사람들이 자는 시간에 도대체 누가 굴착 작업을 해놓았는지 궁금해하는 인부들이 서로 무슨 말을 주고받을지도 알려고 하지 않았다. 이젠 그들과 상관없는 일이었으니까.

토미는 나무판자를 하나 떼어냈다. 못이 힘없이 떨어져 내리는 바람에 그는 판자를 손에 들고 엉덩방아를 찧었다. 그는 판자를 땅에 던져놓고 다시 창가로 다가가 판자를 차례차례 떼어내기 시작했다. 전혀 힘들지 않았다.

"세상에! 판자가 다 썩었나봐. 그 목수는 정말 공산주의자였는지도 몰라. 적어도 구두쇠였던 건 분명해."

목수는 뫼르크에서 2년 동안 머물다가 어느 날 갑자기 그곳을 떠났다. 동네 사람들은 그가 공산주의자라고 입을 모았고, 그를 공산주의자처럼 대했다. 때문에 그가 동네에서 할 수 있는 일은 거의 없었다. 하지만 그는 공산주의자와는 거리가 먼 사람이었다. 단지 자신의 빨간 트럭을 다른 색으로 칠하기를 거부했을 뿐.

판자를 두 개만 더 떼어내면 창이 다 드러날 참이었다. 그들은 창에 몸을 대고 안쪽을 바라보았다. 지저분한 창 너머로 집 안을 들여다보기는 쉽지 않았다. 해는 동쪽에 떠 있었고, 그들은 집의 서쪽 뒷마당에 서 있었기 때문이었다. 그러나 어둡지는 않았다. 거실의 가구들은 모두 제자리를 지키고 있었다. 4년밖에 지나지 않았지만 훨씬 더 오래전의 일처럼 느껴졌다.

지난 4년간 그들은 변했다. 적어도 지금의 토미는 4년 전의 토미와는 달랐다. 그동안 너무나 많은 일이 있었다. 시간이 흐른 것이다. 그 집을 떠나던 날 열세 살이었던 토미는 어느덧 열일곱 살이 되었다. 얼마 후면 열여덟 살이 될 것이다. 지난 4년은 세상에서 가장 긴 시간이었다. 그는 무슨 생각을 해야 할지 감을 잡을 수가 없었다. 문득, 지금 그곳에 서 있는 것은 결코 우연이 아니라는 생각이 스쳤다. 언젠가는 찾아가야 할 곳이었다. 어쩌면 지금껏 그곳을 깊이 그리워했는지도 모른다. 토미는 언젠가 그 집을 찾게 되면 창문으로 집 안을 들여다보리라 생각했고, 바로 지금 그렇게 하고 있었다. 불현듯 앞으로 무엇을 해야 할지 감이 잡히는 것 같았다. 너무나 중요한 일이지만 이전에는 깨닫지 못했던 일. 그러나 적어도 이르다고는 할 수 없는 일. 그는 유리창에 이마를 댔다. 짐도 따라했다. 두 사람은 한동안 아무 말 없이 유리창에 이마를 대고 집 안을 들여다보았다.

갑자기 짐이 말문을 열었다.

"마치 인형 집을 보는 것 같아."

언뜻 이상하게 들렸지만 그것은 사실이었다. 토미도 짐의 말에 그 사실을 깨달았다. 집 안은 너무나 완벽해서 사람이 사는 집 같지 않았다. 누가 손을 댄 흔적도 없었고, 모든 것은 자로 잰 듯 제자리를 지키고 있었다. 텔레비전 앞에 자리한 의자는 정확한 각도를 유지하고 있었고, 탁자 위에는 가장자리에 빈틈없이 맞추어 차곡차곡 접힌 신문지가 놓여 있었다. 먼지로 뒤덮인 모든 것은 너무나 말끔했다. 벽에 걸린 액자들은 일렬로 정렬되어 있었고, 집을 찾는 손님들에게 감명을 주기 위해 고급 전집을 한 번에 세트로 구입한 듯, 책장에는 제인 그레이$^{Zane\ Grey}$의 책들이 밀리미터의 간격을 두고 정확하게 꽂혀 있었다. 그들은 집 안의 모든 것에 완벽을 기울였다. 거실에 널브러져 있는 옷가지는 단 한 벌도 없었고, 구석에는 장난감 공 하나조차 찾을 수 없었다. 사람이 살았던 흔적을 볼 수 없을 정도였다.

그들은 사람이 사는 것 같은 집으로 꾸며보려 애썼다. 토미, 시리, 그리고 쌍둥이의 집. 누군가가 그 집을 찾으면 좀 나이가 있는 2명과 아주 어린 2명, 4형제가 화목하게 사는 집이라는 인상을 주고 싶었던 것이다. 그러면 어느 누구나 4형제가 삶을 제대로 살아나가고 있다는 것을 깨달을 테고 경찰이나 아동 보호소에 연락할 필요가 없다고 생각할 것이다. 어느 누구의 도움도 받지 않고 한 가족이 잘 살고 있다는 인상을 주면, 그들은 계속 평화롭게 살 수 있을 것이라고 생각했다. 토미, 시리 그리고 쌍둥이 말이다. 하지만 지금 와서 보니 그들의 생각이 틀렸다는 것을 너무나 명확히 알 수 있었다. 짐의 말엔 틀림이 없었다. 그 집은 사람이 사는 집이 아니라 인형 집처럼 보였던 것이다.

토미는 몸을 쭉 펴고 두 걸음 뒤로 물러서서 손에 묻은 먼지를 바지에 닦았다. 두 눈을 감고 이마에 묻은 먼지를 털어낸 그는 다시 눈을 떴다. 그가 생각했던 것과는 달랐다. 이곳으로 오지 말았어야 했다는 생각도 들었다. 하지만 때는 이미 늦었다.

짐도 허리를 펴고 뒷걸음질 치며 창에서 물러난 후 토미 옆에 섰다. 그도 눈을 감고 이마와 눈썹에 묻은 먼지를 털어냈다. 두 차례 크게 재채기를 한 짐이 말했다.

"이 집에 있는 먼지를 다 털어내야겠어. 바깥쪽에 있는 먼지 말이야. 넌 어떻게 생각해?"

"뭘?"

"이제 뭘 하면 좋을까?"

"아무것도…"

"아무것도? 무슨 생각을 하고 있는 거야?"

"이 쓰레기들을 모두 불태워버릴까 생각했어."

짐·2006년 9월·2005년

사회보장처에 들어서서 조심스레 문을 닫았다. 사무실 내의 빛이 눈에 거슬린다고 생각했다. 평범하지 않은 하얀 빛. 불편해졌다. 하지만 실내에서 선글라스를 착용할 수는 없는 일. 만약 그렇게 한다 해도 이곳에서 맞닥뜨려야 하는 일에 도움이 되진 않을 것이다. 나는 걸음을 멈추고 탁자 앞에 앉아 대기하고 있는 사람들을 바라보았다. 모두 남자였다. 그들은 무언가를 기입해야 할 서류를 앞에 놓고 상체를 구부리고 종이 위에서 몇 센티미터 떨어진 높이에 펜을 들고 골똘히 생각에 잠겨 있었다.

왼쪽 벽에 줄지어 있는 컴퓨터 여러 대는 사회보장처를 찾는 고객들이 사용할 수 있는 것이었고, 젊은 여자가 앉아 있는 가장 안쪽 책상 옆에는 한 남자가 구부정하게 서서 무언가 중요한 것을 설명하고 있었지만 여자는 심드렁한 반응을 보이고 있었다. 남자는 난감한 표정을 지으며 혹여 누군가 자신의 말을 듣고 있을지도 모른다고 생각했는지 양옆을 흘낏흘낏 바라보았다.

문득, 시간이 너무나 빨리 흐른다는 생각이 스쳤다. 도대체 지난 시간들은 어디로 사라져버린 걸까. 시간은 매초, 매분 너무나 천천히 가는데 말이다. 내가 서 있던 여러 곳을 떠올려 보았다. 지금, 바로 이 자리와는 다른 곳들. 오슬로에서 에네박 숲을 지나 울뵈이아 섬과 육지의 모세베이엔 도로를 잇는 다리 위에 서서 낚시를 하던 내 모습. 그곳에서 처음 낚시를 했던 때는 물론이고 왜 하필이면 그곳에 가서 낚시를 했는지도 기억나지 않는다. 하지만 그곳에서 처음 만났던 컨테이너-욘은 선명히 기억하고 있다. 빨간색이 바래져 분홍색이 되어버린 그의 손목 장갑과 어스름한 새벽빛 아래 반짝이던 낚싯줄. 그 낚싯줄에 달려 있던 스무 개의 낚시고리와 우리가 나누었던 말들, 그리고 내가 잡아올렸던 물고기들. 물론, 우리가 나누었던 말이나 내가 낚아올렸던 물고기가 많진 않았다.

내 기억력은 쇠퇴하지 않았다. 나는 어머니도 똑똑히 기억하고 있다. 어머니가 세상을 떠나던 날의 모습까지. 아버지의 모습은 전혀 모르지만 나는 여기저기서 아버지를 수차례나 보았다고 확신한다. 바로 몇 시간 전 헤레고르스베이엔 도로에서, 피오르드 아래쪽의 리안 언덕 위에서 등. 이상하기 그지없는 일이다. 아버지의 사진을 서랍이나 상자 속에 간직하고 있었다 하더라도 지금껏 그 사진을 내게 보여준 사람은 아무도 없었으니까.

내가 의무적으로 만나야 했던 심리상담사는 내가 내게 일어났던 일들, 심지어는 너무나 중요한 것들까지도 기억 속에 간직하려 하지 않고 쉽게 던져버린다고 말했다. 그것은 정신 건강에 좋지 않다고 했다.

"글쎄요, 잘은 모르지만 저는 그렇지 않다고 생각합니다. 저는 바로 얼마 전만 하더라도 오슬로 도서관에서 꽤 높은 직책을 맡고 있었습니다. 제가 제게 일어났던 중요한 일들을 쉽게 잊어버린다면 제가 그런 일을 맡을 수 있었을까요? 과거의 경험과 기억을 어느 정도는 간직하고 있었기에 가능한 일이라고 생각합니다. 그렇지 않다면 어느 누가 저를 믿고 그토록 중대한 직책을 맡길 수 있겠습니까. 살아오는 동안 지식을 축적해오지 않고 머리가 텅 비어 있었다면 아무도 제게 일자리를 주지 않았을 겁니다. 당연하지 않습니까?"

상담사는 그런 의미로 했던 말이 아니라고 했다. 나는 잘 알고 있다고 대답했다. 그러자 그는 어쩌면 자기가 했던 말이 완전히 일리 없는 말은 아닐지도 모른다고 말했다. 그렇지 않다면 내가 지금 그곳에 앉아 있을 이유도 없었을 것이라 덧붙였다.

그는 결코 멍청이가 아니었다.

나는 병가를 낸 이후 그곳을 찾지 않았다. 나는 일자리를 얻은 후 3주 만에 병가를 냈다. 결코 자랑스러워할 일은 아니다. 바로 그 때문에 상담사를 찾지 않았는지도 모른다. 상담소를 찾아도 친한 사람이 없었고, 마음을 털어놓을 수 있을 만큼 신뢰할 수 있는 사람도 없었다. 그곳에 있는 사람들에 대해선 아는 것이 하나도 없었으니까. 사실, 그곳을 찾을 마음은 추호도 없었다. 진실을 말하자면, 나는 주변 일에 전혀 신경을 쓰지 않았고, 나와는 상관없는 삶을 살고 있었다. 어느 날 문득 뒤를 돌아보니 너무나 멀리 와버려 나 자신조차도 낯설게만 느껴졌던 것이다.

한 달에 한 번씩 상사를 만나 그간의 병가 상황을 보고하고 어떻게 하면 빠른 시일 내에 다시 직장으로 돌아올 수 있을지 대화를 나누었다. 그것은 의무사항이었다. 하지만 상사나 나나 그러한 만남을 꽤 불편해했다. 결국, 나는 그의 사무실에 얼굴만 내밀게 되었다. 내가 다녀갔다는 보고서를 그가 작성하면 나는 바로 발길을 돌려 사무실을 나섰다. 다행히도 상사의 사무실은 내가 일하는 곳과는 다른 건물이었기에 동료들과 마주치는 난감한 일은 피할 수 있었다.

그 일이 처음 있었던 날, 나는 현관에서 막 신발을 신으려던 참이었다. 이른 아침이었고 나는 혼자였다. 그 당시 나는 혼자 살고 있었다. 출근을 하려던 길이었다. 일을 시작한 지 3주나 지났지만 여전히 서먹서먹하기만 했다. 나는 매일 차를 몰고 언덕길을 내려가 기차역까지 갔다. 걸어가기엔 먼 거리였다. 기차역 주차장에 차를 세운 나는 여느 다른 직장인들과 똑같이 오슬로 시내까지 가기 위해 기차를 탔다. 출퇴근 시간에 차를 직접 몰고 시내까지 간다는 건 미친 짓이었다. 나는 갑자기 숨을 쉴 수 없어서 비틀거리며 벽에 몸을 부딪쳤다. 그 바람에 벽에 붙은 옷걸이에 걸려 있던 재킷을 두 벌이나 떨어뜨렸고 나는 재킷들과 함께 신발장 위로 쓰러졌다. 동시에 신발장 뒤로 비스듬하게 삐죽이 튀어나와 있던 플라스틱 구둣주걱에 옆구리를 부딪쳤다. 비명을 지를 만큼 너무나 아픈 상황이었다.

그 당시 홀로 있을 때면 꽤 자주 비명을 지르곤 했다. 거짓말이 아니다. 꽤 오랜 기간 그랬던 것 같다. 이유는 모른다. 하지만 이번에는 아무 소리도 나오지 않았다. 여전히 숨을 쉴 수가 없었다. 두려움이 밀려왔다. 이제 모든 것이 끝났다는 생각마저 들었다. 갑자기 공기가 허파 속으로 밀려드는 것 같은 기분이 들더니 숨을 쉴 수 있게되었다. 동시에 갈비뼈에 엄청난 통증이 느껴졌다. 세상에… 너무나 아팠다. 관자놀이가 튀어나올 듯 맥박이 심하게 뛰었다.

신발장 앞 바닥에 널브러져 있던 나는 코트 주머니에서 겨우 휴대폰을 찾아 언젠가 나와 결혼한 적이 있던 여인에게 전화를 걸었다. 우리가 헤어지던 날, 그녀는 우리가 평생토록 함께 늙어갈 수 있으리라 믿었다고 말했다. 나는 이런 상태로는 불가능하다며 무례하게 툭 쏘아붙였다. 지금 생각하니 유치하기 그지없었다. 하지만 그때는 너무나 상처를 받아서 더는 다칠 마음이 없다고 생각했었다. 그랬던 내가 그녀에게 전화를 걸어 기어들어가는 목소리로 말하고 있는 것이다.

"에바, 나 지금 여기 누워서 꼼짝도 못하고 있어. 사고를 당했어. 당신이 좀 도와줘야겠어. 에바, 좀 도와줘. 제발 부탁이야."

그녀는 바로 전화를 끊어버렸다. 아직도 마음이 상해 있는 걸까? 그토록 오랜 시간이 흘렀는데도? 하지만 몇 분 뒤, 그녀가 전화를 걸어왔다. 중앙병원 의사와 전화했는데 의사는 내게 그 자리에서 꼼짝하지 말고 구급차가 올 때까지 기다리라고 했다는 것이다.

"당신이 어디에 있든 그 자리에서 꼼짝도 하지 말고 기다려요."

"신발장 앞에서 말이야?"

"당신이 누워 있는 곳이 신발장 앞이라면 거기서 기다리는 수밖에 없겠네요."

그녀는 전화를 끊기 전에 마지막 한마디를 남겼다.

"행운을 빌어요, 짐. 그동안 고마웠어요."

20분이 채 지나기도 전에 노란 구급차가 건물 앞 모퉁이를 돌아 도착했다. 구급대원들은 나를 들것에 실어 병원으로 옮겼다.

구급차를 기다리는 동안 나는 숨이 끊어졌을 수도 있었다. 하지만 병원에선 내게 아무런 이상이 없다는 진단을 내렸다. 나는 뇌출혈이나 그 비슷한 것 또는 심장마비 등을 상상했었다. 하지만 의사는 내게서 어떤 이상도 발견하지 못했다고 말했다. 구둣주걱 때문에 조금 다친 것, 그리고 약간의 두통. 그게 전부였다. 의사는 나이가 얼마 되지 않은 것으로 보아 경험이 거의 없는 것 같았다. 하지만 그는 자신이 내린 진단에 확신을 가지고 있었다. 때문에 그와 말다툼을 할 여지라곤 전혀 없었다. 어떤 면에선 안심이 되기도 했다. 죽진 않는다고 했으니까. 하지만 솔직히 말하면 사기를 당한 것 같은 느낌이었다.

신발장 앞에서 일어났던 일은 꽤 드라마틱했다. 적어도 내겐 말이다. 몸에 큰 이상이 있어 치료를 받아야 마땅할 것 같았다. 하지만 의사의 의견은 나와 정반대였다. 우연히 일어난 사고에 불과할 뿐이라고 했다. 조금도 위험하지 않다는 것이었다. 단지 신경이나 근육에 예상치 못했던 단순한 이상이 생겼을 뿐이고 앞으로 지속될 확률도 아주 낮다고 했다.

하지만 그와 같은 일은 그 후에도 여러 번 일어났다. 그로부터 불과 며칠 후였다. 갈비뼈의 통증 때문에 사흘 동안 병가를 냈던 나는 나흘째 되던 날 아침 직장에 가려고 집을 나섰다. 갈비뼈에 부러진 곳은 없었지만 견디기 힘들 정도의 통증 때문에 아무 일도 할 수 없을 지경이었다. 아침에 일어난 나는 마음을 다잡고 아침 식사 후 파랄긴 포르테라는 진통제를 삼켰다. 집을 나서서 기차역 주차장에 차를 세우고 기차를 타기 위해 위층으로 올라가는 승강기를 탔다. 3층과 4층 사이에 이르렀을 때 갑자기 숨이 막히기 시작했다. 주변에 있던 사람들은 내게 무슨 일이 생겼는지 보려고 일제히 고개를 돌려 나를 바라보았다. 무릎을 바닥에 짚고 쓰러지자 사람들은 벽 쪽으로 비켰다.

승강기 안에는 사람들이 예닐곱 명 정도 있었고, 모두들 두려워서 굳은 표정으로 서 있었다. 말을 하는 사람은 아무도 없었다. 쉽지 않은 상황이었다. 나는 입술을 꽉 깨물고 견뎌보려 했지만 불가능했다. 숨을 쉴 수가 없었다. 곧 숨을 쉴 수 있으리라 생각했지만 더는 견딜 수 없었던 나는 바닥에 한쪽 어깨를 찧었다. 30초가 지난 후, 나는 숨을 쉴 수 있었다. 다시 공기를 들이마시는 소리는 너무나 특별했다.

한 남자가 승강기 벽의 빨간 버튼을 눌렀다. 동시에 승강기가 제자리에 멈춰 섰다. 다른 이들은 갑작스런 상황에 중심을 잡지 못하고 이리저리 비틀거렸다. 승강기는 5층에 도착하기 직전에 멈춘 상태였다. 남자는 당황해서 비상 버튼이 아닌 멈춤 버튼을 눌렀던 것이다. 층간에 멈춰 선 승강기 안에서 무엇을 할 수 있을까.

나는 천천히 몸을 일으켰다. 무릎을 바닥에 짚고 한쪽 다리를 일으켜 세운 후 숨을 헐떡이며 다른 쪽 다리도 일으켜 세웠다. 몸을 완전히 일으키니 다시 승강기가 움직이기 시작했고 5층과 6층에 차례로 멈추었다. 나는 6층에서 내릴 생각이었다. 승강기에서 빠져나가던 사람들은 내게 눈길도 주지 않았다. 나 역시 그들을 보지 않았다. 눈이 침침해 그들을 볼 수 없었기 때문이다.

승강기가 텅 비자, 나는 승강기 벽을 더듬더듬 짚어가며 1층 버튼을 눌렀다. 1층 로비에 이르자 그제야 시력이 되돌아왔다. 기분도 훨씬 좋아졌다.

중앙역까지는 멀지 않았다. 매표기에서 표를 구입하고 구석진 자리에 앉아 코트 깃을 한껏 올리고 턱이 맨 위의 단추에 닿을 정도로 고개를 푹 숙였다. 문득, 이것이 마지막 출근길이 될지도 모른다는 생각이 들었다. 시작도 하기 전에 끝난 것 같은 느낌이었다. 이제 나는 어디로 가야 할까. 더는 아무 생각도 할 수 없었다.

집에 돌아온 나는 대문을 잠그고 즉시 주치의에게 전화를 걸어 그날 있었던 일을 설명했다. 그는 상태가 꽤 안 좋은 것 같다며 당장 병가를 낼 수 있도록 진단서를 끊어 직장에 보내고 복사본은 내게 보내주겠다고 했다. 지체 없이 내게 병원으로 달려오라는 말도 잊지 않았다.

"네, 당장 가지요. 조금만 기다리세요."

전화를 끊은 나는 옷을 벗고 침실로 갔다. 침대에 벌렁 드러누운 나는 그로부터 거의 일주일가량을 침대에만 누워 지냈다. 식사도 제대로 하지 않았던 것은 물론이다.

어느 날 아침 누군가 초인종을 눌렀다. 대문을 열어주지 않으면 제풀에 지쳐 포기할 것이라 생각하고 계속 침대에 누워 있었다. 일어나기 싫었다. 나른한 기면 상태에 계속 머무르고 싶었다. 반쯤 죽은 것 같은 그 느낌이 좋았다. 결국 어쩔 수 없이 몸을 일으켜 주섬주섬 옷을 입은 후 느릿느릿 대문 앞으로 갔다. 초인종을 누르던 사람은 이미 그곳을 떠났으리라 생각했지만 문을 열어보니 낯선 남자가 서 있었다. 그의 등 뒤에는 작은 손수레가 보였다. 새벽잠을 이룰 수 없어 거실 창밖을 멍하니 바라볼 때면 신문 배달 소년이 버스 정거장에 쌓여 있는 조간신문들을 옮겨 담아 동네 골목길로 들어오던 그 손수레와 비슷했다. 차곡차곡 쌓여 꽁꽁 묶인 신문 뭉치들을 정거장에 던져놓고 가는 트럭은 미닫이문을 채 닫기도 전에 서둘러 다음 정거장으로 향했고, 그 시간에는 신문 배달원 외에는 길 위에서 사람 그림자조차 찾을 수 없을 만큼 고요했다.

낯선 남자의 손수레에는 종이 박스가 여러 개 쌓여 있었다. 그는 책을 파는 사람이었다. 어떤 책이냐고 물으니 그는 조르주 심농Georges Simenon의 '매그레Maigret 시리즈'라고 했다.

"파리의 제11아롱디스망*에서 벌어지는 이야기를 쓴 소설이지요."

그는 내게 아롱디스망이 뭔지 아느냐고 물었다.

"물론입니다. 저는 회의에 참석하기 위해 파리에 수차례 가보았습니다."

그는 손수레 안에 있는 박스 하나를 열었다. 한 권에 소설 두 편을 담은 책이 열다섯 권이나 들어 있었다. 푸른색 표지에 황금색으로 제목이 박혀 있었다.

"얼맙니까?"

"500크로네입니다."

나는 그 자리에서 전질을 구입했다. 지갑에서 500크로네짜리 지폐 한 장을 꺼내 그에게 건네주고 침실로 돌아온 나는 '매그레 시리즈' 전집을 침대 옆 바닥에 놓아두고 이불을 덮고 누웠다. 일주일도 채 지나지 않아 나는 박스 안에 있는 책을 다 읽어버렸다. 나는 자리에서 일어나 책을 다시 박스에 넣고 창고로 가서 낚시도구를 보관해둔 비스킷 상자 밑 선반 위에 올려놓았다.

그리고 의사에게 갔다.

의사는 진료실에 들어서는 내게 거의 울먹이는 목소리로 그동안 어디 있었냐고 물었다.

"보름 전에 왔어야 했는데 이제 오면 어떻게 합니까. 다른 사람들과 마찬가지로 대기표를 끊어 저를 만나지 않는다면 제가 무슨 방법으로 당신의 병명을 알아낼 수 있겠어요?"

---

* 프랑스의 시와 군에 해당하는 행정구역.

나는 의자에 앉아 울어버렸다. 참을 수가 없었다. 그는 바로 그 자리에서 장기 병가를 위한 진단서를 끊어주었다. 그로부터 1년이 흘렀고, 나는 지금 사회보장처에 와 있는 것이다. 사회보장처 직원들은 그냥 봐주는 법이 없었다.

얼마 전 나는 그들에게서 편지를 받았다. 벌써 1년의 기한이 지났기 때문에 더는 유급 병가를 줄 수 없다는 것이었다. 이젠 다른 방법을 찾아야 한다고 했다. 그것이 바로 법이고 규칙이라는 것이다. 바로 그 때문에 나는 이곳을 찾은 것이다.

릴레스트룀의 사회보장처에 들어선 나는 줄지어 늘어선 탁자들 사이에서 난감한 표정을 짓고 있는 사나이 뒤에 자리를 잡고 섰다. 나는 그의 등밖에 볼 수 없었다. 그의 등은 널찍했으며 체크무늬 셔츠 아래에는 근육만 있는 것 같았다. 그는 팔에 재킷과 외투를 걸치고 있었다. 무척 더운지 뒷목이 벌겋게 달아올라 있었다. 가끔 당황한 듯 창백한 얼굴을 돌려 나를 비롯한 다른 이들을 어깨 너머 곁눈질로 흘끗흘끗 바라보기도 했다. 좌우로 눈길을 준 그는 보일 듯 말 듯 힘없이 고개를 절레절레 젓고는 다시 얼굴을 돌렸다.

"좋아요, 좋습니다. 다 잘 되겠지요."

그의 말투에는 반어적 느낌이 가득했다. 보아하니 실제로 닥친 상황은 그의 말과 정반대인 것 같았다.

"글쎄요."

젊은 여자가 회의적으로 반응했다. 나는 그녀의 얼굴을 볼 수 없었다. 그녀의 목소리는 풀을 베는 날카로운 낫을 떠오르게 했다. 남자는 눈동자를 휘휘 굴리며 나를 흘끔 쳐다보더니 고개를 한 번 끄덕이곤 그곳을 빠져나갔다. 나도 그에게 고개를 끄덕여주었다. 이젠 내 차례였다.

"잠시만 기다리세요."

그녀는 책상 위에 비스듬히 놓여 있는 컴퓨터 화면에 저장된 서류에 무언가를 입력하기 시작했다. 나는 앞선 남자가 어떤 일로 이곳을 찾았는지는 모르지만, 직원이 꽤 긴 시간을 들여 서류를 작성하는 것으로 보아 간단한 일은 아닌 것이 분명했다. 갑자기 더워지기 시작했다. 재킷을 벗어볼까 생각해보았지만 만약 그렇게 한다면 이곳에서의 내 입지를 잃어버릴 것 같은 느낌이 스쳤다. 그것이 무엇인지는 확실히 알 수 없었지만 어쨌든 협상에서 우위를 점할 수는 없을 것 같다는 생각이 들었다.

마침내 그녀가 컴퓨터 화면에서 눈을 뗐다.

"이름과 주민번호를 말씀해주세요. 그 외에 필요하다 싶은 정보가 있으면 알려주시고요."

나는 약간 초점을 잃은 듯한 그녀의 뻣뻣한 눈길 속에서, 실제로는 그녀가 내 일에 아무런 관심이 없지만 직업이기에 어쩔 수 없이 여기 앉아 있다는 사실을 읽을 수 있었다. 그녀는 무덤덤한 눈길로 나를 머리끝부터 천천히 훑어내려갔다. 하나, 둘, 셋, 넷, 코트의 단추를 차례차례 거쳐 다시 컴퓨터 화면으로 눈을 돌리는 동안, 그녀의 손가락은 자판기에서 정확히 2센티미터 떨어진 곳에 멈춰서서 내게서 얻어낼 개인정보를 기다리고 있었다.

나는 그녀를 기억하고 있다. 지난번에 이곳에 왔을 때, 그녀는 신입사원 티를 벗지 못해 어딘지 모르게 어설퍼 보였다. 하지만 지금은 그때와 달랐다. 그녀는 나를 알아보지 못했다. 나를 알아볼 이유

도 없었다. 나는 이름과 주민번호를 알려주었다. 나는 주민번호를
외울 수 있다. 자신의 주민번호를 외우는 사람은 많지 않을 것이다.
문득, 군대에 들어간 것 같은 느낌이 들었다. 신상 정보를 묻는 그녀
는, 내가 시골 동네에서 오슬로로 처음 이사 왔을 때 신체검사를 받
기 위해 아케르스후스성에서 만난 여군을 떠올리게 했기 때문이다.
당시 나는 몸무게 미달로 입대할 수 없었다. 나는 군대에 들어가고
싶었다. 헬게란즈모엔, 하슬레모엔, 또는 저 북쪽의 바르두포스로 가
고 싶었다. 적어도 내가 살던 곳에서 가능한 한 먼 곳으로 도망치고
싶었던 것이다. 내 어머니에게서, 어두운 과거로 가득한 뫼르크와
슬픔으로 가득한 중간 역 그로루드에서. 아니, 어쩌면 내가 도망을
치고 싶었던 것은 내 삶이었을지도 모른다. 하지만 나는 그 어느 곳
으로도 갈 수 없었다. 어느 누구도 내게 오라고 손짓하지 않았다.

그들의 눈엔 내가 심하게 손을 떨고 있었는지도 모른다. 사회보장
처에 서 있던 나는 엉겁결에 등을 똑바로 세웠다. 떨고 있는 손은 주
머니 속에 찔러넣었다. 주머니 속의 오른손은 나도 모르는 사이에
주먹을 쥐었다 펴기를 반복했다. 주먹을 너무 세게 쥐는 바람에 손
가락 마디는 눈 쌓인 로키산맥이나 카르파티아 산맥처럼 하얗게 변
했다. 손톱이 피부를 파고들었다.

문득, 오늘 아침에 약 먹는 것을 잊은 게 아닌가 하는 생각이 스쳤
다. 갑자기 약을 먹었는지 안 먹었는지 기억이 나지 않았다. 어쩌면
새벽에 낚시하러 가기 전에 약을 먹었는지도 모른다. 평소에 나는
약 먹는 것만큼은 항상 기억했다. 어쩌면 바로 그 때문에 기억이 안
나는 것인지도 모른다. 매일 버릇처럼 하는 일들은 기억해내기가 쉽
지 않기 때문이다. 내가 두려워했던 것은 약을 먹지 않았을 때 나타

나는 증상이었다. 만약 약을 먹지 않았다면 내게 무슨 일이 생길까. 지금 내가 겪고 있는 이 상태가 그 증상일까. 갑자기 현기증을 느낀 나는 상체를 굽히고 그녀의 책상 가장자리를 한 손으로 짚었다. 그녀는 뻣뻣하게 굳은 내 손을 바라보았다.

"1년이 지났군요."

그녀가 말했다.

"그렇습니다."

"그렇기 때문에 이제부터는 다른 규칙을 적용해야 합니다. 이해하시죠? 지금부터 유급 병가는 불가능합니다."

"잘 알고 있습니다. 저도 관련 규칙은 잘 알고 있어요."

"정말 그러길 바랍니다."

도대체 그녀는 무슨 생각으로 내게 이렇듯 무례하게 말을 하는가. 만약 내가 토미였다면 주먹 쥔 두 손으로 그녀의 책상을 내리치고 욕을 했을 것이다.

'당신이 뭐길래 그런 소리를 하는 거요?'

하지만 나는 토미가 아니었다. 평생 욕을 해본 적도 없다. 그 대신 나는 책상을 짚었던 손을 거두어들여 주먹을 꽉 쥔 후, 눈을 지그시 감고 조용히 말했다.

"담당자를 만나게 해주십시오."

"그렇게 해야겠군요."

나는 감았던 눈을 떴다.

"저기 앉아서 기다리세요. 시간이 좀 걸릴 겁니다."

그녀가 의자를 가리키며 내게 말했다.

"내가 머저리라고 생각하시오?"

"뭐라고요?"

"내가 머저리처럼 보이냐고 물었소."

"세상에! 얼른 저 자리에 앉아서 차례가 올 때까지 기다리세요."

하지만 나는 선 채로 움직이지 않았다. 현기증과 함께 이상하리만큼 기분 좋은 느낌이 온몸을 휘감았다. 주변의 소리도 잘 들리지 않았다. 나를 내세울 필요가 없다는 생각이 스쳤다. 다른 이들 앞에서 잘난 척할 필요도 없다는 생각이 들었다. 아무것도 필요 없었다. 모든 것이 끝났다는 생각이 들자 나는 너무나 자유로워졌다. 마치 기분 좋게 술에 취한 것처럼, 활짝 열린 창 앞에서 가슴을 펴고 심호흡을 하는 것처럼. 손톱이 피부를 파고들 정도로 꾹 쥐었던 주먹을 폈다.

그제야 나는 그녀가 시키는 대로 했다. 벽 쪽에 있는 빈자리에 가서 앉았다. 벌써 다른 사람이 된 것 같은 느낌이었다. 마음이 가벼워졌다. 아니, 가벼워졌다기보다 확 트이고 넓어진 것 같은 느낌이었다. 사방 벽이 순식간에 부서져 내린 듯했다. 마치 몸을 꽉 조여오던 나사가 풀린 것 같기도 했다. 이 느낌이 내게 긍정적인 것인지 부정적인 것인지 확신할 수 없었지만 문제될 것은 전혀 없었다. 너무나 새로운 느낌이었다.

20여 분을 앉아 있었다. 조금 더 앉아 있었는지도 모른다. 그곳에서는 흔한 일이 분명했다.

담당자도 역시 젊은 사람이었다. 서른다섯 살도 채 안 된 것 같았지만 사방이 꽉 막힌 자기만의 사무실 안에서만큼은 나이가 문제 되지 않을 것이다. 나는 침착함을 유지했다. 그는 내가 예상했던 말을 했다. 1년이 지나면 유급 병가를 받을 수 없다고. 나는 잘 알고 있다고 대답했고, 그는 이제 규칙에 따라 사회보장처에서 시키는 대로 해야 한다고 말했다. 나는 그 또한 잘 알고 있다고 대답했다. 그는 이 문제를 함께 해결해야 하며, 더는 유급 병가를 낼 수 없기 때문에 빠른 시일 내에 다시 일을 하기 위해선 구직 센터의 도움도 받아야 할 것이라고 말했다. 그렇다. 나는 실업자가 된 것이다. 나는 마음만 먹으면 원하는 일자리를 얻을 수 있다고 말했다. 적어도 나의 전문성이 필요한 곳, 예를 들어 도서관 쪽이나 관련 분야 업체에선 말이다. 그는 내 말이 틀리진 않을 것이나, 현실은 그렇지 않다고 했다.

"당신은 지금 여기에 있잖아요. 그건 당신이 실업자이기 때문이에요."

나는 지난 1년 동안 병 때문에 일을 하지 못했기 때문이라고 반박했다. 그는 내 말에 짜증이 나는 것을 꾹꾹 눌러 참으며 그 또한 잘 알고 있지만 현실을 무시할 순 없다고 말했다. 나는 그의 말에 바로 그게 요점이라고 말했다.

"지금 농담하시는 겁니까?"

세상에. 나보다 무려 스무 살이나 어린 그가 내 면전에서 이토록 무례할 수 있을까.

"혹시 종신 사회보장제도를 유용해보려는 흑심이 있는 건 아닙니까?"

"제가요? 제가 불치환자로 보입니까? 당신 눈에는 제가 불치환자로 보이나요?"

"아닙니다. 그렇지 않습니다."

"그렇다면 됐소. 다시 말하지만 나는 불치환자가 아닙니다. 종신 사회보장제도를 이용해보려는 생각은 단 한 번도 해보지 않았습니다."

나는 그가 무슨 생각을 하고 있는지 알 수 없었다. 나보다 무려 스무 살이나 어린 그는 내가 비비 꼬인 심술궂은 사람이라 생각했을 수도 있고 사회적 불만으로 가득 차 말싸움이나 하러 왔다고 생각했을 수도 있을 것이다. 하지만 나는 그 어느 쪽도 아니었고, 조용하고 침착하게 할 말만 했을 뿐이다. 이상하게도 전혀 긴장되지 않았다. 오히려 차분하고 담담하기만 했다. 나는 두 팔을 의자 양쪽에 편안하게 늘어뜨리고 있었고, 얼굴에 경련이 일어나지 않았으며, 그의 질문에 진솔하고 차분하게 대답했을 뿐이다. 그의 말대로 농담을 해서 그를 웃길 생각은 전혀 없었다. 아니, 그럴 마음이 조금은 있었던 것 같기도 하다. 솔직히 말하자면 내가 처한 그 상황이 조금 웃기기도 했다. 그가 깨닫지 못했던 것은 내가 너무나 차분하고 담담하다는 사실이었다. 나는 전혀 긴장하지 않았고 무언가를 얻어내기 위해 잔머리를 굴리지도 않았다. 내가 바라는 것은 아무것도 없었다. 이런 내 모습은 내게도 좀 뜻밖이었다. 이전에는 이런 내 모습을 본 적이 없기 때문이었다. 있었다 하더라도 너무나 오래전의 일이었다. 나는 미소를 지었다. 그도 갑자기 내게 미소를 지었다. 나는 그 자리에 더 있을 필요가 없다고 생각했다.

"이 서류에 필요한 사항을 기입한 후에 구직 센터로 가보세요."

그는 책상 위에 양식이 서로 다른 서류 석 장을 올려놓았다. 그가 미소를 지었다. 나는 그에게 미소를 돌려주었다. 서류를 집어들고 몸을 일으켰다. 그가 내미는 손을 잡기 위해 서류를 왼손으로 옮겨

쥐었다.

"좋습니다."

그의 말에 나는 다시 미소를 지었다.

나는 소리 없이 천천히 걸어 그의 사무실을 빠져나왔다. 양옆에 사무실이 늘어선 복도를 지나 다시 조금 전 젊은 여자가 앉아 있는 책상 앞에 이르렀다.

"생각보다 어렵지 않죠?"

그녀가 나를 돌아보며 말을 걸었다.

나는 미소를 지었다. 내게 미소로 답하는 그녀는 너무나 젊고 활기차 보였다. 나는 그녀의 책상을 지나 아직도 무릎 위에 서류를 올려놓고 생각에 잠겨 있는 남자들 앞에 멈춰 서서 손에 쥐고 있던 서류들을 문 옆에 놓인 휴지통 속에 던져넣었다. 문을 열고 계단 앞에 이르렀다. 그때까지도 미소를 짓고 있던 나는 미소를 거두었다.

시리·1970년

바다로 나가려던 꿈을 접었다. 나는 토미에게 좀더 나이가 들면 바다로 나가겠다고 말한 적이 있다. 그때는 진심이었다. 그렇게 하겠다고 굳게 결심한 이유는 그 방법 외에는 이곳을 벗어날 다른 방법이 없었기 때문이었다. 나는 바다에 나가려면 누구를 찾아가 도움을 청해야 하는지도 잘 알고 있었다. 뫼르크에 사는 사람들 가운데 바다로 나가고 싶어 하는 이는 나뿐만이 아니었고, 이미 여러 사람이 바다에 나간 전례가 있다. 그렇다고 해서 내가 바다에 꼭 나가겠다고 목숨을 걸고 맹세했던 것은 아니다.

토미에겐 내가 필요 없었다. 그것만큼은 확실했다. 그러니 내가 집에 남아 있었던 건 토미 때문이라곤 할 수 없다. 토미는 예전처럼 나를 자주 만날 수 없어서 힘들었을 거라고 생각한다. 특히, 추위와 어둠 속에서 마을회관 뒤편 언덕 위 각자의 바위 위에 앉아 뫼르크 호수를 바라보며 그가 울었던 날 이후부터는 우리가 만나는 날이 눈에 띄게 줄어들었다. 그날, 나는 눈물을 흘리던 그를 위로해주어야만 했다. 우리의 역할이 바뀌어버린 것이다.

이틀 후 수요일 저녁, 뫼르크에 오겠다고 하던 그가 나타나지 않았다. 뤼스부 주유소의 녹색 펌프 옆에 서서 토미를 기다리던 나는, 문득 어떤 토미를 보게 될지 불안해졌다. 예전의 토미일까, 아니면 이틀 전에 보았던 토미일까. 만약 이틀 전처럼 슬픔에 잠겨 있는 토미를 만나게 된다면 나는 어른의 입장이 되어 그를 감싸주어야 한다. 그날 저녁, 나는 토미를 만나지 못했다. 그는 목요일 저녁에도 오지 않았다. 나는 일요일 저녁까지 매일 주유소 옆에 서서 한 시간씩이나 토미를 기다렸다. 마침내 월요일이 되어서야 자전거를 타고 온 토미를 볼 수 있었다. 우리는 함께 호숫가로 가서 바위 위에 앉았다. 그는 오래 있지 않았다. 어딘지 모르게 불안해하는 것 같았고 좀처럼 집중하지 못했다. 우리의 대화는 공허하기 짝이 없었다. 그날 이후, 그를 만나는 날이 더욱 줄어들었다.

시간이 흘렀다. 나는 변했다. 스스로도 느낄 수 있을 정도로. 뤼데르센 씨의 집 2층에 있는 내 방 창문에서는 요양소와 뫼르크 중장비 가게 사이의 좁다란 골목 끝에 자리한 주유소를 볼 수 있다. 연료를 채우기 위해 주유소를 드나드는 차들은 물론, 가끔은 나이 든 뤼스부 씨가 자동차가 고장 났다며 그곳을 찾는 사람들을 도와주러 건물 밖으로 나오는 것도 볼 수 있다. 그는 보닛을 한 번도 열어본 적이 없는 사람들이나 와이퍼를 한 번도 직접 바꾸어보지 않은 사람들을 도와주기 위해 잠깐 내 시야에서 사라졌다가 잠시 후 되돌아오곤 했다.

나는 뤼스부 씨의 모습을 보면 왜 마음이 편안해지는지 알 수 없었다. 마치 그곳에 뤼스부 씨가 존재한다는 사실만으로도 세상이 제대로 돌아가는 것 같은 느낌이었다. 무슨 일이 있어도 항상 침착하게 움직이기 때문일까, 아니면 항상 차분하고 조용한 그의 목소리 때문일까. 아니, 그의 침착한 눈빛 때문인지도 모른다. 나는 뤼스부 씨를 보며 그렇게 느끼는 사람이 나 말고 몇 명이나 더 있는지 궁금해졌다. 그는 여러 해 동안 곧 이 동네를 떠나겠다고 입버릇처럼 말했다. 그는 뫼르크라는 동네 자체가 지긋지긋해졌다고 말했다. 하지만 그는 아직도 이곳에 머물고 있고, 나는 그 점에 감사하고 있다. 만약 반짝이는 살이 사방팔방으로 쭉쭉 뻗어 있는 커다란 자전거 바퀴를 뫼르크라고 한다면 뤼스부 씨는 바퀴의 축이라 할 수 있을 것이다. 적어도 내겐 그렇다.

저녁의 가로등 불빛 아래 또는 지금처럼 봄빛을 머금은 햇살 아래 누군가가 주유소 펌프 옆에 서 있다면 창을 내다보는 내 눈에 금방 띌 것이다.

오월의 어느 날 저녁, 나는 핸드볼 훈련을 하기 위해 발모로 가야 했다. 훈련 첫날이었고, 내겐 중요한 날이었다. 나는 그간 많은 친구들을 사귀었다. 토미와 쌍둥이, 내가 살던 옛집의 기억 속에 안주하며 현실 속에 제대로 발을 내딛지 못했던 나는 나름의 결심을 해야만 했다. 세상 밖으로 나가는 수밖에 없었다. 열여섯 살이 되던 해, 나는 바다로 가겠다는 생각을 접었다. 발모에서 중학교 과정을 마치고 다음 해 가을 고등학교에 입학할 예정이었다.

나는 스스로도 놀랄 정도로 빠른 시간 내에 학교에서 가장 우수한 학생으로 성장했다. 여자아이들은 내가 학교 핸드볼 팀에 공격수로 들어오기를 바랐다. 나도 그렇게 하고 싶었다. 핸드볼을 만져본 적은 없었지만 잘할 수 있을 거란 확신이 있었기 때문이다. 다른 아이들도 그럴 거라 확신했기에 내가 팀의 일원이 되기를 바랐던 것이다. 얼마 후, 내가 뛰기만 하면 우리 팀은 금메달을 거머쥐기 시작했다. 체육 선생님은 내게 순풍을 만났다고 말했다.

"현재의 시간을 만끽하며 최선을 다하다 보면 훗날 큰 도움이 될 거야."

나는 선생님의 말대로 현재의 시간을 최대한 이용했다. 앞으로 더 나아가고 싶었기 때문이다.

서둘러야 했다. 발모까지는 꽤 먼 거리였지만 첫 훈련이 있던 그날은 자전거로 왔다 갔다 하지 않아도 되었다. 발모에서 집까지는 왕복 20킬로미터나 되는 거리였다. 다행히도 전날 이웃집 남자가 훈련장까지 나를 데려다주겠다고 했다. 그는 선교사였고, 신앙 단체에서 중심 역할을 하는 사람이었다. 물론 뤼데르센 씨와 아주 가까운 사이기도 했다. 내겐 아무 상관없는 일이긴 하지만 말이다. 그는 발모에 볼일을 보러 가는 길에 나를 태워주고, 일을 마친 후엔 학교 체육관 앞에서 기다리겠다고 했다.

나는 체육복과 운동화, 커다란 수건과 빨간 머리끈을 배낭에 넣었다. 토미와 함께 살 때보다 머리가 더 많이 길었고, 색깔도 훨씬 옅어졌다. 너무나 빨리 변해서 놀라지 않을 수 없었다. 예전에는 토미가 머리를 잘라주었다. 어머니가 집을 나가고 나서부터였다. 아버지는 내 외모에 전혀 관심이 없었다. 내 머리가 길어지면 토미는 귀에 맞추어 일직선으로 잘라주었다. 우리는 여성잡지 모델의 헤어스타일을 닮았다며 좋아했다. 프랑스풍이 느껴지는 것 같기도 했다. 비록 학교 아이들은 우리 의견에 동의하지 않았지만 말이다.

"이렇게 잘라두면 한동안 신경 쓰지 않아도 될 거야."

토미는 미용사처럼 말하면서 내 뒷목을 간질이곤 했다. 우리는 함께 깔깔대고 웃었다. 토미가 없는 지금은 학교에선 머리띠를 사용하고 체육시간이 되면 머리를 한데 묶어 꽁지머리로 만든다.

일기장을 서랍장 밑에 숨겨놓고 침대 위에 놓아두었던 배낭을 집어들었다. 마지막으로 창밖에 시선을 한 번 던진 후 방을 나설 참이었다. 문득, 토미가 눈에 들어왔다. 꽤 환한 오월의 저녁이었기에 그의 모습을 단번에 알아볼 수 있었다. 그만의 특이한 어깨 모양을 잘못 알아본다는 것은 있을 수 없는 일이었다. 우리가 살던 집에서 쫓겨나 뿔뿔이 헤어져 산 지도 벌써 4년이나 흘렀다. 올해 가을과 겨울에는 거의 얼굴도 못 보고 흘러갔고 봄과 여름은 순식간에 지나갔으며 다시 가을이 왔다.

토미는 작년과 재작년에 했던 것처럼 자전거를 타고 뫼르크까지 와서 크리스마스 선물을 건넸다. 그는 욘센 씨의 차고에서 크리스마스 선물을 직접 만들었다고 했다. 욘센 씨와 토미는 차고에 주차된 오펠인지 뭔지 이름을 알 수 없는 자동차의 모터를 살펴보는 것만 제외하곤 온갖 일을 차고에서 함께했다. 물론, 내겐 그들이 차고에서 무엇을 하든 상관없는 일이었다. 쌍둥이는 리엔 씨의 부엌 식탁에 앉아 크리스마스 선물을 만들었다. 토미는 내 생일날 대문을 두드렸지만 집 안으로 들어오진 못했다. 뤼데르센 씨는 고개를 저으며 토미를 결코 집 안에 들일 수 없다고 말했다. 나는 왈가왈부하지 않고 그의 말을 따랐다.

나는 뤼데르센 씨의 말을 거부한 적이 없다. 설령, 그의 말이 부당하고 터무니없다 할지라도 말이다. 나는 그의 말이 부조리하다고 느꼈지만 손가락 하나 들어올려 반박하지 않았고, 바로 그 자리에서 등을 돌려버렸다. 뤼데르센 씨는 더 이상 왈가왈부하지 않았다. 그도 그렇게 나쁜 사람은 아니었으니까. 나는 대문 밖에 서서 토미와 이야기를 나누었다. 비록 한겨울이긴 했지만 그리 춥진 않았다.

어느 날, 토미는 나를 찾아와 욘센 씨가 제재소 일자리를 주었다고 이야기했다. 지금 제재소의 소유주는 욘센 씨였다. 그가 인수하기 전에 제재소를 운영했던 사람은 요한네스 칼룸이었고, 우리는 그곳을 '칼룸 제재소'라고 불렀다. 원래 이름과는 거리가 멀었다. 칼룸은 알코올중독자였다. 그는 일터 여기저기에 독주를 숨겨두었다. 목재나 판자를 높이 쌓아둔 곳의 뒤편은 물론, 톱밥 더미 속에서 그가 숨겨둔 '브랜디 스페셜' 한 병을 찾아낸 직원도 있었다. 그의 사무실 책상 서랍 속에도 술병이 숨겨져 있다는 사실을 모르는 사람은 없었다. 그는 일하는 시간에도 술을 마셨고, 술을 마시고 운전을 하기도 했다. 주문이 들어와도 제대로 적어두지 않았고, 직원들에게 임금을 지급하는 일도 자주 잊어버렸다.

칼룸의 공장이 부도나기 직전에 욘센 씨는 뫼르크 스파레카세 은행에서 융자를 받아 그 공장을 인수했다. 뤼데르센 씨는 욘센 씨가 공장을 인수한 이후 연이어 흑자를 내고 있다고 말해주었다. 하지만 그는 욘센 씨를 그리 좋아하지 않았다. 사실, 뤼데르센 씨가 좋아하는 동네 사람은 거의 없었다. 그는 동네 사람들이 미국 영화에서나 볼 수 있는 집시나 시골뜨기 같은 사람들이라고 생각했다. 뤼데르센 씨는 50세가 넘었지만 바깥나들이를 자주 하는 편은 아니었다. 나는 그가 세상 물정을 모른다고 생각했다. 하지만 시간이 흐르고 보니, 그의 말이 완전히 틀린 것 같지는 않다는 생각이 들기 시작했다.

나는 그 후에도 토미를 몇 번 더 만났다. 1월과 2월. 하지만 1970년, 올해 봄엔 그를 거의 만나지 못했다. 나는 서서히 그의 부재에 적응하기 시작했다. 여전히 토미가 그리웠지만 그 그리움은 어떤 형태로도 존재하지 않았다. 우리의 관계는 이전과 같지 않았다. 그것이 토미가 원하는 것이었을까. 어쨌든 우리도 나이를 먹기 시작했고, 우리의 삶은 이전과 달리 변하기 시작했다. 나는 서로 다른 양방향의 삶을 동시에 살 수는 없었다. 불가능한 일이었다. 나는 앞으로 나아가고 싶었다.

서둘러 외투를 입고 시계를 보았다.

'세상에, 시간이 없는데 어떡하지. 오, 토미, 토미. 왜 하필이면 지금 왔어?'

나는 양말만 신고 소리 없이 계단을 내려갔다. 뤼데르센 씨는 이미 일을 마치고 집에 돌아와 저녁을 먹고 거실 소파에 비스듬히 누워 있었다. 그가 누워 있는 거실은 겨울에는 너무 추워서 자주 사용하지 않았지만 봄이면 따스한 햇살을 만끽할 수 있는 아늑한 곳이었다. 나는 그가 계단을 내려가는 내 발소리를 들을까봐 조마조마했다. 제발 그가 아무 소리도 듣지 못하기만을 바랄 뿐이었다.

1층 현관에 이른 나는 신발을 신고 대문 앞 계단에 배낭을 내려놓았다. 토미를 만나고 되돌아왔을 때 배낭을 가지러 다시 집 안에 들어가지 않기 위해서였다. 앞만 보고 달리던 나는 생각을 바꾸고 되돌아와서 배낭을 집어들었다. 토미를 향해 달려가던 나는 이웃집 울타리 너머를 흘낏 바라보았다. 문득, 그의 차고에 세워져 있는 자동차가 너무나 종교적이라는 생각이 들었다. 공장에서 제조될 때부터 그렇게 만들어진 것은 아니리라. 그 차는 마치 앞창에 투명한 십자가를 부착하고 있는 것 같았다. 어쩌면 그것은 학교에서 배운 것처럼 유전자 때문이 아니라 환경의 영향 때문이 아닐까. 만약 그 논리가 자동차에도 적용된다면 말이다. 비록 자동차는 유전자와는 아무 상관없는 개체지만 소유자가 누군지에 따라 특별한 분위기를 띠게 되는지도 모른다. 너무나 엉뚱한 생각이었지만, 그 순간 앞만 보고 달려가며 했던 생각은 바로 그것이었다.

요양소와 되르크 중장비 가게 사이의 좁은 골목을 거의 다 지나왔을 때쯤, 나는 달리기를 멈추고 토미가 서 있는 주유소를 향해 천천히 걷기 시작했다. 나를 발견한 토미는 허리와 어깨를 쭉 폈다. 짙은 머리에 잘생긴 얼굴. 나는 항상 토미의 분위기가 신비하다고 생각했다. 문득, 토미는 자기가 편할 때만 나를 만나러 되르크에 온다는 생각이 들었다. 내게 연락도 하지 않고 아무 때나 와서 내가 그를 발견하고 뛰어 나와주기를 바란다는 생각이 들자 기분이 상했다. 마지막으로 만난 때가 꽤 오래전인데도 갑자기 불쑥 되르크에 나타나 마을 회관 뒤에서 기다리면 내가 귀신같이 알고 뛰어나가 그와 함께 바윗돌 위에 앉아 있기를 바라다니. 나는 그가 눈에 띄기만 하면 무슨 일이 있어도 그를 만나기 위해 달려나가곤 했다. 하지만 가끔은 내가 집에 없을 때도 있지 않은가. 문득 그가 이곳에 올 때마다 내가 달려나갔다는 사실에 그가 참 행운아라는 생각이 들었다.

사실 나는 집을 자주 비웠다. 할 일도 많았고, 만나야 할 친구도 많았다. 갑자기 그가 되르크에 왔을 때마다 내가 집에 없었던 건 아닐까 하는 생각이 들었다. 매우 자주. 그는 하염없이 나를 기다리며 주유소 펌프 옆에 서 있었을 것이다. 나는 그건 생각지도 못했다. 그는 이곳에 왔다가 나를 만나지 못하고 돌아갔다는 이야기는 단 한 번도 하지 않았으니까. 왜냐하면 그는 자존심이 무척 강했기 때문이다. 나는 그가 되르크에 갑자기 불쑥 찾아와 나를 만날 수 있을 거라 기대했다는 것만 생각하고, 정작 그가 이곳에 왔을 때 내가 집에 없을 수도 있다는 생각은 추호도 하지 못했다. 이렇게 멍청할 수가. 나는 우리의 생각이 항상 일치하는 줄로만 알았다. 물론 예전에는 그랬을 것이다. 그건 확실하다. 하지만 지금은 상황이 다르지 않은가.

골목길을 벗어났다. 문득 토미가 나를 보고 있다는 생각이 강하게 들었다. 그는 여전히 제자리에 서 있었다. 그에게 다가가는 동안 내 발밑에 있는 아스팔트가 허공의 공기처럼 느껴졌다. 그의 몸에서 나를 끌어당기는 강인한 흡입력이 느껴졌다. 잊고 있었던 것이다. 하지만 나는 그의 몸에 손을 대지 않았다. 그에게서 두 발자국쯤 떨어진 곳에 멈춰섰다. 숨이 차는 것을 숨기려 입을 꽉 다물었지만 그럴수록 헐떡이는 숨소리가 더 크게 들렸다.

"안녕. 오래 기다렸어?"

내가 먼저 말을 걸었다.

"아냐. 전혀."

그건 거짓말이었다. 그는 분명 꽤 오랫동안 그곳에 서서 나를 기다렸을 것이다. 양쪽 다리에 번갈아 가며 체중을 두는 자세가 그것을 증명해주고 있었다. 가게 계산대 앞에 하루 종일 서 있는 사람들처럼 말이다.

"바빠?"

그의 활기찬 목소리를 들으니 이상했다. 그는 각각의 음절을 적당히 길고 정확하게 발음했지만, 그것으로 우리 사이의 거리가 더 가까워지진 않았다.

"응, 조금."

그는 내게 이유를 묻지 않았다. 그에게 숨기는 것은 없었지만, 그가 이유를 묻지 않았다는 사실에 왠지 기분이 좋아졌다. 나는 점점 초조해져 발을 동동 굴렀다.

"토미, 아주 중요한 일이야? 사실은 시간이 없어. 좀 바빠."

나는 이웃집 남자의 자동차 소리가 들리는지 귀를 쫑긋 세웠다. 발소리와 대문 두드리는 소리가 들리는 것 같았다. 어쩌면 그는 우리 집 대문을 두드리고 있는지도 몰랐다. 뤼데르센 씨의 집 대문 말이다. 하지만 거기서 대문 두드리는 소리를 듣는다는 것은 불가능했다.

"응, 중요한 일이야."

"그래? 그게 뭐야, 토미?"

그는 헛기침을 두 번 했다. 세상에. 지금 여기서 연설을 하려는 걸까. 마치 성인식에서처럼? 그는 성인식에 참석한 주인공처럼 들떠 있었다. 어느 때는 욕도 자주 했지만 오늘은 욕을 한마디도 들을 수 없었다. 그는 나의 성인식에 초대받지 못했다. 뤼데르센 씨는 토미를 초청하자는 내 제안을 단칼에 거절했다. 나는 반박할 기회도 얻지 못했다. 돌이켜보니 내가 그때 너무 쉽게 포기했다는 생각이 들었다.

"우리 둘만의 비밀로 해줘."

토미가 말했다.

"하지만 토미, 그건 불가능해. 예전과는 달라."

"나도 이해해."

그의 목소리는 여전히 활기찼다. 문득 이상하다는 생각이 들었다. 그는 여태껏 '알았어' '나도 알아'라는 말만 했지, '이해한다'는 말은 단 한 번도 하지 않았다. 나는 그의 말을 어떻게 해석해야 할지 감을 잡을 수가 없었다. 예전과는 다르다는 내 말이 괜찮다는 것인지,

아니면 그러기에 슬프다는 뜻인지 알 수 없었던 것이다.

"난 네가 한 가지만 알고 있었으면 좋겠어. 나는 곧 집에 불을 지를 생각이야."

"어떤 집?"

나는 우리의 생각이 전혀 일치하지 않는다는 사실을 다시 한번 깨달았다. 그는 나를 지그시 바라보기만 했다. 햇볕은 따스했고, 주유소의 기름 냄새가 코를 찔렀다. 주변은 고요했고, 바람 한 점 없었다. 주유소에 들어오는 차도 없었고, 나가는 차도 없었다. 사방이 정적으로 가득했다. 그 정적 바깥쪽에 한 남자가 서 있었다. 청바지를 입고 교회 계단 위에 서 있는 남자. 그의 청바지 브랜드는 랭글러가 틀림없었다. 이 동네에서 랭글러 외에 다른 브랜드의 청바지를 입은 사람은 본 적이 없다. 저 멀리서 트랙터 소리와 수탉의 울음소리가 들려왔다.

"아, 우리 집? 예전에 우리가 함께 살던 집?"

나는 이웃집 남자의 자동차 소리가 들리는지 다시 귀를 쫑긋 세웠다. 이웃집 남자가 지금쯤 시동을 걸었을 것 같았다. 나는 당황하기 시작했다. 토미, 토미… 나는 오줌 마려운 강아지처럼 쩔쩔 매며 발을 동동 굴렀다. 왜 하필이면 오늘 이 시간에 여기 온 거야.

"그 집에 불을 지를 거라고? 지금 무슨 소리를 하는 거야?"

"응, 그 집에 불을 지를 거야. 그 집은 아직도 그 자리에 있어."

"그건 나도 알아."

그 집을 떠나온 후, 나는 단 한 번도 그곳에 가본 적이 없다. 아주 오래전 일이라는 생각이 들었다. 하지만 그 집은 여전히 제자리를 지키고 있을 것이다. 집에 대해 별다른 이야기를 들은 적이 없으니까.

"그렇겠지."

"응. 우린 어제 거기 가서 안을 들여다봤어. 창을 막고 있던 판자를 모두 떼어냈지. 어렵진 않았어. 거의 썩어 문드러져 있었거든."

"우리라니? 누구? 짐?"

"응, 짐. 짐 말고 또 누가 있겠니. 집 안은 우리가 떠날 때와 똑같았어. 우리 말이야. 아버지와 함께 살던 때가 아닌 우리가 살던 때."

그가 거짓말을 하고 있는 건 아닐 거다. 하지만 참 이상하다는 생각을 지울 수가 없었다. 물론 우리가 그 집을 떠난 후 새로운 가족이 이사를 왔다는 소리도 듣지 못했다. 그런데도 모든 것이 그대로라는 이야기를 들으니 이상하기만 했다. 거실, 침실, 계단. 집 안 구석구석을 떠올려 보았지만 그때와 달리 무덤덤하기만 했다. 아무것도 느낄 수 없었다. 모든 것이 변했다. 하지만 그 집 안에는 변한 것이 없다니. 형언할 수 없는 불쾌한 느낌이 온몸을 휘감았다.

"그래?"

의미 없는 말을 반복하는 나 자신이 부끄러워졌다. 하지만 나는 대화에 집중할 수 없었다. 시간이 없었다.

"응. 그 집 생각을 지울 수가 없었어. 심지어 그 집 때문에 밤에 잠을 이룰 수가 없었어. 더는 견딜 수 없다고 생각했어. 이젠 집을 태워 없애버리는 수밖에 없다고 말이야. 너도 원한다면 함께해도 돼. 그걸 물어보려고 여기까지 온 거야."

"뭐? 안 돼, 안 돼. 토미, 그건 할 수 없어. 정신이 나간 거야? 그건 범죄 행위라고. 우린 방화범이 되는 거야. 감옥에 갈 수도 있어. 우리 둘 다. 토미, 다시는 그런 생각하지 마."

"그 집의 주인이 누구라고 생각해? 우리가 그 집의 주인 아니었어? 그 집을 빼앗기고 집값을 받은 적이 있니? 아냐, 우린 빈손으로 쫓겨난 거나 마찬가지야. 네가 원하지 않는다면 할 수 없어. 난 괜찮아. 난 단지 우리가 함께 불을 지르면 더 좋겠다고 생각했을 뿐이야. 그래야 옳다고 생각했거든. 하지만 네가 싫다면 나 혼자 하는 수밖에."

"세상에, 토미! 왜 그 집에 불을 지르려고 하지? 아무리 그렇다 한들 불을 지를 필요는 없잖아."

"난 꼭 이 일을 해야 해. 일이 이렇게 된 이상… 젠장, 집 안의 물건들이 자로 잰 듯 제자리를 지키고 있는 걸 보고선 무언가 잘못되었다고 생각했어. 더는 생각조차 하기 싫어. 제기랄. 시리, 난 그 생각을 지울 수 없어서 밤에 잠도 제대로 못 자."

그의 목소리에선 생기가 사라졌다.

"토미… 그런데 난 지금 핸드볼 훈련을 하러 가야 해."

"핸드볼 훈련?"

그제야 토미는 내 배낭을 바라봤다.

"핸드볼 훈련을 해야 하니?"

"응, 핸드볼 훈련. 꼭 해야 하는 거야."

이웃집 남자의 신앙심 깊은 자동차가 모퉁이를 도는 것을 토미의 어깨 너머로 보았다. 그가 나를 기다리는 것을 포기했는지, 아니면 여전히 나를 찾고 있는 중인지 알 수 없었다. 그가 속력을 늦추더니 차를 세웠다. 나를 기다리고 있는 게 틀림없었다. 나는 배낭을 들고 뛰어가면서 이웃집 남자에게 손을 흔들었다. 그는 바로 나를 알아보고 나에게 손을 흔들어주었다. 커다란 트럭 한 대가 주유소로 들어오고 있었다. 이삿짐을 실은 트럭은 매연을 내뿜으며 멈추어 섰다. 나는 달리면서 뒤를 흘낏 돌아보았다. 토미는 이미 트럭 뒤로 몸을 감춘 후였다.

토미 · 욘센 · 2006년 8월

나는 주차장을 거쳐 중앙병원 건물 안으로 들어갔다. 안내실과 편의점, 카페를 지나 계단을 향해 걷기 시작했다. 한 층 더 내려가면 1971년에 짐이 입원했던 바로 그 병동이 나온다. 벌써 30년 전 일이다. 그때 우리는 참 어렸다. 우리가 어렸을 때는 세상을 지금과는 다른 눈으로 보았다는 사실을 잊기 쉽다. 그때는 세상이 더 좋아 보이기 마련이다. 시간도 훨씬 많다. 하지만 나이가 들수록 세상은 점점 더 나빠 보이기 마련이다. 매일 아침 눈을 뜨면 찢어져버린 세상의 조각들이 어제보다 더 많이 보인다. 이번엔 4층을 더 올라가야 한다. 예전에는 건물을 올라갈 때 항상 계단을 이용했지만, 오늘은 승강기를 탔다. 술을 너무 많이 마신 탓일까. 그렇다.

4층에 오른 나는 직원 휴게실과 병실 3개를 지나 욘센이 누워 있는 병실로 들어갔다. 그와 나는 평생을 함께했다 해도 과언이 아니다. 욘센은 침대 옆에 서 있는 의사와 대화를 나누고 있었다. 나는 그들이 무슨 말을 하는지 알아들을 수 없었다. 욘센이 머리를 돌려 병실에 들어서는 나를 보고 미소를 지었다. 의사는 몸을 돌려 한 걸음 뒤로 물러선 후 다시 옆으로 비켜섰다. 그와 나는 구면이다. 거실에 있던 욘센이 내 눈앞에서 쓰러진 날, 우리는 구급 헬리콥터를 타고 병원에 왔다. 하지만 나는 그날 이후, 병원을 찾지 않았다. 하우게순으로 출장을 가야 했기 때문이다. 어쩔 수 없는 일이었다. 의사와 나는 인사를 주고받았다.

"몸은 좀 어때요?"

"그다지 좋지 않아, 친구."

욘센이 말했다.

"미처 찾아뵙지 못했습니다. 중요한 일로 하우게순에 출장을 가야 했어요. 죄송해요."

"괜찮아."

그는 여전히 미소를 띠고 있었지만 얼굴은 창백하기 그지없었고, 눈 밑에는 거뭇거뭇한 그림자가 드리워져 있었다. 나는 그가 읽어보지 못했다고 생각한 존 스타인벡의 책을 한 권 가져왔다. 어렸을 때 짐이 내게 준 책이었다. 표지 안쪽에는 아직도 '짐에게서'라는 글자가 선명히 적혀 있다. 집의 지하실을 정리할 때 박스에 넣어두었던 그 책을 찾아 욘센의 침대 옆 탁자 위에 올려놓았다. 그는 손을 뻗어 책을 집어들고 집게손가락으로 천천히 책표지를 훑어보았다.

"읽어보지 못한 책 같군."

그는 조금 놀란 듯했다. 아마도 그는 존 스타인벡의 책을 모두 읽었다고 생각했던 것이 틀림없었다.

"전쟁 당시 노르웨이에서 있었던 일을 쓴 책이에요."

그가 나를 올려다보았다.

"지금 농담하는 거지?"

"아니에요, 농담하는 건 아니에요."

"젠장."

내 등 뒤에서 의사가 조심스레 헛기침을 했다. 어쩌면 그는 소리 죽여 코웃음을 치고 있었는지도 모른다. 하긴 의사들도 여러 종류의 사람이 있으니까.

"꽤 훌륭한 책이에요."

솔직히 말하자면, 나는 그 책이 좋은 책인지 나쁜 책인지 전혀 알수 없었다. 아주 오래전에 딱 한 번 읽어보았을 뿐이니 말이다. 그러고 보니 소설을 읽어본 지도 꽤 오래되었다.

"그 책을 다 읽을 수 있다면 좋으련만."

"다 잘 될 거예요."

"친구, 난 장담할 수 없네."

그가 나를 '친구'라고 부른 건 벌써 두 번째다. 이전에는 입 밖에도 내지 않았던 말이다. 그는 항상 나를 '토미'라고 불렀다. 나를 지그시 바라보는 그의 눈길을 피해 얼른 고개를 돌렸다. 의사는 뒷짐을 지고 아랫입술을 자근자근 깨물며 바닥만 내려다보고 있었다. 그는 고개를 절레절레 저었다. 나는 다시 고개를 돌렸다.

"무슨 말씀이신지요?"

"살날이 얼마 남지 않았어, 친구."

제기랄. '친구'라는 말을 꼭 해야만 하는 걸까. 더 듣고 싶지 않았다.

"세상에! 책 한 권 읽을 정도의 시간은 충분히 있을 거예요."

아, 이 얼마나 절망스러운 말인가. 죽을 날을 앞두고 있는 사람에게 책 한 권이 그리도 중요하단 말인가. 도대체 그에겐 살날이 얼마나 남아 있을까.

"죽음을 앞두고 있다는 말씀인가요?"

"그렇다네."

"하지만, 지금… 지금 당장 죽는 건 아니잖아요."

"의사 말로는 2, 3주 정도 여유가 있다고 했어."

욘센은 내 등 뒤에 서 있는 의사를 향해 고개를 끄덕여 보였다. 나는 어느새 등 뒤에 서 있던 의사의 존재를 잊고 있었다. 참으로 조용하고 신중한 의사가 아닐 수 없었다.

"의료진들이 할 수 있는 일은 없다고 하더군."

욘센이 말했다.

"아니에요. 분명히 그들이 할 수 있는 일이 있을 거예요. 지금은 2006년이에요. 1706년이 아니란 말입니다."

"너무 늦었어."

그는 너무나 피곤해 보였다. 목소리에서도 생기라곤 조금도 찾아볼 수 없었다.

나는 주변을 둘러보았다. 갑자기 두 다리에 힘이 쭉 빠지는 것 같았다. 침대 맞은편 창가에 의자가 하나 보였다. 나는 침대를 빙 돌아 창가로 가서 의자를 집어들고 병실문의 반대편에 의자를 놓고 앉았다. 이젠 의사가 내 등 뒤가 아니라 내 얼굴 바로 앞에 있었다. 의자를 들고 원래 자리로 되돌아갈 걸 하고 후회했지만 이미 때는 늦었다. 의자를 다시 한번 옮겨 의사에게 등을 돌리고 앉는다면 그는 분명 내가 무례하다고 생각할 것이다. 나는 의사가 얼른 병실을 나가줬으면 하고 바랐다. 욘센과 단둘이 있고 싶었다.

"지금 무슨 생각을 하고 계시나요?"

그는 대답하지 않았다. 생각에 잠겨 있는 것 같았다. 내가 그의 처지라면 지금 무슨 생각을 하고 있을까.

"난 내 삶을 사랑해. 아직 때가 아니라는 생각이 드는군."

그는 75세였고, 나는 54세였다.

"죽음을 거부할 이유는 충분해."

그는 웃어보려 했지만 그의 입에서 나오는 건 고통스런 기침뿐이었다.

"이젠 어쩔 수 없지. 괜찮아. 이래도 좋고 저래도 좋아."

그는 베개 위에서 고개를 돌려 창을 바라보았다.

나는 이래도 좋고 저래도 좋다는 그의 생각에 동의할 수 없었다. 절대 괜찮은 일이 아니었다.

"거부하셔도 돼요."

그가 나를 돌아보았다.

"죽음을 거부할 수는 없어, 친구."

"제기랄. 왜 거부할 수 없다는 거죠?"

그로부터 일요일을 두 번 보낸 후, 욘센은 뫼르크 교회 뒤편의 묘지에 묻혔다. 외부와 내부를 모두 흰색으로 치장한 교회는 아름답기 그지없었다. 교회 안에서 색을 지니고 있는 것이라곤 붉은색 제단과 푸른색 의자뿐이었다. 장례식에 참석한 사람은 많지 않았다. 목사는 여자였지만 욘센은 괘념치 않았으리라 생각했다. 그는 항상 여자들을 좋아했다. 물론, 남자들 대부분이 그렇긴 하지만 그가 여자들을 좋아하는 방식은 여느 남자들과는 조금 달랐다. 그는 진심으로 여자들을 좋아했다. 여자들과 함께 시간을 보내며, 그들과 대화하는 것을 좋아했던 것이다. 그는 여자들이 남자들보다 훨씬 지성적이라고 입버릇처럼 말했다. 적어도 그가 알고 있는 남자들보다는 말이다.

그는 내 어머니와도 사이가 좋았다. 대문 앞에 높이 쌓인 눈을 치우기 위해 고생했던 그해 크리스마스이브, 즉 어머니가 집을 떠나기 전날까지는 말이다. 두 사람은 자주 대화를 나누곤 했다.

"그건 자네 어머니 잘못이 아니야."

그는 3주 전 일요일에 그렇게 말했다. 우리는 그의 거실에 서 있었고, 나는 양복 위에 보라색 코트를 입고 있었다. 그날은 그의 생일이었다. 나는 그에게 축하 인사를 전하기 위해 그렇게 옷을 차려입고 목에 스카프까지 두른 채 그의 집에 찾아갔지만, 그는 플란넬 셔츠 하나만 걸치고 나를 맞았다. 그는 자신의 생일인지도 모르고 있었던 것이다. 내가 생일 축하한다고 말하자 그는 놀란 표정을 지었다. 여전히 이른 아침이었고, 우리는 서로를 멀뚱멀뚱 바라보며 서 있었다. 그는 매우 피곤해 보였다.

"그건 절대 자네 어머니 잘못이 아니야. 사실, 자네 어머니가 할 수 있는 일은 그 외엔 없었다고 해도 과언이 아니야."

"앉으세요."

내 말에 그는 바로 자리에 앉았다. 나는 여전히 서 있었다.

"어머니는 우리를 데려갈 수도 있었어요."

"네 명이나 되는 자식을? 혼자서? 있을 수 없는 일이야."

그는 젊었을 때 이 동네의 다른 청년들과 마찬가지로 수년간 바다에 나가 뱃사람으로 지낸 적이 있었다. 그래서 뱃사람들이 쓰는 말을 많이 알고 있었지만 자주 사용하진 않았다. 그는 그런 말을 쓰면 멍청해 보인다고 생각했다.

"불가능한 일이야. 그건 자네도 잘 알잖아."

"저는 모르겠어요."

"그래… 그렇겠지. 자네에게 모든 것을 다 알아야 한다고 요구할 수는 없지. 자네 어머니를 이해하기 쉽지 않을 거야. 그건 그렇고, 그간 고생 많았어. 이해해. 하지만 어머니에 대해 나쁜 감정을 가지진 말았으면 좋겠어. 잊어버려. 용서할 수 있다면 더 좋고."

세상에! 내 나이가 오십이 넘었는데 언제까지 내게 그런 식으로 말할 것인가. 그의 면전에 욕을 내뱉고 싶은 충동이 치밀었다. 어쩌면 그 생각을 하고 있던 그때의 내 모습은 악마와 닮아 있었을지도 모른다. 하지만 나는 욕을 할 수가 없었다. 그는 의자의 팔걸이를 잡고 힘겹게 몸을 일으켰다. 그때까지 내가 서 있어서 그랬는지도 모른다.

"술을 마시기 시작했나, 토미?"

"젠장! 욘센 씨! 왜 지금 그런 말씀을 하시는 거죠?"

하지만 그의 말은 사실이었다. 나는 하루도 빠짐없이 매일 저녁 술을 마셨다. 갑자기 그가 바닥에 힘없이 쓰러졌다. 나는 당황스러웠다. 주변에는 아무도 없었고, 그런 상황에서 무엇을 해야 할지 나는 전혀 알 수 없었다. 나는 그를 부축해 소파로 데려갔다. 그의 몸은 무겁게 축 늘어져 있었다.

나는 조심스레 그를 소파에 눕힌 다음, 무엇을 찾고 있는지도 모르면서 집 안에 있는 선반과 서랍을 뒤지기 시작했다. 어쩌면 내가 찾고 있었던 것은 '파라셋'이나 '파랄긴 포르테' 같은 진통제였는지도 모르고, 천식약이나 호흡기 질환 환자를 위한 호흡 보조 장치 같은 것이었는지도 모른다. 나는 아무 생각도 할 수 없었다.

'세상에! 토미! 정신 차려! 마음을 가다듬어!'

잠시 후, 나는 병원 응급실에 전화를 했다.

얼마 지나지 않아 구급 헬리콥터가 도착했다. 나도 헬리콥터에 올랐다. 나는 그때까지만 해도 헬리콥터를 한 번도 타본 적이 없었다.

허공에서 보는 하늘은 땅에서 보던 하늘과는 달리 그다지 푸르지 않았다. 무어라 꼭 집어 말할 수 없는 부드러운 잿빛 하늘 속에서 나는 욘센의 손을 꼭 잡고 놓지 않았다. 그의 손은 오랫동안 망치 하나, 톱 하나, 심지어 조그만 줄자 하나도 들어보지 않은 것처럼 힘이 없었고, 식은땀으로 축축하게 젖어 있었다. 나는 그의 이마를 쉴 새 없이 쓰다듬었다. 이상했다. 마치 내 손은 그의 이마를 기억하지 못하는 것 같았다. 헬리콥터의 프로펠러 소리는 귀를 찢는 듯했다. 나는 헬리콥터가 너무 느리게 날고 있다고 생각했다.

마침내 헬리콥터는 병원 앞 플랫폼에 내려앉았다. 구급대원들은 들것을 가져와 욘센을 옮겼다. 그곳에는 내가 일주일 후에 가르데르모엔 공항에서 곧바로 병원으로 가서 만날 바로 그 의사도 서 있었다. 간호사 둘이 그의 병실에서 나와 긴 복도를 급히 뛰어가는 모습이 보였다. 그중 한 명이 내게 소리쳤다.

"지금은 환자와 함께 들어갈 수 없어요. 다음에 다시 오세요."

솔직히 내겐 오히려 잘된 일이었다. 나는 하우겐순으로 출장을 가야 했으니까.

하우겐순에서의 일은 일주일도 채 되기 전에 마무리할 수 있었다. 공항에서 내린 나는 고속 열차를 타고 릴레스트룀까지 가서 택시를 타고 중앙병원으로 갔다. 이제 그는 세상을 떠났고, 그의 관은 뫼르크의 하얀 교회 뒤편 공동묘지에 묻혔다. 그가 죽음을 얼마나 강하게 거부했는지는 모르겠지만 충분하지 않았던 것은 틀림없었다.

토미 · 1970년

욘센과 나는 길을 향해 난 부엌 창문 아래 식탁 앞에 함께 앉아 있었다. 저녁 식사 중이었다. 창문으로 골목길 끝의 모퉁이부터 시작해 아래쪽 동네의 짐이 사는 집과 또 다른 집들을 볼 수 있었지만, 예전에 내가 살던 집은 보이지 않았다. 상관없는 일이다. 그 집은 이미 존재하지 않으니 말이다. 그날은 5월 말이었는데 그 집은 일주일 전에 이미 완전히 불타버렸기 때문이다. 불타버린 집을 생각하면 왠지 마음이 가벼워졌다. 뱃속에 헬륨이 들어간 것처럼 조금 어질어질한 느낌도 난다. 동네 어귀에는 여전히 연기 냄새가 났고, 휑한 집터에는 아직도 남아 있는 잿빛 재를 볼 수 있다.

우리는 거의 말을 하지 않았다. 항상 그랬다. 말을 할 필요가 없었다. 우리는 서로를 너무나 잘 알고 있었으니까. 하지만 아침이 되면 우리는 그날 일터에서 해야 할 일에 대해 이야기를 나눈다. 그는 나의 상사이기도 했다. 그는 뫼르크 스파레카세 은행에서 융자를 얻어 밤낮으로 술에 절어 살던 칼룸에게서 공장을 인수했다. 그것은 일종의 구조작업이라 해도 과언이 아니었다. 그의 공장은 부도 직전에 있었고, 인수하는 데 그리 많은 돈이 들지 않았다. 욘센은 내게 일자리를 주었다. 그 일은 내가 좋아하는 일이었고 가장 잘할 수 있는 일이기도 했다. 나는 학교를 졸업했다. 학교를 하루라도 더 다니는 것은 생각할 수 없을 만큼 진저리 나는 일이었기에 중학교를 마치고 곧바로 세상에 뛰어들었다.

나는 열여덟 살도 채 안 되었지만 욘센과 나는 아침 식사를 하며 공장에 들어온 주문과 목재 가격에 대해 마치 두 성인 남자가 대화를 나누듯 스스럼없이 말했다. 크고 작은 규모의 공사장, 개인 가정, 빌라, 외양간이나 동네 구석진 곳에 쓰러질 듯 자리한 창고 등 온갖 장소에 건축 자재를 운반하는 일에 대해서도 이야기를 나누었다. 그는 이런 이야기를 할 때 절대 나와 다른 직원들을 차별하지 않았다. 나를 제외한 직원은 모두 세 명이었고 나이가 꽤 많은 성인이었다. 욘센은 자식이 없었다. 그래서 그는 아이들을 대할 때는 다른 방식으로 이야기해야 한다는 것을 모르는 것 같았다. 하긴 그는 상대방의 나이를 전혀 신경 쓰지 않았다. 그가 어렸을 때는 내 나이 또래를 정의하는 개념이 없었다. 사람들은 세상에 태어나 어린이로 살다가 열대여섯 살 즈음에 성인식을 치르고 바로 어른이 되었다.

지난 이틀 동안 엄청난 양의 일을 해서 우리는 아주 피곤했다. 직원들 중 둘은 독감에 걸려 일을 할 수 없는 상태였기에, 다음 날 배달해야 할 대량 주문을 준비하는 일은 욘센과 내가 도맡아 해야 했다. 우리는 식사를 하면서 거의 말을 하지 않았다. 식사를 마친 후엔 다시 일터로 가서 몇 시간 더 야근을 해야 했다. 다행히도 욘센은 잠시나마 눈을 붙인 후였다.

나는 가능한 한 천천히 음식을 씹어 넘기면서 창 너머 골목길 모퉁이를 바라보았다.

"경찰이 오네요."

눈에 익은 볼보 한 대가 천천히 골목길로 들어서고 있었다. 바쁜 일은 없어 보였다.

"아니, 이젠 경사님이라고 불러야 하나요?"

욘센이 고개를 돌렸다.

"아, 그렇군. 자네, 또 무슨 일을 저지른 건 아닌가?"

욘센이 웃음을 터뜨리며 농담을 건넸다.

"아무 짓도 하지 않았어요."

나 역시 웃음을 터뜨렸다.

"적어도 제가 기억하는 한 전 아무 짓도 하지 않았는걸요. 그간 꽤 모범적인 생활을 해왔던 것 같은데… 하하. 그건 그렇고 오늘 저녁에 제재소에 다시 가봐야 할 것 같아요."

"음, 내 생각도 그래. 주문이 점점 늘어나는군. 내일은 트럭에 자재를 꽉꽉 채워 에이즈볼까지 가야 해."

"저도 알고 있어요. 일하러 가기 전에 소파에서 잠시 눈 좀 붙이세요."

나는 바닥에 드러누우며 말했다.

나는 바닥에서 자는 것을 좋아했다. 항상 그랬다. 등과 양팔을 쭉 펴고 누우면 딱딱한 바닥이 어깨와 뒷목에 닿는 그 느낌이 좋았다. 그래서인지 나는 머리가 바닥에 닿는 순간 잠에 빠진다. 하지만 나는 잠을 오래 자는 편이 아니다. 노력해봤지만 잘되지 않았다.

식탁 위의 빈 접시와 사용했던 나이프를 손에 들고 자리에서 일어났다. 싱크대에 그것들을 넣기 위해 몸을 돌리기 전에 마지막으로 한 번 더 창밖을 내다보았다. 볼보는 우리 집 우체통 앞에 멈춰섰다. 동네 경사의 차였다. 그는 차문을 열고 내렸다. 지난번에 봤을 때보다 살이 더 찐 것 같았다. 서부 영화의 보안관을 연상하게 했던 해골 벨트는 여전했지만 배를 꽉 조여서 불편해보였다. 그러고 보니 그를 본 지도 무척 오래되었다는 생각이 들었다. 하긴 그간 그를 만날 이유가 없었다.

"이리로 오려나 봐요."

"젠장."

욘센이 식탁에 손을 짚고 몸을 일으킨 후 상체를 쭉 내밀어 창밖 우체통 앞에 주차된 볼보를 바라보았다. 경사는 이미 대문 쪽으로 걸어오고 있었다.

"세상에, 살이 많이 쪘네. 언제 저렇게 변했지? 그건 그렇고 시간이 없는데 어떡하지?"

욘센이 말했다.

그는 냅킨을 손에 들고 현관으로 나갔다. 나는 그의 뒤에 바짝 붙어 따라갔다. 욘센은 경사가 초인종을 누르기도 전에 문을 홱 열었다. 경사는 막 계단을 오르려다 깜짝 놀란 듯 걸음을 멈추었다. 무척 피곤하고 기분이 안 좋아보였다. 입가에는 코에서부터 턱까지 굵게 이어진 주름살이 보였다.

나는 너무나도 달라진 그의 모습에 놀라지 않을 수 없었다. 6월의 무더운 여름날이었지만 그는 두꺼운 청재킷을 입고 있었다. 풀어헤친 셔츠 안으로 털이 북실북실한 안감이 보였다. 불룩 나온 배 위에는 붉은 눈알이 박힌 해골 벨트가 있었다. 붉은 크리스털 눈알은 예전과 달리 반짝이지 않았다.

"안녕하세요."

욘센이 먼저 말을 건넸다.

"저녁을 먹고 있던 중이었소. 맛이 아주 좋아요. 토미가 만들었거든요."

그건 맞는 말이었다.

"아직 많이 남았는데, 출출하시면 들어와서 식사나 하시죠."

"괜찮습니다."

"그래요? 저녁 시간에 밥을 먹으러 온 게 아니라면 여기까지 무슨 일로 온 거요?"

나는 대문 밖으로 나가 계단 위쪽에서 욘센과 함께 어깨를 나란히 하고 섰다. 우리는 계단 위에서 그를 내려다보고 있었고, 그는 계단 아래쪽에서 우리를 올려다보는 꼴이 되었다. 그가 좋아할 리 없었다. 이미 꽤 기분이 나쁜 상태였던 게 틀림없었다. 그의 마음 상태를 알아보기 위해 심리학자에게 전화까지 할 필요는 없었다. 그러고 보니 동네에 전화기가 들어온 지도 꽤 되었다. 인부들은 전화 공사를 마쳤고, 우리가 사는 집과 제재소에는 이미 전화기가 들어와 있었다. 주문을 받기 위해서라도 우리는 전화기가 필요했다.

"방화사건 때문에 왔습니다."

"어디 불이 났나요?"

욘센이 태연하게 물었다.

경사는 무겁게 한숨을 내쉬었다.

"어디 불이 났느냐고요? 정말 몰라서 묻는 거요? 일주일 전에 베르그렌 집 건물이 완전히 타버렸어요. 여기서 200미터도 안 되는 곳입니다. 예전에 토미가 살던 집 말이오."

그가 나를 손가락으로 가리켰다.

"저도 예전에 제가 어디에 살았는지 잘 알고 있어요."

"나도 네가 알고 있다는 걸 잘 알고 있어. 넌 내가 바보라고 생각하니? 소방관들 말로는 자연적인 화재가 아니라 누군가 불을 지른 것이 확실하다고 했어."

"그래서요?"

욘센이 끼어들었다.

"그래서라니? 세상에! 모두들 다 알고 있어요. 만약 누가 그 집에 불을 질렀다면 토미 말고 누가 또 있겠어요? 당신은 우리가 정말 바보라고 생각하세요? 어쨌든 토미 너는 나와 함께 경찰서로 좀 가야겠다. 서장님이 너와 이야기를 좀 나눠봐야겠다는구나."

"그 집에 불을 지른 건 토미가 아닙니다. 그건 제가 장담합니다."

말을 마친 욘센이 문을 쾅 닫고 들어와 부엌으로 갔다. 경사가 대문을 쾅쾅 두드렸다. 욘센은 다시 문을 열고 소리를 질렀다.

"또 무슨 일이오?"

"협조해주세요. 토미는 잠시 저와 함께 경찰서로 가야겠습니다."

욘센은 몸을 돌려 나를 바라보았다. 나는 그의 등 뒤에 서 있었다.

"할 수 없군. 잠시 경사님을 따라 다녀오렴."

"시간이 없는걸요. 잠시 후에 공장에 다시 가야 하잖아요. 내일 아침에 배달할 물품을 모두 확인해서 차에 실어야 하고, 서류 작업도 해야 해요. 에이즈볼까지 트럭을 꽉 채워 가야 하는데 직원 둘은 아파서 쉬는 중이고… 시간이 없어요."

"들었소?"

욘센이 경사를 향해 말했다.

"우린 시간이 없단 말이오."

"난 당신들이 내일 어디를 가든 관심 없어요. 내 관심사는 바로 지금, 토미를 데리고 경찰서로 가는 거요. 서장님이 토미와 대화해보고 싶다고 했어요. 일이 끝나면 토미를 차에 태워 다시 집으로 데려다주겠소."

경사는 너무나 피곤해서 금방이라도 푹 주저앉을 것만 같았다. 그는 무거운 한숨을 푹 내쉬며 말을 이었다.

"자, 서둘러."

"잠깐 다녀오는 게 좋을 것 같구나. 그렇지 않으면 응급실에 전화해야 할 일이 생길 것 같아."

"그렇게 하죠, 뭐. 곧 돌아올게요."

경사는 고개를 절레절레 저었다.

"제기랄…"

나는 경찰서에 한 시간 정도 있었다. 서장은 꽤 친절한 사람이었다. 그는 내가 그 집에 불을 질렀다고 말했다. 나는 그렇지 않다고 말하며, 그 집은 나와 시리, 쌍둥이의 집이라고 했다. 서장은 그렇지 않다고 말했다.

"그렇다면 그 집은 누구의 집이죠?"

그는 대답하지 못했다.

"그 집은 제 집입니다. 그렇기 때문에 제가 원하는 대로 할 수 있습니다."

"그렇다면 그 집에 불을 지른 건 너구나?"

"아닙니다. 그 집에 불을 지른 건 제가 아닙니다."

우리의 대화는 그런 식으로 결론을 내지 못하고 계속 이어졌다. 결국, 피곤해지기 시작한 우리는 내 아버지에 대한 이야기로 잠시 주제를 돌렸다. 그는 내 아버지가 나쁜 사람이라고 말했지만, 나는 아버지의 편을 조금 들어주었다.

"아버지의 삶도 만만치 않았습니다. 자식 넷을 홀로 돌봐야 했으니까요. 어머니는 흔적도 없이 사라져버렸습니다. 아버지로서는 결코 쉽지 않은 삶이었지요."

서장은 내 말에 동의한다고 말하면서도 고개를 절레절레 저었다.

"그건 그렇고, 네 어머니가 지금 어디 있는지 아니? 벌써 6년이나 지났지만 네 어머니가 어디 있는지 아는 사람은 아무도 없어."

잠시 후, 그는 다시 내게 옛집에 불을 질렀느냐고 물었다. 나는 집에 불을 지르지 않았다고 말했다.

"좋아. 오늘은 여기까지 하자. 경사가 너를 집까지 데려다줄 거야. 곧 연락할게. 알았지, 토미?"

"네, 좋습니다."

"그건 그렇고, 만약 집에 불을 지른 사람이 너라면 응당한 대가를 치러야 할 거야."

"불을 지른 것은 제가 아닙니다."

경찰서 건물을 빠져나오니 경사가 차 옆에 서 있었다. 그는 눈을 감고 열린 차문에 몸을 기대어 서 있었다.

내가 말을 걸자 그는 잠시 눈을 뜨고 나를 보더니 다시 눈을 감아버렸다. 뭐가 잘못 되었는지는 알 수 없었지만 그의 건강에 심각한 이상이 있는 건 분명했다. 예전의 그와는 너무나 달랐다. 갑자기 그가 안쓰럽다는 생각이 들었다. 그가 너무 불쌍해서 눈물이 날 지경이었다. 이건 거짓말이 아니다.

"어디 아프세요?"

그는 눈을 뜨고 나를 보더니, 한 손을 올려 머리카락을 가다듬은 후 무거운 한숨을 내쉬었다.

"나도 모르겠어. 도대체 어디에 이상이 있는지 모르겠단 말이야. 하지만 정상이 아닌 건 틀림없어. 너무 피곤해서 몸을 가눌 수가 없어. 밤낮으로 잠을 자는데도 말이야."

"병원엔 가보셨나요?"

"아니, 아직. 하지만 곧 가볼 거야."

"그렇게 하시는 게 좋을 것 같아요."

우리는 한참을 그렇게 서 있었다. 그는 눈을 감고 서 있었고, 나는 바지 주머니에 손을 찔러넣은 채 그의 얼굴을 찬찬히 살펴보았다. 그는 이제 겨우 서른을 조금 넘긴 나이였다. 서른다섯이었던가. 어쨌든 많은 나이는 아니다. 그런데도 그는 전혀 건강해 보이지 않았고, 나이도 실제보다 훨씬 많아 보였다. 언뜻 보면 적어도 마흔은 훌쩍 넘은 것 같았다.

"제가 운전할까요?"

그가 눈을 떴다.

"글쎄, 그렇게 하는 것도 좋겠군. 너무 피곤해서 말이야."

그는 차를 빙 돌아가서 조수석에 앉았다. 나는 운전석에 앉아 자동차 열쇠를 꽂았다. 시동을 걸고 경찰서 건물을 벗어나 집으로 향했다. 볼보는 아주 부드럽게 길 위를 달렸고 나는 기분이 좋아서 웃음을 터뜨릴 뻔했다. 15분쯤 뒤에 나는 욘센의 우체통 옆에 차를 세웠다. 그 우체통은 지난 4년간 내 것이기도 했다. 창 너머로 부엌 식탁 앞에 앉아 한 손으로는 담배를 들고 다른 한 손으로는 턱을 괴고 있는 욘센이 보였다.

나는 기어를 중립에 두고 엔진을 끄지 않은 채 핸드브레이크를 걸어놓은 다음 차에서 내렸다. 경사는 차 앞쪽으로 돌아 다시 운전석에 앉았다.

"젠장, 내가 정신이 나갔나봐. 넌 아직 운전면허증도 없지?"

"네. 아직 없습니다. 열여덟 살이 되는 가을이 오기 전엔 운전면허증을 딸 수가 없어요."

"세상에!"

그는 손을 들어 머리카락을 쓸어넘겼다.

"내가 정신이 나간 거야."

그가 한숨을 내쉬었다.

"오늘 일은 비밀로 해줘. 아무에게도 말하면 안 된다. 알았지?"

"네."

"어휴, 너무 피곤해. 피곤해 죽겠어."

"얼른 병원에 가보세요."

"그래, 그래야겠구나."

그는 기어를 1단에 놓고 몇 시간 전에 동네 어귀를 들어올 때와 마찬가지로 천천히 그곳을 빠져나갔다.

나는 계단을 올라 집 안에 들어가서 부엌으로 걸음을 옮겼다. 욘센은 식탁 앞에 앉아 담배를 피우고 있었다.

"네가 운전했니?"

"네."

"우와!"

"경사가 몸이 좋지 않은 것 같았어요."

"네 말이 맞는 것 같구나. 건강해 보이지 않았어. 그런데 서장은 뭐라고 하더냐?"

"저에게 집에 불을 질렀냐고 물었어요."

147

"그래서 넌 뭐라고 대답했니?"

"불을 지른 건 제가 아니라고 했어요."

"그래. 그렇다면 이젠 더 생각할 필요도 없겠구나. 너도 어서 눈을 좀 붙여. 바닥에서 잘 거지? 난 소파에서 잘게. 좀 자고 일어나서 한 시간쯤 후에 공장으로 가자."

시리·1970년·1971년

내가 고등학교에 입학했을 때 짐은 고등학교 3학년이었다. 1970년 가을이었다. 그는 여전히 홀어머니와 함께 동네에 살고 있었고, 매일 발모에 있는 고등학교까지 스쿨버스를 타고 다녔다. 발모까지 가는 스쿨버스가 뫼르크에 들어오면 나도 버스에 올라탔다. 나는 이미 그 버스를 타고 다닌 지 몇 해나 되었다. 초등학교 1년, 중학교 3년. 뤼데르센 씨는 뫼르크 초등학교에 다니던 나를 발모 초등학교로 전학시켰다. 아니, 어쩌면 그건 아동 보호소의 결정이었는지도 모른다. 그럴 것이다. 토미와 나를 떼어놓기 위해서 말이다. 그것이 누구의 결정이었는지는 몰라도 그들의 계획은 성공한 셈이었다.

내가 토미보다 토미의 친구들을 더 자주 본다는 사실은 꽤 특별했다. 아니, 특별하다기보다는 이상하고 놀라운 느낌이 들었다.

나는 매일 짐을 만났다. 한 주에도 몇 번이나 그와 대화를 나눴다. 한번은 그에게 토미와 함께 우리의 옛집에 불을 질렀느냐고 물은 적이 있었다. 그는 집에 누가 불을 질렀는지 전혀 모른다고 대답했지만, 나는 그가 잘 알고 있으리라 짐작했다. 난 토미가 불을 질렀다고 생각했지만, 이를 확인하기 위해 토미에게 직접 물어본 적은 없었다. 토미도 그 일에 대해 내게 아무 말 하지 않았다.

나는 짐에게 토미에 대해 물어볼 수도 있었다. 토미가 어떤 삶을 살고 있는지 또는 짐과 내가 토미의 삶에 대해 각자 어떤 생각을 하고 있는지 이런저런 대화를 나눌 수도 있었다. 하지만 토미는 짐의 사생활 가운데 일부였다. 이상하게 들릴지 모르지만 토미는 내 사생활의 일부라곤 할 수 없었다. 토미와 내가 얼마나 가까운 사이였는지를 생각한다면 분명 나는 슬퍼하고도 남아야 한다. 하지만 나는 전혀 슬프지 않았다. 아니, 슬프다기보다는 이상하고 놀랍기만 했다.

짐이 내게 첫 키스를 했던 날은 방과 후, 9월의 어느 날 저녁이었다. 그는 자신이 사는 동네의 종점까지 가지 않고 내가 내리는 뫼르크 버스 정류장에서 내렸다. 뫼르크에서 그의 집까지 가려면 걸어가는 수밖에 없었다. 한 시간이나 걸리는 매우 먼 길이었지만 그는 개의치 않았다. 뫼르크 편의점에서 『오리엔테링』이라는 주간지를 사기 위해서라고 했다. 나는 짐 말고는 그 주간지를 사서 읽는 사람을 본 적이 없다. 그는 매주 금요일 방과 후에 뫼르크에서 내려 편의점에 들러 주간지를 샀다. 편의점 주인은 금요일만 되면 화장을 짙게 하고 짐을 기다렸다. 짐은 누가 봐도 아름다운 청년이 틀림없었다. 하지만 그날은 목요일이었고, 사실 처음 키스를 시도했던 건 짐이 아니라 나였다.

짐은 매우 특별한 소년이었다. 학교에 들어서는 그를 보면 단번에 그가 특별한 학생이라는 것을 눈치챌 수 있을 정도였다. 긴 금발 머리, 항상 입고 다니는 반짝이는 단추가 달린 더블 재킷, 담배를 말 때 타바코 박스를 겨드랑이에 끼워두는 그만의 독특한 자세, 토론을 할 때도 미소를 잃지 않는 얼굴, 그리고 왠지 긴장감을 담고 있는 듯한 평범하지 않은 눈동자. 그의 미소와 눈빛은 잘난 척하거나 무례한 태도와는 거리가 멀었다. 오히려 그의 미소와 눈빛에선 상대방에 대해 더 알고 싶어 하는 듯한 호의적인 호기심을 읽을 수 있었다. 그런 그를 앞에 두면 누구라도 먼저 손을 내밀고 집까지 함께 걸어가고 싶은 충동을 느낄 것이다. 고등학교에 입학해 학교에서 짐을 처음 만났을 때 나는 바로 그런 충동을 느꼈다. 그는 내가 알고 있던 예전의 짐이 아니라 전혀 새로운 짐으로 내게 다가왔다. 짐이 토미와 함께 있지 않을 때, 그만의 매력을 더욱 선명하게 느낄 수 있었다.

나는 열여섯 살이었지만 이전에 그 누구와도 키스를 해본 적이 없었다. 또래 아이들에 비해 빠른지 늦은지는 알 수 없었다. 하지만 나는 짐과 키스를 하면서 내 앞에 새로운 세상이 열릴 것이라 확신했다. 새로운 차원의 삶. 물론 그 당시엔 어렴풋한 느낌뿐이었지만 말이다. 시간이 흐르자 짐과의 첫 키스는 피할 수 없는 운명 같은 것이라는 생각이 더욱 강해졌다. 동네 사람들은 이를 두고 잃어버린 것을 되찾기 위한 과정이라 말했다. 그들은 우리의 옛집이 불에 타버린 후, 우리는 아무도 채워주지 못하는 상실의 늪에서 허우적거리고 있다고 입을 모았다. 나를 바라보는 동네 사람들의 눈빛도 그렇게 말하고 있었다. 하지만, 내가 짐에게 입을 맞추었던 것은 앞으로 더 나아가기 위해서였다. 내가 변화하기 위해 꼭 거쳐야 하는 과정이라고 생각했던 것이다.

따스한 햇살 아래, 버스는 기차역 옆 버스 정류장에서 멈췄다. 시내를 드나드는 기차 두 대가 동시에 출발한 직후였기에 플랫폼에서는 아무도 볼 수 없었다. 우리는 버스에서 내린 사람들이 자전거를 타거나 걸어서 정류장을 벗어날 때까지 그곳에 서 있었다. 주변에 아무도 보이지 않을 때, 나는 짐의 팔을 끌어당겼다. 노란 페인트칠을 한 낡은 목재소 건물 뒤편의 그림자 속으로 걸어들어갈 때까지도 그는 미소 띤 얼굴로 아무런 저항을 하지 않았다.

바람에 휘날리는 그의 긴 금발 머리는 토미의 머리와는 너무나 달랐다. 어딘지 모르게 여성적이었고, 색깔도 훨씬 옅었으며, 부드럽기 그지없었다. 심지어는 생기 어린 리듬감마저 느껴졌기에 거기에 맞추어 춤을 출 수도 있을 것 같았다.

나는 그가 좋았다. 부드럽고 고집스럽지 않기 때문이다. 그는 마치 댄서 같아서 그에게서 긴장감과 활기찬 생명력을 동시에 느낄 수 있어서 좋았다. 바로 그런 이유 때문에 토미보다는 짐을 대하는 것이 훨씬 쉬웠다. 나는 내가 토미보다 짐을 더 닮았다고 생각했다. 그는 토미보다 조금 작았고, 나보다는 조금 더 컸다. 그와 나의 키 차이는 내가 살짝 고개를 들고 뒤로 젖혀서 입맞춤할 수 있을 만큼 완벽했다. 어느 누구라도 우리가 키스하는 것을 본다면 완벽한 짝이라고 생각했을 것이다. 그와 키스를 하는 것은 어렵지 않았고, 우리는 첫 키스를 완벽하게 해냈다. 그는 조심스레 손을 들어 밥공기를 쥐듯 내 머리를 살짝 움켜잡았다. 나는 그의 손에 내 머리를 맡겼다. 나는 그가 원하는 것이 무엇인지 알 수 있었고, 나 또한 그것을 원한다는 것을 깨달았다.

사실 나는 짐과의 입맞춤을 이전에도 상상해본 적이 있었다. 순간, 그와의 입맞춤은 평생 내 가슴속에 남아 있을 것이라는 생각이 스쳤다. 훗날, 짐은 물론이고 또 다른 사람과 키스한다 해도 그날의 입맞춤은 내 마음에 특별하게 남을 것이라는 생각 말이다.

우리는 숨을 들이마셨다. 얼굴이 화끈거렸다. 붉게 상기된 것이 아니라 얼굴 근육이 마비된 것 같았다. 아니, 마비된 것이 아니라 마치 살을 에는 듯한 추운 날 밖에 있다가 따스한 집 안에 들어왔을 때

손가락 끝이 간질간질해지는 듯한 느낌과 비슷했다. 얼어붙었던 손가락이 갑자기 녹아내리며 통증이 시작되기 직전의 느낌. 나는 그의 귀 뒤에 입술을 가져갔다. 갑자기 그가 몸을 피하는 것 같았다. 눈에 띄지 않을 정도로 미세한 움직임이었지만 나는 확실히 느낄 수 있었다. 그는 자신에게 다가오는 나와 거리를 두려 했다. 나는 그것이 토미 때문이라고 생각했다.

"이제 그만뒀으면 좋겠다고 생각해?"

"응, 오늘은 여기까지만 했으면 좋겠어. 막상 말로 하니 좀 우습게 들리긴 하지만…"

그의 목은 너무나 부드러웠다. 갑자기 그가 내게 입을 맞추었다. 아름다웠다. 첫 번째 입맞춤보다 훨씬 아름다웠다. 이 입맞춤 다음엔 어떤 또 다른 아름다운 일이 벌어질까. 우리는 서로에게서 떨어졌다. 아무 말도 하지 않았다. 잠시 후, 그는 내 어깨 너머로 시선을 고정하고 말했다.

"이제 주간지를 사서 집에 가야겠어. 먼 길을 걸어가려면 시간이 걸릴 테니까."

"나도 알아. 하지만 오늘은 그 여자가 화장을 하고 널 기다리고 있을지 확신할 수가 없어. 오늘은 목요일이잖아."

"누가 화장을 하고 기다린다는 거니?"

"편의점 여자 말이야. 발레루드 씨."

"그 여자가 화장을 하고 기다린다고?"

"응, 매주 금요일마다 화장을 짙게 하고 너를 기다려. 다들 아는 사실인데 너 혼자만 모르는구나. 혹시 금요일이 아닌 다른 요일에 주간지를 사러 거기 간 적 있어?"

짐은 생각에 잠겼다.

"아니, 없는데… 세상에! 화장을 하고 나를 기다린다고 했니? 하하. 그렇다면 내일까지 기다려야겠군. 평소와 마찬가지로 금요일에 자전거를 타고 편의점에 가는 게 좋겠어."

"그 여자를 생각한다면 그렇게 하는 게 좋을 거야. 그렇지 않으면 아주 슬퍼할걸?"

"그럼 내일까지 기다리지 뭐."

우리는 서로를 바라보며 각자 생각에 잠겼다. 한 번 더 키스를 하면 좋을 텐데. 양쪽 플랫폼에는 기차를 타고 시내나 예스헤임, 에이즈볼이나 북쪽의 다른 도시로 가기 위해 사람들이 몰려들고 있었고, 우리가 왔던 곳과는 반대 방향에서 들어오는 스쿨버스가 모습을 드러냈지만 말이다. 짐과 나는 여전히 사람들 눈에 잘 띄지 않는 건물 뒤편 그림자 속에 서 있었다. 우리는 다시 키스를 했다. 기분이 너무 좋았다. 입을 맞춘 후 짐이 내게 작별 인사를 건넸다.

"잘 가, 시리. 내일 학교에서 보자."

"응, 학교에서 만나."

그는 몸을 돌려 국도를 향해 걷기 시작했다. 책가방을 어깨에 메고 다리를 건너던 그가 갑자기 몸을 돌려 손을 번쩍 들며 미소를 지었다. 나는 평소 가던 길로 집에 갔다.

마을회관 아래쪽 길과 주유소를 지났다. 뤼스부는 하얀 지붕 아래 녹색 펌프 옆에 서서 택시 기사 유니폼을 입은 남자와 대화를 나누고 있었다. 보아하니 오슬로나 릴레스트룀에서 온 택시 같았다. 뫼르크에는 택시가 다니지 않는다. 나는 뤼스부에게 손을 흔들었다. 그도 미소를 지으며 내게 손을 흔들어주었다. 주유소를 지날 때, 나는 토미를 떠올렸다. 그곳을 지나며 토미를 생각하지 않는다는 것은 거의 불가능한 일이었다. 갑자기 가슴 한 켠이 아련하게 아파왔다. 먹구름이 낀 것만 같았다.

하지만 뤼데르센의 집 앞에 이르자 기분이 나아졌다. 너무나 빨리 변하는 내 감정에 놀라지 않을 수 없었다. 나는 도대체 어떤 사람일까. 문득 나도 모르는 사이에 손가락을 들어 입술을 어루만져보았다. 여전히 감각이 마비된 듯한 느낌이었지만, 조금 전과는 달랐다. 동시에 전기에 감전된 것 같은 느낌이 온몸을 휘감았다. 갑자기 벌거벗은 듯한 느낌이 들었다. 나는 이제 이전과는 다른 소녀가 되었다고 생각했다. 오늘 아침의 나와는 전혀 다른 나. 나는 새롭게 변한 내가 좋았다. 이제 세상 밖으로 한 걸음을 뗀 것이나 마찬가지였으니까.

그해 가을은 여느 해 가을과는 달랐다.

가끔은 삶의 한 특별한 시기에 정확히 어떤 일을 했으며, 정확히 누구에게 어떤 말을 했는지 기억해내기가 쉽지 않다. 매일의 기억, 학교에서의 기억, 생일 파티에 누구를 초대했으며, 그날 정확히 몇 살이 되었는지 선명하게 기억해내기도 쉽지 않다. 반면, 어느 특정한 날이 내게 어떤 색감으로 다가왔는지, 그날 내 손바닥에 닿았던 것이 부드러웠는지 거칠었는지, 스쳐갔던 길가의 돌멩이와 나무, 강이 어떤 모습을 하고 있었는지 정확하게 기억해낼 때가 있다. 또는 어느 중요한 날, 어떤 옷을 입었는지는 기억하지만 그날이 왜 중요했는지는 기억할 수 없을 때도 있다. 갑자기 전화번호를 떠올릴 때도 있지만 그 전화번호가 누구의 것인지 기억해낼 수 없을 때도 있다. 25 00 45. 누구의 전화번호일까. 그리고 갑자기 떠오르는 말 한 마디. 하지만 그 말을 누가 했는지 기억할 수 없을 때도 있다. 하지만 그것은 중요하지 않을 수도 있다. 어쩌면 그 자리에 있던 사람들이 입을 모아 이구동성으로 말했을 수도 있으니 말이다.

하지만 어느 날 문득 올려다보았던 하늘이 어떤 모습이었는지, 그날의 날씨는 어땠는지 정확하게 기억할 때도 있다. 머리 위의 하늘, 모든 하늘, 스쳐 지나갔던 모든 날은 저마다 기호학적 사인을 지니고 있다. 그것은 십자가, 십자가, 십자가… 그것들은 느린 영화처럼 천천히 눈앞을 지나갔고, 아름다운 드레스를 입은 나는 한 발을 들고 빙그르르 돈 후, 한 손으로 옷자락을 들어 올려보았다. 그것은 새로운 손. 내 손이었지만 이전에는 본 적이 없는 손이었다. 나는 웃음을 터뜨리며 큰 소리로 말해보았다.

"난 새 손을 얻었어. 내 손을 봐, 짐. 이렇게 흔들고 있잖아. 이 손은 집으로 돌아가려 하지 않아."

크리스마스가 얼마 남지 않았을 때, 그는 변하기 시작했다. 나는 이유를 알지 못했다. 눈 쌓인 학교 운동장에서 그를 만났을 때 그동안 어떻게 지냈는지 물어보았다. 그는 아무 일도 없었다면서 변한 것은 하나도 없다고 대답했다. 나는 그런 것 같지 않다고 말했지만 그는 정말 달라진 것은 없다며 했던 말을 반복했다.

"짐, 분명 무슨 일이 있었어, 그렇지? 어딘지 모르게 변한 것 같아. 이젠 내가 싫어졌어? 만약 그렇다면 솔직히 말해줘. 내겐 그게 훨씬 견디기 쉬워."

그건 정말이었다. 나는 그의 마음이 변했다면 솔직하게 말해주기를 바랐다.

"왜 너는 내가 변했다고 말하니? 난 전혀 변하지 않았어."

"하지만 예전 같지 않은걸. 웃지도 않고 항상 심각한 표정을 짓고 있어. 왜 내겐 손도 대지 않는 거지?"

"시도 때도 없이 네 몸에 손댈 수는 없는 노릇이야."

난 물리학 시간에 늦겠다며 그에게 작별 인사를 건넸다.

"이제 가봐야겠어. 물리학 수업에 들어가야 돼. 난 아무것도 이해할 수가 없어. 물리학 말이야."

다음 날, 그는 학교에 오지 않았다. 그다음 날은 기말고사가 있는 날이었다. 시험 시작종이 울리자 그는 그제야 학교에 모습을 드러냈다. 나중에 들은 말에 따르면, 다른 학생들은 시험을 보느라 두 시간 이상을 앉아 있었지만, 그는 한 시간도 안 되어 교실을 빠져나갔다고 했다. 우리는 기말고사가 있던 날 만나지 못했다. 그는 내가 시험을 마치기 한참 전에 집으로 가버렸던 것이다. 그 후, 학교에 며칠간 더 나왔지만 우리는 운동장에서 마주쳐도 서먹서먹하기만 했다.

나는 이제 우리 사이가 끝났다고 생각했다. 애정 어린 말을 나누지도 않았다. 아니, 어쩌면 우리 사이는 끝난 것이 아닐지도 몰랐다. 나는 사랑하는 연인들의 세계에 대해 알지 못한다. 연애하는 남녀의 모습을 본 것은 토미와 함께 보았던 외국 영화 속에서뿐이다.

'좀더 기다려볼까?'

나는 짐과 함께 지내고 싶었다. 다시 과거로 돌아가고 싶진 않았다.

새해가 시작된 후, 그는 다시 학교에서 자취를 감추었다. 내겐 쉽지 않은 시기였다. 그가 사는 동네로 가서 대문을 두드려볼 수도 있었지만, 용기를 낼 수 없었다. 내가 그 동네에 모습을 드러내면 그 자체만으로도 나이든 동네 사람들의 입에 오르내릴 것이 분명했다. 우리 집과 우리가 소유했던 모든 것이 불에 타 사라져버렸기 때문에 내겐 더 이상 그곳에 갈 이유가 없는 것이다. 그렇다고 누군가에게 짐의 근황을 물어보기도 멋쩍었다. 토미 앞에서도 입을 떼지 못했다. 결국 나는 같은 학교에 다니는 마티에셴을 찾아갔다. 짐과 그는 서로 너무나 달랐고 나이 차이도 꽤 났지만 최근 방과 후에 꽤 자주 만나 역사와 정치에 대해 함께 토론하곤 했다. 마티에셴은 짐이 아프다고 했다.

"많이 아파?"

"그런가봐. 지금 병원에 있어."

"그렇다면 심각한가 보구나. 병원에 문병을 가볼까? 그냥 학교 친구라고 말하고 가면 되지 않을까?"

마티에셴은 그다지 좋은 생각이 아니라고 말했다. 그는 짐이 병원 집에 있을 것 같다고 말했다. 병원집이라니? 그는 왜 그런 말을 했을까? 마치 그의 집이 병원이라도 되는 것처럼.

알고 보니 짐은 정말 병원에 입원해 있었다. 3월의 이른 봄. 무슨 일이 생긴 것이 틀림없었다. 누군가가 전해준 이야기로는 짐은 다 죽다가 겨우 살아났다고 했다. 그 이야기를 누가 해주었는지는 기억나지 않는다. 보름 후, 나는 다시 마티에셴을 찾아가 짐에게 무슨 일이 있었는지 아느냐고 물어보았다. 그는 아무 말도 해줄 수 없다고 했다. 나는 그에게 짐을 문병하기 위해 병원에 가도 괜찮겠냐고 물어보았다. 그는 그 역시 좋은 생각은 아닌 것 같다고 말했다. 마티에센은 짐의 어머니와 전화했다고 말했다. 짐의 어머니는 짐이 최대한 안정을 취해야 하며, 의사는 짐이 조금이라도 심리적으로 불편해할까봐 매우 걱정하고 있다고 말했다. 만약 짐이 심리적으로 불편을 느낀다면 상황은 더 악화될 수 있다는 것이었다.

하지만 나는 그 말을 무시하고 기차를 타고 릴레스트룀으로 간 다음 파란색 버스를 탔다. 병원 앞에서 내린 나는 빨갛고 하얀 칠을 한 구급차를 보았다. 구급대원들은 비스듬히 세워진 구급차 뒷문을 열고 이송된 환자를 들것에 실어 건물 안으로 운반했다.

저 멀리 하얀 환자복을 입고 병동 문 앞에 서서 담배를 피우고 있는 짐이 눈에 들어왔다. 추운 날이었다. 나는 모자를 눌러쓰고 더플코트를 입고 있었다. 이렇게 추운데 담배를 피우기 위해 밖에 나올 생각을 하다니. 뫼르크나 다른 어떤 곳에서도 짐은 나를 알아보았다. 아무리 멀리 떨어져 있어도, 심지어 그가 자전거를 타고 휙 지나갈 때도 나를 발견하면 반갑게 손을 흔들곤 했다.

"시리, 난 네가 어떻게 생겼는지 잘 알고 있어. 내가 아무리 네게서 멀리 떨어져 있다 하더라도, 칠흑같이 어두운 밤이라 하더라도 난 너를 알아볼 수 있단다."

그는 자주 내게 이렇게 말했다. 나는 병동 문 앞에 서 있는 그를 향해 천천히 걸어갔다. 그의 얼굴을 똑바로 쳐다보며 그의 정면에서 걷기 시작했다. 하지만 그는 담배를 피우며 바닥을 내려다보거나 하늘을 쳐다보거나 좌우를 두리번두리번 살필 뿐이었다. 마침내 그가 고개를 들어 나를 정면으로 바라보았지만 그는 나를 알아보지 못했다. 그토록 가까운 거리에 있었지만 그는 자신을 향해 다가가는 사람이 누구인지 알아보지 못했던 것이다. 물론 내게 손을 흔들어주지도 않았다. 대신 그는 추위에 발을 동동 구르면서 담배 연기를 힘껏 빨아들였고 멍하니 푸른 하늘만 뚫어지게 바라볼 뿐이었다.

나는 걸음을 멈추었다. 불현듯 내가 바보 같은 짓을 했다는 생각이 들었다. 얼굴이 화끈거렸다. 시릴 정도로 차가운 하늘 아래서도 온몸이 후끈거리는 것을 느낄 수 있을 정도였다. 모자 아래 자리한 귓전에선 맥박 뛰는 소리가 쿵쿵 들려왔다. 수치스러웠다.

'넌 여기서 도대체 뭘 하고 있니? 네가 누구라고 생각하고 여기까지 온 거지?'

나는 너무나 부끄럽고 당황스러워서 숨을 쉴 수가 없을 정도였다. 나는 얼른 발길을 돌려 구급차를 지나 버스 정류장까지 뛰어갔다. 조금 전 열려 있던 구급차의 뒷문은 닫혀 있었다. 돌아가는 길은 왔던 길보다 훨씬 멀게 느껴졌다.

버스 정류장에 도착한 나는 시간표를 찬찬히 살펴보았지만 릴레스트룀 기차역까지 가는 버스가 언제 오는지 도무지 알 수 없었다. 양쪽 면에 꽉 채워 적혀 있는 출발 시간표는 숫자가 겹치는 것도 있었고 앞뒤가 뒤바뀐 것도 있어서 이해할 수 없었다. 하는 수 없이 나는 제자리에 가만히 서서 언제 올지 모르는 버스를 기다렸다.

저 멀리 보이는 병원의 이중 유리문으로 눈길을 던져보았다. 그곳에는 아직도 하얀 환자복을 입은 짐이 서 있었다. 그의 머리 위에 모락모락 피어오른 하얀 담배 연기는 차가운 공기를 만나 허공에 가만히 떠 있었다. 나는 그의 얼굴을 볼 수 없었고, 그도 내 얼굴을 볼 수 없었다. 그것은 우리 사이의 물리적인 거리와는 상관없었다. 갑자기 그가 자취를 감추었다. 나는 몸을 돌려 오른쪽을 돌아보았다. 마침

살얼음이 언 아스팔트 위로 버스 한 대가 천천히 들어오고 있었다. 정류장에 도착한 버스는 내 앞에서 비스듬히 정차했다. 버스에 오르기 전 차창 너머로 운전사를 바라보았는데 그의 입은 이렇게 말하고 있었다.

"제기랄."

짐·토미·1970년

짐과 토미는 우거진 나무 사이로 난 오솔길을 걸어 에우르체른호수로 향했다. 쌓인 눈 속으로 발목까지 푹푹 빠졌다. 얼음으로 덮인 호수는 달빛을 받아 반짝였다. 그들의 가슴께에는 신발끈으로 이어 목에 건 하키 스케이트가 걸음을 옮길 때마다 덜렁거렸다. 둘 다 모자를 쓰고 있었고, 짐의 긴 머리는 푹 눌러쓴 모자 밖으로 삐져나와 있었다. 그들의 모습은 평소와 달라 보였다. 심지어 그들 눈에도 서로가 낯설어 보일 정도였다. 토미는 짐보다 키가 훨씬 컸지만 모자를 쓴 두 사람의 겉모습은 꽤 비슷했다. 다만 그것을 깨닫지 못하는 사람은 그들밖에 없었다.

달빛이 비치는 호수 위의 얼음은 단단하게 얼어 있었다. 살을 에는 듯한 영하 10도의 차가운 밤, 달빛을 머금은 호수 뒤편의 커다란 바위는 반대편 호숫가까지 길고 검은 그림자를 토해냈고, 구불구불하게 자란 소나무는 얼어붙은 호수 위로 가지를 늘어뜨리고 있었다. 하늘에는 구름 한 점 없었고, 주변은 고요했다. 눈 쌓인 호숫가에 멈춰선 두 사람은 앞을 바라보았다. 문득, 짐이 몸을 돌려 토미에게 말했다.

"넌 종교인이 될 수 있을 것 같아."

"그러는 넌 이미 종교인이잖아."

토미가 말했다.

"솔직히 말하면 지금은 아냐. 난 사회주의자로 전향했어. 난 계급과 빈부 격차가 없는 사회를 지향해."

토미는 아무런 대꾸도 하지 않고, 등을 쭉 펴고 호수 반대편까지 드리워진 바위의 그림자와 나뭇가지 사이로 비치는 달빛, 그리고 호수 위의 반짝이는 얼음을 바라보았다.

"환장할 것처럼 좋은데?"

두 사람은 얼어붙은 호수로 내려갔다.

겨울이었다. 1970년 12월. 두 사람은 차례차례 열여덟 번째 생일을 맞았다. 짐은 10월에, 토미는 11월에 열여덟 살이 되었다. 토미는 운전면허증을 따고 이틀 후, 그간 저축해왔던 돈으로 흰색 중고 메르세데스를 구입했다. 비틀스의 인기는 시들해졌다. 다시 예전과 같은 인기를 얻을 수는 없을 것 같았다. 그것은 오노 요코 때문이었지만 그들에겐 상관없는 일이었다. 할 말도 없었고, 슬프지도 않았다. 어쨌거나 60년대는 그렇게 끝이 나버렸다.

그들은 목에 걸고 있던 끈을 머리 위로 들어올려 스케이트를 얼음 위에 내려놓았다. 장갑을 벗고 무릎을 땅에 대고 앉아 스케이트화 끈의 매듭을 풀고 발을 쉽게 집어넣을 수 있도록 입구를 벌렸다. 발을 넣은 후엔 끈을 바짝 위로 잡아당겨 발목에 두 번 두르고 간단한 매듭을 지었고, 발목에서부터 지그재그로 발등까지 끈을 내린 후엔 그 납작한 갈색 끈을 스케이트 신발과 날 사이에 집어넣어 마지막으로 이중 매듭을 짓고 리본 모양으로 마무리했다.

마침내 두 사람은 스케이트를 신은 발을 조심스레 호수의 얼음 위로 내디뎌 보았다. 꽤 오래전에 스케이트를 탔지만 넘어지진 않았다. 토미와 짐은 어깨와 어깨를 맞대고 나란히 서서 천천히 얼음

위를 달리기 시작했다. 어깨와 어깨, 팔과 팔, 손과 손을 나란히 하고 조심스레 호수 끝자락까지 간 그들은 처음보다 훨씬 자연스럽게 움직이며 되돌아왔다. 잠시 후, 그들은 조금 더 속력을 내어 에우르체른호수 가장자리를 따라 빙 돌았다. 자신감이 붙어, 마치 피겨스케이트를 타듯 부드럽고 우아하게 움직였다. 토미가 소리 내어 웃었다.

"제길, 누가 보면 스케이트 선수인 줄 알겠어."

두 사람은 함께 큰 소리로 웃었다. 그들의 목소리는 우거진 숲속에서 들을 때와는 달리, 사방이 벽으로 둘러싸인 방이나 실내 극장의 무대 위에서 들려오는 목소리 같았다. 관중이라곤 한 명도 없는 극장 말이다. 하긴, 요점은 바로 그것이었다. 그들은 관중을 원치 않았다. 그들은 힘껏 얼음 위를 달려 호수 한가운데로 간 후 텔레비전에서 보았던 하키 선수들처럼 스케이트 날을 비스듬히 뻗어 멈춰 섰다. 스케이트 날에 부서진 얼음 조각이 공중으로 솟아올랐다. 멈춰 선 그들은 천천히 몸을 돌려 호수 양옆을 바라보았다. 눈에 보이는 것은 끝없이 펼쳐진 숲뿐이었고 칠흑 같은 밤 속에 서 있는 사람은 그들뿐이었다.

짐이 숨을 헐떡였다. 하얀 입김이 매연처럼 뿜어져 나왔다.

"토미, 우리가 얼마나 오랫동안 친구로 지냈지?"

"우린 항상 친구였어."

"생각해보니 우리가 친구로 지내지 않았던 적은 한 번도 없었던 것 같아."

짐이 말을 이었다.

"우린 앞으로도 계속 친구로 지낼 수 있을 것 같아."

나직하고 조용한 목소리였다.

"너도 그렇게 생각하니?"

"세월이 흐르면 우리도 변할 거야. 예전의 우리는 지금의 우리보다 서로 훨씬 비슷했어."

"아냐, 우린 비슷했던 적이 없었어. 우선 네 부모님부터 생각해봐. 네가 그간 어떤 삶을 살아왔는지 생각해보라고."

"그건 맞아. 넌 기독교 신자였고, 난 교회 문턱에도 가보지 않는 걸. 하지만 내게도 기독교인다운 부분이 아주 없진 않은 것 같아."

"난 이제 기독교 신자가 아냐. 난 사회주의자라고."

"그렇군."

토미가 말을 이었다.

"하지만 우리가 원한다면 계속 친구로 지낼 수 있을 거야. 그건 우리 스스로에게 달려 있다고 생각해. 원한다면 평생 친구로 지낼 수 있어."

"우린 그걸 원하는 거지? 그렇지?"

짐이 말했다.

"응. 적어도 난 그래. 너는 그렇지 않니?"

"나도 그래. 나도 평생 너와 친구로 지내고 싶어."

짐은 더할 나위 없이 기뻤다. 토미가 없는 미래는 생각할 수조차 없었기 때문이었다. 그들이 이런 이야기를 나눌 수 있었던 것은 밤이었기 때문이고, 그들을 비추는 달빛이 여느 때와 달랐기 때문이었다. 환한 대낮에 서로 너무나 다른 그들을 비슷하게 만들어주었던 것은 바로 모자였다. 비록 토미가 짐보다 키는 더 컸지만 말이다. 하지만 그들은 왜 그들이 비슷한지 두 눈으로 직접 볼 수는 없었다. 에

우르체른호수 위에 비치는 달빛과 한밤의 살을 에는 듯한 한기 속에서 모자를 쓰고 있는 두 사람을 알아볼 수 있는 사람은 없었다. 어둠 속에서는 모든 것이 달랐다. 그리고 어떤 말이든지 할 수 있었다. 짐이 말문을 열었다.

"넌 내가 꽤 괜찮은 사람이라고 생각해서 나와 친구로 지내는 거니? 내가 다른 애들보다 특별히 더 나은 점이라도 있어?"

"글쎄, 우린 친구이기 때문에 친구일 뿐이야. 우린 항상 친구였잖아. 넌 짐이고, 항상 짐으로 살아왔듯이 말이야."

"좋은 말이니?"

"물론이지."

"알았어."

하지만 짐은 그것이 충분한 이유가 될 수 있는지 확신할 수 없었다. 어쩌면 친구로서 합당한 가치가 있다는 것을 증명해야 하지 않을까. 그는 차마 이 말을 입 밖에 내지 못하고 삼켜버린 채 말문을 돌렸다.

"가끔 네 어머니나 아버지 소식을 들어?"

"아니, 전혀."

"그래서 슬퍼질 때도 있어?"

"전혀 슬프지 않아. 나와 상관없는 일이라고 생각하거든."

"그렇군. 이해해."

짐의 말에 토미는 생각에 잠겼다. 정말 짐은 토미를 이해하고 있는 걸까. 그럴 수도 있을 것이다. 두 사람은 항상 단짝으로 지내왔고, 특히 지금처럼 어깨와 어깨를 나란히 하고 서 있을 때는 마치 그들의 몸에 같은 전류가 흐르듯 서로의 느낌과 생각까지 알아챌 수 있을지도 모르는 일이다. 불가능한 일이라고는 생각지 않았다. 그도 그럴 것이, 토미는 방금 어머니를 떠올렸기 때문이다. 한밤중에 호수의 얼음 위를 달리는 토미를 하늘에서 내려다보며 기억 속에서 찾을 수 없었던 낯선 목소리로 혼잣말을 하는 어머니 말이다.

'저 아이가 내 아들이었나… 저 모자를 쓴 남자아이? 아니, 아닐 거야. 전혀 알아볼 수 없는걸. 내가 알고 있는 토미와는 너무나 다르잖아.'

어머니가 사라진 지도 벌써 6년이나 흘렀다. 바로 그 때문에 토미에게는 짐밖에 없었다. 욘센을 제외하고 말하자면 그렇다. 욘센은 친구라기보다는 삼촌 같은 사람이자, 직장 상사이기도 하다. 욘센이 토미에게 제재소의 일자리를 준 것은 2년 전의 일이다.

그에게는 시리도 있었다. 하지만 시리는 많이 변했다. 그녀는 뢰르크의 뤼데르센 씨의 집에 살면서 발모에 있는 고등학교에 다니고 있다. 최근에 몇 번 주유소에서 시리를 만나 예전과 마찬가지로 마을회관 뒤의 호숫가에 함께 가기도 했다. 하지만 그때마다 두 사람은 당황하고 낯설어했다. 이후 두 사람이 만나는 횟수는 눈에 띄게 줄어들었다.

쌍둥이는 동네의 여느 다른 아이들과 다르지 않았다. 가끔 길에서 만나면 이구동성으로 "안녕 토미, 안녕하세요 욘센 씨"라고 말한 후 킥킥 웃으면서 팔짱을 끼고 그들을 지나쳐갔다. 토미는 제자리에 멍하니 서서 그들이 리엔 씨의 집 대문 안으로 사라지는 모습을 바라보았다. 쌍둥이는 언젠가 그들을 보살펴주었던 토미, 그들과 피를 나눈 오빠인 토미를 향해 고개도 돌리지 않았다.

"부모님에 대해서는 이야기하기 싫어."

토미가 말했다.

"나도 알아. 꼭 이야기하지 않아도 돼. 그래야 한다는 법은 없으니까."

"그건 나도 알아. 하지만 네가 묻는 건 괜찮아. 다만 내 입으로 부모님 이야기를 하고 싶지 않을 뿐이니까. 딱히 할 이야기도 없거든."

"난 괜찮아."

"나도 알아. 그건 그렇고 한 바퀴 더 돌아볼까?"

"그러자."

바로 그때 그 일이 일어났다. 그들의 발밑에 있던 얼음이 갑자기 쿵 소리를 냈고 그와 동시에 호수 뒤에 있던 바위 쪽에서도 쿵 소리가 났으며 메아리는 숲을 가로질렀다. 그들은 얼음이 깨지면 차디찬 물에 빠져 순식간에 얼어 죽을 것이라는 생각에 두려워 몸을 떨었다. 스케이트를 신고 헤엄을 친다는 것은 생각할 수도 없는 일이었다. 그들은 비슬렛 스타디움에서 열리는 세계선수권 대회에서 출발선의 총소리를 듣고 쏜살같이 달려 나가는 스케이트 선수처럼 보였다. 하지만 그들은 스케이트 선수가 아니었고, 그들을 바라보는 관중도 없었다. 에우르체른호수 위에 비치는 달빛 아래 보이는 이들은 짐과 토미밖에 없었다.

다시 매끈하고 축축한 어둠을 뚫고 날카롭고 메마른 소리가 들려왔다. 그들은 상체를 앞으로 쭉 내밀고 스케이트 날로 얼음을 박차며 앞으로 달렸다. 두 다리는 믿을 수 없을 정도로 천천히 움직였다. 마치 느린 영화에서나 끈적끈적한 시럽 속에서처럼. 마음먹은 대로 몸이 움직이지 않았다. 적어도 짐은 그렇게 느꼈다. 결국 그는 오른팔을 뻗어 장갑 낀 손으로 토미의 가슴 위쪽을 힘껏 밀치고 앞으로

쪽 나섰다. 그 때문에 토미는 뒤쪽으로 몇 미터나 밀려나가 얼음 위에 무릎을 짚고 두 팔을 하늘로 번쩍 치켜든 채 뭍으로 정신없이 달려나가는 짐의 등을 멍하니 바라보았다.

토미는 천천히 몸을 일으켜 팔꿈치와 무릎을 털며 소리를 질렀다.

"제기랄, 짐! 그건 얼음이 깨지는 소리가 아니었어. 이렇게 두꺼운 얼음이 깨질 리가 있겠어? 날이 추우니 얼음이 서로 붙는 소리였단 말이야. 갑자기 기온이 내려가면 흔히 생기는 현상이라고. 얼음이 서로 붙어 더 커지고 더 단단해진단 말이야."

이미 호수 가장자리에 도착한 짐은 눈 쌓인 땅에 무릎을 대고 앉아 모자를 벗었다. 토미의 말에 대답은커녕 돌아보지도 않았다. 잠시 후, 그는 기어들어가는 소리로 말했다. 그 목소리는 마치 자루 안에서 들려오는 소리나 아주 먼 곳에서 희미하게 들려오는 소리와 다를 바 없었다. 짐은 여전히 호수 한가운데 있는 토미에게 등을 돌리고 있었다.

"나도 알아. 그건 얼음이 더 단단해질 때 나는 소리라는걸. 나도 안다고. 전혀 두렵지 않았어. 너를 밀칠 마음도 전혀 없었다고. 난 단지 발을 삐끗해서 몸의 균형을 잡으려 했을 뿐이야. 너도 알잖아."

토미는 몸을 일으켜 스케이트를 타고 천천히 호수 가장자리로 왔다. 그의 바지 무릎이 하얗고 매끈매끈하게 변해 있었다.

"알아, 나도 알아."

토미는 매우 조심스럽게 말했다. 뭍으로 다가온 그는 짐의 어깨에 손을 얹고 말했다.

"나도 몸의 균형을 잃었어. 갑자기 생긴 일이라 너무 두려웠단 말이야. 갑자기 쿵 소리가 나서 겁을 먹었던 거야."

그는 몸을 굽혀 짐의 귓가에 입을 대고 나직이 속삭였다.

"얼른 모자를 써. 귀가 얼어서 하얗게 변했어. 조금만 더 있으면 땅에 툭 떨어질 것 같아."

짐의 귀가 얼어붙은 것은 사실이었다. 아프기까지 했다. 그는 얼른 귀를 가리고 싶었다. 손으로 귀를 덮고, 모자를 눌러써서 한기를 막아내고 싶었다. 하지만 모자를 쓰면 안 된다는 생각이 들었다. 한기와 통증을 조금 더 느껴야 한다고 생각했다. 그것만이 옳은 일이라는 생각이 들었다. 적어도 몇 분간은 더 아파야 한다고 생각했다. 그 외에는 다른 방법이 없었다.

"짐, 얼른 모자를 써."

토미가 말했다.

"그렇지 않으면 귀가 얼얼해서 많이 아플 거야."

하지만 짐은 모자를 쓰려 하지 않았다. 토미는 눈 위에 무릎을 꿇고 짐의 손에서 모자를 빼앗으려 했다. 짐은 모자를 꼭 쥐고 놓으려 하지 않았기에 두 사람은 모자를 들고 양쪽에서 잡아당기는 모양새가 되었다. 토미는 나직이 욕을 내뱉으며 모자를 힘껏 낚아채 짐의 머리 위에 씌우고 귀를 가려주었다. 그건 빨간 뜨개실로 짠 모자였다. 사회주의자의 모자. 지난가을, 짐의 어머니는 텔레비전을 보면서 대바늘로 또각또각 소리를 내며 모자를 짰을 것이다. 그녀의 뜨개바늘 소리는 온 집 안에서 들을 수 있었을 것이다. 짐은 그녀가 원형대바늘을 사용했을 것이라고 짐작했다. 짐은 그 모자가 좋았다. 모자는 어느 나라의 국기처럼 빨간색이었지만 눈 쌓인 호숫가의 그림자 속에서 무릎을 꿇고 앉아 있는 그들은 색을 잘 알아볼 수 없었다.

그들 옆에는 장화 두 켤레가 나란히 놓여 있었고, 호수를 덮은 얼

170

음 위에는 여전히 달빛이 비치고 있었다. 동화 속에서나 볼 수 있는 훈훈한 정경이었지만, 호수 위의 매끈매끈한 얼음은 한 시간 전과는 너무나도 다른 느낌으로 다가왔다. 토미는 무슨 일이 있어도 다시 얼음 위에 서고 싶지 않다는 생각을 했다. 생각만 해도 속이 울렁거렸다.

"너를 밀칠 생각은 전혀 없었어."

짐이 말했다.

"나도 알아. 이젠 잊어버려. 아무것도 아냐."

"하지만 그건 사실이야. 난 너를 밀칠 생각이 전혀 없었다고."

"젠장, 알았어, 짐. 그 이야긴 다시 듣고 싶지 않아!"

제 2 장

욘센·1964년 12월

늦은 저녁 무렵이었다. 그는 모자를 쓰고 대문 앞 계단에 서서 하늘을 바라본 후, 대문을 닫고 계단을 내려가 베르그렌의 집을 향해 걸었다. 추운 날씨였고, 길 양옆에는 지난 며칠 동안 내린 눈이 무릎까지 쌓여 있었다. 골목길의 공기는 당황스러울 정도로 부옇고 짙게 서려 있었다. 어딘가에 '출구 없음'이라는 팻말이 붙어 있을 것 같기도 했다. 아니, '아예 잊어버려'라는 문구가 더 잘 어울리려나.

눈이 오기 시작하면 동네 남자들은 모두 삽을 들고 집 앞 계단에 서서 쓰레기통이 있는 진입로까지 눈을 치운다. 단 한 사람도 빠짐없이. 동네 사람들의 집 앞에서는 단 한 사람도 예외 없이 눈을 치우기 위해 삽질하고 있는 남자들을 볼 수 있다. 마치 누군가가 박자에 맞춰 남자들의 아랫배를 힘껏 두드리는 듯 그들은 구부정한 허리로 리듬감 있게 끙끙 앓는 소리를 낸다. 쌓인 눈이 줄어들면 창틀 위아래로 올라갔다 내려갔다 하며 움직이는 그들의 파란색 모자만 보인다. 삽으로 눈을 한 번 퍼올릴 때마다 먼지를 닮은 푸석푸석한 가루눈이 공중으로 흩어진다. 가끔은 그 사이로 발갛게 상기된 얼굴과 삽자루를 쥐고 있는 셀부* 문양의 벙어리장갑이 보이기도 한다.

하지만 집 앞의 눈이 깨끗하게 치워졌다 하더라도 골목길의 눈은 그대로 남아 있기 마련이다. 그 때문에 동네로 들어오는 차나 나가

---

* 노르웨이의 전통 뜨개 문양으로 장미꽃 모양이 주를 이룬다.

는 차는 한 대도 볼 수 없다. 차를 탈 수 없는 동네 사람들은 평소엔 스쿨버스를 이용하지만 그마저도 눈이 쌓이면 불가능하다. 눈 쌓인 동네 안으로는 스쿨버스는커녕 환경미화차도 들어오지 못한다. 절대 기분 좋은 일은 아니다.

눈은 그쳤지만 길을 걷기는 쉽지 않다. 어둠이 내려앉았다. 욘센은 골목길로 나섰다. 제설차는 내일 새벽이나 되어야 동네 안으로 들어올 것이다. 등교하는 아이들을 위해 스쿨버스가 들어올 수 있도록 눈을 치워야 하기 때문이다.

욘센은 눈앞이 캄캄했다. 그는 아주 오래전, 커다란 말 여섯 마리가 부채꼴로 대열을 지어 제설기구를 끌고 가는 것을 본 적이 있다. 제설기구 위에는 무게감을 주기 위해 건장한 남자 다섯 명이 서 있었다. 말이 끄는 제설기구가 골목길을 한 번 지나가면 그 뒤를 삽을 든 동네 사람들이 줄지어 따라가며 길 양옆에 쌓인 눈을 걷어냈다.

매년 겨울이 오면 그들은 마치 약속이나 한 듯 대문 밖으로 나와 이토록 힘든 일을 했다. 일을 시키는 사람도 없었지만 모두 골목길로 나와 자기 몫의 일을 해내곤 했다. 그들은 이른 아침 창밖을 내다보며 눈이 얼마나 쌓였는지 확인했고, 상황이 좋지 않다 싶으면 누가 먼저랄 것도 없이 삽을 들고 대문 밖으로 나갔다.

한번은 제설차가 갓길로 밀어놓은 눈덩이가 너무나 높아 그 위에서 눈을 치우던 사람이 팔을 위로 뻗으면 전봇대의 전깃줄에 닿을 정도였다. 욘센은 당시 소년에 불과했다. 그는 높다랗게 쌓인 눈덩이 위에 서 있는 남자들을 올려다보았다. 앞섶을 풀어헤친 외투의 하얀 안감과 온 동네를 덮은 하얀 눈을 아직도 기억하고 있다. 그중에서도 가장 선명하게 기억에 남아 있는 것은 남자들의 외투에 달린 반짝이는 단추였다. 그는 하얀 설탕 가루처럼 바람을 타고 얼굴을 때리던 눈 때문에 두 눈을 꼭 감아야 했던 것도 기억했다.

낯선 남자가 와서 사진을 찍었다. 그는 쌓인 눈덩이 아래쪽에 무릎을 대고 앉아 카메라 렌즈를 눈덩이 위로 향하게 하고 셔터를 눌렀다. 그 사진은 다음 날 신문에 나왔다. 사진 속의 눈덩이는 실제보다 훨씬 더 높아 보였다. '우리는 시에서 나오는 제설차를 기다리지 않습니다. 그 어느 누구도 기다리지 않습니다'라는 글자가 사진 위에 적혀 있었고, 아래쪽에는 다음과 같은 문장이 뒤따랐다. '우리 스스로 시의 역할을 해냅니다.'

두 사람은 토미가 잠자리에 든 후인 밤 11시에 만나기로 약속했다. 그녀는 아이들을 위해 다음 날 도시락을 미리 준비해놓았다. 부엌 식탁 위에는 도시락 네 개가 나란히 놓여 있었다. 학교에 가는 토미와 시리를 위한 도시락 두 개, 학교에 가진 않지만 오빠와 언니를 따라 하고 싶은 쌍둥이를 위한 도시락 두 개. 그녀는 도시락 뚜껑 위에 필기체로 아이들의 이름을 써놓았다. 그것이 전부였다. 그 외에 그녀가 할 수 있는 일은 없었다. 괜히 슬퍼할 필요도 없었다. 슬퍼하면 오히려 일이 더 꼬일 수도 있는 법.

욘센은 엄청나게 쌓인 눈 때문에 당황했다. 일이 잘못될 경우를 대비해 대안을 마련해놓지 않았기 때문이다. 설령 대안을 생각해두었다 해도 큰 도움이 되진 않을 것이다. 그의 차는 차고 문 쪽을 향해 서 있었고, 그날 밤 즉시 동네 밖으로 나갈 수 있도록 만반의 준비가 되어 있었다. 그가 해야 할 일은 하나밖에 없었다. 토미가 잠자리에

든 직후, 그녀를 차에 태워 동네 밖으로 나가는 것. 그녀의 남편, 환경미화원 베르그렌은 다음 날 새벽이나 되어야 집에 돌아올 것이고, 그때는 이미 돌이킬 수 없을 정도로 늦어버린 후가 될 것이다.

베르그렌은 다른 동네 남자들과 마찬가지로 대문 앞에서 진입로까지 쌓인 눈을 삽으로 치웠다. 하지만 그건 이미 하루 전의 일이다. 그는 전날 아침에 집을 나가 아직 돌아오지 않았고, 그 사이에 새 눈이 내려 골목길에 무릎까지 쌓였다. 사실 눈이 쌓인 것은 문제가 되지 않는다. 하지만 눈 위에 찍힌 두 쌍의 발자국, 한 쌍의 커다란 발자국과 또 다른 한 쌍의 중간 정도 크기의 발자국은 날이 밝으면 누구나 볼 수 있을 것이다. 밤사이에 눈이 더 내리지 않는다면 말이다. 물론 눈이 더 내릴 가능성은 충분했다.

욘센은 짐작할 수 없었다. 라디오에서 일기예보 방송도 듣지 않았다. 그는 단지 차고의 오펠 캡틴 옆에 우두커니 서 있기만 했다. 사실 차의 이름은 캡틴이 아니라 카피탠이었다. 그는 동네 사람들이 누구나 할 것 없이 모두 오펠 캡틴이라 말하는 것을 들을 때마다 짜증이 솟구쳐올랐다. 왜냐하면 그건 캡틴이 아니라 카피탠이기 때문이다. 사람들은 글자도 읽지 못하는 걸까. 그는 손바닥만 한 차고 안에서 오펠의 보닛을 열고 고개를 숙여 엔진을 들여다보았다. 차고의 벽은 얇은 주석으로 만들어져 있었고 차고 안은 너무나 추워 숨을 쉬면 하얀 입김이 피어오르는 것을 볼 수 있었다.

그는 생각에 잠겼다. 패닉에 빠지면 안 된다고 스스로를 다잡았다. 얼기설기 뒤얽힌 호스 중 하나가 새고 있었다. 차고 안을 뒤져 널브러져 있는 부품 하나를 찾아 새는 호스를 막은 다음 보닛 뚜껑을 내리고 양옆을 꾹 눌러 닫았다. 헐렁해진 팬벨트도 조여놓아야 했다. 팬벨트가 어디 있는지, 팬벨트를 조이기 위해 어떻게 해야 하는지 알 것 같았지만 막상 손을 대려니 눈앞이 캄캄해졌다.

'진작에 뤼스부를 찾아가 도움을 청했어야 했는데.'

지금은 이미 시간이 늦어버렸다. 고장 난 팬벨트의 귀를 찢는 듯한 날카로운 소리만 떠올려도 괜히 긴장이 되었다. 헤드라이트 불빛이 골목길을 밝히면 동네 사람들은 저마다 창문으로 밖을 살펴볼 것이고, 하나둘 앞뒤 사정을 끼워 맞추려 머리를 굴릴 것이 뻔하다.

'아, 그렇구나. 흠.'

'이런 일이 있을지 진작에 알고 있었어.'

그들은 삼삼오오 모여 입방아를 찧을 것이 분명했다.

보닛 뚜껑을 닫은 그가 더 할 수 있는 일은 없었다. 그는 차를 몰고 오슬로까지 갔다 와야만 했다. 왕복 120킬로미터. 문제는 바로 그것이었다. 그녀는 기차를 탈 수 없었다. 플랫폼에서 기차를 기다리는 그녀의 모습을 누가 본다면 계획한 일이 틀어질 테니까.

조심스레 문을 두드렸다.

'왜 이 일을 해야 하지?'

문은 금방 열렸다. 그녀는 문 옆으로 비켜서서 기다렸다. 토미는 이미 잠자리에 든 후였다. 엉덩이에 피멍이 들면 욘센을 찾아와 라디오 앞의 푹신한 소파에 앉아 함께 텔레비전을 보곤 했던 소년.

그는 열린 문틈으로 그녀의 얼굴을 바라보았다. 현실의 얼굴은 홀로 침대에 누워 내면의 눈으로 떠올려보던 그녀의 얼굴과는 달랐다. 특히 입가의 선을 비롯한 현실의 얼굴은 윤곽이 더욱 뚜렷했다. 그 눈빛 속에는 꿈에서 찾아볼 수 없었던 그 무언가가 자리하고 있었다. 말없이 벌어졌다 다물어지는 그녀의 입술을 보니 무슨 일이든 벌어질 수 있겠다는 야성적인 욕구와 함께 패닉이 동시에 밀려들었다.

'아, 바로 그것이었구나.'

그는 뱃속에서 꿈틀거리는 욕망을 느꼈다. 하지만 그런들 무슨 소용이 있을까. 그녀는 오늘 저녁 이곳을 떠날 사람인데.

"어떻게 해야 할지 모르겠군요. 눈이 너무 많이 쌓였어요. 차를 몰고 나갈 수 있을지 잘 모르겠습니다."

그는 여인의 뒤편, 바닥에 놓여 있는 여행 가방에 시선을 던졌다. 그리 크진 않았다.

'저 짐이 전부일까.'

"가져갈 것은 저 여행 가방 하나뿐입니까? 개인적인 물건들은 가져가지 않을 건가요?"

"네, 아무것도… 하지만 일단 시도는 해봐야 하지 않을까요?"

"눈 때문에 한 발짝도 움직일 수가 없어요. 정말입니다."

"그렇다면 난 죽임을 당할 거예요."

여인의 말에 그는 곰곰이 생각에 잠겼다. 국도까지는 얼마나 걸릴까. 어림잡아 600~700미터는 될 것이다. 차에 속력만 붙는다면 가능할 것 같기도 했다. 하지만 도대체 어디쯤에서 속력을 낼 수 있을까. 액셀을 밟아 제대로 속력을 내려면 적어도 50미터는 필요하다. 거기서 단 1미터만 모자라도 속력을 낼 수 없을지 모른다. 50미터 정도되는 길 위에 쌓인 눈을 다 치우려면 날이 밝을 것이다. 절망적이었다. 게다가 밤새 눈을 치우고 차에 속력을 붙여 국도까지 나간다 하더라도, 국도에 쌓인 눈이 치워져 있을지는 장담할 수 없지 않은가.

체념이 되었다. 짜증이 밀려들었다. 그녀가 직접적인 이유라곤 할 수 없었다. 그는 해답을 찾을 수 없는 답답한 공기 속에서 그녀와 멀뚱멀뚱 마주보고 서 있기가 민망해 몸을 돌렸다. 무작정 차를 몰고 나가는 일은 생각조차 할 수 없었다. 상황이 악화되어 차를 돌려 집으로 되돌아온다면 동네 사람들 눈에 띌 것이 뻔했기 때문이다.

"죽임을 당하는 일은 없을 거요. 어쨌든 오늘 밤에 차를 몰고 나가는 건 불가능합니다. 오늘 밤은 안 돼요."

그녀는 대답하지 않았다.

"그렇다고 밤새 여기 서 있을 수는 없어요. 행여 누가 여행 가방을 본다면…"

다시 눈이 내리기 시작했다. 그는 고개를 들어 하늘을 바라보았다. 바람 한 줄기가 세차게 지나갔다. 그녀를 데리고 집 안으로 들어가야겠다고 생각했다. 새로 내리는 눈은 두 사람의 발자국을 지워줄 것이다. 하늘을 보니 밤새 눈이 내릴 것 같았다. 그는 제발 눈이 계속 내려주기를 바랐다.

크리스마스가 머지않았다. 골목길을 향한 몇몇 집의 창문에는 불을 밝힌 전기 양초가 보였다. 새로 시작된 유행이었다. 그는 대문 앞에 발자국을 남기지 않으려고 상체만 쑥 내밀어 그녀의 여행 가방을 집어들었다. 장화와 따스한 벙어리장갑을 끼고 머리에 스카프를 두른 그녀는 실제보다 나이가 훨씬 많아 보였다.

그녀는 서른 초반이었고, 그도 그녀와 비슷한 나이 또래였다. 눈앞에 서 있는 그녀는 영락없는 가정주부의 모습이었다. 그녀가 가정주부라는 것은 사실이었지만, 그의 상상 속에 자리한 그녀의 입가, 귀 뒤의 매끈한 피부, 매끈한 손등, 그리고 벌거벗은 그녀의 육체는 가정주부와는 거리가 멀었다. 그녀는 어느 날 저녁 갑자기 그를 찾아와 부엌 식탁에 앉아서 늦은 밤까지 머무른 적이 있다. 그날 그녀는 자신의 삶에 대해 이런저런 이야기를 늘어놓았다. 그는 마법에 걸린 것처럼 그녀의 목소리에 사로잡혀버렸다. 식탁 위에 올려놓은 팔꿈치 사이에는 와인잔이 있었지만 그는 저녁 내내 와인잔을 들어올리지 않았다. 서늘한 냉기가 어려 있었던가. 그가 생각했던 것과는 달랐지만 어쩌면 그것은 좋은 일인지도 몰랐다. 그녀의 몸에서 서늘한 냉기가 느껴졌던 것 말이다.

예상치도 못했던 일이었다. 사랑 없는 육체관계를 맺는다는 건 평생 있을 수 없다고 생각했지만, 그날 저녁 그는 그런 생각을 전혀 하지 않았다. 그녀가 자신이 아는 여인이라는 생각도 들지 않았다. 그가 아는 여인은 항상 두려움에 묻혀 사는 사람이었지만 눈앞에 있는 벌거벗은 여인에게선 두려움이나 수줍음을 전혀 느낄 수 없었다.

그는 앞장서서 집 안으로 들어갔다.

"제 뒤를 따라오세요. 제 발자국을 따라 걸으면 당신의 발자국이 남지 않을 거예요. 이건 아주 중요한 일입니다."

여인은 그가 시키는 대로 했다. 그가 시키는 대로 두말없이 따르는 모양새가 꽤 이상하게 느껴졌다. 그는 전지전능한 신에게 기도하기 시작했다.

'오늘 밤에는 아무도 잠에서 깨어나 창밖을 내다보는 사람이 없도록 해주소서. 잠을 설쳐 뜬눈으로 창가의 의자에 앉아 있는 사람에게 우리의 모습이 발각되지 않도록 해주소서.'

그녀는 푹푹 파인 그의 발자국 위에 조심스레 발을 올려놓으며 또다른 발자국이 남지 않도록 신경 썼다. 자정이 넘은 시간, 칠흑 같은 어둠 속에서도 새하얀 눈에서 발산되는 부드러운 빛으로 골목길에 나란히 자리한 집들을 구별하는 것은 어렵지 않았다. 만약 누군가가 그들을 보게 된다면 상황은 악화될 것이다. 동네 사람들에게 들키게 된다면 그는 이 동네에서 이전과 같은 삶을 살 수 없게 될 것이 분명하다. 아니, 거의 평생을 살아왔던 동네에 더는 발을 붙일 수 없을지도 모른다. 그러면 그는 바다에 나가야 할지도 모른다. 그렇다고 그녀를 따라 그곳을 벗어난다는 것은 생각할 수도 없는 일이었다.

현관에 들어섰다. 그는 대문을 열어두고 여행 가방을 거울 밑에 내려놓았다. 그녀에겐 눈도 돌리지 않고 삽과 빗자루를 들고 반시간 전에 눈을 치웠던 대문 앞 계단 네 개를 다시 내려갔다. 무슨 이유에선지 화가 머리끝까지 치밀어올라 온몸이 부들부들 떨릴 정도였다. 현관 앞의 발자국을 지우는 데는 5분밖에 걸리지 않았다. 그는 삽을 대문 옆에 놓고 발을 툭툭 차서 신발에 묻은 눈을 털어냈다. 현관에 들어와 대문을 닫았다. 그녀는 여전히 외투를 입고 현관에서 1센티미터도 움직이지 않고 그 자리에 서 있었다.

"이것 봐요."

조급해진 그는 여인의 외투에 달린 커다란 단추를 신경질적으로 풀었다. 너무나 거친 손놀림에 단추 하나가 거의 떨어져 실오라기 하나에 의지해 매달려 있었다.

"도대체 이게 무슨 짓이에요, 욘센. 관두세요. 외투는 혼자서도 벗을 수 있어요. 모든 일에 당신의 도움이 필요하진 않다고요."

그는 여인이 자신을 '욘센'이라고 부르자 슬쩍 기분이 나빠졌다. 세상에, 그 이름에서 느껴지는 거리감이란 얼마나 큰 것인가. 다른 이들과 달리 이름은 온데간데없고 성만 남아 있는 사람이 되어버린 것 같았다. 하지만 사실 그가 고등학교에 다닐 때부터 그의 이름을 부르는 사람은 없었다. 모두들 그를 '욘센'이라고 불렀던 것이다. 물론 그 나이 또래엔 장난처럼 또는 어른이 된 것처럼 서로의 성만 불렀던 적이 없지는 않았다. 마치 어른들처럼 왼쪽 겨드랑이에 가방을 끼고 모자챙에 손가락 두 개를 가져가 인사를 나누었다. 하지만 시간이 흐름에 따라 그들은 비다르, 올라프, 외이빈 등 태어나 세례를 받으며 얻었던 자신만의 이름으로 다시 불리기 시작했다.

단지 그를 제외하고선 말이다. 어쩐 일인지 모두들 각자의 이름으로 불렸지만, 그는 여전히 '욘센'으로 남아 있었다. 그는 이유를 알 수 없었다. 그에게도 이름이 있었지만, 그 이름은 수증기처럼 천천히 공기 중으로 사라져버렸고, 가끔은 스스로도 자신의 이름이 무엇인지 기억을 못 할 정도가 되었다. 그는 단지 '욘센'일 뿐이었다. 그는 여인을 '티아'라는 이름으로 불러왔지만, 이젠 그녀마저도 그를 '욘센'이라 부르고 있는 것이다. 그는 '티아'라는 이름을 좋아했지만, 이젠 그녀의 이름을 부르지 않는다. 자신의 열기 어린 몸 옆에 발가벗고 누워 있던 몸이 서늘한 여인. 그녀는 이 동네에 이사 온 지 얼마 되지 않았다. 토미를 임신한 몸으로 베르그렌의 차를 타고 이사 온 그녀는 욘센의 이름이 무엇인지 알 길이 없었다.

"알았어요. 대신 서둘러 외투를 벗도록 해요."

그는 퉁명스러운 자신의 말투에 갑자기 미안해졌다. 그녀가 이런 대우를 받는 것이 부당하다는 생각이 들었다. 사실, 그녀를 도와주겠다고 먼저 말을 꺼낸 것도 그였다.

"미안해요. 원한다면 천천히 외투를 벗어도 돼요. 그동안 나는 거실에 당신이 잘 곳을 마련해둘게요."

"이왕 이렇게 된 거… 함께 잘 수 있도록 두 사람 몫의 자리를 마련하는 건 어때요?"

"그것도 좋겠군요."

그는 그녀가 시키는 대로 침대보를 구김살 하나 없이 매끈하게 펴서 자리를 마련했다. 막상 자리에 누워 몸을 섞었지만 그녀의 생각은 딴 데 가 있는 것처럼 시큰둥하기만 했다. 그가 심연의 한가운데서 절정에 달했을 때 그녀가 말문을 열었다.

"눈이 계속 내릴까요? 그렇다면 전 며칠을 더 기다려야 하나요?"

그녀는 두 사람이 한 몸이 되었을 때조차 그곳을 벗어날 생각만 했다. 만약 그녀가 크리스마스 선물로 무엇을 원하느냐고 물었다면 그도 그토록 실망하진 않았을 것이다.

그녀의 뜬금없는 말에 그는 온몸이 굳어졌고 절정의 열기조차 사라졌다. 그는 유체이탈을 한 것처럼 그녀의 몸을 덮고 있는 자신의 등과 허벅지는 물론, 자신의 머리 너머로 천장을 바라보는 그녀의 눈동자까지 볼 수 있었다. 너무나 수치스러웠다. 그 자리를 벗어나고만 싶었다. 그럼에도 그는 다시 몸을 움직였다. 그녀가 무덤덤하게 말문을 열기 직전의 시간으로 되돌아가 천천히 몸을 움직이기 시작했던 것이다. 그의 움직임은 점점 더 빨라졌다. 그는 자신이 원하는 것만 얻을 수 있으면 상관없다고 생각했다. 둘 사이에는 사랑의 감정이라곤 찾아볼 수 없었지만 그 무언가가 존재하고 있었다. 문득이 일만 끝나면 그것이 무엇이든 상관없다는 생각이 뒤를 이었다.

다음 날 아침, 그는 제설차의 요란한 소리에 눈을 떴다. 그녀는 이미 일어나, 벌거벗은 몸을 하얀 침대보로 감싸고 상체를 잔뜩 구부린 채 창문 아래 소파에 앉아 있었다. 창틀 위로 머리만 겨우 보이도록 고개를 들어올리고 두 눈으로 골목길을 뚫어지게 바라보았다. 해가 뜨기 전이었지만 하얀 눈으로 뒤덮인 골목길을 바라보는 그녀의 얼굴은 눈처럼 하얗게 빛났다. 턱을 무릎에 괴고 팔짱을 낀 그녀의 구부정한 등을 보니 마치 어린 소녀 같다는 생각이 들었다. 양 갈래로 땋은 머리만 보면 영락없는 소녀였다. 하지만 그녀는 어린 소녀와는 거리가 멀었다.

창문을 바라보던 그녀가 고개를 돌려 말했다.

"잠을 잘 수가 없었어요."

그녀의 얼굴은 밤새 잠을 못 잤다는 것을 여실히 보여주고 있었다. 하지만 그는 달랐다. 깊게 잠을 잔 덕분에 그녀가 일어났는지도 모르고 있었다. 그녀가 없는 침대에 홀로 누워 있는 자신의 모습을 떠올린 그는 삶이 다시 원상태로 되돌아갔다고 느꼈다. 혼자만의 삶을 떠올리니 문득, 지금 이 순간 이 집이 그녀 때문에 필요 이상으로 북적거린다는 생각이 들었다.

"한 시간만 더 있으면 스쿨버스가 올 거예요."

"아침 식사를 준비할게요. 그런데 스쿨버스가 올 때까지 한 시간이나 창문 앞에서 기다릴 필요는 없잖아요?"

"살펴봐야만 해요. 이해가 안 되나요?"

그가 부엌에 들어가 커피를 끓이자 그녀도 부엌으로 들어왔다. 두 사람은 식탁에 함께 앉아 커튼을 치고 식사를 했다. 식사를 마친 그녀는 잘 먹었다는 말도 없이 자리에서 벌떡 일어나 거실 창문 아래로 갔다. 다시 등을 구부정하게 만들어 조심스레 창밖을 살피는 그녀는 여전히 벌거벗은 몸 위에 하얀 침대보를 두르고 있었다. 별안간 그는 무척이나 무안하고 난처해졌다. 그녀가 몸에 하얀 침대보만 두르고 있었기 때문만은 아니었다. 마치 그는 안중에도 없다는 듯 행동하는 그녀의 태도 때문이 아니었을까.

"이제 오네요."

국도에서 천천히 방향을 틀어 골목길로 들어서는 버스의 디젤 엔진 소리가 들려왔다. 평소보다 엔진 소리가 더욱 묵직하게 들리는 것은 거리에 쌓인 눈 때문이었던가. 그는 알 수 없었다. 엔진 소리와 함께 온 집이, 온몸이 부르르 떨렸다. 그녀는 자신의 아이들이 버스에 오르는 것을 보기 위해 창문에 이마를 대고 밖을 내다보았다. 골목길 아래쪽 욘셴의 집 앞에서 학교에 가려는 아이들이 버스에 올랐다. 그녀의 두 아이도 마찬가지였다. 시리는 항상 그래왔듯 버스 중간쯤의 좌석에 앉았고, 토미는 버스 뒤쪽 창가에 앉았다. 창문에서는 높게 쌓인 눈 때문에 아이들의 머리만 겨우 볼 수 있을 정도였다. 차창 밖으로는 눈도 돌리지 않고 앞만 바라보던 토미는 자신의 이름이 갈색 종이에 필기체로 적혀 있는 도시락을 한 손으로 높이 치켜들고 있었다. 그가 왜 하필이면 그런 행동을 했는지 분명 이유가 있을 것 같았지만, 꼭 그렇게 해야 할 이유는 딱히 없었다.

하얀 침대보를 몸에 두른 그녀는 창틀 위로 눈만 내놓고 토미와 시리를 태운 버스가 골목길 밖으로 사라지는 것을 바라보았다. 그로부터 한 시간도 채 지나지 않아 그녀 또한 영원히 사라질 것이라 짐작하는 것은 쉽지 않다. 욘셴은 그녀를 60킬로미터나 떨어진 오슬로까지 태워주어야만 했다. 그녀는 오슬로 피오르에서 로테르담까지 가는 직항 선박을 탈 예정이었다.

짐 · 2006년 9월 · 1971년

사회보장처의 문을 닫고 나온 나는 약 1, 2분 정도 계단 앞에 멍하니 서 있었다. 몸이 살짝 떨렸다. 어쩌면 그리 이상한 일이 아닐지도 모른다. 위험한 일도 아니었다.

계단은 조용했다. 오는 사람도, 가는 사람도 보이지 않았다. 귓가에 스치는 소리라곤 저 멀리서 들려오는 도심의 소리와 아래층 쇼핑몰에서 들려오는 시끌벅적한 소리밖에 없었다. 벽은 전 세계의 공공사무실 벽과 같은 색으로 칠해져 있었다. 만약 누군가가 그곳에 서 있는 나를 보았다면 내가 지금 어디에 다녀왔는지 금방 알 수 있을 것이다. 내겐 상관없는 일이었지만 나는 서둘러 승강기 쪽으로 발길을 돌렸다. 승강기는 1층에 멈춰 서 있었다. 버튼을 누른 직후, 나는 마음을 바꿔먹고 종종걸음으로 다시 계단 쪽으로 갔다. 1층까지 뛰어내려간 나는 쇼핑몰의 로비로 가서 에스컬레이터를 타고 2층 구석에 자리한 카페로 들어갔다.

나는 이전에 그곳을 자주 찾았다. 분위기가 꽤 좋은 카페였다. 카페와 쇼핑몰 사이에는 벽이 따로 없기에, 홀에 자리한 큐부스^{Cubus}, 드레스만^{Dressmann}과 같은 옷가게에서 카페로 바로 들어올 수 있었다. 나는 외투를 벗어 카페 의자 등받이에 걸쳐두고 음식을 주문하기 위해 카운터로 갔다. 하루의 어디쯤에 있는지에 따라 내가 주문한 음식은 늦은 점심이 되거나 이른 저녁이 될 수 있을 것이다. 나는 음식을 쟁반에 담아 자리로 가져온 다음, 커피와 주스를 가지러 다시 카운터 쪽으로 갔다.

카운터에는 항상 기분 좋게 손님을 대하는 여인이 서 있었다. 그녀는 매번 나를 알아보고 어떻게 지냈는지, 일이 잘 되어가는지 묻곤 했지만, 나는 단 한 번도 대답하지 않았다. 그저 고개를 끄덕이며 옅은 미소만 지어보였을 뿐이다. 거기서 무슨 말을 할 수 있을까. 메뉴는 매번 똑같았고, 나는 매번 같은 음식을 먹었다. 이미 반년 전에 그렇게 하리라 마음먹었던 것이다. 카운터 앞에 서서 오늘은 무슨 음식을 먹을까 고민하다 끝내 결정을 내리지 못하느니 차라리 매번 같은 음식을 먹는 게 낫겠다고 생각했기 때문이다.

의자에 무겁게 털썩 앉았다. 원래 컨디션이 그리 나쁘진 않았다. 최근에 담배를 많이 피워서 건강이 안 좋아졌는지도 모른다. 이전에는 내가 살던 자그마한 위성도시 외곽에 자리한 숲에서 자주 산책을 했다. 가끔은 너무 많이 걸어 옅은 어둠이 깔린 저녁, 집으로 돌아오는 길을 찾지 못하고 헤맨 적도 있다. 길에 집중하지 못하고 머릿속으로 딴 생각을 했기 때문일지도 모른다. 물론 지금은 그때 무슨 생각을 했는지 전혀 기억할 수 없다. 어쩌면 지난 며칠 동안 잠을 제대로 못 잤기 때문에 몸이 안 좋을 수도 있다. 오늘도 새벽 4시에 일어나 낚시를 하러 나갔으니까. 내 나이가 되면 조금이라도 일상의 리듬에서 벗어난 일을 할 때는 그 결과를 명확히 느낄 수 있게 된다.

냅킨을 무릎 위에 내려놓고 넥타이를 살짝 풀어헤쳤다. 나는 평소에 넥타이를 매지 않는다. 오늘은 내가 가지고 있는 넥타이 두 개중에서 하나를 골라 맸다. 문득 이상하다는 생각이 들었다. 나는 주차창과 나지막한 건물들이 한눈에 보이는 병원의 이중 출입문 앞에서서, 사이렌을 울리며 오가는 구급차를 보면서 담배를 피웠던 것은 선명하게 기억하고 있다. 눈이 오나 비가 오나 하얀 환자복만 입은 채 거기서 담배를 피웠던 것이다. 물론 병원 안에도 각층에 흡연실이 있었다. 하지만 나는 집에서도 담배를 피울 때면 항상 대문 밖 계단에 서서 담배를 피웠기 때문에 건물 안에서, 그것도 병원이라는 건물 안에서 담배를 피운다는 행위에 대해 큰 죄의식을 느끼고 있었다.

사람들의 눈에 잘 띄는 하얀 환자복 대신 평상복으로 갈아입고 담배를 피워도 되었지만, 무슨 이유에선지 병원 정문 앞에 서서 살을 에는 듯한 추위에 몸을 덜덜 떨어가며 담배를 피우는 행위는 내게 도전과 저항, 일종의 자랑스러움을 가져다주었다. 마치 토요일 반나절을 할애해 뫼르크 기차역 앞에서 미군의 베트남 침공을 반대하는 일인데모를 하고, 전단지를 나누어주면서 베트남을 위한 모금 운동을 하며 구호를 외치는 것과 같은 중요한, 매우 중요한 일을 할 때와 비슷한 느낌이라 해도 과언이 아니었다. 그렇듯, 나는 병원 앞 세찬 바람 속에서 조금의 영웅 의식을 느끼며 세상을 향해 연설을 하듯 꼿꼿하게 서서 담배를 피웠다. 정신병원의 환자도 같은 인간이 아니었던가! 물론, 이 점에 동의하지 않는 사람도 있을 것이지만, 적어도 내가 아는 사람들 중에선 아무도 없었다. 어쩌면 그곳을 오가던 사람들은 중앙병원 정문 앞에 서서 하얀 환자복만 걸친 채 담배 연기를 뿜어내던 나를 보고 속으로 미친 사람이라 생각했을지도 모른다.

결국 봄이 왔고, 병원의 정문 앞에도 따스함이 깃들기 시작했다. 아침이 되면 햇볕이 내리쬐었고, 서늘한 바람은 기분 좋게 나를 맞이했다.

토미는 뇌르크에서부터 병문안을 와서 나와 함께 정문 앞에 몇 차례 서 있기도 했다. 그는 따스한 옷을 잘 여며 입고 있었지만 담배를 피우진 않았다. 그는 단 한 번도 담배를 입에 대지 않았다. 그의 아버지 때문이리라. 결국 그의 발걸음도 뜸해졌다. 나는 그 이유를 기억할 수 없다. 뿐만 아니라 그가 했던 말을 대부분 기억하지 못하는 것도 마찬가지다. 하긴 우리가 그리 중요한 대화를 나누었다고는 생각지 않는다.

어쨌든, 나는 그때 이후로 그를 보지 못했다. 세월이 흐른 후 그를 처음 본 것은 9월의 어느 이른 아침, 오슬로의 울뵈이아섬과 육지를 잇는 다리 위에서다. 아마 35년 만이었을 거다. 나는 병원에서 퇴원한 직후 뇌르크를 떠나 이사 갔다. 어머니와 나는 어느 날 이른 새벽 이삿짐을 실은 차를 타고 뒤도 돌아보지 않고 그곳을 떠났다. 물론 동네의 그 어느 누구와도 작별 인사를 나누지 못했다.

비록 토미는 발길을 끊었지만, 나는 매번 홀로 서서 담배를 피우진 않았다. 프레드릭이 나를 찾기 시작했고, 시간이 흐를수록 그가 나를 찾는 횟수는 점점 잦아졌다. 그 역시 담배를 피우지 않았지만 말이다. 내가 거대한 병원 건물의 정문 앞에 서 있을 때 그가 나를 찾아와 함께 서 있곤 했던 것은 이유가 있었을 것이다. 만약 그도 담배를 피웠다면 말이다. 그것이 바로 그가 생각했던 이유 중의 하나가 아니었을까. 처음엔 그의 기침 소리 때문에 견디기가 힘들었다. 세상에. 그가 정신이 나간 건 아닐까. 내 생각은 틀리지 않았다. 바로 그 때문에 그는 그곳에 있었고, 바로 그 때문에 나 또한 그곳에 서 있었다고 해도 틀린 말은 아니니까.

그는 자신의 어머니에 대해 이야기해주었다. 그는 외동아들이었고, 아버지는 그가 다섯 살 때 세상을 떠났다고 했다. 그는 어머니를 세상 그 누구보다도 사랑한다고 말했다. 물론, 그의 어머니도 그를 사랑했다. 그녀는 프레드릭에게 자신의 삶을 나누어주었고, 그는 어머니가 건네주는 삶을 받아들였다. 그에게 어머니는 세상의 모든 것이었고, 그는 아무것도 아니었다.

"네 어머니가 자신의 삶을 네게 나누어주었는데 어떻게 네 어머니는 세상의 모든 것이고, 너는 아무것도 아닐 수가 있는 거지?"

"맞아, 바로 그게 지랄 맞게 이상한 점이야. 난 그 이유를 알아내려 갖은 노력을 해봤지만 끝끝내 알아낼 수 없었어."

그는 나보다 열다섯 살 정도 많았지만, 나를 제외한 다른 이들과는 대화를 나누지 않았다. 심지어는 의사들과도 대화를 나누지 않았다.

"의사들은 기회만 생기면 나를 집으로 되돌려 보내려고 해. 하지만 난 집으로 돌아가고 싶지 않아. 여기 있는 게 훨씬 좋아."

병원 안에는 공중전화 같은 것이 있었다. 오슬로 시내에 있는 빨갛고 보기 좋은 공중전화 부스가 아니라 플렉시 유리로 만든 창과 방음 장치가 된 조그만 방 안에 외롭게 놓여 있는 전화 한 대. 방 바깥쪽에서는 안쪽을 볼 수 있었지만 안쪽에서 말하는 소리는 전혀 들을 수가 없었다.

프레드릭은 매일 저녁 어머니에게 전화를 걸었다.

"매일 도장을 찍어야지."

나는 그가 농담을 한다고 생각했지만 그는 진심이었다.

"정말 그래야만 하는 거야? 나이도 서른이 훌쩍 넘었으면서…"

"무슨 말이야? 미쳤어? 이건 내가 해야만 하는 의무라고. 난 어머니에게 매일 전화를 해야만 해."

우린 서로에게 미쳤냐는 말을 자주 내뱉었다. 그리고 함께 웃음을 터뜨렸지만 그는 진정 웃기려고 그런 말을 하는 건 아니었다.

그는 전화기 앞에 앉아 몇 분을 보낸 후면 항상 입술을 잘근잘근 깨물기 시작했다. 뒤이어 콧물을 흘리다가 결국 두 눈을 지그시 감고 울기 시작했다. 그 모습은 성인 남자가 우는 모습과는 거리가 멀었다. 자주 있는 일은 아니겠지만, 성인 남자가 울 경우엔 절제되고 조금은 억제된 듯한 방식으로 눈물을 흘리기 마련이다. 하지만 프레드릭은 입을 크게 벌리고 얼굴을 극단적으로 일그러뜨린 채 소리 내어 엉엉 울었다. 마치 깨금발 놀이나 줄넘기를 하다가 갑자기 아스팔트 위에 넘어져 무릎에 상처를 입은 어린아이처럼 우는 그의 벌린 입은 마치 시커먼 협곡처럼 보이기도 했다.

나는 그가 소리 내어 울기 직전의 숨찬 정적을 여러 번 본 적이 있다. 나는 그가 목 놓아 울었다고 거의 확신했지만 방음 장치가 된 부스 안에 있는 그가 정말 소리 내어 울었는지는 장담할 수 없다. 소리를 들을 수 없었기 때문이다. 플렉시 유리창 너머로 보이는 그의 벌린 입은 속이 깊은 짙은 색 접시 같기도 했다. 여하튼 그것은 매우 이상한 광경이라 하기에 부족함이 없었다.

당시 내가 어떤 면에서 미쳤다고 할 수 있는지, 시간이 흐른 지금 꼭 집어 말하기는 쉽지 않다. 하지만 내가 왜 정신 병동에 머무르게 되었는지는 말할 수 있다. 그건 내가 언젠가 장작을 쌓아둔 헛간에서 목을 매려 시도했기 때문이다. 그건 정확히 기억하고 있다. 헛간

안에 있던 장작은 대부분 자작나무였고, 드문드문 사시나무와 가문 비나무도 있었다. 나는 그곳에서 벽난로에 사용할 장작으로는 자작 나무가 최고라고 생각했다. 자작나무는 가문비나무 장작처럼 빨갛고 노란 불꽃을 만들어내지도 않고, 거실 바닥에 튀어 탄 자국을 만들지도 않는다. 게다가 자작나무 장작은 다른 재목들보다 훨씬 천천히 타들어간다. 반면, 자작나무 장작은 다른 재질의 장작들보다 훨씬 비싸다. 직접 나무를 해서 장작을 만들 땅이나 여유가 없는 사람들은 가게에서 돈을 주고 장작을 구입해야 한다.

그렇다. 나는 그곳에서 장작에 대한 생각을 했다. 울퉁불퉁한 동아줄을 손에 쥐고 각각 다른 소재의 장작에 대한 경제적 요소를 생각하며 천장을 올려다보았다. 발밑의 걸상을 툭 걷어찼을 때 동아줄을 걸어놓은 천장의 대들보가 부러지진 않을까 싶어서였다.

하지만 나는 왜 목을 매려 했는지 그 이유는 기억하지 못한다. 사실은 내가 그 당시 미쳤는지도 확신할 수 없다. 아니, 아팠다고 해야 하나. 차라리 아팠다고 하는 게 듣기에는 훨씬 좋은 것 같다. 하지만 나는 어떤 면에서 아팠던 것일까. 당시 나는 내가 정상이라고 여겼다. 세상은 내가 아는 세상 그대로였고, 나 또한 지극히 정상적인 삶을 살고 있었으니까. 나는 세상과 함께 발맞춰 흐트러짐 없이 살고 있었다. 그것만큼은 확신한다. 그러나 무언가가 잘못된 것은 틀림없다. 그렇지 않다면 병원에선 왜 나를 넉 달이나 붙잡아놓았을까. 병원에 들어간 나는 여름이 문 앞에서 기웃거릴 때 즈음에야 집으로 돌아올 수 있었다.

아, 갑자기 떠오르는 것이 있다.

20개비짜리 말보로 담배 한 갑. 하얀 갑에 빨간 플립 뚜껑, 그리고 검은색으로 적혀 있던 말보로라는 글자. 당시 나는 거의 빈털터리로 지냈다. 나는 토미처럼 일을 하지 않고 고등학교에 다니고 있었으니까. 게다가 어머니의 직업은 교사였기 때문에 그다지 큰돈을 벌 수도 없었고, 내게 담배를 권하지도 않았다. 그렇다면 누군가가 내게 담배를 사주었던 것이 틀림없다. 그는 바로 이 병원 로비에 있는 편의점에서 담배를 샀을 것이다.

그 담배는 너무나 이상했다. 참을 수 없을 정도로 역한 맛이 나서 공정 과정에서 무언가 잘못된 것이 틀림없다고 생각했다. 담배 속에 어떤 비밀스런 물질을 필요 이상으로 많이 넣었던 것은 아닐까. 그것이 정확히 무엇인지 외부에 발설하지 않겠다고 담배 공장 노동자들에게 서명을 받아야만 했던 그런 물질 말이다. 요점은 바로 그 물질 때문에 내가 특정 브랜드 담배에 특별히 중독될 수도 있었다는 것이다. 내가 피운 담배는 구입한 날부터 몇 주 전에 제조된 것이었고, 그 담배에 함유된 알 수 없는 독성 물질 때문에 나는 죽을 수도 있었다.

그 담배를 내게 사주었던 사람은 토미였던가. 왜냐하면 어머니가 내게 담배를 사줄 이유는 없었기 때문이다. 어머니가 돈을 얼마나 많이 벌든, 그렇지 않든 말이다. 그리 많지 않은 가까운 친척들도 마찬가지였다. 솔직히 말하면 내 친척들은 모두 남쪽 지방 출신으로 신실한 기독교 신자였고, 내가 젖어들었던 나쁜 습관에 대해 분명히 반대 입장을 취하고 있었다. 그렇다면 남아 있는 의문점은 토미가 그 담배에 함유된 독성 물질에 대해 알고 있었는가 하는 점뿐이다. 그 물질을 지나치게 많이 흡입하면 어떤 결과가 일어나는지 그는 알고 있었을까. 그는 내가 그 담배를 피우면 어떤 일이 생길지 알고 있었던 건 아닐까.

전혀 불가능한 일은 아니다. 내가 생각한 것은 바로 그것이었다. 토미가 알고 있었을지도 모른다고. 담배 두 개비를 피우고 나니 너무 어지럽고 토할 것 같아서 나는 담뱃갑을 남들 눈에 띄지 않도록 병원 뒷마당의 컨테이너 속에 던져넣었다. 혹시 길 가던 열서너 살짜리 소녀가 우연히 내가 버린 담배를 발견하고 피운다면 큰일이니 말이다. 나는 담배가 제조된 날이 월요일이라고 짐작했고, 월요일에 제조된 담배가 가게에서 모두 팔려나가기를 기다린 후 새로운 담배를 구입했다. 그동안 담배를 피우지 않고 참는 것은 내게 너무나 힘든 일이었다. 나는 이미 그 담배에 함유된 특정 물질에 중독된 상태였으니까. 강인한 의지가 필요했다. 하지만 나는 끝내 견뎌냈다.

내가 다시 담배를 피운 그날부터 일주일 후, 프레드릭이 담배를 피우기 시작했다. 나는 담배 피우는 일 말고는 할 일이 거의 없었다. 그래서 그 일을 계기로 담배를 끊을 생각도 하지 않았다. 훗날 나는 그때 담배를 끊지 않은 것을 후회했지만, 당시엔 끊을 마음이 없던 것이 사실이다.

프레드릭은 내게 왜 이곳에까지 오게 되었느냐고 두 번이나 물었다. 마치 내가 골프공이라도 되는 것처럼. 마치 아마추어 골프선수가 친 골프공이 공중에서 반원을 그리며 날다가 홀이나 숲 한가운데에 우연히 떨어진 것처럼. 우리는 왜 이곳까지 오게 되었을까. 이 세상의 그 많고 많은 곳들 중에서 왜 하필이면 이곳에 오게 되었던 걸까. 따지고 보면 우리는 어떻게든 이곳에 들를 운명이 아니었던가.

"목을 매려고 했어."

그건 사실이었다. 하지만 그는 내 대답에 만족하지 않았다. 그는 내가 왜 목을 매려 했는지 분명히 이유가 있을 거라며 집요하게 물었다. 그는 내가 목을 매려 시도했기 때문이 아니라 왜 목을 매려 했는지 바로 그 이유 때문에 이곳에 오게 되었을 것이라 확신했다. 그가 그런 식으로 말하니 나는 갑자기 더 이상 확신할 수가 없었다. 왜냐하면 그는 단지 조금 비정상적일 뿐, 절대 멍청한 사람이 아니었기 때문이다. 그의 말은 상당히 논리적이었다.

하지만 그 당시 내가 장작을 쌓아둔 헛간에서 있었던 일을 기억해내려 할 때마다 머릿속의 모든 것은 가루처럼 부서져버리곤 했다. 모든 생각, 모든 기억, 모든 단어는 뇌의 가장자리로 흩어지고 마치 폐허가 되어버린 빈 공장 건물처럼 비어 있는 공간 속에 남겨져 다시는 한곳에 모을 수 없을 정도로 형태를 잃어버린 조각처럼 변해버리고 말았다.

그렇다. 나는 무슨 대답을 해야 할지 알 수 없었다. 그의 말은 분명 일리가 있었다. 하지만 나는 결코 그때 왜 내가 목을 매려 했는지 이유를 기억해낼 수 없었다. 훗날 그 어느 누구도 내게 그 이유를 말해주지 않았다. 의사도, 어머니도. 어쩌면 그들도 몰랐던 건 아닐까. 내가 병원에 있던 넉 달 동안에도 그들은 내가 왜 목을 매려 했는지 몰랐을 것이다. 그래서 어영부영 시간만 보냈을 것이고 내겐 이런저런 약을 주며 최선을 기대했을지도 모른다.

전에는 해본 적이 없던 생각들이 릴레스트룀의 한 카페에 앉아 있을 때 불현듯 떠오른 이유는 또 무엇일까. 나는 항상 그들이 이유를 알고 있으리라 믿었고, 그 때문에 그들의 치료 방식에 대해 아무런 이의를 제기하지 않았다. 비록 내가 아무것도 기억하지 못한다 할지라도, 의사들이나 어머니는 알고 있었으리라 믿었던 것이다. 또한 그들이 원한다면, 또는 내가 원한다면 언제든 그 이유를 내게 말해 줄 수 있으리라 믿었다. 문제는 내가 원하지 않았다는 것이다.

병원에 머무는 동안, 나는 정신 병동이 아니라 일반 병동에서 지내는 것처럼 행세했다. 한동안은 별 무리 없이 지냈다. 그도 그럴 것이 나는 항상 극중 인물처럼 내가 아닌 다른 사람인 척하며 지내는 일에 익숙했기 때문이다. 마치 나 자신은 눈에 보이지 않는 관중인 것처럼, 나는 내가 아닌 다른 사람의 역할을 하고 그 사람의 입장에서 일상의 문제를 해결해나갔던 것이다. 문제는 내가 맡은 역할 속에서 생활하다보면 결국 항상 나 자신의 모습으로 되돌아오게 된다는 것이었다.

정확히 설명하기는 쉽지 않다. 시간이 흐르니, 환자들이 밤낮으로 병실 침대에 누워 있는 일반 병동에 내가 머무르고 있다고 생각하는 것이 점점 힘들어지기 시작했다. 일반 병동에서는 환자들의 상태가 나아져 침대에 머무를 필요가 없어지면 퇴원하기 마련이다. 하지만 정신 병동에서는 환자들이 대부분 낮 시간에 침대에 머무르는 일이 거의 없다. 심지어는 밤에도 안절부절못하며 복도를 걸어다니는 환자들이 적지 않다. 그럴 경우에 의사들은 그들에게 약을 준다. 약 기운이 몸에 퍼지는 속도가 너무나 빨라 그들은 가장 가까운 곳에 놓여 있는 침대에 갈 겨를도 없이 복도에 쓰러져 잠을 자기도 한다. 솔직히 말하면 나도 그런 경험을 두 번 정도 한 적이 있다. 정말 굉장한 약이었다.

시간은 다시 흘렀고, 토미는 발길을 끊었다. 내게 병문안을 오는 사람은 어머니밖에 없었다. 시리의 소식도 들을 수 없었다. 나를 찾아오는 것은 그녀에게도 쉽지 않은 일이었으리라. 충분히 이해할 수 있었다. 내 머릿속에 있던 그녀의 모습은 점점 희미해졌고, 결국 나는 그녀에 대한 생각을 조금도 하지 않을 정도로 변해버렸다.

발모의 고등학교에 함께 다니던 친구들과 꽤 가깝게 지냈던 선생님들도 있었다. 그들은 내가 매우 훌륭한 학생이며 모든 방면에 진지한 호기심이 있다고 추켜세웠다. 선생님들은 나를 위한 특별 과외 수업도 마다하지 않았다. 가끔은 역사나 사회 과목 선생님들과 교실 밖 복도나 운동장에서 토론하다가 수업에 늦은 적도 있었다. 그중에서도 역사 선생님이었던 마티에센 씨와 가장 자주 이야기를 나누었던 기억이 난다. 그는 SF 멤버이기도 했다.

아무도 나를 찾지 않았다. 나는 무척 이상하다고 생각했다. 내가 어떤 병원에 있든, 어느 병동에 있든, 학교에서 가까이 알고 지냈던 이들, 적어도 그중에서 한두 명쯤은 나를 찾아오리라 믿었는데 말이다. 그래서 나는 혹시 어머니가 사람들에게 전화해서 내게 극도의 안정이 필요하다며 나를 찾지 않는 것이 좋겠다고 말했던 것이 아닐까 의심하기 시작했다. 물론 어떤 의사도 그런 말을 한 적은 없다. 사실을 말하자면 오히려 정반대였다. 하지만 어머니가 그런 말을 할 리는 없다며 의심하는 마음을 접어버렸다. 그로부터 30년이 지난 지금, 카페에 앉아 그때 일을 돌이켜보니 분명 어머니가 사람들에게 그런 말을 했을 것이라는 확신이 들기 시작했다.

어머니는 세상을 떠난 지 오래다. 그렇기 때문에 지금의 내 생각이 맞는지 전화를 해서 물어볼 수는 없다. 어쩌면 어머니는 대답을 거부할지도 모른다. 물론 그렇지 않을 수도 있지만. 어머니가 말년에 접어들었을 무렵, 우리 사이는 상당히 가까워졌다. 어머니는 암에 걸렸고, 의사들은 너무 늦었다며 더 이상 할 수 있는 일이 없다고 말했다. 어머니는 내게 아버지가 누구인지 말해주었다. 아버지는 뫼르크 사람이 아니라 남쪽 지방 쇠를란데 출신이었다. 나는 아버지에 대한 이야기를 이전엔 한 번도 들어본 적이 없었다. 어머니가 임종을 앞두고 아버지 이야기를 해주었을 때, 나는 아무런 감정의 동요도 느끼지 않았다.

세상을 떠나기 몇 주 전, 의사들은 어머니의 통증을 없애주기 위해 모르핀을 놓아주었다. 어머니는 침대에 누워 이 세상과 저세상 사이를 조용히 오갔고 나는 어머니의 발치에 앉아 고전을 읽었다. 그때 읽었던 책 중의 하나가 바로 D.H. 로렌스의 책이었다. 서늘하고 어두침침한 병실에 앉아 있던 나는 그의 삶에 대한 불타는 열정을 손안에서 느낄 수 있었다.

어머니의 의식이 돌아오면 나는 베개 옆으로 자리를 옮겼다. 돌이켜보니 그때 우리는 꽤 행복한 시간을 함께 보냈던 것 같다. 나는 어머니가 삶을 거머쥐고 있던 손을 힘없이 놓아버리고 저세상으로 갈 시간이 다가오면 어머니도 그것을 느낄 수 있는지 자주 궁금해했다. 만약 어머니가 느낄 수 있다면 그 감정은 안도감에 가까운 것일까, 불안감에 가까운 것일까. 그 순간이 다가오면 어머니는 내게 무슨 말을 할까. 아마 어머니는 이렇게 말할 것이다.

"짐, 이제 눈감을 시간이 왔구나. 괜찮아. 슬퍼할 필요 없어."

어머니가 세상을 떠났을 때, 나는 마흔이었다. 어머니가 병마에 시달릴 때, 나는 특별히 중요한 일이 없으면 매일 병원이나 집으로 어머니를 찾아갔다. 사실 당시 내게 이렇다 할 중요한 일은 거의 없었다. 그러다 보니 이 세상엔 항상 어머니와 나, 둘밖에 없다는 생각이 들 때도 있었다. 물론 그건 사실이 아니다. 나는 아주 오랫동안 어머니를 찾지 않고 산 때도 있었다. 어머니는 내 아내인 에바를 좋아하지 않았다. 나는 그 이유를 알 수 없었다. 어머니는 에바를 보는 것조차 참을 수 없어 했다. 어머니는 대놓고 에바를 싫어했기 때문에 결국 나는 선택할 수밖에 없었다. 나는 결혼으로 맺어진 아내와 함께하기로 마음먹었다. 당시, 그 외의 선택은 있을 수 없었다. 그 때문에 어머니를 찾는 내 발걸음은 점점 뜸해졌다. 가끔씩 나도 몇 년이나 살았던 동네인 그로루드에 홀로 살고 있던 어머니를 찾아갈 때면 나는 항상 혼자 가곤 했다.

이제는 모두 상관없는 일이 되어버렸다. 더 이상 생각하고 싶지 않다. 어머니는 이미 세상을 떠났다. 내가 병원에 있을 때 어머니가 나의 지인들에게 전화해서 병문안을 자제해달라고 했든 하지 않았든 모두 상관없는 일이 되어버린 것이다. 하지만 단 한 가지는 확신할 수 있다. 적어도 토미에게는 전화를 했던 것이 분명하다.

토미 · 짐 · 1971년

우리는 중앙병원 정문 앞에 함께 서 있었다. 짐은 담배 한 개비를 입술 사이에 물고 있었다. 담배 연기는 사람들이 병원 문을 여닫을 때마다 바람을 타고 움직였다. 연기가 그의 얼굴을 스칠 때마다 그는 두 눈을 질끈 감았다. 눈 밑에는 거뭇거뭇한 그림자가 드리워져 있었고, 콧잔등에는 마치 안경을 썼던 것처럼 발갛게 자국이 남아 있었다. 그는 안경을 쓴 적이 없는데도 말이다. 그는 「블론드 온 블론드」의 밥 딜런을 생각나게 했다.

봄기운이 완연했다. 날은 점점 밝아지고 따스해지는 중이었지만 그날은 갑자기 기온이 훅 내려갔다. 나는 이른 아침 욘센의 낡은 오펠 카피탠을 빌려 타고 뫼르크에서부터 살얼음이 얼어 미끌미끌한 도로를 조심스레 운전해왔다. 욘센은 내게 하루 휴가를 주었다. 나를 알아온 것만큼이나 오래도록 짐을 알아온 그는 짐이 입원했다는 소식에 슬퍼하고 걱정했다. 그는 내게 안부를 꼭 전해달라고 당부했다.

병원에는 층마다 흡연실이 있었지만, 짐은 건물 안에서는 절대 담배를 피우려 하지 않았고 매번 정문 앞에 서서 담배를 피웠다. 그는 뫼르크에 있을 때도 집 안에서는 담배를 피우지 않았다. 그의 어머니가 극구 반대했기 때문이다. 신앙을 가진 사람이 해서는 안 될 일이라며 말리는 바람에 그는 대문 밖 계단 앞에서 담배를 피웠다. 그때문에 동네 사람들은 대문 앞에 서서 담배를 피우는 그의 모습을 자주 볼 수 있었다.

"병원 안에서 담배를 피우는 건 있을 수 없는 일이야. 결단코 있을 수 없는 일이라고. 절대 해선 안 될 일이야!"

"음… 그렇겠지."

하얀 환자복 안에 얇은 티셔츠 한 장만 걸친 짐은 추위에 온몸을 달달 떨면서 앞만 뚫어지게 바라보았다. 그는 나를 너머 뒤쪽의 무언가를 바라보며 담배를 피웠다. 그의 머릿속은 내가 알 수 없는 생각으로 가득 차 있는 것 같았다. 나는 안중에도 없었다. 물론 내 생각을 하는 것은 아니었으리라. 침묵만 흘렀다. 문득 그 자리는 내가 있을 곳이 아니라는 생각이 들었다. 갑자기 외롭다는 생각도 들었다. 떼려야 뗄 수 없는 친구라 생각했던 짐과 한기 속에서 어깨를 나란히 하고 서 있는 그 상황 자체가 이상하게만 느껴졌다. 그를 만나기 위해 이른 새벽에 일어나 40킬로미터나 차를 운전해서 왔다는 것이 부질없게 느껴지기 시작했다. 그는 두 발을 동동 구르고 있었다. 그모습은 매우 특별해 보였다. 하지만 나는 그가 추워서 발을 동동 구르는 게 아니라고 짐작했다. 나는 그가 왜 발을 동동 구르는지 알 수 없었다. 우리는 지난 몇 달 동안 거의 만나지 못했다. 내가 사는 욘센의 집과 그가 어머니와 함께 사는 집은 불과 200여 미터밖에 떨어져 있지 않았는데도 말이다.

발모의 고등학교에 다니고 있던 그는 매일 아침 스쿨버스를 타기 위해 집을 나섰고, 별이 뜨기 시작하면 집에 왔다. 그는 학교에서도 똑똑하고 인기 많은 학생으로 통했다. 심지어는 체육 과목에서도 두각을 드러냈다. 담배를 피우는데도 말이다. 반면 나는 일주일에 며칠씩 야근을 했기에 그를 만날 시간을 내기가 쉽지 않았다.

목재 가격은 하늘을 찌를 듯 올랐고, 그해 겨울 농가에서는 대부분 때맞춰 베어놓았던 나무들을 시장에 내놓거나 직접 사용하기 위해 헛간에서 꺼내놓았다. 그해에는 건축 붐이 일었다 해도 과언이 아니었다. 그래서 우리는 판자와 패널 자재를 규격에 맞춰 밤낮으로 자르고 말려야 했다. 수요와 공급량은 그 어느 때보다도 많았지만, 양쪽 모두 줄을 서서 기다려야 원하는 자재를 손에 넣을 수 있을 정도였다. 일이 너무나 많아서 우리는 머리가 돌아버릴 지경이었다.

나는 눈을 붙일 시간도 없어서 금방이라도 쓰러질 듯 피곤했다. 하루 종일 이불 속에 누워 휴식을 취해야 했지만, 나는 짐을 만나기 위해 황금 같은 휴가 하루를 희생했다. 중앙병원 지하에 자리한 정신 병동—사람들은 정신 병동을 벙커라고 불렀다—에 입원한 짐을 만나고 보니, 그는 거의 마약중독자가 떠오를 정도로 얼굴이 홀쭉했다.

그는 장작을 쌓아놓은 헛간에서 목을 매어 자살을 시도했다. 봄이 왔다고는 하나 한기 어린 날이 계속되었기에 여전히 벽난로에 장작을 때는 사람들이 더러 있었다. 헛간에 쓰러져 있는 그를 발견한 사람은 마침 장작을 가지러 갔던 그의 어머니였다. 구급차에 실려 병원으로 향한 그는 응급실에서 이틀, 재활치료소에서 이틀을 보낸 후, 중앙병원의 정신 병동인 벙커로 이동했다.

"욘센 씨가 안부 전해달래."

"뭐?"

"욘센 씨가 안부를 전해달라고 했어."

"아, 그래?"

나는 그가 정신 병동으로 이송되기 전에도 그를 방문한 적이 있다. 그가 응급실로 실려 갔던 첫날, 그의 어머니 전화를 받고 병문안을 갔던 것이다.

"네 친구가 자살을 하려 했단다. 네가 알아야 될 것 같아서 전화했어."

그녀가 말하는 방식이 왠지 마음에 걸렸다. 난 항상 그녀가 나를 좋게 봐준다고 생각했다. 비록 가끔은 내가 신의 뜻에 어긋나는 말과 행동을 한다고 생각했을 때도 있었을 거라 짐작한다. 하지만 그날은 이상하게도 그녀의 목소리가 낯설기만 했다. 나는 짐의 소식도 걱정되고 슬펐지만, 거리감이 느껴지는 그녀의 낯선 목소리도 마음이 편치 않았다.

그녀는 짐이 중앙병원에 있다고 말하고선 전화를 끊었다. 나는 한참이나 수화기를 손에 들고 제자리에 멍하니 서 있었다. 수화기를 내려놓고 나서 욘센에게 차를 빌려도 되냐고 물어보았다. 내가 타던 낡은 흰색 메르세데스는 브레이크가 망가져 뤼스부의 정비소에 있었기 때문이다.

"얼마든지. 그런데 무슨 일 때문에 그러니?"

응급실에 누워 있는 짐은 눈을 둥그렇게 뜨고 천장만 뚫어지게 바라보고 있었다. 그는 내게 눈도 돌리지 않았다. 어쩌면 그는 아무것도 볼 수 없는지도 모른다. 침대에 꼼짝없이 묶여 있던 그가 무슨 생각을 하고 있는지 짐작조차 할 수 없었다. 목에 붕대를 감고 있던 그가 숨을 쉴 때마다 쇳소리가 났다. 그 숨소리는 아버지가 나를 두들겨 팰 때 내던 헐떡이는 숨소리나, 그의 집에서 함께 누워 잘 때 듣던 그의 조용한 숨소리와는 달랐다. 그는 잠을 잘 때 숨소리를 거의 내지 않는다. 그래서 나는 몇 번이나 그가 죽은 건 아닌지 소리 없이 상체를 굽혀 그의 숨소리를 확인하곤 했다. 가끔은 그것도 부족해서 그의 어깨를 슬쩍 찔러보기도 했다. 그러면 그는 눈을 뜨고 환하게 미소를 지으며, "어머니, 조금만 더 잘게요"라고 잠꼬대를 하고 나서 다시 조용히 잠에 빠져들었다.

그와 나는 브란토른회이텐 언덕에서 함께 야영을 한 적도 있다. 이른 가을, 그와 나는 학교 수업을 마치자마자 언덕에 올랐다. 아침 저녁으로 하얀 서리가 끼는 때였다. 우리는 혹여 비가 올까봐 흩어져 있는 나뭇가지를 모아 벽을 세우고 지붕을 만들었다. 눈이 올지도 몰랐다. 어둠은 우리가 예상했던 것보다 훨씬 일찍 찾아왔고, 우리는 지붕 만들 시간을 놓쳐버렸다.

"어쩔 수 없어."

짐이 말했다.

"침낭 속에 누워 자는 수밖에. 비가 오지 않기만을 바라야겠군. 인샬라."

"뭐?"

"신의 뜻대로 이루어진다는 뜻이야. 아랍인들이 자주 쓰는 말이지."

"세상에, 넌 어떻게 그런 것까지 다 알고 있니?"

"난 이상한 것들을 많이 알고 있어."

"맞아, 그건 맞는 말이야. 오케이. 인샬라. 난 아무래도 상관없어. 오늘 밤은 수풀 속에서 자도 좋아."

우리는 수풀 속에서 하늘을 지붕 삼아 잤다. 자다가 몇 번이나 깬 나는 나뭇가지 사이로 마구 움직이는 회색 하늘을 올려다보았다. 평온함을 머금은 밤바람이 불어올 때마다 나뭇잎이 움직였다. 얼굴에 스치는 서늘한 밤공기는 너무나 달콤해서 나이 어린 소년들조차 향수 같은 그 밤공기에 몸을 담그고 싶다는 충동을 느낄 만했다. 그날 밤, 걱정했던 비나 눈은 오지 않았다. 내 옆에는 머리카락에 풀을 묻힌 짐이 소리 없이 자고 있었다. 나는 걱정이 되어 조심스레 그의 숨소리를 확인해보았다. 그의 숨은 붙어 있었다. 나는 선잠을 자며 꿈과 현실을 왔다 갔다 했다. 꿈속에서 우리는 열다섯 살 소년에 불과했고, 이 세상은 너무나 완벽하게 돌아가고 있었다.

짐은 마지막으로 담배를 빨아들인 다음 꽁초를 바닥에 던지고 발로 비벼 끈 후 몸을 돌려 나를 바라보았다. 나를 바라보는 그의 눈에는 항상 존중하는 빛이 감돌았다. 내가 그를 바라볼 때도 마찬가지였다. 하지만 그날은 어쩐 일인지 그의 눈빛에서 내가 있지 말아야 할 곳에 있다는 듯한 느낌을 받았다. 그는 우리가 함께하지 못했던 낯선 곳을 홀로 다녀온 것만 같았다. 나는 그곳이 어떤 곳인지 짐작조차 할 수 없었다. 그의 눈빛에 살짝 감도는 오만한 기운에 나는 문득 무엇을 어떻게 해야 할지 몰랐다.

"벙커에서의 생활은 어때?"

"그럭저럭 지낼 만해. 정신 나간 사람들이 꽤 많아. 하지만 그 사람들을 신경 쓰진 않아. 난 나만의 일상을 엮어나가고 있어."

"너의 일상은 어떤 건데?"

"이런저런 것들… 난 이런저런 것들에 대해 생각하며 시간을 보내."

"예를 들면?"

"지금은 말할 수 없어. 나중에 기회가 되면 설명해줄게. 가능할지는 모르지만 적어도 시도는 해볼게."

"그렇군. 꽤 흥미로운걸."

"글쎄, 네겐 전혀 흥미롭지 않을지도 몰라."

"그럴 수도 있겠지. 그런데 왜 그렇다고 생각하니?"

그는 내 말에 대답하지 않고 어깨만 으쓱 추켜올렸다. 주머니에서 담뱃갑을 꺼내든 그는 담배가 몇 개비 남아 있는지 세어보았다. 두 개비밖에 없었다.

"담배 한 갑만 사줘."

나는 짐의 수중에 돈이 한 푼도 없다고 짐작했다. 난 그때 일을 해서 돈을 벌고 있었고, 내가 번 돈은 필요하다면 언제든 짐과 나누어 가질 수 있다고 생각해왔다.

"얼마든지."

우리는 함께 로비 구석진 곳에 있는 편의점으로 갔다. 그곳에서는 외부인들이 병실 층층마다 누워 있는 아프고 슬픈 이들을 병문안하며 그들에게 희망을 주고 몸과 마음을 달래줄 수 있는 물건들, 주로 꽃과 초콜릿 상자, 원색 표지가 눈에 띄는 페이퍼백 소설들을 주로 팔았다. 1971년 3월 초, 나는 그곳에서 빨간 플립 뚜껑의 말보로 20개비들이 한 갑을 사서 짐의 환자복 왼쪽 가슴께에 달려 있는 주머니 속에 넣어주었다. 얇은 셔츠 아래에서 쿵쿵 뛰고 있는 그의 심장을 느낄 수 있었다. 쿵, 쿵. 만약 누가 내게 묻는다면 나는 그의 심장이 여느 다른 사람들과는 달리 조금 더 세게, 그리고 조금 더 빨리 뛰고 있었다고 대답할 것이다. 나는 짐이 내게 고맙다는 말을 할 줄 알았다. 나중에 꼭 갚는다고 말이다. 나는 그가 그런 말을 할 것이라 전혀 의심치 않았다. 만약 내가 그에게 조그마한 빚을 지고 있었다면 나는 꼭 그것을 되갚곤 했으니까. 심지어 그런 일이 전혀 필요하지 않을 때도 마찬가지였다.

하지만 그는 내게 고맙다는 말을 하지 않았다. 뿐만 아니라 내게 눈길도 주지 않았다. 나는 상관없다고 생각했다. 우리는 편의점을 나와 계단과 승강기 쪽을 향해 걷기 시작했다. 중간 지점 즈음에 왔을 때, 그가 갑자기 무언가 생각난 듯 걸음을 멈추었다.

"그러니까 넌 내가 일부러 그랬다고 생각했던 거지. 그날 에우르체른호수에서 말이야. 그렇지? 나만 살려고 일부러 너를 밀쳤다고 믿고 있지? 그렇겠지. 넌 그렇게 믿고 있었어. 하지만 넌 그날의 일을 절대로 이해하지 못할 거야. 앞으로도 영원히. 실제로는 어떤 일이 있었는지 말이야."

그는 말을 하며 집게손가락으로 이마를 톡톡 두드렸다. 나는 그가 무슨 말을 하고 있는지 잘 알고 있었다. 나 역시 그날의 일을 여전히 똑똑하게 기억하고 있으니까. 불과 두 달, 아니 석 달 전의 일이 아니었던가. 12월 중순, 살을 에는 듯 추웠던 날 밤. 맹세컨대, 나는 그날 이후, 너무나 바빠 앞만 보고 달려왔다. 그 일을 생각할 시간적 여유조차 없었던 것이다. 물론 기억하고 싶지 않은 일인 것은 분명했다. 그런데 막상 그가 그날 있었던 일을 꺼냈는데도 전혀 놀랍지 않았다. 오히려 이제야 퍼즐 조각을 제자리에 끼워 맞출 수 있다는 생각마저 들었다. 하지만 나는 속마음과는 다른 말을 내뱉고 말았다.

"아직도 그 일을 생각하는 데 시간을 허비하고 있니? 그날 있었던 일은 아무것도 아냐. 젠장, 짐! 앞으론 그런 생각은 하지 마. 생각한다고 좋을 건 하나도 없어. 생각할 가치조차 없는 일이라고. 난 그날 단지 균형을 잃고 넘어졌을 뿐이야. 그게 전부라고."

"토미, 넌 아무것도 몰라. 세상일은 네가 생각하는 대로만 돌아가지 않아. 난 세상을 알고 있지만 넌 하나도 몰라. 넌 내가 일부러 너를 밀쳤다고 생각하고 있어. 그날 에우르쳬른호수 위에서 말이야. 나 혼자 살려고 너를 밀었다고 생각하고 있지. 하지만 넌 세상의 여러 가지 복잡한 일들이 어떤 식으로 서로 연결되어 있는지 전혀 모르고 있어."

그는 다시 집게손가락으로 이마를 톡톡 치며 말을 이었다.

"거기에 대해 알고 있는 사람은 바로 나야."

그의 이마에 잡힌 주름살이 매끈하게 펴지는가 싶더니 광대뼈 부근의 피부가 더욱 창백해졌다. 그는 영락없는 마약중독자의 모습을 하고 있었다. 나는 갑자기 불쾌해졌다. 기분이 나빴다. 더는 그의 말을 듣고 싶지 않았다.

"짐, 넌 지금 건강한 상태라고 할 수 없어. 난 네가 이 정도인 줄은 생각도 못 했어. 솔직히 말해서 지금 네 모습을 보니 괜히 슬퍼져. 그날 밤의 일도 마찬가지야. 그리고 네가 나를 어떻게 생각하고 있는지 알게 되니 그리 기분이 좋지 않아. 하지만, 짐, 그렇다고 해서 이렇게까지 할 필요는 없잖아. 지하 벙커에서 다른 정신 나간 사람들과 함께 있을 때는 얼마든지 너의 아픈 부분을 드러내도 좋아. 하지만 나와 함께 있을 때는 그러지 마. 넌 내 친구야. 내 환자가 아니라고. 그러니 그런 정신 나간 행동은 내가 돌아간 뒤에 하란 말이야. 더는 네 말을 듣고 싶지 않아. 이제 가볼게. 만약 내가 필요하면 전화해. 네가 전화하면 난 매우 기쁘게 받을 거야."

나는 몸을 돌려 정문을 향해 걷기 시작했다. 편의점을 지나치는 순간, 갑자기 초콜릿을 먹고 싶다는 생각이 들었다. 밀크초콜릿, 크빅룬쉬*, 네잎 클로버**. 하지만 내 등을 바라보고 서 있을 짐을 생각하니 편의점으로 발길을 돌릴 수가 없었다. 그렇다. 나는 짐이 내 등을 바라보고 서 있을 것이라 확신했다. 문득 현기증이 나고 쓰러질 것만 같았다.

몇 걸음 더 옮기자 짐이 등 뒤에서 나를 소리쳐 불렀다.

"토미!"

나는 걸음을 멈추고 고개를 돌렸다.

"왜?"

"내가 전화할 거라고 생각하니?"

"글쎄, 그건 모르겠어. 난 단지 네가 전화해주길 바랄 뿐이야."

"동전의 앞면과 뒷면 중에서 정해봐."

"동전의 앞면과 뒷면? 뭘?"

그는 1크로네짜리 동전 하나를 주머니에서 꺼내, 허공으로 휙 던졌다. 동전은 허공에서 반짝반짝 빛을 내며 빙글빙글 돌더니 그의 손바닥 위에 내려앉았다. 그는 동전을 내게 쑥 내밀었다.

"이제 선택해봐. 앞면과 뒷면 중에서."

"관둬!"

"얼른 선택해!"

나는 체념해버렸다. 갑자기 체중이 100킬로그램 이상 늘어난 듯 내 몸을 견디지 못해 바닥에 쓰러질 것만 같았다. 얼른 정신을 가다

---

* 비스킷이 들어 있는 노르웨이의 대표적인 초콜릿.
** 땅콩이 들어 있는 노르웨이 초콜릿의 상표명.

듣고 무엇을 해야 할지 곰곰이 생각했다. 벗어나는 수밖에 없었다. 나와는 상관없는 일이라 체념해버리는 수밖에 없었다.

"앞면."

"오케이. 그럼 앞면이 나오면 내가 전화를 하고 뒷면이 나오면 전화를 하지 않는 걸로 하자."

그는 동전을 공중으로 높이 휙 던졌다. 천장에 닿을 정도로 높이 올라간 동전은 내려올 생각이 없는지 허공에서 한참 동안 빙글빙글 돌았다. 바람을 가르는 그 소리는 내 귀에 너무나 크게 들려서 나는 병원 로비에 있던 사람들이 대부분 그 소리를 들었다고 확신했다. 동전이 바람을 가르는 소리를 내며 허공에 머물러 있는 것을 보면서 나는 뉴턴조차 머리를 긁적이며 어리둥절했을 것이라 생각했다. 로비는 모든 것이 멈춘 상태였다. 모두들 몸이 굳은 듯 꼼짝도 하지 않았다.

나는 숨을 죽였다. 관자놀이에서 맥박 뛰는 소리가 쿵쿵 들려왔다. 갑자기 모든 것이 다시 움직이기 시작했다. 여기저기서 사람들의 말소리와 웃음소리가 들려왔다. 동전은 천천히 내려오기 시작하더니 점점 그 속도를 더했다. 짐은 오른팔을 높이 치켜들고 떨어져 내려오는 동전을 휙 낚아채 왼손 손등에 얹고 오른손으로 감쌌다. 그 동작은 너무나 빨라서 눈으로 따라가지 못할 정도였다. 그는 자신의 손을 뚫어지게 바라보더니 천천히 동전을 들어올렸다.

"뒷면이야."

그가 말했다.

우리는 아무 말도 하지 않고 서로를 뚫어지게 바라보며 가만히 서 있었다. 우리 사이는 불과 몇 미터밖에 되지 않았다. 나는 눈을 돌려

서도, 뒷걸음질 쳐서도 안 된다고 생각했다. 그는 눈도 깜박이지 않고 내 눈을 쳐다보았다. 그의 눈이 이글이글 타오르고 있었다. 나는 그것이 승리에 도취된 자의 눈빛이라고 생각했다. 그것이 바로 그가 원하는 것이었다고 생각했다. 나는 그가 원하는 것을 얻었다고 믿었다.

"좋아."

나는 몸을 돌려 병원 건물을 빠져나가 주차장에 세워놓은 욘센의 차로 걸음을 옮겼다.

토미·짐·1971년

토미는 이른 아침 욘센의 집 대문 앞 계단에 서서 골목길로 들어오는 슬레텐의 트럭을 바라보았다. 학교나 직장으로 가는 이는 아무도 보이지 않을 정도로 이른 시간이었다. 짐과 그의 어머니가 돌돌 만 카펫, 침대보와 베개가 들어 있는 상자 등을 팔에 끼고 트럭의 짐칸에 내려놓았다. 그들이 가구를 옮길 때는 슬레텐이 도와주었다. 잠시 후 모습을 드러낸 리엔은 슬레텐을 도와 묵직한 빨간 소파를 옮겼다. 슬레텐은 뒷걸음질 치며 리엔이 시키는 대로 움직였다. 오른쪽, 왼쪽, 조금 아래로, 아니, 조금 위로. 슬레텐은 리엔이 결정권을 가지고 있다는 사실을 마음에 들어하지 않았지만 어쩔 수 없었다. 그들은 함께 소파를 들고 현관을 지나 대문을 나선 후 계단을 내려가 트럭에 실었다.

그 상황에서 토미 역시 팔을 걷어붙이고 그들을 돕는다면 더욱 자연스러워 보이겠지만 그건 불가능했다. 마치 집과 집 사이에 커다란 유리벽이 존재하는 것만 같았다. 유리벽 너머로 모든 것을 볼 수 있지만 유리벽을 뚫고 가는 것은 불가능한 것처럼.

솟아오른 해는 대문에 달린 유리창을 비스듬히 비쳤고, 햇빛으로 가득한 골목길은 눈이 부실 정도였다. 토미는 고요한 아침 공기 속에서 전신주 꼭대기에 앉아 있는 딱따구리 소리를 들었다. 지붕 위에 쌓인 눈이 녹아내리고 있었고, 길가에는 하얀 아네모네꽃이 흐드러지게 피어 있었다.

봄, 여름, 겨울이 동시에 존재하는 시간. 한참을 서 있던 토미는 몸을 돌려 집 안으로 들어가 대문을 닫았다. 전쟁 중에는 사람들이 죽기 마련이라고 생각했다. 눈앞에 있던 사람도 한순간에 사라질 수 있는 일이 아니었던가.

제3장

베르그렌 씨 부인·1964년·1965년

오슬로 피오르를 따라 소금이나 후춧가루처럼 점점이 자리한 섬과 육지가 눈에 들어왔다. 오전이었지만 그리 활기차거나 신선한 느낌은 없었다. 그녀는 우윳빛을 머금은 창백한 하늘 아래 피오르 양쪽에 나란히 자리한 두 도시를 겨우 구별할 수 있었다. 크리스마스가 코앞에 닥친 겨울. 힘차게 내리던 커다란 눈송이는 눈 깜짝할 새에 동쪽과 서쪽의 언덕 위에 쌓였고, 페리가 떠 있던 피오르는 내리는 눈과 섞여 묽은 죽처럼 변했다. 저 멀리서 천천히 시야에 들어오기 시작한 작은 섬은 그 옛날 법을 어긴 죄수들을 수용했던 곳이었다. 교화의 길이 보이지 않는 죄수들은 이 섬으로 보내져 저 멀리 보이는 자유의 땅을 바라보기만 했다. 발을 디딜 수 없고 그저 바라보기만 할 수 있는 곳.

죄수들 중에는 탈옥을 시도했던 사람도 있었을 것이다. 그들은 피오르 물에 뛰어들어 파도를 헤치며 헤엄쳐보았지만 육지까지는 거리가 너무나 멀어서 하나같이 실패하고 말았다. 더욱이 1년 중 지금 같은 계절이라면 물에 빠져 얼어 죽을 확률이 크지 않았을까.

그녀는 옷깃을 올리고 갑판 위에 섰다. 왼손으로 코트의 목 부분을 여며 쥐고 피오르를 바라보았다. 특별히 눈에 들어오는 것도 없었고, 딱히 찾는 것도 없었다. 바로 몇 시간 전, 그녀는 오슬로 서쪽 항구에서 배를 탔다. 마지막 발걸음을 옮겨 배에 오르는 그녀의 발 아래에는 조각난 살얼음이 부두와 선체 사이에 둥둥 떠 한 줄기 거품을 만들어냈다. 터미널 건물의 노란 벽돌담 앞에는 외등 하나가 외로이 빛을 발하고 있었다.

욘셴은 시동을 끄지 않고 차에 앉아 있었다. 후미등은 작은 알갱이를 닮은 붉은빛을 하얀 눈 위에 듬성듬성 내뿜었다. 차 안은 캄캄했다. 그는 선체가 만들어내는 그림자 속으로 원형의 빛을 발하는 외등을 바라보았다. 외등의 차가운 은빛 불빛은 회색 코트를 입고 배에 오르는 그녀의 등을 비추었다. 한 손에 여행 가방을 든 그녀는 갑판에 발을 내디뎠다. 욘셴은 그녀의 마지막 작별 인사를 기대했다. 그녀는 겨우 고개를 돌릴 듯 말 듯 살짝 뒤를 바라보았지만, 걸음을 멈추지도 않았고 손을 흔들어주지도 않았다.

문득 욘셴은 두려워졌다. 어두컴컴한 항구를 떠나는 그녀의 뒷모습은 마치 칠흑 같은 심연 속으로 빠져드는 힘없는 영혼을 떠오르게 했다. 끝을 알 수 없는 깊은 우물 속으로 뛰어내리는 사람처럼 그녀는 살짝 고개를 뒤로 돌려 공허한 눈빛을 남겼다. 그녀가 가져갈 수도 있었던 따스함은 이미 다 타버린 모닥불로 변해버린 듯한 느낌이 들었다. 그녀는 아무것도 가져가지 않았고, 그녀가 남겨놓은 것은 아무것도 없었다.

선박 앞에 정차한 욘셴은 한참을 그곳에 머물다 마침내 허리를 쭉 펴고 기어를 1단에 놓았다. 차는 천천히 움직이기 시작했고 모퉁이를 돌아 제설차가 다녀간 비좁은 길을 따라갔다. 그는 기어를 2단으로 올리고 속력을 냈다. 거대한 창고 건물 앞 크레인 밑을 지날 때는 3단으로 기어를 변속하고 등 뒤에 있던 건물들과 배를 구별할 수 없을 정도로 멀리 떨어진 곳까지 뒤도 돌아보지 않고 차를 몰았다.

그녀는 일등 승무원에게 탑승을 알렸다. 그는 키가 매우 큰 남자였다. 젊다고 할 수는 없는 나이였고, 코에서부터 귀까지 수평으로 이어진 주름살과 눈에서 입까지 수직으로 내려오는 얼굴의 주름살 때문에 왠지 모르게 북아메리카 인디언의 한 종족 같아 보였다. 하지만 그녀는 인디언에 대해선 아는 것이 아무것도 없었다. 남편인 베르그렌이 자주 읽던 제인 그레이의 소설도 읽어본 적이 없었다. 그녀는 승무원의 특이한 얼굴이 바다를 항해하는 뱃사람 특유의 성질 때문일 것이라 짐작했다. 보통 사람과는 달리 드넓은 세상을 보고, 수없이 다른 인종과 종족들을 보면서 그들의 뿌리와 삶을 끌어내어 결국엔 그들과 동화되었던 것은 아닐까. 하지만 그는 노르웨이 회네포스 출신이었고, 인디언과는 거리가 멀었다.

그는 그녀의 갈색 여행 가방을 내려다보았다. 그리 크지 않았다.

"이게 당신이 가진 전부인가요?"

"네, 그렇습니다. 이것이 바로 제 것입니다."

그렇군. 이것이 바로 그녀의 것이라… 그렇다면 그녀는 이곳이 아닌 다른 곳에는 그녀의 것이라 할 수 있는 것이 없단 말인가. 그렇다면 갈색 여행 가방의 크기와 부피를 기준으로 그녀의 것이 아닌 것은 얼마나 많을까. 그것을 측정할 만한 기준은 무엇인가. 어쩌면 그녀의 말 그대로 갈색 여행 가방에 들어 있는 물건만이 그녀의 것일 수도 있다. 그렇다면 그녀가 떠나면서 남긴 물건들 또한 그녀의 것이라 할 수 있지 않을까. 그는 더 묻지 않았다. 그는 그녀가 참으로 아름답다고 생각했다. 그녀가 도주 중이라는 것도 거의 확신했다. 하지만 그런 것들은 법의 범위를 벗어나지 않는 한, 그가 관여할 일은 아니었다. 그는 그녀가 법을 어겼다고 생각하지 않았다.

그는 잠시 눈을 감았다. 피곤했다. 지난밤 잠을 제대로 못 잔 탓이리라. 그는 거의 매일 밤 자다가 깨곤 했으며, 그 횟수는 근래 들어 점점 잦아졌다. 문제는 자다가 깼을 때 다시 잠을 이루지 못한다는 것이었다. 그는 침대에 누워 책을 읽었다. 하지만 그가 읽는 책들은 대부분 비참하고 슬픈 내용을 담고 있었다. 새벽 5시 즈음 그는 마침내 마음의 평온을 얻고 눈을 붙여보려 했지만 하루 업무가 시작되는 시간이기에 서둘러 자리에서 일어나야 했다. 이런 일은 꽤 오래 지속되어왔다.

"저를 따라오세요. 객실로 안내해드리겠습니다."

승객을 객실로 안내하는 것은 그의 업무라고 할 수 없었지만, 그녀의 특별한 분위기에 이끌린 그는 그녀에게 손을 내밀었다. 객실로 향하는 계단을 내려갈 때는 그녀에게 자신의 등을 보이기 싫어 그녀 먼저 내려가기를 권했다. 그녀의 객실은 갑판에서 4층이나 내려간 제일 아래쪽 층에 있었다. 그는 코딱지만 한 작은 객실 문을 열어주며, 계급으로 치면 가장 아래쪽이지만 열심히 일하면 조금씩 위로 올라갈 수 있을 것이라고 농담하며 미소를 지었다.

"괜찮습니다. 제겐 딱 맞는 곳입니다. 더 원하는 것은 없습니다. 감사합니다."

"잠시 쉬세요. 한 시간쯤 후에 다시 들르겠습니다. 당신이 이 배에 오른 마지막 손님입니다. 배는 곧 출발할 거예요."

그는 손목시계를 보며 말을 이었다.

"아, 바로 지금 출발하는군요."

로테르담을 지날 무렵, 그녀는 배에서 생활하는 데 필요한 거의 모든 것을 배웠다. 흔들리는 배 안에서 균형을 유지하며 긴 복도를 걷는 것은 물론, 양손에 접시와 컵을 담은 쟁반을 들고 장교 등 고위급 인사들만 출입할 수 있는 룸과 선장만 사용할 수 있는 룸으로 음식을 날랐다. 사실 요리사가 조리실에서 만든 최고급 음식은 항상 선장실부터 가져가야 했다. 선장은 배 안에서만큼은 최고의 지위에 있는 사람이었고, 두 사람은 친구 사이라 해도 과언이 아니었다. 아니, 적어도 뜻을 같이하는 사이인 것만큼은 확실했다. 그녀는 자신의 일에도 만족했다. 그들이 시키는 일은 무엇이든 거의 할 수 있다고 생각했다.

제노바 항구로 향할 때부터 그녀의 건강이 악화되었다. 발가락에서 시작된 통증은 손가락으로 옮겨왔고 결국은 아무 느낌이 없을 정도로 마비되었다. 포트사이드를 지날 때는 손에 들고 있던 물건을 바닥에 떨어뜨리는 일이 부쩍 잦아졌다. 수에즈 운하를 지날 때는 탁자나 의자 다리에 발을 부딪쳐도 아무런 느낌이 없었다. 결국은 객실과 객실을 오갈 때와 계단을 내려갈 때 몸을 제대로 움직이기도 힘들어졌다. 주전자나 김이 모락모락 나는 뜨거운 접시들을 손에 들고 비좁은 조리실 안에서 방향을 트는 일조차 쉽지 않았다. 배는 화산의 마그마처럼 뜨거운 공기와 후덥지근한 바람을 맞으며 출렁이는 파도를 타고 수에즈 운하를 지나 해변에 상어가 득실대는 샤름엘셰이크, 집채만 한 파도가 일렁이는 홍해를 거친 후 남쪽의 예멘 해변을 지나 아덴만에 이르렀다.

그녀는 숨 쉬기조차 힘들었다. 승선 첫날 그녀를 객실로 안내했던 일등 승무원은 그녀에게 당장 침대에 누워서 쉬라고 소리쳤고, 그녀는 시키는 대로 했다. 갑판에서 4층이나 아래에 있는 손바닥만 한 객실은 어두컴컴하고 무더웠다. 객실 안을 밝히는 빛은 침대 옆 작은 탁자 위에 있는 조그만 램프 불빛밖에 없었다. 침대 위에 누운 그녀는 호흡 곤란으로 고통스레 숨을 헐떡였다. 그 어느 누구도 배 안에서 무슨 일이 일어나고 있는지 항해사에게 말해주지 않았다. 직원들과 승무원들이 쉬쉬하며 그녀를 숨겨주고 있었던 것이다. 일등 승무원은 조금씩 짜증이 나기 시작했다. 그녀가 오슬로에서 배를 탄 지 이제 겨우 보름밖에 되지 않았다. 그런데 벌써 몸이 아프기 시작하면 어떡한단 말인가.

그는 그녀가 곧 죽을 것이라 믿었다. 어렵지 않게 짐작할 수 있는 일이었다. 갑자기 앞으로 무슨 일이 일어날지 아무것도 모르는 그녀가 측은해졌다. 솔직히 그도 아는 게 없는 것은 마찬가지였다. 다음 항구에 도착하면 병원부터 가야 할 것 같았다. 그는 마지못해 항해사에게 모든 것을 털어놓았다. 그때까지 아무것도 모르고 있던 항해사는 화를 내며 그를 나무랐다.

"왜 무단 승선을 눈감아주고 지금까지 그녀의 존재를 숨기고 있었던 겁니까?"

"엄밀히 말하면 그것은 제가 한 일이 아닙니다."

"젠장, 당신이 하지 않았다면 누가 한 일이란 말입니까."

"그녀는 매우 아름다운 여인입니다."

"아름답고 말고가 문제가 아니라 도대체 그토록 젊은 여자가 어디가 왜 아프단 말입니까?"

"그건 저도 모릅니다. 그녀가 왜 아픈지 이 배 안에서 아는 사람은 아무도 없습니다."

그녀는 침대에 누워 온몸을 달달 떨면서 숨을 헐떡이고 있을 뿐이었다. 이제 와서 솔직히 말하자면, 그런 그녀는 누구의 눈에도 아름다워 보일 리가 없었다.

지부티 공화국에 도착했을 때, 그녀는 이유 없이 흐느껴 울기 시작했다. 소말리아 반도를 빙 둘러 가는 내내 그녀는 "싫어!" 또는 "숨을 쉴 수가 없어!"라고 소리를 지르면서 울었다. 배에는 모두 남자 직원 45명이 일하고 있었다. 그들은 대부분 그녀의 객실 앞을 지나가지 않으려고 일부러 먼 계단이나 복도로 빙빙 둘러가곤 했다. 그녀의 객실 문에서는 뜨거운 열기가 느껴졌고 금방이라도 불에 활활 탈 것만 같았다. 그들은 그녀의 상태가 좋지 않다고 느끼면 소리 나지 않게 문 앞에 서서 귀를 기울이며 객실 안의 동정을 살피곤 했다.

그녀 때문에 승무원들은 불안해했고, 긴장했으며, 두려워했다. 그녀를 보면서 자신도 언젠가는 죽을 것이라는 생각을 하게 되었던 것이다. 그들의 삶과 경험과 꿈은 한순간에 사라질 것이고, 더는 희망이 없다고 느끼게 되면 그들 또한 그녀처럼 소리 높여 울 것이 분명했다. 그 소리는 그녀의 객실 안에서 들려오는 울부짖음과 다르지 않을 것이다. 오, 왜 이 배에 여자를 태웠을까. 일등 승무원은 도대체 무슨 생각으로 여자에게 일자리를 주었던 거지? 우린 그 여자 때문에 밤잠을 이룰 수가 없어.

일등 승무원은 모가디슈에 도착하는 날을 손꼽으며 기다렸다. 물건을 싣고 내리기 위해 어차피 들어가야 하는 항구였다. 그는 금방이라도 숨이 끊어질 듯한 그녀를 뜨거운 햇살 아래로 데리고 나왔다. 배는 흰색, 분홍색, 녹색의 오래된 건물들이 나란히 자리한 서쪽

신항구에 도착했다. 야외 수영장을 둘러싼 낡은 벽돌담과 줄지어 선 야자수는 영화 속의 한 장면 같았다.

승무원들은 그녀를 배에서 끌어내다시피 해서 뭍에 내렸다. 교회의 쌍둥이 뾰족탑에서 엎어지면 코 닿을 데에서 스쿠터를 타던 두 소녀와 부딪칠 뻔했다. 아직 갈 길은 멀었다. 그녀를 양쪽에서 부축하며 걷던 그들은 지나가는 차가 있는지 둘러보았다. 왜 하필 지금 이런 일을 해야 하는 걸까. 다행히도 지나가던 차 한 대가 그들 앞에서 멈춰섰다. 운전사는 베르그렌 부인을 보며 고개를 끄덕인 후 아랍어로 무언가를 말했다. 알아듣는 사람이 없자 그는 이탈리아어로 다시 말을 건넸다. 이탈리아어를 조금 알고 있던 일등 승무원은 황금빛 피부를 지닌 잘생긴 아랍 남자에게 근처 병원으로 가는 중이라고 말했다. 오스페달카 위^{Ospedalka Wee}. 그들이 가려 했던 곳이 틀림없었다.

서둘러야 할 것 같았다. 젊은 아랍 남자는 그녀의 상태가 좋지 않다는 것을 알고 전속력으로 차를 몰았다. 부족한 것이라곤 푸른색 사이렌 불빛밖에 없었다. 승무원들이 더 요구할 것은 아무것도 없었다. 하지만 그들이 탄 차가 교차로에 이르렀을 때 생각지도 못했던 장애물이 나타났다. 교차로 한가운데에는 녹색 베레모를 쓴 교통경찰이 서서 오가는 차에게 수신호를 보내고 있었다. 그곳은 사방팔방에서 모여든 심카, 피아트 같은 중고차와 소형 자동차, 스쿠터와 모터사이클로 혼잡하기 그지없었다. 길가에 늘어선 야자수는 바람을 머금고 흔들렸으며, 카키색 반바지를 입은 교통경찰은 작은 원형 플랫폼 위에 서서 흰색 장갑을 낀 손을 머리 위로 번쩍 들어올려 마치 토스카니니가 양팔을 흔들어대듯 여기저기서 모여드는 차들을 이리 보내고 저리 보냈다. 물론 그곳을 지나는 사람들은 토스카니니가 누구인지 알 길이 없을 테지만 일등 승무원은 잘 알고 있었다.

병원 입구에는 반원형의 흰색 화강암에 '오스페달카 위'라고 적혀 있었고, 그 옆의 벽에는 '소말리아 엘라미아 파트리아'Somalia é la mia patria라는 글자가 푸른색으로 커다랗게 적혀 있었다.

의사는 소말리아 사람이 아니었다. 그는 덴마크 올보르그에서 온 백인이었고, 코펜하겐 대학에서 의학을 전공했다고 자신을 소개했다. 일등 승무원은 믿을 만한 학문을 전공한 사람이라 내심 안도했다. 올보르그에서 온 의사는 그녀에게 아무런 이상을 찾아낼 수 없다는 진단을 내렸다. 그녀는 울고 또 울었다. 의사는 그녀에게 왜 우느냐고 물어보았다.

"어디가 아픈가요?"

"저도 몰라요. 저도 왜 제가 울고 있는지 모른다고요."

의사는 자신의 지식과 경험으로는 알아낼 수 없다며 포기했다.

"이해할 수 없군요."

그는 그녀의 발에 주삿바늘을 찔러넣었다.

"아픕니까?"

"뭐가요?"

"제 힘으로는 어쩔 수가 없군요."

의사는 고개를 절레절레 흔들며 체념했다.

승무원들은 온 길을 되돌아갔다. 도심을 지나 항구에 정박해 있던 배까지 바르트부르크 차를 운전했던 사람은 동유럽 사람이었다. 그곳에 그녀를 버려둘 수는 없었다. 모가디슈라면 더더욱 안 될 일이었다. 그들은 양옆에서 그녀를 부축해 갑판 아래 객실을 향해 서둘러 걸음을 옮겼다. 그녀를 침대에 눕힌 후, 그들은 배에서 물건을 내리는 일을 도와주고 밧줄을 끌어올리고 닻을 올렸다. 코일을 감아 평평하게 배치하고 예인선을 당긴 후, 커다란 원을 그리며 항구를 떠났다. 이틀 후, 그녀는 자리에서 일어나 조리실로 향했다. 이전과 마찬가지로 주전자를 들고, 쟁반에 아침 식사를 담아 장교실로 날랐다. 휴가를 얻어 푹 쉬었다 온 사람처럼 그녀는 생기가 가득했다.

"몸은 좀 어때요?"

일등 승무원이 물었다. 그는 그녀의 어깨에 살짝 손을 올리고 들릴 듯 말 듯 헛기침을 했다. 그녀의 어깨 위에 올린 손은 딸을 보살피는 아버지의 손과 같은 것이었다.

"많이 나아졌습니까? 이제는 손에 감각이 돌아왔나요? 호흡은 정상적으로 할 수 있습니까?"

그녀는 살짝 미소를 지으며 어깨를 으쓱 추켜올렸다.

그녀가 얼마나 아름다운지 알아보는 것은 어렵지 않았다. 모두들 그녀의 아름다운 몸매에서 눈을 떼지 못했다. 오슬로에서 승선할 때부터 그녀는 어떤 옷을 입든 아름답고 부드러운 여성적인 면을 드러내곤 했다. 그것이 앞치마든, 스커트든, 스웨터든, 바지든 간에 말이다. 물론 그녀는 자신이 얼마나 아름다운지, 또 그 아름다움을 훔쳐보고 감탄하는 사람들의 눈을 의식하지 못했다. 그녀는 단지 움직이며 일을 하는 데 편한 옷을 걸쳐 입었을 뿐이었다. 뱃사람들은 그녀가 아팠을 때 모두들 걱정하고 불안해했다. 특히 젊은 승무원들은 더욱 그러했다. 하지만 그녀가 생기를 되찾은 후엔 모두들 그 일을 잊은 것 같았다. 일등 승무원은 이미 몇 주 전 북극해를 지날 때 마음 먹었던 일을 실행에 옮기리라 결심했다. 몸바사를 지날 즈음, 그는 발소리를 죽여 살금살금 그녀의 뒤를 따랐다. 높다란 갑판 위에서 그녀를 돌려 세운 그가 조심스레 말문을 열었다.

"우린 당신 때문에 많이 놀라고 걱정했습니다. 그건 당신도 아시겠지요? 당신이 아플 때 우리 중 걱정하지 않았던 사람은 단 한 사람도 없었습니다. 이제 건강을 되찾은 모습을 보니 이전보다 훨씬 아름답다는 생각이 드는군요. 맞아요, 당신은 참으로 아름다운 사람입니다. 모두들 당신의 아름다움에 감탄하고 있습니다. 이곳에서 일하는 남자들은 모두 괜찮은 사람들입니다. 이런 말을 한다고 오해하진 마십시오. 솔직히 말씀드리겠습니다. 제 생각엔 당신이 이곳의 남자들 가운데 한 사람을 정해 마음을 주는 것이 좋을 것 같습니다. 그러면 다른 사람들이 마음고생을 하지 않아도 될 테니까요."

그녀는 일등 승무원의 표정을 보고서 그가 진심을 담아 심각하게 말하고 있다는 것을 깨달았다.

물론 그의 말은 모두 진심이었다.

"그렇다면 저는 당신을 선택하겠어요."

"저는 이미 결혼한 몸입니다."

그녀는 어깨를 으쓱 추켜올렸다. 그녀의 입장에선 상관없는 일이었다.

그녀는 믿을 수 없을 정도로 빨리 회복했고, 그와의 관계를 숨기려 하지도 않았다. 그는 관계를 시작하면서도 왠지 모르게 그녀를 이해할 수 없다는 생각을 감출 수 없었다. 그런 생각을 할 때마다 그는 괜히 불안해졌다. 그럼에도 그는 관계를 거부할 수 없었다. 산들 바람이 그녀의 허리와 허벅지를 스칠 때, 보일 듯 말 듯한 미소가 살짝 그녀의 입가를 스칠 때, 화사한 햇살이 그녀의 올림머리 아래 하얀 피부를 비칠 때, 발소리를 죽이며 복도와 계단을 오르내릴 때 그녀의 모습은 너무나 여성스럽고 아름다웠다. 그는 그녀가 얼마나 아름다운지 스스로 깨닫지 못한다고 확신했다. 그녀의 아름다움에 사로잡힌 그는 다른 남성들과 다르지 않았다. 그녀에게 자신이 가지고 있는 것을 주는 것이 그가 해야 할 일이라고 생각했다.

"당신이 원한다면… 그렇게 하도록 합시다."

그는 어둠 속에서 베르그렌 부인과 처음 몸을 섞은 날부터 후회하기 시작했다. 그녀의 몸 위에 누워 있던 그날 밤은 열대야로 무덥기 그지없었고, 객실 안에는 빛이 조금도 새어 들어오지 않았다. 그의 객실은 그녀의 객실보다 두 배 이상 넓었고, 객실 여기저기에는 남자가 쓰는 방이라는 것을 한눈에 알아볼 수 있는 물건들이 널려 있었다. 벽에는 축구 경기를 관람하면서 찍은 흑백 사진 한 장이 걸려 있었고, 그 양옆에는 바다의 모습을 찍은 사진이 액자 속에 들어 있었다. 축구팀을 찍은 사진 속에는 맨 앞줄에 앉아 골키퍼 장갑을 끼고 축구공을 거머쥔 그가 보였고, 욕실 문에는 잡지에서 자주 볼 수 있는 여자 모델의 화보가 압정에 꽂혀 붙어 있었다. 서랍장 위에는 질레트 면도칼이 오목한 접시 안에 들어 있었고, 침대 위의 벽에는 기타 한 대가 못에 걸려 있었다. 기타줄은 낡아서 금방이라도 끊어질 것 같았고, 오랫동안 사용하지 않아 거뭇거뭇하게 변색되어 있었다. 그 배에 타고 있는 승무원이라면 누구나 하나씩 가지고 있는 탁구 라켓은 책상 아래 바닥에 떨어져 있었다.

책장에는 폭설 속에서 쌍돛배를 타고 케이프 호른을 지날 때, 말을 타고 북아메리카의 대평원을 지날 때 등 전 세계를 돌아다니며 구입한 책들이 꽂혀 있었고, 보르네오, 북극해, 아라비아, 페르시아에서 구입한 수많은 소설책도 있었다. 물론 그 책들은 남자들 방에서 흔히 볼 수 있는 특유의 물건이라 할 수는 없을 것이다.

그는 양 팔꿈치를 침대로 뻗어 몸을 의지하고 그녀의 젖가슴 위에서 몸을 일으켰다. 객실 안은 칠흑처럼 어두워서 그는 자신의 몸 바로 아래 누워 있는 그녀를 자세히 볼 수 없었다. 아프리카의 어둠과 무더위 속에서 그녀의 창백한 몸은 서늘하게 느껴졌다.

"좀더 집중해봐요. 그렇지 않으면 제대로 일을 마칠 수가 없어요. 내가 무슨 말을 하는지 이해하나요? 집중을 해봐요."

"아, 네."

그녀는 바로 대답했다.

"당신이 무슨 말을 하는지 잘 알아요. 하라는 대로 해볼게요. 맹세할게요."

다음 날 아침, 그는 이상한 느낌에 휩싸였다. 이 세상에 홀로 남아 있는 듯한 외로움에 젖어들었던 것이다. 그는 침대에 누워 있을 때면 자주 책을 읽곤 했지만, 그날만큼은 책을 읽고 싶은 생각이 들지 않았다. 그는 몸을 일으켜 책상 앞 의자에 앉았다. 동그란 창문으로 빛이 새어 들어왔다. 그녀는 여전히 그의 이불 속에 누워 있었다. 그는 담배를 입에 물고 생각에 잠겼다.

'때가 되면 관계를 끝내야겠다고 말하면 되겠지. 때가 되면…'

또 다른 생각이 머릿속을 스쳤다.

'나와의 관계가 끝나면 이 배 안에 있는 또 다른 누군가가 그녀를 손에 넣으려 할 거야.'

갑자기 그녀를 떨쳐내기엔 이미 늦었다는 생각이 들었다.

몇 달 후, 그녀는 배를 갈아탔다. 무슨 이유 때문에 그녀가 배를 갈아타야겠다고 결심했는지 그는 기억하지 못했다. 싱가포르에 도착하자 그녀는 배에서 내렸고, 뱃사람들은 미리 약속해두었던 다른 배에 물건을 실어 옮긴 뒤 사람들로 바글바글한 도시를 떠났다. 배가 항구를 벗어나자 그는 안도감과 동시에 죄의식을 느꼈다. 그녀가 갈아탄 배는 노르웨이에 적을 둔 배가 아니었기에 오슬로나 베르겐 또는 다른 노르웨이 도시에 들어갈 이유가 없었다.

그 배는 아시아 동남쪽과 아프리카 동쪽을 왕복하는 배여서 유럽의 항구 도시에 들를 일도 없었다. 갑판 위에 서서 몸을 굽히고 노란 블라우스를 입은 그녀의 가녀린 등이 천천히 계단 아래로 사라지는 것을 보던 그는 그것이 이 세상에서 볼 수 있는 그녀의 마지막 모습일지도 모른다는 이상한 생각에 몸을 떨었다.

토미·2006년 9월

수화기를 내려놓았다. 아직 그가 살아 있단 말인가. 정말 그렇단 말인가.

나는 지난 40년 동안 아버지를 딱 한 번 보았다. 릴레스트룀 기차역 출입구 옆에 서 있던 아버지는 나이가 꽤 들어보였고, 시계 아래 벽에 몸을 기대고 서서 담배를 피우고 있었다. 예전에는 보지 못했던 턱수염도 더부룩하게 자라 있었다. 아버지는 손을 올려 회색 재킷의 옷깃을 목 앞에서 단단히 여며 잡고 있었다. 그 재킷은 일종의 블레이저나 아주 얇은 구식 양복 재킷으로 구호품을 파는 곳에서 헐값으로 구입할 수 있는 것이었다. 12월의 살을 에는 듯 추운 날이었기에 그런 옷으로는 추위를 견디기 힘들었을 것이다. 그런 날에는 안감이 툭툭하게 붙어 있는 코트나 파카를 입어야 한다. 하지만 나는 아버지에게 다가가서 내가 입고 있던 코트를 벗어줄 마음이 없었다. 평화를 바라진 않았던 것이다. 다시 다른 뺨을 내어줄 수는 없는 일.

그날로부터 벌써 몇 년이나 흘렀다. 아버지는 그때도 나이가 많이 들어보였는데 지금은 어떤 모습일까. 나는 외브레 로메리케 경찰서로 간다 하더라도 아버지를 한눈에 알아보지 못할 것이라 확신했다. 경찰서에서 가까운 친척이나 연락할 사람이 있느냐고 물었을 때, 아버지는 '토미 베르그렌'이라고 내 이름을 말했을 것이다. 아버지는 내가 당신을 알아볼 것이라 확신했던 것일까, 아니면 정말 아무도 연락할 사람이 없어 어쩔 수 없이 내 이름을 댔던 것일까.

너무나 오랜 세월이 흘렀기에 마치 꿈만 같았다. 만약 경찰서에 가지 않는다면 무슨 일이 생길까. 어쩌면 나는 지금 중요한 선택의 갈림길에 있는지도 모른다. 만약 경찰서에 가지 않는다면 나는 평생 후회하며 살게 될지도 모른다. 아니, 정말 그럴까.

자리에서 일어나 복도로 나갔다. 옆 사무실의 문을 열고 머리를 쑥 집어넣었다.

"퇴근할게요."

그들은 일제히 시계를 보았다. 몇 분 전에 출근했는데 벌써 퇴근을 하느냐며 궁금해하고 있을 것이 분명했다.

"오늘은 연차를 내겠습니다."

그들은 입을 모아 푹 쉬고 오라고 말했다.

"그간 열심히 일했으니 하루 정도 휴가는 충분히 낼 수 있지요."

"토미 베르그렌이 하루 쉰다고 해서 일이 돌아가지 않는 건 아니니까요."

"얼른 가세요. 하루 잘 보내시기 바랍니다."

하긴 나는 그간 휴일도 없이 밤낮으로 일했다. 물론 돈은 많이 벌고 있지만 혈압이 극도로 나빠져서 약을 먹어야만 했다.

승강기를 타고 지하 주차장으로 향했다. 보닛에 손을 얹으니 여전히 미적지근한 열기가 남아 있었다. 운전석에 앉아 열쇠를 꽂고 시동을 걸었다. 차는 매끄럽게 출발했다. 투자한 돈을 생각한다면 매끄럽게 출발하고도 남아야 할 것이다. 시계를 보니 오전 8시 15분이었다. 따지고 보면 경찰서에선 꽤 일찍 전화를 했다. 그럼에도 내가 전화를 받을 수 있었으니 그들에겐 행운이라 해야 할까.

오슬로 중심가를 거쳐 철로를 따라 차를 몰았다. 크림색 아지랑이가 에케베르그 언덕을 향해 철로 위에 피어오르고 있었다. 조금 전 차를 몰았던 바로 그 길. 아지랑이는 플랫폼 사이로 마치 강물이 흐르듯 하늘거리며 움직이고 있었다. 꿈에서나 볼 수 있는 환상적인 풍경이었다. 볼레렝가 터널과 에테르스타를 지나 북동쪽으로 차머리를 돌려 카리헤우겐, 뢰렌스쿠그 그리고 올라브스고르 호텔을 지났다. 호텔의 바는 예전에 레스테부아라는 이름으로 알려져 있었다. 늦은 밤 홀로 그곳을 찾는 사람은 무언가 문제가 있는 사람으로 여겨지기도 했다. 나도 그곳을 자주 찾았었다. 아주 오래전 일이다. 매번 바를 찾을 때는 혼자였지만 나올 때는 혼자가 아니었던 기억이 난다.

30분 정도 지나서 나는 짐과 함께 오슬로로 가기 위해 기차를 기다리던 바로 그 기차역에 도착했다. 짐과 나는 가끔 수중에 돈이 생기면 오슬로에 가서 음반과 옷을 샀다. 돈이 없을 때면 칼 요한 거리를 무작정 걸으며 생전 처음 보는 짧은 미니스커트를 입고 걷는 여자아이들에게 눈길을 던지기도 했다.

나는 여름이 끝나갈 즈음, 항상 돈을 두둑이 가지고 다녔다. 방학 때면 욘센이 칼룸 제재소에서 5주간 일할 수 있도록 주선해주었기 때문이다. 나는 그곳에서 판자의 길이와 너비를 재고, 연필로 판자 끝부분에 숫자를 적어넣었으며, 판자를 트럭에 차곡차곡 실어 창고로 실어나르는 일을 했다. 욘센도 그곳에서 수년간 톱날 가는 일을 했으며 그 후에는 여러 가지 일을 주어지는 대로 다 해냈다. 당시 그는 자재 공장을 혼자 운영하다시피 했다. 책임자가 자리를 너무 자주 비웠기에 그는 요금 청구서와 독촉장 쓰는 일도 맡아서 해야 했다.

나는 힘이 닿는 데까지 그를 도와 일했다. 욘센은 내게 숫자 감각이 있다며 장부 정리나 회계 관련 일을 자주 시켰다. 나는 내가 잘할 수 있는 일이 그런 것밖에 없다고 생각했다. 학교에서도 수학 과목만큼은 자신 있었다. 목공예에도 소질을 보였다. 나는 열서너 살 때부터 그와 함께 살았다. 그는 내가 신뢰했던 단 한 명의 어른이었고, 그는 내게 제재소의 정식 일자리를 주었다.

하지만 나는 기차역 앞에서 방향을 틀지 않았다. 욘센은 이미 9월의 어느 날, 그러니까 보름 전에 세상을 떠났고, 짐과 그의 어머니는 짐이 병원에서 퇴원하자마자 오슬로로 이사했다. 그들이 살던 집에는 낯선 사람들이 이사를 왔고, 내가 살던 집은 짐이 이사를 가기 1년 전에 불에 타 흔적도 알아볼 수 없었다. 모두들 집에 불을 지른 사람이 나라고 생각했다. 꽤 오랜 시간이 지난 후, 그곳에는 새로운 가족이 와서 집을 짓고 살았다. 경사는 우리 집에 불이 난 후 몇 달 뒤에 갑자기 세상을 떠났다. 슬픈 일이었다. 심장에 병이 생겼다고 했던가. 이 모든 일은 이미 30년 전의 일이다.

시리는 아시아, 아프가니스탄, 스리랑카 같은 나라에서 힘들게 살고 있는 아이들을 돕기 위해 세계 곳곳을 다녔다. 코소보, 캅카스 지대 등을 돌아다니며 가끔 내게 엽서를 보내오기도 했다. 쌍둥이들은 욘센을 만나기 위해 그 동네에 찾아갈 때를 제외하고선 거의 만나지 못했다. 마음이 착잡했지만 내가 어떻게 할 수 있는 일이 아니었다. 뵈르크에는 만나서 대화를 나누고 싶은 사람이 단 한 명도 없다. 상관없는 일이다. 지금 나는 거기서 20킬로미터 정도를 더 가야 하는 처지니까.

E6 고속도로에서 릴레스트룀으로 들어가는 인터체인지를 지나 프로그네르로 향하는 도로에서 시속 약 100킬로미터로 속력을 냈다. 100킬로미터로 달리는 것이 법으로 허용된 지는 얼마 되지 않았다. 고속도로 팻말에도 제한 속도 100킬로미터라고 적혀 있었다. 하지만 운전자들은 대부분 평균적으로 시속 110킬로미터로 달린다. 항상 그랬다. 물론 나도 그중의 한 명이다.

마침내 고속도로를 벗어나 동쪽으로 방향을 틀어 다리를 지나 건물들이 빽빽하게 모여 있는 서쪽으로 진입해 경찰서 앞 주차장에 차를 세웠다. 몇 분간 차에서 내리지 않고 멍하니 앉아 있었다. 경찰서로 아버지를 찾으러 온 것은 잘한 일이라 생각했다. 물론 반가운 마음으로 온 것은 결코 아니다. 이제 와서 다른 뺨까지 내어줄 생각은 추호도 없었던 것이다. 문득 짐에게 전화를 걸고 싶다는 생각이 들었다. 짐이라면 나와 함께 경찰서에 가줄 수 있을 것이다. 그는 내 어깨의 무거운 짐을 함께 나누어 질 수 있는 사람이다. 그는 내 아버지가 어떤 사람인지도 잘 알고 있다. 그렇기에 지금 짐을 떠올리는 일은 너무나 당연하고 자연스러웠다.

이전에는 그렇지 않았다. 하지만 오늘 아침 다리 위에서 그가 칙칙한 뜨개 모자를 쓰고 있었는데도 나는 그를 한눈에 알아보았다. 그를 보는 순간 나를 뒤덮은 감정은 기쁨과 반가움뿐이었다. 내가 잘못했던 것이 하나 있다면 그에게 값비싼 자동차 이야기를 꺼냈다는 것이다. 짐에게만큼은 해선 안 될 일이었다. 만약 그가 예전의 그와 같은 사람이라면 말이다. 시계를 보았다. 9시가 훌쩍 넘어 있었다.

안내 데스크에는 하늘색 유니폼을 입은 남자가 앉아 있었다. 그의 어깨 바로 밑의 팔에는 황금색 사자 문양이 새겨져 있었다. 나는 그에게 다가가 말을 걸었다.

"안녕하십니까. 저는 토미 베르그렌이라고 합니다. 아버지를 데리러 왔습니다."

"아버지라고요?"

"네, 그렇습니다. 제 아버지 이름은 발레 베르그렌입니다."

"발레라… 이름을 표기할 때 V를 씁니까, W를 씁니까?"

"W를 씁니다."

"그렇다면 원래 이름은 발데마르라고 짐작할 수 있겠군요. 그렇지 않습니까? 일단 서류에는 발데마르라고 적어놓겠습니다."

"네, 발데마르라고 적어도 됩니다. 당신이 이름을 어떻게 쓰든 저는 상관없습니다. 오늘 아침에 제게 전화한 건 당신들이니까요."

경찰관은 몸을 돌려 사무실 안쪽 창가에 앉아 있는 사복 차림의 동료에게 말을 건넸다.

"핀, 토미 베르그렌이라는 사람에게 발레 베르그렌을 데리러 오라고 전화했었나? W를 쓰는 발레 말이야. 그가 토미 베르그렌의 아버지라고 하는군. 지금 여기 와 있어. 토미라는 사람 말이야."

"글쎄, 난 아무에게도 전화하지 않았는데… 아, 요니가 전화를 했을지도 몰라. 그런데 요니는 한 시간 전에 외근을 나갔어. 오늘 저녁이나 되어야 돌아올 거야."

238

“알았어.”

안내 데스크의 경찰관은 다시 토미를 향해 몸을 돌렸다.

“요니가 전화했을지도 모르겠군요. 어쨌든 여기 있는 직원들 중엔 발레 베르그렌이라는 사람 때문에 당신에게 전화한 사람은 없습니다. 무슨 일 때문인지 모르겠군요. 관련 문서도 찾을 수 없고…”

그는 책상 위의 서류를 뒤적였다. 책상 한쪽에는 컴퓨터 화면이 빛을 발하고 있었다.

“그런데 왜 아버지가 여기 있다고 생각하시는지요?”

“제게 전화한 경찰관이 직접적으로 말하진 않았지만, 저는 아버지가 어떤 일로 구금 중이라는 느낌을 받았습니다.”

“여긴 구금된 사람이 아무도 없습니다.”

“아무도 없다고요?”

“체포와 구금을 담당하는 부서는 릴레스트룀에 있습니다.”

“그렇다면 왜 진작 말하지 않았습니까!”

“글쎄요, 전화한 경찰관은 당신이 이미 알고 있으리라 믿었을지도 모르겠군요. 이곳에 사십니까?”

“아닙니다.”

“그렇다면 이해가 되는군요. 어쨌든 구치소는 릴레스트룀에 있습니다. 당신이 어느 도시에 살든 상관없는 일이지요.”

“알았습니다. 그렇다면 릴레스트룀으로 가봐야겠군요.”

“릴레스트룀까지는 멀지 않습니다. 고속도로를 타면 금방 갈 수 있어요. 시속 100킬로미터로 달려도 됩니다.”

하늘색 유니폼을 입은 경찰관이 말했다.

“저도 릴레스트룀까지 얼마나 걸리는지 잘 알고 있습니다.”

"그렇군요. 행운을 빕니다. 그리고 아버지에게도 아무 일 없기를 바랍니다."

몸을 돌려 경찰서를 나설 때 경찰관이 등 뒤에서 말했다.

"아버지에게 무슨 일이 있든 저와는 상관없는 일입니다. 저는 단지 아버지를 데리러 가는 것뿐입니다."

계단을 내려와 인도에서 세 발자국 떨어진 곳에 세워두었던 차에 앉았다. 쿵쿵 뛰는 맥박을 관자놀이 부근에서 느낄 수 있었다. 혈압 때문이 분명했다. 문득 오늘 아침에 약을 먹었는지 기억이 나지 않았다. 아마 습관처럼 약을 입에 넣었을 것이다. 아침에 욕실에서 나오면 가장 먼저 하는 일이니까. 오늘 아침엔 하루를 잘 시작할 수 있을 것이라 확신했는데… 특히 짐과 우연히 마주친 후엔 너무나 기쁘고 즐거웠다. 하지만 지금은 관자놀이에서 쿵쿵 뛰는 맥박이 느껴질 정도다.

나는 양손으로 머리를 감싸 쥐었다. 지금 내게 필요한 것은 술이었다. 하지만 나는 저녁 뉴스가 시작하는 오후 7시 이전에는 술을 입에 대지 않는다. 밤 10시 이후에도 술을 마시지 않는다. 아니, 10시 30분까지라고 해두자. 이 시간에는 술을 꽤 많이 마시는 편이다. 그래서 가끔은 시간 가는 줄 모르고 한 시간 정도 더 마실 때도 있다.

시동을 걸고 도심을 빠져나가 다시 고속도로로 나갔다. 이번에는 남쪽을 향해 달렸다.

셸레르와 공항을 지나 릴레스트룀으로 들어갔다. 중앙로를 지나 기차역 옆에서 방향을 틀었다. 재건축을 해서 새로운 모습으로 단장한 기차역을 볼 때마다 나는 낯선 느낌이 들어 깜짝 놀라곤 한다. 기차역만큼이나 현대적으로 바뀐 버스터미널을 지나 시청을 향해 차를 몰았다. 주차장은 아니었지만 차가 여러 대 줄지어 주차된 곳에 차를 세웠다.

사람들이 대부분 습관적으로 차를 주차해놓은 곳에선 단속에 걸리는 일이 거의 없다. 건물 안으로 들어간 나는 하늘색 셔츠를 입은 남자에게 다가가 그의 어깨를 살짝 두드렸다. 알고 보니 그의 하늘색 셔츠는 경찰 유니폼이 아니라 평범한 셔츠에 불과했다. 팔에는 황금색 사자 문양도 볼 수 없었다. 그는 3층에 있는 교육청에서 비서로 일한다고 말하며, 지옥 같은 곳이라고 덧붙였다. 학교 수는 너무나 많고, 멍청한 교장들도 너무나 많으며, 감사직에 있는 이들도 마찬가지라고 했다. 하지만 학생들은 참으로 맑고 착하다고 했다. 어린 학생들이 아니었다면 그는 진작에 일을 그만두었을 것이라고 했다. 그는 내게 친절하게 길을 가르쳐주었다. 알고 보니 그 건물은 내가 찾는 곳이 아니었다.

나는 다시 주차장을 거쳐 샛길을 걸었다. 또 다른 커다란 주차장 뒤에는 '유스티센'이라는 팻말이 붙어 있는 건물이 있었다. 왜 진작에 이 팻말을 보지 못했을까.

문을 열고 안으로 들어갔다. 사람들로 북적거렸다. 보아하니 대기표를 뽑아야 하는 것 같았다. 사람들은 저마다 손에 대기표를 한 장씩 들고 앉아 있었다. 여권을 갱신해야 하는 사람들, 이러저러한 증명서를 발급받아야 하는 사람들, A4용지 크기의 서류를 손에 든 사람들은 멍한 눈빛으로 침묵을 지키며 자신의 차례를 알리는 기계음을 기다리고 있었다. 나는 대기표를 뽑아들고 생각에 잠겼다.

'젠장, 내게 이곳까지 오라고 전화한 사람은 바로 그들인데 내가

왜 대기표를 뽑아야 하지? 오히려 그 반대가 되어야 옳지 않을까?'

나는 더 기다릴 필요가 없다는 생각에 빈 안내 데스크 앞으로 다가갔다. 창구 안에 앉아 있는 여인에게 사정을 설명하니 그녀는 잠시 기다리라고 말한 후에 어디론가 전화를 했다. 잠시 후, 황금색 사자 문양이 팔에 새겨진 하늘색 유니폼을 입은 남자가 모습을 드러냈다.

"아, 잘 오셨습니다. 기다리고 있었어요. 저를 따라오십시오."

나는 그가 시키는 대로 했다. 우리는 계단을 내려가 양쪽에 회색문이 나란히 보이는 긴 복도를 걸었다. 벙커를 연상하게 하는 그곳은 너무나 차갑고 쓸쓸해 보였다. 잠긴 문을 열자 푸른색 커버를 씌운 얇은 매트리스 위에 옆으로 비스듬히 누워 있는 아버지가 보였다. 그가 내 아버지라는 말을 그들에게서 들었기에 나는 그가 내 아버지인 줄 알았다. 만약 거리에서 우연히 마주쳤다면 전혀 알아보지 못하고 그냥 지나쳤을 것이다.

아버지는 두 다리를 모아 상체 쪽으로 끌어올리고 누워 있었고, 줄무늬 양말을 신은 작은 발이 마치 어린아이 발처럼 삐죽이 나와 있었다. 하지만 그곳에 누워 있는 이는 나이가 지긋한 노인이었다. 머리는 백발이었고 수염은 길게 자라 있었으며, 회색 옷은 여기저기 얼룩져 지저분하기 그지없었다. 천장의 날카로운 전구 불빛은 그의 눈동자 속으로 파고들어 알 수 없는 저 깊은 곳으로 사라졌다.

책을 읽을 만한 불빛은 아니었다. 아버지는 책 읽는 것을 좋아했다. 특히 카우보이 책이나 제인 그레이의 책을 좋아했다. 예전의 아버지는 내가 잠자리에 든 후 늦은 저녁에 책을 읽었다. 아침에 일어나 거실에 가면 아버지가 읽다 만 책이 표지가 보이게 펼쳐진 채 탁자 위에 놓여 있었다. 언뜻 기억나는 제목은 『버팔로 전쟁』 『죽음을 실은 바람』 등이 있다. 어떤 책들은 표지에 아름다운 그림이 그려져 있기도 했고, 또 다른 책들은 하늘색 커버에 황금색 말발굽이 그려져 있기도 했다. 책 옆에 놓인 재떨이에는 담배꽁초가 수북했고, 온 집 안에는 담배 연기가 자욱했다. 심지어 침실과 욕실까지 담배 연기가 뚫고 들어오기도 했다. 하지만 아버지는 구치소에서 책을 읽을 수 없었다. 양치질하는 것도 불가능해 보였다.

사방 벽은 노란 크림색, 아니 카페라테를 연상시키는 색으로 매끈하게 페인트 칠이 되어 있었지만 결코 기분 좋은 느낌은 아니었다. 바닥엔 패널 자재조차 깔려 있지 않았고, 가장자리도 마무리가 되어 있지 않았으며, 심지어는 톱밥 한 조각도 볼 수 없었다. 바닥은 양쪽 가장자리를 향해 비스듬히 기울어져 있어서 모가 나지 않은 물건을 놓아두면 데굴데굴 굴러갈 것이 틀림없었다. 한쪽 구석에는 매끈한 금속 통이 바닥에 고정되어 있었고 양옆은 발을 놓을 수 있도록 움푹 패어 있었다. 보아하니 변기인 것 같았다. 하지만 어린아이처럼 두 발을 배까지 끌어올리고 옆으로 비스듬히 누워 있는 빼빼 마른 노인을 보니 변기 양쪽에 두 발을 제대로 놓을 수는 있을지 의심이 될 정도였다. 그렇다. 눈앞에 누워 있는 남자를 내 아버지라 생각하는 것은 결코 쉽지 않았다. 하지만 그의 상체만 봤을 때는 분명 내 아버지가 틀림없었다.

"그리 기분 좋은 곳은 아니군요. 이런 곳에 사람을 가두어놓다니…"

"당신 아버지는 굉장히 폭력적이었어요."

"빼빼 마른 노인일 뿐인데요…"

"당신이 직접 봤다면 그런 말은 못 할 겁니다."

갑자기 아버지는 잠에서 깬 듯 눈을 뜨고 낯선 곳에 처음 온 사람처럼 어리둥절한 표정을 지었다. 몸을 일으키자 바지가 쑥 흘러내렸다. 구금되었을 때 경찰서에서 벨트를 압수했던 모양이었다. 바지는 마치 텅 빈 자루처럼 홀쭉한 허리에서 바닥을 향해 스르륵 흘러내렸다. 그는 서둘러 무릎까지 흘러내린 바지를 거머쥐고 덥수룩한 턱수염 뒤로 미소를 지었다.

"아니, 이게 누구야, 토미 아니냐! 내 아들이 왔군."

그는 경찰관을 향해 몸을 돌리고 말을 이었다.

"이 애가 바로 내 아들 토미예요."

그는 여전히 흘러내린 바지를 엉거주춤 거머쥐고 있었다. 바지 허리춤은 앙상한 무릎과 허벅지 사이에 돌돌 말려 더 올라가지 않았고, 바지의 발목 부분은 줄무늬 양말 위에서 더 내려가지 않은 상태였다. 때문에 그는 혹여 넘어질까봐 오도 가도 못하고 엉거주춤 서 있었다. 마음 같아선 그는 내게 아버지의 마음으로 따스하게 포옹을 하고 싶었을 게다. 물론 나는 온 세상을 다 준다 해도 그 포옹을 사양할 테지만 말이다. 아버지는 정말 포옹을 하려는 듯 내게 다가오고 있었다. 수년간 만나지 못했던 아들 앞에서 바지 허리춤을 거머쥐고 엉거주춤 서 있는 자신의 모습에 얼굴을 붉히면서 수치스러워하지 않는 그의 모습을 보고, 나는 측은하다는 생각을 지울 수가 없었다. 너무나 천연덕스러운 아버지의 표정에는 무의미하고 끝없는 열정만 남아 있었다.

정적이 흘렀다. 아버지는 여전히 손가락에 핏기가 사라질 정도로 바지 허리춤을 꽉 부여잡고 있었다.

'나는 어떻게 해야 할까. 경찰관이 옆에서 기다리고 있는데.'

나는 바로 옆에 서 있는 경찰관의 숨소리조차 들을 수 없었다. 그는 천장만 바라보며 부자간의 난처한 상봉에 방해가 되지 않으려 숨을 죽이고 있었다. 나는 아버지와 단둘이 만나고 싶은 마음이 전혀 없었다. 하지만 아버지를 구치소에 버려두고 혼자 나갈 수는 없었다. 되돌아갈 길이 보이지 않았다.

"좋습니다. 집까지 차로 모셔다드릴게요."

동시에 경찰관이 안도의 한숨을 내쉬는 소리가 들렸다. 아버지는 환한 미소를 지으며 턱수염을 긁적였다.

"코트가 아주 멋지구나. 꽤 비쌀 것 같은데?"

"네, 맞습니다. 아주 비싼 코트입니다."

나는 발길을 돌려 가장 먼저 구치소를 나섰다. 아버지는 바지 허리춤을 거머쥐고 엉거주춤 내 뒤를 따랐고, 경찰관은 아버지의 뒤를 따랐다. 복도를 거쳐 다른 방으로 간 우리는 경찰서에서 압수했던 아버지의 물건을 돌려받았다. 하나씩 건네받을 때마다 나는 가족을 저세상으로 떠나보낸 유족의 마음으로 서명했다. 아버지는 심하게 손을 떨고 있어서 직접 서명할 수가 없었다. 나는 아버지의 벨트와 신발, 그리고 지갑을 돌려받으며 하나하나 서명했다. 경찰관은 아버지의 물건인 작은 주머니칼을 돌려주지 않았다.

"이건 우리가 보관하도록 하겠습니다."

나는 상관없다고 말했다. 아버지의 재킷을 건네받을 때도 나는 서명을 해야 했다. 수년 전 이곳에서 불과 200여 미터밖에 떨어져 있지 않은 기차역 앞에서 우연히 아버지를 만났을 때도 이 재킷을 입고 있지 않았던가. 당시 재건축 전이었던 낡은 회색 기차역 건물 옆에 있는 구치소 건물도 지어지기 전이었다.

경찰관은 건물 뒷문으로 우리를 보내주었다. 그 덕분에 우리는 로비에서 대기표를 손에 들고 여권을 갱신하거나 증명서를 발급받으려 줄지어 기다리는 사람들과 마주치지 않아도 되었다. 첫 번째 주차장을 지나 두 번째 주차장으로 가는 동안, 나는 아버지가 오른쪽 다리를 심하게 저는 것을 보았다. 신형 회색 메르세데스의 검은색 유리창 앞에 선 아버지가 소리쳤다.

"오, 오! 세상에! 아주 멋진 차구나. 네가 입고 있는 코트도 그렇고… 돈을 꽤 많이 썼겠어. 이 차도…"

"네, 돈이 많이 들어갔습니다."

"그런데 이렇게 남루한 옷차림으로 네 차를 탈 수는 없을 것 같구나."

나는 아버지의 옷을 보았다. 아버지의 말에도 일리가 있다는 생각이 들었다.

"걱정 말고 얼른 타세요."

아버지는 차문을 열고 뒷좌석에 앉았다.

"앞좌석에 타세요."

"그래? 정말 그래도 될까?"

"그럼요. 젠장, 얼른 앞좌석으로 옮겨 타세요."

아버지는 앞좌석으로 옮겨와 불과 며칠 전에 비닐을 뜯은 매끈한 가죽 시트 위에 엉덩이가 닿을 듯 말 듯 조심스레 앉았다. 주차장을 나와 릴레스트룀을 벗어났다. E6를 타고 왔던 길을 되돌아갔다. 올 때와는 달리 과거를 떠올리게 했던 장소들을 돌아보진 않았다. 나는 앞만 보며 푀르크 역으로 달렸다.

아버지가 자신의 집이라고 주장하는 건물 앞에 차를 세웠다. 뫼르크 중심에서 북서쪽에 위치한 그 집은 철도에서 꽤 멀리 떨어져 있었기에 지나가면서 본 기억은 없었다. 버스는 그곳에서 1킬로미터쯤 떨어진 정류장에 하루에 한 번 정차했고, 주말에는 버스를 단 한 대도 볼 수 없었다. 한마디로 그곳은 거기에 사는 사람들만이 의미를 찾을 수 있는 곳이었다. 나는 어렸을 때 거기에서 서쪽으로 1킬로미터쯤 떨어진 작은 강에서 낚시를 하기 위해 짐과 함께 자전거를 타고 그곳을 지나친 적이 몇 번 있었다. 하류 쪽으로 100미터쯤 더 내려가면 급류가 흘러 낚시하기에 좋았다.

나는 낚시에 별 관심이 없었지만 낚시를 매우 좋아하는 짐과 항상 함께 다녔다. 그는 나와 가장 가까운 둘도 없는 친구였으니까. 나는 크리스마스 선물로 낚싯대와 미끼를 받고 싶었던 적이 있었다. 원하는 물건을 선물해준 사람은 바로 욘센이었다. 내 말에 귀를 기울였던 사람은 욘센뿐이었다. 시에서 댐을 지어올린 후엔 물이 말라버려 더는 그곳에 낚시를 하러 가지 않았다. 상관없는 일이었다. 낚시할 곳은 거기 말고도 많았으니까.

아버지는 혼자서 차에서 내렸다. 벨트를 착용하고 나니 기분도 훨씬 나아졌다며 도움이 필요 없다고 했다.

차에서 내린 나는 얼른 내가 해야 할 일만 하고 집으로 가야겠다고 마음먹었다. 아버지를 대문 앞까지만 데려다준 후엔 두말없이 돌아설 생각이었다. 이곳에서 더는 시간을 보내고 싶지 않았다.

이웃집 대문 앞 계단에 한 남자가 서서 담배를 피우고 있었다. 그는 우리를 보고 무언가를 말하고 싶어 하는 듯했다. 나는 호의적인 표정으로 그가 무슨 말을 할지 기다렸다. 아버지의 이웃사람이니 그의 말을 들어보는 것도 나쁘지 않을 것 같았다. 그는 살짝 고개를 끄덕이며 인사를 건네는 듯하더니 생각을 바꾸었는지 고개를 돌려 우리가 왔던 골목길을 뚫어지게 바라보았다.

"대문 앞까지 모셔다드릴게요."

"오, 그래그래, 좋아. 네가 나를 대문 앞까지 모셔다준다고? 좋아, 그래야지. 아들이 아버지를 집까지 모시는 건 아주 좋은 일이야. 잠시 들어와서 커피라도 한 잔 마시고 가렴. 그 정도 시간은 낼 수 있겠지. 그래야지. 그런데 우리 집엔 인스턴트커피밖에 없는데 어떡하지… 너는 이제 예전처럼 인스턴트커피는 안 마실 것 같구나. 저렇게 비싼 차를 타고 다니니까… 요즘은 프랑스산 커피를 마시니? 이름이 뭐더라… 기억이 안 나네… 피네망토? 뭐, 그런 거 말이야."

내가 어릴 때부터 커피를 마신 건 사실이다. 아버지는 내가 열 살이 좀 넘었을 때부터 막무가내로 커피를 마시게 했고, 나는 커피에 중독되어버렸다. 아버지는 커피에 설탕과 우유를 듬뿍 넣어 내게 주었고, 내가 커피를 들이키는 모습을 지켜보곤 했다. 잔을 비우면 아버지는 한 잔 더 마시라고 나를 부추겼다. 돌이켜보니 그때 내가 마셨던 것은 인스턴트커피가 아니라 뜨거운 물에 커피 가루를 넣어 우려냈던 것이었을 수도 있다. 아무리 생각해도 그때 인스턴트커피를 팔았던 곳은 미국밖에 없었을 것 같다. 그렇다면 내가 마셨던 것은 아버지가 직접 끓는 물에 커피 가루를 넣어 우려냈던 것이 틀림없다.

우리는 함께 계단을 올라갔다. 아버지는 비틀거리며 발을 조금 절었지만 술에 취한 것은 아니었다. 단지 다리에 힘이 없을 뿐. 아버지는 너무나 깡말라 볼품이 없었다.

"괜찮습니다. 그런데 대문은 열려 있나요?"

"그럼, 그럼, 대문은 열려 있어. 들어와서 커피 한 잔 마시고 가. 아버지 집까지 와서 커피 한 잔도 마시지 않고 간다는 게 말이 되니? 우린 아주 오랫동안 만나지 못했잖아. 그러고 보니 너도 많이 변했구나. 아주 의젓해졌어. 하긴 어렸을 때도 마찬가지였지만 말이야. 난 경찰관에게 우리 토미는 하나도 안 변했다고 말했단다. 그런데 우리가 마지막으로 봤던 게 언제였지? 한 40년 전쯤 되나? 난 경찰관이 너와 야구 방망이 이야기를 꺼냈을 때 아주 무의미하다고 생각했어. 어쨌든, 난 많이 변했어. 세월이 갈수록 몸이 쭈그러드는 것 같아. 이젠 하루하루가 달라. 더 나아지진 않을 거야."

대문은 잠겨 있었다. 갑자기 아버지가 당황하기 시작했다. 눈을 휘둥그레 뜨고 어쩔 줄 몰라 하더니 주머니에 손을 넣어 뒤지기 시작했다. 하지만 열쇠는 바지 주머니 안에도, 재킷 주머니 안에도 없었다. 어쩌면 아직도 릴레스트룀 구치소 선반 위에 놓여 있을지도 몰랐다. 그렇지 않다면 술에 취해 어디선가 열쇠를 잃어버렸을 수도 있을 것이다. 아버지는 마지막으로 어디서 술을 마셨는지 기억하지 못했다.

나는 몇 발자국 되돌아가 창문이 열린 곳이 있는지 집을 한 바퀴 돌아보았다. 단층 건물이었기에 창문이 열려 있다면 그곳을 통해 집 안으로 들어갈 수 있을 것이다. 몸이 무뎌졌다고는 하나 그 정도는 할 수 있다는 생각이 들었다. 하지만 창문은 모두 닫혀 있었다. 아버지는 안절부절못하며 계단에 서 있었다. 어디서 열쇠를 찾아야 할까. 나는 열쇠가 땅에 떨어져 있을지 몰라 대문 앞 진입로부터 우체통이 있는 곳까지 왔다 갔다 하며 바닥을 살펴보았다. 조금 전에 보았던 이웃집 남자가 두 집의 경계를 표시하는 덤불 울타리 쪽으로 천천히 걸어왔다.

나는 잠시 주저했다. 그를 좋아할 수 없을 것 같다는 생각이 스쳤다. 특히 그의 눈빛이 마음에 들지 않았다. 하지만 나는 그를 향해 덤불 울타리 쪽으로 다가갔다. 그가 걸음을 멈추었다. 덤불 울타리는 그의 허리 높이였고, 그의 집 쪽에 있는 덤불 울타리는 자로 잰 듯 잘 정리되어 있었다. 반면, 아버지 정원 쪽의 덤불 울타리는 사방팔방으로 무성했고, 내 허리보다 훨씬 높이 자라 있었다. 비교가 되니 괜히 내가 작아지는 것 같은 느낌을 지울 수가 없었다.

"날씨가 좋군요."

나는 고개를 들어 하늘을 올려다보았다. 아침까지만 해도 구름 한 점 없이 맑았지만 지금은 무거운 구름이 머리 위를 덮고 있었다.

"글쎄요, 그다지…"

"그런가요?"

나는 그가 전형적인 농부 같다고 생각했다. 그와 비슷한 사람을 꽤 많이 만나왔던 나는 가능한 한 대화를 피하고 싶었다.

"우체통 안에 있어요."

"뭐가요? 뭐가 제 아버지 우체통 안에 있다는 말씀인가요?"

"아니, 내 우체통 안에 있어요. 열쇠 말입니다. 그가 내 우체통 안에 넣어두었어요."

"왜 진작 말씀해주시지 않았습니까. 우린 열쇠를 찾으려고 지금까지 여기저기 헤맸습니다. 당신도 봤잖아요!"

그는 아무 대답도 하지 않았다.

"그리고 왜 열쇠를 아버지의 우체통 안에 옮겨 넣지 않으셨습니까? 그렇다면 아버지가 훨씬 쉽게 열쇠를 찾을 수 있었을 텐데요."

"그걸 왜 내가 해야 합니까?"

"그렇긴 합니다만…"

나는 몸을 돌려 우체통 쪽으로 걸어갔다. 그가 등 뒤에서 혼잣말로 중얼거렸다.

"정신 나간 술주정뱅이 같으니. 내가 왜 그걸 해야 되지?"

골목길로 나가니 우체통은 두 개만 있는 것이 아니었다. 마치 온 동네의 우체통을 한곳에 모아둔 듯 셀 수 없이 많은 우체통이 나란히 줄지어 서 있었다. 이웃집 남자는 그의 이름을 말하지 않았기에 나는 그의 우체통이 어떤 것인지 알 길이 없었다. 할 수 없이 나는 우체통마다 손을 집어넣어 바닥을 휘저어 보아야만 했다. 마침내 집게 손가락 끝에 열쇠 링이 걸렸다. 나는 얼른 열쇠를 꺼냈다. 이웃집 남자는 덤불 울타리 건너편에 서서 미소를 짓고 있었다. 나는 잔디밭을 가로질러 그의 앞으로 성큼성큼 걸어갔다. 그는 내 눈을 똑바로 쳐다보며 말했다.

"찾았소? 누군가에게 도움을 주는 건 항상 기쁜 일이지요."

그는 마치 보이스카우트 대원처럼 손가락 세 개를 이마 옆에 붙이고 미소를 던진 후, 몸을 돌려 자신의 집으로 걸어갔다. 나는 그가 다시 혼잣말로 중얼거리는 것을 똑똑히 들을 수 있었다.

"정신 나간 술주정뱅이 같으니."

나는 계단 위에 서 있는 아버지에게 다가가 잠겨 있는 대문에 열쇠를 꽂았다.

한 번도 본 적 없는 광경이었다. 형언할 수 없이 누추하고 지저분했다. 아버지는 내 곁을 비집고 들어와 현관 앞에 널브러져 있는 종이 박스와 쓰레기들을 발로 차 옆으로 치워내고 길을 만들어주었다. 페인트 얼룩이 딱딱하게 말라붙은 신발과 오랫동안 입지 않았던 해지고 남루한 옷가지들도 발로 차 옆으로 밀어놓았다. 예전에 비해 힘이 없는 것은 확실했지만, 발로 물건을 차는 모습을 보니 여전하다는 생각이 들었다. 아버지의 발길질은 하늘에서 내려준 재능이자 선물이었다. 아니, 지옥에서 내려준 것일지도 모른다. 비좁은 현관에 셀 수 없이 많은 낡은 신발이 흩어져 있는 것을 보니 이해할 수가 없었다. 대부분 앞부분이 해져 구멍이 나 있었다. 아버지는 낡은 신발을 수집하고 있는 걸까.

현관뿐만이 아니었다. 집 안에는 오랫동안 대문 밖 구경을 못 한 쓰레기들이 비닐봉지에 담겨 여기저기 널브러져 있었다. 비닐봉지 안에 들어가지 못하고 바닥에 흩어져 있는 쓰레기가 더 많아서 마치 바닥에 쓰레기 담요를 깔아놓은 것 같았다. 퀴퀴한 냄새는 방과 방, 욕실까지 스며들어 숨을 쉴 수 없을 정도였다. 분명 아버지가 사용하는 침실에도 퀴퀴한 냄새가 가득할 것이다. 창을 열어 환기할 생각도 못 하는 사람이니 말이다. 코를 들 수 없을 정도로 역겨운 냄새가 나는 침실에서 잠을 자는 아버지를 생각하니 견딜 수가 없었다. 아버지는 퀴퀴하고 역겨운 냄새가 새어나오는 부엌문 앞에 서서 내게 손짓했다.

"이리 와. 얼른 이리 와서 커피 한 잔 마시고 가. 벌써 주전자에 물을 끓이기 시작했어. 오래 걸리지 않을 거야. 전기오븐이 꽤 좋은 거야. 네가 어릴 때 마셨던 커피처럼 만들어줄게. 참, 코트를 벗어서 저기 걸어두렴. 아주 고급 코트 같아. 꽤 비쌀 것 같은데…"

나는 속으로 생각했다.

'맞아요, 아주 비싼 코트예요. 내가 가지고 있는 건 모두 비싼 거예요. 아주 비싼 거라고요. 내 인생은 그렇게 변했어요. 내가 사는 물건들은 대부분 아주 비싼 거예요. 하지만 난 아무리 비싼 물건을 사도 전혀 기쁘거나 즐겁지 않아요. 그저 돈을 주고 살 뿐이죠. 우리 집엔 이런 코트가 방마다 두세 벌씩 걸려 있어요. 내가 혼자 사는 집의 벽에는 값비싼 그림이 수도 없이 걸려 있지만 난 그 그림에 눈길도 주지 않고 지나쳐버리죠. 벽에 어떤 그림이 걸려 있는지 기억도 나지 않아요. 최신 가구와 고가의 골동품과 유리나 사기로 만든 명품 식기와 믹서, 이탈리아제 재떨이도 있지만 제대로 본 적이 한 번도 없어요. 그 어느 것에도 관심이 없거든요. 그저 필요하면 사용할 뿐이고 언제 왜 그것을 샀는지 기억할 수도 없어요. 어쨌든 코트는 벗어서 걸어놓을 마음이 없어요. 아버지 집에 오래 있고 싶은 마음이 전혀 없으니까요.'

나는 발에 부딪치는 온갖 잡동사니와 쓰레기들을 헤치고 부엌으로 들어갔다. 그 어느 것에도 눈길을 주지 않으려 초점 없이 멍한 표정으로 의자에 앉으려 하자 아버지가 손을 마구 저으며 말렸다.

"조심해서 앉아. 그 코트는 비싼 거잖아, 토미."

아버지는 손을 대지 않은 주간지 한 권을 급히 가져와 내가 앉으려던 의자 위에 펼쳐놓았다.

아버지는 인스턴트커피를 내 잔에 넣었다. 물은 이미 끓고 있었다. 아버지의 말은 틀리지 않았다. 아버지는 끓는 물을 내 잔에 가득

253

부어넣었다.

'잔이 조금만 더 깨끗했더라면 좋았을 텐데.'

"발을 저는 것 같던데 어디가 아픈 건 아니죠?"

아, 나는 왜 그런 말을 했던가. 생각 없이 내뱉은 말이 후회되어 혀를 자르고 싶을 지경이었다. 입안에 자갈돌을 가득 넣어 이빨을 갈아버리고 머릿속의 뇌를 부서버리고 싶었다.

아버지는 얼굴을 돌려 벽을 바라보며 말문을 열었다.

"벌써 몇 년째 이러고 있어. 70년대 즈음에 다리가 부러진 적이 있었단다. 그 후에 뼈가 제대로 붙지 않았어. 클뢰프타에서 차에 치어 갓길의 도랑에 빠진 적이 있었는데, 운전자는 뺑소니를 쳐버렸어. 뒤도 돌아보지 않고 도망쳐버렸지. 나 같은 건 돌아볼 가치도 없다고 생각했던 게 틀림없어. 아주 고급 차였어. 아마 자긴 나와 다른 부류의 사람이라고 생각했을지도 몰라. 너무 갑작스럽게 일어난 일이라 난 차 번호도 보지 못했어. 그 이후에 도움을 받으려고 여러 곳의 문을 두드렸지만 잘되지 않았어. 부러진 다리로는 아무 일도 할 수 없었어. 힘든 시기였지. 그때부터 다리를 절기 시작했단다. 70년대에 일어났던 일이야. 하지만 난 크게 신경 쓰지 않아."

아버지의 이야기는 너무나 극적이라 믿을 수 없었다.

나는 의자에 앉아 있었지만, 아버지는 여전히 서서 말하고 있었다. 나는 조금씩 짜증이 나기 시작했다. 우리 둘 중에 몸이 더 좋지 않은 사람은 누구일까. 적어도 나는 아니지 않은가. 아버지는 손만 대면 몸이 두 동강 날 것처럼 약해보였다. 갑자기 아버지의 입가에 의미심장한 미소가 떠올랐다. 나는 그 미소를 보고 아버지가 이야기를 꾸며낸 것이라고 확신했다. 처음부터 아버지의 말을 믿지 말았어야 했는데.

하지만 아버지의 말이 거짓이든 진실이든 상관없는 일이었다. 지금 아버지가 다리를 절고 있다는 사실만큼은 진실이니까. 처음부터 그 이야기를 꺼낸 게 잘못이라면 잘못이었다. 그런 이야기를 하는 대신 서로를 바라보며 미소와 함께 각자 알고 있는 지식과 기억을 나누었다면 훨씬 좋았을 것이다. 마치 우리가 진정으로 함께 나누었던 것들이 존재하는 것처럼. 오직 아버지와 나, 친밀하고 열정적이며 피를 나눈 아버지와 아들만이 나눌 수 있는 끈끈한 그 무엇이 진정으로 존재하는 것처럼 말이다.

자리에서 일어났다. 아버지와 화해하기도 싫었고, 무언가를 나누고 싶지도 않았다. 나는 아버지와 관련된 모든 것을 거부하고 싶었다.

토미 · 2006년 9월

어느덧 오후 3시가 가까워졌다. 이미 북쪽으로 50킬로미터, 남쪽으로 50킬로미터를 두 번이나 왕복하며 차를 몰았다. 외브레 로메리케와 네드레 로메리케는 물론, 수년 전에 이미 발길을 끊었던 곳, 그리고 한 번도 가보지 않았던 낯선 곳까지 차례차례 지나쳤다. 지금도 고속도로 위에서 내 회색 메르세데스를 타고 시속 100킬로미터의 속력으로 오슬로를 향해 달리고 있다. 문득 9월의 평범한 어느 날이라는 시간 속에 얼마나 많은 것을 담을 수 있을까 하고 생각했다. 그것은 처음과 끝이 없어 돌고 도는 것일까. 바로 그 때문에 우리는 매번 시작점으로 되돌아오는 것이 아닐까.

하지만 그것은 사실이 아니다. 과거의 나는 젊은이였고, 지금의 나는 중년 남자다. 다시는 젊은 시절로 되돌아갈 수 없다.

다시 릴레스트룀으로 되돌아왔다. 유스티센 건물의 지하 구치소에서 나온 지가 불과 몇 시간 전인데 말이다. 하지만 지금은 릴레스트룀에 딱히 볼일이 없다. 집에 가도 할 일이 없는 것은 마찬가지다. 그렇다고 매일 밤낮으로 일하는 오슬로 도심의 10층 사무실로 가기도 싫었다. 눈에 보이지 않는 돈은 마치 파도처럼 우연히 나를 거쳐 간다. 이쪽으로 한 번, 저쪽으로 한 번. 이곳저곳으로 옮겨다니는 돈은 물처럼 투명하다. 가끔은 흙이 낀 것처럼 불투명하게 느껴질 때도 있다. 그럴 때면 내가 도대체 정확히 무슨 일을 하고 있는지 나 자신조차도 궁금해질 때가 있다.

갑자기 그곳으로 다시는 되돌아가고 싶지 않다는 생각을 했다. 그것은 지금까지 단 한 번도 해본 적이 없는 생각이었다. 솔직히 내가 이런 일을 하게 되었다는 사실이 믿기지 않는다. 나를 아는 그 어느 누구도 마찬가지일 것이다. 컴퓨터 앞에 앉아 전화기를 들고 눈에 보이지 않는 돈을 이리저리 옮기고, 무의미하게 느껴질 정도로 엄청난 돈을 벌어들이는 것이 수치스럽게 느껴졌다. 어린 시절부터 주변을 돌아보지 않고 오직 한길만 걸어 이 자리까지 왔다는 것을 생각하니 당황스럽기도 했다. 아니, 그렇게 따지면 나보다 욘센 씨가 더 당황스러울 것이다. 내가 제재소를 매각했을 때, 그는 할 말을 잃을 정도로 낙담했다. 하지만 나는 그 당시 공장을 팔아야 한다고 확신했다. 무언가 가치 있는 것을 소유하고 있다면 언젠가는 팔아야 돈을 잃지 않는다는 사실을 나는 이미 80년대에 깨달았다.

나는 발모에 있는 경쟁사에 공장을 넘겼다. 공장을 사들인 사람은 매입 직후 제재소의 문을 닫아버렸다. 그 지역을 독점하기 위해서였다. 나는 제재소를 매각하지 말았어야 했다. 그 일로 인해 나는 변해버렸다. 하지만 내게 숫자 감각이 있다고 말했던 사람은 욘센이 아니었던가. 내가 서른다섯 살이 되었을 때, 그는 내게 공장을 넘겨주었다.

"너는 잘 해낼 거야. 난 따로 할 일이 있단다. 넌 이제 이 분야의 일이라면 모르는 것이 없잖아. 앞으로 더 키워보렴. 내가 해왔던 일보다 훨씬 많은 일을 해낼 수 있을 거야. 네가 가지고 있는 능력을 잘 활용하기만 하면 앞길이 활짝 열릴 거야."

하지만 그는 내가 오슬로 시내의 한 고층빌딩에서 시간을 보낼 것이라곤 상상도 못 했을 것이다.

그는 자주 나와 함께 걸어온 길을 떠올렸을 것이다. 특히 병원에 누워 죽음을 앞둔 며칠 동안은 더 그러했을 것이다. 하지만 내가 찾아갔을 때는 단 한마디도 하지 않았다. 사실 난 그가 마음에 있던 말을 다 털어놓기를 바랐다.

셰즈모 인터체인지를 타고 E6 고속도로에서 벗어났다. 교차로 옆에 자리한 쉘 주유소를 지나친 것도 벌써 두 번째였다. 다리를 건너 고속도로 반대 방향으로 차를 몰아 첼레스 언덕과 작은 스포츠 경비행장을 지나 다시 릴레스트룀으로 들어갔다. 도심 한가운데에 있는 한 건물 옆에 차를 세웠다. 그 건물에는 예전에 와인 전문점이 입주해 있었다. 짐과 나는 열여덟 살이 되면 꼭 그곳에 가보자고 약속했다. 뢰르크에는 와인 전문점이 없었다. 왜 아무도 와인 전문점을 들여올 생각을 하지 않았을까. 생각하면 할수록 이상했다. 어쨌든 당시엔 릴레스트룀의 와인 전문점이 가장 가까운 곳이었다. 세월이 흘러 짐과 나는 열여덟 성인이 되었지만 끝내 와인 전문점에 가보자던 약속을 지키지 못했다.

건물 안에 레스토랑이 하나 있다는 사실에 조금 놀랐다. 레스토랑이 있다는 것이 놀랄 일은 아닌데도 말이다. 건물 안에는 레스토랑이든 무엇이든 있어야 정상이 아닌가. 레스토랑의 문은 열려 있었고, 나는 그곳에서 점심 메뉴를 파는지 궁금해졌다. 오늘 아침 다리 위에서 짐을 만나기 전, 집에서 나오며 조금 배를 채운 것이 전부였다. 그 후엔 번쩍이는 나의 새 차를 타고 시내로 들어왔다. 그때부터 음식이라곤 구경도 하지 못했다. 너무나 오래전 일처럼 느껴졌다.

배가 고파 죽을 지경이었다.

그곳에선 점심 메뉴를 팔고 있었다. 레스토랑의 분위기는 이상하기 그지없었다. 실내는 어둡고 음침했다. 구석 쪽에는 철망 뒤에 해골 하나가 천장에 걸려 있었고, 다 낡아 해진 책들이 비뚤어진 책장에 듬성듬성 꽂혀 있었다. 화장실에 갔더니 변기 위에 공포 영화 포스터가 붙어 있었다. 문득 이 모든 것이 일부러 만들어낸 이미지라는 것을 깨달았다. 예술적인 요소를 갖추는 동시에 공포 분위기를 자아내는 레스토랑. 나는 그곳의 이미지가 예술적인 것과는 거리가 멀다고 생각했다. 지금 내게 필요한 것은 음침한 것과는 거리가 멀다. 음침한 분위기로는 그 누구에게도 활기를 불어넣어줄 수가 없다. 나는 뒤돌아보지 않고 그곳을 나와버렸다. 길을 건너 새로 생긴 쇼핑몰로 들어갔다. 회전문을 열고 들어가 음식을 먹을 수 있는 곳이 있는지 살펴보았다.

1층에 베이커리가 있었지만 달짝지근한 케이크를 먹고 싶진 않았다. 조금씩 짜증이 밀려들었다. 배가 고팠다. 술 생각도 났다. 술을 한 모금 마시면 온몸을 휘감고 있는 긴장감과 짜증이 순식간에 사라져 푹 쉴 수 있을 것 같았다. 만약 누군가가 지금 내게 말을 건다면 무슨 일이 생길지 장담할 수 없을 것 같은 기분이었다.

반대편 문으로 나가 구건물로 들어갔다. 에스컬레이터를 타고 2층으로 올라가 옷가게를 두 곳 지나치니 커다란 홀이 나왔다. '매치'Match라는 간판을 달고 있는 옷가게 안에는 젊은 세대들에게 어울릴 만한 옷이 가득했다. 내가 입으면 부자연스러울 것이 분명했다. 내 몸이 들어가지도 않을 것 같았다. 그간 내 몸은 꽤 많이 불었다. 그 가게 안에 진열된 옷은 젊은 아이들과 나이 먹기를 거부하는 중년들을 위한 것이었다. 모터사이클을 타고 스쿼시를 치고 매년 여름이 되면 마라톤 경주에 참가하고 겨울이 되면 스키를 타는 중년들, 광고에서나 볼 수 있는 날씬한 사람들에게나 어울리는 옷 말이다. 그런 사람들은 월요일이 되면 회사 식당에 모여 주말에 저마다 몇 킬로미터를 달렸는지 자세하게 늘어놓으면서 서로의 기록과 장비를 비교하고, 형광색 스포츠웨어를 사 입고 산을 오르는 사람들이다. 하지만 나는 그들과는 거리가 멀다.

저 멀리 구석 쪽에 홀을 향해 활짝 열려 있는 카페가 눈에 들어왔다. 사방이 훤히 뚫려 있는 카페였기에 홀의 어느 쪽에서 들어가더라도 상관이 없었다. 특별할 것 하나 없는 매우 평범한 카페였다. 나는 카페로 들어가 코트를 의자 등받이에 걸쳐놓고 카운터로 가서 꽤 많은 양의 점심 식사를 주문했다. 아니, 이른 저녁 식사라 해도 될 것이다. 카운터에 서 있는 여자는 기분 좋은 미소를 지으며 내게 하루가 어땠는지 물었다. 처음 보는 여자가 그렇게 물으니 나는 어떻게 대답해야 할지 알 수 없었다.

"그럭저럭… 나쁘진 않아요."

젠장, 배가 고파 쓰러질 지경이니 얼른 계산이나 해줬으면 좋겠다고 생각했다.

"그렇군요. 당신 자리에서 방금 한 남자가 식사를 하고 갔어요. 굉장히 슬퍼보였답니다. 우리 카페에 자주 오는 사람인데 웃는 모습은 한 번도 못 봤어요. 항상 혼자 오곤 했죠. 기운을 북돋아주려고 나름대로 노력해보았지만 도움이 되는 것 같진 않았어요. 그 모습을 보니 저도 슬퍼졌어요."

"그랬군요. 하지만 난 그 남자를 알지 못합니다. 난 이곳에 오늘 처음 왔으니까요."

"맞아요. 그러고 보니 당신은 전에 본 적이 없군요. 이곳에 온 적이 있다면 제가 기억했을 텐데요."

나는 그녀가 말을 끝맺기도 전에 갑자기 말문을 열었다.

"사실, 그건 거짓말이었어요. 제가 방금 했던 말은 사실이 아니에요. 그럭저럭 나쁘진 않다고 했지만 사실은 정반대랍니다."

그녀는 말을 멈추고 몇 초간 침묵했다.

"오, 참 안됐군요."

"그래요… 슬프기 그지없습니다. 하루가 잘 돌아가길 바랐지만 마음처럼 안 되는군요."

"무엇 때문에 슬픈가요?"

"설명하기 쉽지 않아요."

"적어도 시도는 해볼 수 있지 않겠어요?"

나는 옆을 둘러보았다. 카운터 주변에는 아무도 보이지 않았다. 그녀를 바라보았다. 꽤 아름다운 여인이었다. 나보다 적어도 열 살 이상 어려 보였다. 그녀의 손으로 눈길을 돌렸다. 반지를 끼고 있진 않았다. 하지만 그녀에게 털실로 짠 낡은 모자를 쓰고 있던 짐이 내게 어떤 감정을 불러일으켰는지 자세하게 이야기해줄 수는 없었다. 오늘 아침 동틀 무렵, 울뵈이아 다리 옆에서 낡은 모자와 해진 더블 재킷을 입고 서 있던 짐, 사방 벽에 역겨울 정도로 이상한 색이 칠해져 있던 구치소 그리고 그 안에 갇혀 있던 아버지, 벨트가 없어 무릎까지 흘러내리던 바지, 마치 어린아이의 발을 닮은 아버지의 발을 감싸고 있던 낡은 줄무늬 양말. 카운터 앞에 서 있는 그녀에게 이 모든 것을 설명할 수는 없었다. 아무리 그녀가 아름답다 하더라도 말이다. 젠장. 게다가 나는 너무나 배가 고파 화장실에 가려는 어린아이처럼 발을 동동 구르고 있지 않은가.

"생각을 좀 해봐야겠군요. 당장은 뭘 좀 먹어야겠어요. 배가 고파 죽을 지경이거든요."

"음식이 준비되는 동안 자리에 앉아 기다리세요."

나는 음식 값을 지불하고 조금 전 맡아두었던 테이블로 가서 의자에 앉았다. 시선을 고정시킬 신문이 없어서 나는 허공만 멍하니 바라보았다. 잠시 후, 그녀가 카운터 뒤에서 음식을 쟁반에 담아 내게 가져왔다. 그럴 필요는 없었다. 셀프 서비스 카페였으니 이곳에서 자주 볼 수 있는 풍경은 아닐 것이다.

음식 향이 좋았다. 그녀에게서 풍겨오는 향도 좋았다. 그녀가 몸을 굽히고 쟁반을 테이블 위에 내려놓은 후, 음식이 든 접시와 빵, 나이프와 포크를 내 앞에 놓아주고 빈 쟁반을 겨드랑이에 꼈다. 나는 그녀의 목을 보았다. 하얀 피부를 보는 순간 기분이 이상해졌다. 나는 그녀의 블라우스 속에 감추어져 있는 피부도 볼 수 있을 것 같았다. 마치 이전부터 알고 있던 사람, 이전에도 그 하얀 피부에 손을 대어본 적이 있는 것 같았다. 문득 형언할 수 없는 향수가 밀려들었다.

그녀가 미소를 지었다. 그녀의 얼굴은 어느새 내가 알고 있던 익숙한 얼굴로 다가왔다. 참으로 아름다웠다. 나도 그녀에게 미소를 지었다. 그녀의 미소는 카페를 찾는 모든 손님에게 건네는 미소임이 틀림없었다. 적어도 남자 손님들에겐 그런 미소를 건넬 것이라고 생각했다. 자주색 코트를 입고 배가 고파 이 카페에 들어오기 직전, 내가 앉아 있는 바로 이 테이블에 앉아 있던 남자에게도 같은 미소를 보냈을 것이다.

"맛있게 드세요."

"고맙습니다. 배를 채우고 나면 기분이 좋아질 거예요."

"그럴 거예요."

나는 카운터로 걸어가는 그녀의 뒷모습을 바라보았다.

"저, 실례지만…"

그녀가 걸음을 멈추고 나를 돌아보았다.

"무례한 질문일지도 모르지만… 혹시 이름을 여쭈어봐도 되겠습니까?"

그녀는 내게 등을 돌려 걸어갈 때는 전혀 미소를 짓지 않았다. 나와는 볼일이 더 없으니 다음 남자 손님을 위해 입가의 근육을 잠시 쉬게 하려는 이유일 수도 있고, 내가 모르는 다른 이유일 수도 있을 것이다.

"괜찮습니다. 무례하다고는 생각하지 않아요. 제 이름은 베릿입니다."

"베릿… 감사합니다. 예쁜 이름이군요. 친절하게 이름을 가르쳐주셔서 감사합니다."

설명하긴 쉽지 않지만, 내가 충동적으로 그녀의 이름을 물었던 것은 아마도 그녀의 하얀 목에 드러난 매끈한 피부 때문이었으리라. 마음 같아선 손을 대보고 싶었다. 기묘한 데자뷰를 경험하는 것 같기도 했다.

"글쎄요, 제가 친절하다고 할 수 있을까요? 음… 그럴 수도 있겠네요."

그녀의 입가에선 여전히 미소를 볼 수 없었다. 오히려 심각한 표정을 짓고 있었다. 마치 무언가 심각한 일에 당면한 듯 말이다. 낯선 남자에게 이름을 가르쳐주었기 때문일까. 아니, 어쩌면 다른 이유 때문일지도 모른다. 내가 아는 것은 아무것도 없다. 그녀가 아름답다는 사실 외에는. 나는 그녀에게서 눈을 뗄 수가 없었다.

"제가 괜한 문제를 만든 건 아닌가 싶군요."

"아니에요. 전혀."

나는 고개를 끄덕였다. 분명 설명할 수 없는 심각한 기류가 흐르고 있는 것은 확실했다. 나는 다시 고개를 끄덕였다. 어떤 면에서 보면 우리는 이미 같은 배를 탄 처지라 해도 과언이 아니었다. 어쩌면 우리는 이렇게 만날 운명이었는지도 모른다. 나는 다시 고개를 끄덕였다. 따스하고 호의적인 표정을 지어보였지만, 우리를 더 가깝게 만들어줄 정도로 호의적이라 할 수는 없었다. 나의 실수였다. 차라리 입을 다물고 있는 게 더 좋았을 텐데. 적당한 때에 멈추었어야 했는데… 이젠 돌이킬 수 없었다. 방금 있었던 일이 저절로 잊힐 때까지 최대한 예의를 갖추고 기다리는 수밖에 없었다. 그것은 적당한 분위기와 의지, 심지어 용기가 없어서 일어났던 일이었다. 나는 입을 다물기로 결심했다.

천천히 고개를 숙여 아직 손도 대지 않은 접시 위의 음식을 바라보았다. 그녀도 천천히 몸을 돌렸다. 그녀가 시야에서 사라지기 직전, 나는 그녀가 조금 전보다 훨씬 나이가 많이 들어보인다고 생각했다. 미소를 짓지 않아서 그런 것 같았다. 하지만 여전히 아름다운 것은 사실이었다.

나는 단 한 번도 고개를 들지 않고 음식을 먹어치웠다. 앞에 신문이 있으면 더 좋겠다는 생각을 했다. 『아프텐포스텐』^{Aftenposten}이나 『다겐스 네링스리브』^{Dagens Næringsliv}가 테이블 위에 펼쳐져 있다면 더 좋았을 것이다. 테이블에서 읽고 있는 신문도 없이 이토록 오랫동안 고개를 앞으로 숙이고 있는 모습은 자연스러워 보이지 않는다.

하지만 나는 따로 할 일이 없었다. 그런데 짐은 지금 어디에 있을까. 나는 그가 어디에 사는지 모른다. 알아낼 방법도 없다. 그는 오늘 아침에 다리 위에 서 있었다. 하지만 이 근처에 살고 있을 것 같진 않았다. 다리 위에서 낚시를 하는 사람들 가운데 근처에 사는 사람은 없다. 울뵈이아에 사는 사람들이라면 모두 알고 있는 사실이다. 낚시꾼들은 어두컴컴한 밤이나 이른 새벽에 가끔 모습을 드러낼 뿐이다. 그 이외의 시간에는 땅 위에서 연기처럼 사라져 볼 수가 없다. 그들이 누구인지 아는 사람들은 없다. 나도 마찬가지다. 그러니 짐이 어디에 사는지 짐작할 수조차 없다. 오슬로에 살 수도 있고, 오슬로에서 멀리 떨어진 에네바크, 네소덴 또는 드뢰바크에 살고 있을지도 모른다. 아니, 드뢰바크는 아닐 것이다. 하지만 그럴 가능성도 완전히 배제할 수는 없다.

그는 우리가 열여덟 살 때 뫼르크에서 이사를 갔다. 우리는 거의 열여덟 해 동안 가까운 친구로 지냈다. 그는 한 살 때 어머니와 함께 뫼르크로 이사를 왔다. 우리는 그의 어머니가 사용하는 서부지방 특유의 R발음을 낯설어했다. 소문에 따르면 그녀는 한 팔로는 자신의 아들 짐을 안고, 다른 한 팔로는 커다란 가방을 들고 뫼르크에 왔다고 한다. 다른 물건은 하나도 없었다. 너무나 오래전 일이다. 중앙병원에서 짐을 마지막으로 만났을 때, 나는 한 생명이 종지부를 찍었다고 느꼈다. 그 느낌은 지금도 다름없다. 이미 30년 전의 일인데도 말이다.

문득 아무것도 이해할 수 없다는 무력함이 밀려들었다. 이토록 오랫동안 짐 없이 홀로 살아왔다는 게 믿기지 않았다. 어떻게 이런 일이 가능할 수 있었을까. 나는 고개를 숙이고 울기 시작했다. 어떻게 짐 없이 살 수 있었을까. 베이컨 한두 조각을 제외하고 거의 비워진 접시에 얼굴을 묻고 우는 모습이 남들의 눈에 띄지 않도록 매우 조심했지만 쉽지 않았다. 나는 두 눈을 질끈 감고 눈물을 멈춰보려 했다. 입을 꾹 다물어 흐느낌을 멈춰보려 했다. 하지만 그 어느 것도 멈출 수가 없었다.

'주머니 어딘가에 휴지가 있을 텐데.'

먼저 바지 주머니 속을 뒤져보았지만 휴지는 없었다. 재킷 주머니에도 없었다. 의자 등받이에 걸어둔 코트 주머니 속을 찾아보는 수밖에 없었다. 우는 모습을 보이지 않으려 고개를 푹 숙이고 오른손을 부러질 정도로 꺾어 주머니 여기저기를 뒤지니, 코트 왼쪽 안주머니에 있던 손수건이 손에 잡혔다. 왜 하필이면 거기 있을까. 손수건을 꺼내 얼굴을 닦고 마치 감기에 걸린 사람처럼 코를 풀었다. 그건 거짓말이 아니다. 나는 며칠째 감기 기운에 시달리고 있었으니까. 그렇지 않다면 주머니에 손수건을 넣고 다닐 이유도 없었다. 손수건을 바지 주머니 속에 집어넣고 고개를 들었다. 카운터와 커피머신 사이에 서 있던 그녀는 테이블 너머로 나를 바라보고 있었다.

그녀와 나의 시선을 가로막는 것은 아무것도 없었다. 그녀는 양손을 나란히 카운터 위에 올려놓았다. 손가락에 끼워진 반지는 없었다. 그녀의 얼굴에선 미소를 찾아볼 수 없었다. 그건 내 잘못이었다. 입을 다물고 있을걸, 후회가 막심했다. 민망해서 견딜 수가 없었다. 나는 다시 고개를 숙이고 마치 어린아이처럼 손등으로 코 밑을 닦고 자리에서 일어나, 의자 등받이에 걸쳐둔 자주색 코트를 집어들었다.

묵직했다. 나는 그녀에게 가볍게 고개를 끄덕이며 인사를 건네고 시선을 바닥으로 향했다. 이 카페에선 음식 값이 선불이라는 사실이 얼마나 고마운지 몰랐다. 팔에 코트를 걸치고 카페를 나섰다.

에스컬레이터를 타고 아래층으로 내려가 가장 가까운 회전문을 향해 걷기 시작했다. 계단과 승강기로 갈 수 있는 유리문 옆의 벽에는 '사회보장처 3층'이라는 팻말이 걸려 있었다. 회전문을 열고 중심도로로 나갔다. 인도에 선 나는 잠시 걸음을 멈추었다. 왼쪽에는 길 끝 모퉁이에 예술회관이 있었다. 그 옆에는 기차역과 버스터미널이 있지만 내가 서 있는 곳에선 볼 수가 없었다. 오른쪽 쇼핑몰 뒤쪽에 내 차가 주차되어 있다. 주차장 옆에는 와인 전문점 대신 기이한 레스토랑이 들어선 낡은 건물이 있지만 역시 내가 서 있는 곳에선 볼 수가 없었다. 요즘은 와인 전문점이 어디 있는지 알 길이 없다. 하지만 릴레스트룀 어딘가에는 있을 것이다. 그것만큼은 확신할 수 있다.

한기가 감돌았다. 니텔바강과 커다란 호수에서부터 불어오는 선선한 가을바람이 나를 감쌌다. 릴레스트룀은 항상 다른 도시보다 훨씬 추웠다. 특히 겨울에는 습기를 머금은 차가운 공기가 피부에 닿으면 마치 화상을 입은 듯 따끔따끔했다. 지금은 9월이지만 그리 다르진 않았다. 나는 코트를 입고 단추를 목까지 채웠다. 양옆과 길 위아래를 차례차례 둘러보았다. 눈길을 고정시킬 만한 것은 보이지 않았다. 어디로 가야 할지 감을 잡을 수가 없었다.

멍하니 서 있었다. 걸음을 옮기기 쉽지 않았다. 등 뒤의 회전문을 열고 한 여자가 나왔다. 그녀를 볼 수는 없었지만 그녀의 강한 향수 냄새가 뒤통수를 후려쳤다. 내가 길을 가로막고 있었던 것일까. 그녀가 내 등을 힘껏 밀쳤다. 나는 옆으로 넘어질 뻔했다. 순식간에 일어난 일이었다.

"이것 보세요!"

나는 크게 소리쳤다.

"좀 비켜주세요."

그녀는 내 귀에 대고 날카롭게 말했다. 그녀의 입안에는 껌이 들어 있었다. 나는 한 마리의 개였다. 세상의 온갖 냄새를 다 맡을 수 있는 개. 나는 그녀가 아주 추한 모습을 하고 있을 것이라 짐작했다. 내 짐작이 맞는지 확인하기 위해 고개를 돌리는 순간, 내가 틀렸다는 것을 깨달았다. 그녀는 내 짐작과는 정반대로 꽤 아름다웠다. 평범한 아름다움이 아닌 거칠고 날카로운 아름다움이라고나 할까. 짙은 화장을 하고 왠지 남들을 업신여기는 듯 거들먹거리는 듯한 분위기도 느껴졌다. 나는 그런 유형의 여자들을 잘 알고 있다. 그들은 오슬로 출신이 아니라 외곽의 시골 동네 출신이 대부분이다. 나도 그들과 같은 환경에서 자랐기에 그들에 대해 잘 알고 있다. 때문에 그녀를 보는 순간 왠지 모를 편안함이 느껴졌다.

나는 양손을 허리에 얹고 말했다.

"진정하세요."

"웬 참견이야. 당신이 지금 길을 가로막고 있잖아요."

그녀는 당당하고 도전적이었다.

"아, 제가 길을 가로막고 있었나요?"

나는 터져나오는 웃음을 참을 수가 없었다.

"미안합니다."

"미안할 것까진 없어요. 나오면서 여길 문에 부딪쳐서 화가 나 있었을 뿐이에요."

그녀는 손바닥으로 엉덩이를 두드리며 말했다.

"그건 그렇고 코트가 아주 멋있어요. 꽤 고급 코트 같은데요."

"고맙습니다."

그녀는 내 말이 끝나기 무섭게 얼굴을 쑥 내밀어 내 이마에 입을 맞추었다. 나는 그녀의 돌발적인 행동에 전혀 놀라지 않았다.

"좋은 하루 보내세요."

그녀는 큰 소리로 웃었다. 마치 그것이 이 세상에서 가장 자연스러운 일이라는 듯 말이다.

"댁도 좋은 하루 보내시길 바랍니다."

나는 그 자리에 서서 멀어져가는 그녀의 뒷모습을 지켜보았다. 주머니에서 손수건을 꺼내 이마를 닦았다. 아직까지도 입맞춤의 여운이 남아 있었다. 중앙로를 지나 기차역 앞에 이른 그녀가 뒤를 돌아보며 손을 흔들었다. 나도 손을 들었다. 회전문을 열고 건물 안에 다시 들어간 나는 에스컬레이터를 타고 2층으로 올라갔다.

안절부절못하는 그녀의 눈빛을 보며 그녀가 매우 바쁠 것이라 짐작했다. 그도 그럴 것이, 그녀는 쟁반과 쟁반을 바라보며 현금계산기를 누르고 가격을 계산했다. 그 손동작이 너무 빨라서 눈으로 따라가기 힘들 정도였다. 손님 셋의 음식 값을 정산하기도 전에 또 다른 배고픈 손님이 줄을 섰다. 첫 번째 손님은 창가에 자리를 잡고 앉았다. 모두 자기 음식은 스스로 쟁반에 담아 자리로 가져갔다. 그녀가 음식을 서빙해주는 손님은 아무도 없었다.

고개를 든 그녀와 눈이 마주쳤다. 나는 제자리에 서서 꼼짝도 하지 않았다. 새로운 손님이 쟁반을 들고 카운터 앞에 섰다. 그의 쟁반 위에는 나폴레옹케이크 한 조각과 커피 한 잔뿐이었다. 그녀는 손님을 향해 몸을 숙이고 살짝 미소를 지으며 무슨 말인가를 했다. 손님은 예의 바르게 고개를 끄덕였다. 잠시 후, 그녀가 현금계산기를 잠그고 열쇠를 앞치마 주머니에 넣은 후, 카운터를 돌아 내게로 걸어왔다.

나는 조금 긴장되기 시작했다. 내가 했던 말과 내가 하지 않았던 말 때문에 그녀가 슬퍼했던 것은 사실이다. 그때부터 무언가 어긋나기 시작했던가. 하지만 만난 지 5분도 안 되는 낯선 사람들 사이에서 무언가 어긋나는 것이 가능할까. 어쨌든 나는 다시 그녀를 만나기 위해 이곳까지 왔다. 그녀는 분명 짜증을 내면서 내게 신경 써줄 겨를이 없다며 당장 나가라고 할 것이다. 그녀가 그런 말을 한다면 나는 두말 않고 발길을 돌릴 생각이었다.

그녀가 다가와 내 앞에서 걸음을 멈추었다. 그녀는 내 눈을 지그시 바라보면서 양쪽으로 번갈아가며 고개를 비스듬히 젖혔다. 그녀는 기다렸다. 나는 신경이 쓰이기 시작했다. 그녀가 먼저 기회를 잡았다. 그렇다, 그녀는 기회를 놓치지 않고 선수를 쳐야 한다고 생각했을 것이 분명하다. 물론 그건 어디까지나 내 생각일 뿐이다. 나는 그저 상황이 흘러가는 대로 두고 보리라 마음먹었다.

"30분 정도 기다릴 수 있어요?"

"네."

"좋아요."

그녀는 몸을 돌려 다시 카운터로 되돌아갔다. 현금계산기에 열쇠를 꽂아 열고 나폴레옹케이크와 커피 값을 계산했다. 그녀의 손동작은 조금 전보다 훨씬 느릿느릿했다.

나는 카페를 나와 걷기 시작했다. 내 속에서 알 수 없는 열기가 격렬하게 요동쳤다. 그것은 마치 난생처음으로 번지점프를 하고 나서 느끼는, 여전히 살아 있다는 안도감 같은 것이었다.

토미 · 2006년 9월 · 오후

매우 긴 30분이 흘렀다. 나는 릴레스트룀 쇼핑센터 1층 서점에서 거의 30분을 보냈다. 창밖으로는 건물 밖 광장과 관현악단을 위한 무대가 보였다. 하지만 음악 소리는커녕 광장 가판대에서 물건을 사고파는 사람들도 보이지 않았다. 9월의 쌀쌀한 날씨니 그럴 만도 했다.

아버지 집에서 나올 때만 해도 하늘엔 먹구름이 잔뜩 끼어 있었다. 하지만 쇼핑센터 앞 광장에는 황금색 햇빛이 눈부시게 쏟아져 내리고 있었다. 그런데도 아스팔트는 차갑게 얼어붙어 있는 것만 같았다. 쇼핑백을 든 여인이 내 곁을 지나쳐갔다. 쇼핑백의 겉에는 빨간색 삼각형 로고 안에 '매치'라는 글자가 새겨져 있었다. 그녀는 털실로 짠 모자를 쓰고 벙어리장갑을 끼고 있었다. 날이 그 정도로 춥진 않은데도 말이다.

서점에서는 흥미 있는 책을 한 권도 발견하지 못했다. 넘쳐나는 소설책들을 살펴보았지만 내가 아는 작가는 하나도 없었다. 긴 탁자 두 개를 이어붙인 진열대 위에는 추리소설들이 세 겹으로 줄지어 나란히 놓여 있었다. 대부분은 노르웨이 작가들이 쓴 책이었지만 한두 권을 제외하고선 내 눈에 익은 작가 이름을 찾아볼 수 없었다. 내가 그들의 이름을 기억하고 있는 이유는 그들의 책이 엄청난 부수로 팔려나갔다는 신문 기사를 읽은 적이 있기 때문이다. 『다그블라데』^{Dagbladet}의 문화 지면 두 면을 가득 채운 기사였다. 솔직히 나는 추리소설을 그다지 좋아하지 않는다.

몇 년 전 레이먼드 챈들러^{Raymond Chandler}의 책을 읽은 적이 있다. 누가 누구를 죽였으며, 살인 무기로는 칼이나 총 등 어떤 무기를 사용했는지에 대해선 전혀 관심이 없었다. 나는 주인공인 사립탐정 필립 말로^{Philip Marlowe}를 좋아했다. 정확한 이유는 알 수 없지만, 아마도 그는 일반적인 추리소설의 등장인물과는 전혀 다른 방식으로 내게 다가왔기 때문이 아닐까 한다. 그는 꽤 특별한 인물이었다. 그는 인간적인 가치가 있었고, 세상의 어떠한 유혹에도 굴하지 않는 신념이 강한 자였다. 그것은 언젠가는 나도 가지고 있었지만 지금은 내게서 찾아볼 수 없는 요소이기도 하다. 특히 『기나긴 이별』이라는 책을 읽었을 때는 결말이 가까워지자 온갖 복잡한 감정으로 주체할 수 없었을 정도였다.

나는 필립 말로가 등장하는 추리소설 일곱 권을 모두 읽었다. 그이후엔 추리소설이라곤 단 한 권도 읽지 않았다. 레이먼드 챈들러의 책에 등장하는 필립 말로 같은 인물을 다른 추리소설에서도 만날 수 있을 거라 생각하지 않았다. 너무나도 오래전의 일이다. 이후엔 인문학 서적을 제외하고선 어떠한 소설책도 손에 잡아본 적이 없다. 책을 읽고 감정의 동요를 느끼고 거기에 푹 빠져들 만한 시간적 여유가 없다고 생각했기 때문이다.

엄청난 양의 추리소설이 차곡차곡 진열되어 있는 서점 안에서는 집중하기가 쉽지 않았다. 문득 시계를 보았다. 갑자기 일이 잘못되면 어떻게 하나 싶은 생각에 두려워지기 시작했다. 도대체 내가 무슨 짓을 한 걸까. 모든 것이 변할 것이다. 앞으로 일어나는 일은 내의지와는 상관없이 흘러갈 것이다. 하지만 이것은 내가 얻은 기회라는 생각이 강하게 들었다. 이 기회를 놓치면 다시는 기회를 잡을 수 없을 것 같았고, 모든 것은 이전으로 되돌아갈 것 같았다. 하지만 이전으로 되돌아가는 것이 가능한 일일까. 불가능한 일이라는 생각이 들었다. 모든 것은 변해야만 했다. 그렇지 않다면 내 인생도 끝장날 것이 분명했다.

다시 에스컬레이터를 타고 올라가니 그녀가 카페 앞에 서서 기다리고 있었다. 나는 시간을 정확히 맞춰 올라왔다. 그녀는 30분이라고 했다. 약속한 시간보다 일찍 온 것도 아닌데 그녀는 벌써 나와서 나를 기다리고 있었다. 그녀는 코트를 입고 있었다. 연두색 코트. 그녀와 잘 어울렸다. 조금 색달라 보이기도 해서 적잖이 놀랐다. 코트를 입은 그녀는 매우 여성스러워 보였고, 더 자유로워 보였다. 한곳에 머무를 수 없는 여성, 위험할 정도로 접근하기 쉬운 여성처럼 보이기도 했다. 뱃속이 간질간질해지면서 긴장되기 시작했다. 하지만 이제 와서 돌아설 수는 없는 법.

나는 어린아이처럼 반짝이는 층간 보호대 위에 손을 올려놓고 걸음을 옮겼다. 매끈매끈하고 차가운 금속 재질이 피부에 닿았다. 카페를 향해 한 걸음 한 걸음 옮길 때마다 옷가게나 핸드백 가게, 또는 의미 없는 물건을 쌓아놓고 파는 가게들의 금속 셔터처럼 손톱이 피부를 파고들었다.

나를 발견한 그녀가 손을 들어올려 알은체를 했다. 훈훈한 기운이 온몸을 감쌌다. 너무나 기분이 좋았다. 마치 전기에 감전된 것 같았지만 통증이라곤 전혀 느낄 수 없었다. 엄청나게 높은 전압이 파도처럼 내 가슴과 허리를 파고들어 온몸을 휘감았다. 뜨거운 물이 가습을 향해 쏟아져내리는 것 같기도 했다. 아무 생각도 하지 않으리라 마음먹었다. 그저 그녀를 향해 발을 옮기는 일에만 집중하리라 결심했다.

그녀 앞에서 걸음을 멈춘 후 인사를 건넸다.

"안녕하세요."

"안녕하세요."

무언가 기분 좋은 말을 건네야겠다고 생각한 나는 머리를 쥐어짜냈다.

"코트가 아주 멋있군요."

그건 사실이었다. 나는 정말 그녀의 코트가 예쁘다고 생각했으니까.

"감사합니다. 당신이 입고 있는 코트도 아주 멋져요."

그녀가 미소를 지었다. 나도 그녀에게 미소를 지어주었다.

"이제 가볼까요?"

"그래요. 이제 가보죠."

우리는 함께 에스컬레이터를 향해 걷기 시작했다. 그녀는 내 겨드랑이에 손을 찔러넣어 팔짱을 꼈다. 우리는 양옆으로 나란히 서서 에스컬레이터를 타고 아래층으로 내려갔다. 시간이 없는 다른 사람들에게 자리를 내어주기 위해 앞뒤로 서야 했으나, 나는 지금 이 순간만큼은 그녀와 앞뒤로 서서 에스컬레이터를 내려갈 수는 없다고 생각했다. 다행히 우리의 뒤를 따라 내려오는 사람은 아무도 없었다. 에스컬레이터에서 내린 우리는 팔짱을 끼고 '사회보장처 3층'이라는 팻말을 지나 회전문을 향해 걸었다. 팔짱을 끼고 어깨를 맞댄 채 함께 종종걸음으로 회전문을 빠져나오는 것은 그리 쉽지 않았다.

거리에 나선 우리는 잠시 멈춰섰다. 그녀가 갑자기 웃음을 터뜨렸다. 깜짝 놀랄 만큼 어둡고 묵직한 웃음소리였다. 그러고 보니 그녀가 소리를 내어 웃는 것은 처음 들어본다는 생각이 들었다. 왠지 긴장되기 시작했다. 문득 조금 전과 같은 장소에 서 있는 나를 발견했다. 같은 장소, 다른 상황인 셈이다.

"이제 뭘 할 생각인가요?"

그녀가 미소를 지으며 물었다.

나는 아무 생각도 없었다. 꼭 무언가를 해야만 하는가.

"어디 사십니까?"

내가 물었다.

"셰텐에 살아요."

"그쪽으로 갈까요?"

"아니에요. 그것만은 안 돼요."

'그것만은 안 된다고?'

"꼭 어디로 가야만 하는 건 아니니까… 일단 제 차로 가실까요? 근처에 주차해놓았습니다. 저와 함께 가실까요?"

"바로 그 때문에 제가 여기까지 오게 된 거예요."

그녀의 목소리는 매우 침착하고 나직했지만, 전혀 무기력하거나 비굴하게 들리진 않았다. 그 누구에 의해서도 흔들리지 않을 것 같았으며 동시에 타인을 마음대로 조종하거나 짓누르려는 의도도 전혀 보이지 않았다. 그러한 상황이라면 여인들은 대부분 말이나 행동에 모순을 가득 품고 있을 것이며, 앞으로는 열린 척하지만 뒤로는 마음의 문을 꽁꽁 잠그는 등 이중적인 태도를 지닐 것이 분명했다. 다시 훈훈한 기운이 온몸을 감쌌다. 벌써 세 번째다. 나는 그녀가 나와 같은 생각을 하고 있다고 믿었다. 그녀 또한 아무런 계획 없이 앞으로 다가올 일을 주저 없이 받아들일 거라는 느낌이 들었다.

우리는 두 블록을 걸어가 모퉁이를 돌아 북쪽으로 난 반대편 길을 향해 걷기 시작했다. 몇 시간 전 들렀다 나온 이상한 레스토랑을 지나치는데 출입문 앞에 바람을 머금고 앞뒤로 흔들리는 '지킬과 하이드'라는 팻말이 눈에 들어왔다. 그제야 그곳의 분위기가 이상하다고 느꼈던 이유를 알 것 같았다. 그녀는 여전히 손으로 내 팔을 꼭 잡고 있었다. 문득 그녀를 오랫동안 알고 지냈다는 느낌이 들었다. 지나가는 사람들이 봐도 틀림없이 그렇게 생각할 것이다. 그만큼 우리가 함께 걷는 모습이 자연스러울 것이라고 생각했지만 실제로 그런지는 확신할 수 없었다.

내가 가장 놀랐던 것은 그녀에 대해 아는 것이 전혀 없다는 점이었고, 동시에 그녀의 손이 이 세상의 모든 것을 모아쥐고 내 팔에 자석처럼 붙어 있다는 사실이었다. 그녀의 손은 마치 깃털처럼 가볍고 새롭기만 했다. 그건 바로 내가 원하는 것이기도 했다. 나는 새로운 것을 원했다. 나는 이 가볍고 새로운 느낌을 가능한 한 오래도록 간직하고 싶었다. 그래서 그녀가 나를 끌어당기기를 바랐다. 반면에 나는 그녀를 내 쪽으로 끌어당기고 싶지 않았다. 내가 원하는 것은 그녀에게 끌어당겨지는 것이었다.

그녀는 무엇을 원하고 있을까. 나는 그녀가 더 늦기 전에 변하기를 바랐다. 만약 그녀가 변화를 받아들인다면 우리의 앞날에도 희미하게나마 가능성이 존재한다고 말할 수 있을 것이다.

우리는 나란히 주차된 차 사이를 지나 검은색 유리창의 메르세데스를 향해 걸었다. 나는 그녀가 내 차에 대해 무슨 말을 할까봐 두려웠다.

'세상에! 아주 멋진 차군요. 상당히 비쌀 것 같아요.'

하지만 그녀는 아무 말도 하지 않았다. 심지어 내 차에 눈길조차 주지 않았다. 문득 주차 시간을 훌쩍 넘겼다는 데 생각이 미쳤다. 하지만 그건 이미 예상했던 일이었다. 와이퍼 밑에는 비가 올 경우를 대비해 비닐로 잘 감싼 과태료 용지가 끼어 있었다. 나는 잠긴 차문을 열고 과태료 용지를 뒷좌석에 휙 던졌다. 주차위반으로 과태료를 물었던 건 꽤 오래전의 일이었기 때문에 최근엔 벌금이 얼마나 되는지도 모르고 있었다.

그녀가 나를 돌아보며 미소를 지었다.

"당신 때문이에요."

내가 장난기를 담아 말하자, 그녀는 소리 내어 웃으며 어깨를 으쓱 추켜올렸다.

"벌금이 많이 나왔나요?"

"상관없어요. 많이 나오진 않았을 거예요."

"과태료를 얼마나 내야 하는지 용지를 살펴볼 생각은 없나요?"

"괜찮아요. 얼마가 부과되었건 기쁘게 납부할 겁니다. 어쨌거나 그만한 가치가 있으니까요."

차를 빙 돌아가 그녀를 위해 조수석 차문을 열어주려고 손잡이에 손을 얹었다. 회색 차체에 반사된 강렬한 가을 햇살에 눈이 부셔, 눈을 감고 문을 열었다. 어디선가 바람 한 줄기가 불어와 건물 사이로 몰아쳤다. '지킬과 하이드' 팻말이 쿵 소리를 내며 넘어졌다. 나는 그녀의 턱과 코트 옷깃 사이에 드러난 목 사이의 하얀 피부를 보았다. 욕망을 넘어선 강렬한 느낌이 다시 아랫도리를 적셨다. 나는 가볍게 고개를 숙이며 말했다.

"자, 어서 타시죠, 아가씨."

그녀는 내 말에 웃음을 터뜨리며 코트 아랫부분을 모아쥐고 좌석에 앉은 후 두 발을 차 안에 들여놓았다. 나는 조심스레 문을 닫고 운전석으로 돌아와 앉았다. 안전벨트를 매고 열쇠를 꽂아 시동을 걸자 그녀가 말문을 열었다.

"저는 아가씨가 아니라 부인입니다."

"네?"

"부인이라고요. 아가씨가 아니라…"

"결혼하셨습니까?"

"네."

"아, 바로 그 때문에 셰텐으로 가지 않으려 하셨군요."

"그렇습니다."

엔진 소리는 워낙 나직해서 거의 들을 수 없을 정도였다. 메르세데스라는 이름값을 한다고 생각했다. 첫 차를 장만했을 때 느낀 자랑스러움은 아직도 잊을 수가 없다. 중고차였지만 녹슨 곳이 단 한 군데도 없었고 차체는 새것처럼 반짝였다. 당시 나는 욘센의 집에서 살고 있었고 차를 구입하기 위해 2년 동안 돈을 모았다. 그때 뫼르크에서 메르세데스를 타고 다니는 사람은 한 명도 없어서 내가 차를 몰고 지나가면 금방 눈에 띄었다. 발모나 북쪽의 달 또는 남쪽의 릴레스트룀에서부터 차를 몰고 동네 안으로 들어가면 사람들은 걸음을 멈추고 쳐다보았다. 하지만 사람들은 대부분 내가 메르세데스를 타고 다닐 만한 형편이 되지 않으면서 무리한다며 입방아를 찧었다.

그들이 과연 그런 말을 할 자격이 있었던가.

그들은 내가 고집이 세고 무례하며 반항적이라고 말했다. 하지만 나는 개의치 않았다. 욘센과 뤼스부를 제외한 다른 사람들은 내게 그런 말을 할 자격이 없다고 생각했기 때문이었다. 나는 동네 사람들이 쓰레기 같은 차나 트랙터, 볼보나 베드포드 트럭을 몰고 방앗간과 동네를 왔다 갔다 하는 게 차라리 어울린다고 생각했다. 어쨌거나 그들은 내 손가락 하나도 건드리지 못할 것이고, 내 앞에서 고개를 처들고 잘난 척도 할 수 없었다. 나는 메르세데스를 타고 다녔으니까.

하지만 지금 이 순간, 2006년 9월의 어느 날, 그 옛날 짐과 함께 생각만 하고 단 한 번도 가보지 못한 주류 전문점이 입점해 있었던 커다란 쇼핑센터 앞 주차장에 서 있으니 갑자기 메르세데스가 무의미하게 느껴졌다. 브랜드는 아무래도 좋았다. 설사 그것이 토요타나 스코다 하더라도 아무 상관이 없었다. 아무리 고급차를 타고 다닌다 해도 지금의 내겐 아무 의미가 없었다. 푸조나 마쓰다면 어떤가. 메르세데스를 타고 다닌다 하더라도 한 번 더 돌아보고 감탄할 사람은 없다. 적어도 나는 그러지 않을 것이다. 내 옆에 앉아 있는 베릿도 마찬가지일 것이다. 사실 그녀는 차에 눈길조차 주지 않았다.

"그냥 달리세요."

그녀가 말했다.

하지만 나는 그녀의 손을 이미 보지 않았던가. 카페의 카운터 앞에 서 있던 그녀는 마치 보란 듯이 두 손을 내보였다. 적어도 나는 그것이 바로 그녀가 의도했던 바라고 생각했다. 내게 두 손을 내밀어 보였던 것 말이다. 그녀의 손가락에 끼워져 있던 반지는 없었다.

"그냥 달리기만 하세요."

나는 무슨 말을 해야 할지 알 수 없었다. 핸들에 얹어놓은 한 손과 기어에 얹어놓은 다른 손을 차례차례 바라보았다. 내 손가락에도 반지는 없었다. 오른손에도, 왼손에도. 물론 내게도 반지 낄 기회는 있었다. 하지만 마지막 순간에 훗날의 아내가 될지도 모르는 그녀에게 이별을 고했다. 세월이 흐른 후 돌이켜보아도 그때의 내 결정은 옳았다는 생각이 들었다. 물론 그럴 것이다.

"어서 달리세요."

나는 고개를 돌려 그녀를 바라보았다. 그녀는 앞 차창 너머 허공만 뚫어지게 바라보고 있었다. 그녀의 눈이 젖어 있는 것 같았다. 적어도 내겐 그렇게 보였다. 그녀의 옆모습은 참으로 아름다웠다. 옆모습뿐만 아니라 모든 면에서 아름답기 그지없었다.

"그러죠."

기어를 1단에 놓고 차를 움직였지만 방향을 잘못 트는 바람에 검은색 BMW와 부딪칠 뻔했다. BMW는 젊은이들이 타는 허세용 자동차다. 후진 기어를 넣고 조심스레 반원형을 그리며 오른쪽으로 차의 후미를 움직인 후에 천천히 방향을 틀어 주차장을 나섰다. '지킬과 하이드' 레스토랑을 지나치면서 이젠 저 팻말을 보는 게 지겹다는 생각이 들었다.

E6를 타고 다시 오슬로로 들어가긴 싫었다. 오늘만 해도 이미 그 길을 두 번이나 오가지 않았던가. 셰텐으로 향하는 오르막길도 싫었다. 하긴 그쪽으론 가지 않는 것으로 결정 났으니, 선택의 폭은 넓지 않았다.

나는 릴레스트룀 중심지를 가로질러 반짝이는 철로 다리 아래로 차를 몰았다. 철로에는 북쪽의 삼림 지역에서 베어온 재목들을 실은 화물기차가 꼬리에 꼬리를 물고 귀가 먹먹할 정도의 엔진 소리를 내며 지나가고 있었다. 나는 기차역 뒤쪽으로 차를 몰아 지난 며칠간 매일 내린 비 때문에 거품을 물고 세차게 흐르는 니텔바강 위의 다리로 올라갔다.

햇볕이 내리쬐고 있었지만 공기 중에는 한기가 감돌았다. 다리를 지나 터널 앞에서 왼쪽으로 방향을 틀어 교차로를 지나 서쪽의 피예르딩뷔, 플라테뷔 등의 동네가 자리한 곳으로 차를 몰았다. 한 번도 가본 적 없는 곳이었지만 표지판을 따라가면 길 잃을 염려는 없을 것이다.

"결혼을 하셨다면 반지를 끼고 있어야 할 텐데, 당신 손에는 반지가 보이지 않는군요."

"맞아요. 저도 결혼반지가 있어요. 하지만 손에 끼고 다닐 생각은 없어요."

"하지만 남편 분은 당신이 반지를 끼고 다니길 원하지 않나요?"

"그래요. 남편은 저에게 반지를 끼고 다니라고 요구하지만 전 거부하고 있어요. 더는 견딜 수가 없거든요. 단 한 시간도."

"언제 그런 마음의 결심을 하셨나요?"

"오늘요."

"오늘? 제가 카페에 들어섰을 때 말입니까?"

"아니에요. 그보다 조금 전이랍니다."

"그렇다면 당신이 말했던 슬픈 표정을 한 남자가 카페에 들어왔을 때?"

"솔직히 말하자면 그래요."

나는 그 남자의 이야기를 더 듣고 싶지 않았다. 왠지 짜증이 났다. 이 세상에 그 남자가 존재한다는 사실만으로 짜증이 솟구치는 것을 견딜 수가 없었다. 하지만 그는 내게 아무런 해도 끼치지 않았다. 그는 단지 자신의 삶을 살고 있을 뿐이며 낯선 이들의 어깨 위에 자신의 삶을 내려놓는 일도 하지 않았다. 나도 그와 마찬가지로 카페에 들어섰을 때 입을 다물고 있을 수도 있었다. 하지만 그렇게 했다면 지금 이 자리에 그녀와 함께 있는 일도 일어나지 않았을 것이다.

"그렇다면 당신은 왜 제게 왔습니까?"

"그건 아니죠. 제게 온 것은 바로 당신이 아니었던가요?"

그녀의 말은 틀리지 않았다. 나는 이미 잊고 있었다. 그녀에게 다가갔던 것은 바로 나였다는 사실을. 나는 쇼핑센터 안으로 되돌아가 에스컬레이터를 타고 카페 앞에 서서 그녀가 나를 바라봐주기만을 원하며, 내가 왜 10분도 채 안 되어 그 자리로 되돌아갔는지 단 한순간도 의문을 품지 않았다.

그렇다. 그녀에게 다가갔던 것은 바로 나였다. 그런 용기가 어디서 생겨났는지는 알 수 없다. 평소의 나와는 너무나 달랐다. 하지만 내겐 선택의 여지가 없었다. 문제는 바로 그것이었다.

"그건 그래요. 하지만 왜 저를 따라오셨나요? 지금… 그리고 왜 하필이면 저를 따라오셨는지…"

"그건 당신이 내 이름을 물어봤기 때문이에요."

그건 나도 이미 알고 있는 사실이었다. 난 그렇게 멍청한 사람은 아니니까. 릴레스트룀에서 오르막길을 지나 니텔바강을 따라 기차역에 이른 나는 길게 쭉 뻗어 있는 평원을 지나 반대편에 도착했다.

뚜렷한 목적지 없이 길을 따라 무작정 차를 모는 것은 꽤 기분 좋은 일이었다. 구불구불한 길을 따라 시속 50킬로미터 정도의 속력으로 그런 곳이 있다는 것만 표지판을 보고 알았지 한 번도 가본 적 없었던 노르드뷔를 통과했다. 길에서는 페인트칠을 한 지 얼마 되지 않은 나직한 학교 건물 하나를 볼 수 있었다. 창은 어둑어둑했고 학생들은 한 명도 보이지 않았다. 토요일이나 일요일도 아닌데 학교 건물이 텅 비어 있다는 사실이 의아했지만 내가 상관할 바는 아니었다.

"반지에 대해선 너무 신경 쓰지 마세요. 어쨌거나 우리와는 상관 없는 일이니까요."

그녀의 말에 나는 반지 생각을 더는 하지 않았다. 머릿속에서 떨쳐낸 생각의 조각들은 흙바닥에 떨어져 사라져버렸다. 차 안에는 침묵이 감돌았다. 길 오른쪽에는 자갈 언덕이 가파르게 솟아 있었고, 언덕 아래쪽에는 커다란 바윗돌이 여기저기 뒹굴고 있었다. 이끼 긴 바윗돌도 있었고, 그렇지 않은 바윗돌도 드문드문 보였다. 어떤 바위들은 마치 지나가는 사람들을 위협이라도 하듯 날카롭게 깨져 있었다. 문득 과거에는 이곳에서 산사태가 자주 일어났을 것이라는 데 생각이 미쳤다. 길 왼쪽에는 황금색 밭이 저 멀리 해안까지 드넓게 펼쳐져 있었다. 물론 차 안에서는 바다를 볼 수 없었지만 나는 황금색 밭이 끝나는 곳에 바다가 있을 거라 확신했다. 이런 길이라면 영원히 차를 몰고 갈 수도 있겠다는 생각이 들었다. 그녀는 아무 말도 할 필요가 없었고, 나 역시 그랬다. 갑자기 그녀가 조심스레 말문을 열었다.

"카페에서 제가 당신에게 무엇 때문에 슬프냐고 물었죠. 당신은 생각을 좀 해봐야겠다고 말했어요. 기억하나요?"

당연히 기억하고 있었다. 아주 세세한 것까지도. 나는 그녀가 했던 말과 그녀의 걸음걸이, 카운터로 가던 그녀의 등과 그녀가 미소를 짓지 않을 때의 얼굴까지도 기억하고 있다. 나는 모든 것을 기억하고 있다. 짐도 기억하고 있다. 카페에서 자리를 잡고 앉았을 때 내가 떠올렸던 사람도 바로 짐이었다.

"갑자기 어떤 생각이 떠올랐기에 눈물을 흘렸던 건가요?"

나는 그녀가 이런 질문을 던질 거라 예상하고 있었기 때문에 그다지 놀랍지는 않았다. 그녀는 내게 더욱 가까이 다가오기 위해 질문을 던지고 있다. 그래서 나는 좋으나 싫으나 대답을 해줘야 한다. 내 삶을 그녀의 무릎 위에 내려놓아야만 한다. 그렇지 않으면 내 삶은 방향을 잃어버릴 것이다. 우리는 처음 연애를 시작하는 젊은이들처럼 시간이 충분하지 않다.

"짐 때문이었어요."

"짐?"

"네, 짐…"

토미 · 2006년 9월 · 마지막 밤

그는 가장 가까운 이웃이라곤 눈앞에 펼쳐진 피오르와 반대편의 조그만 섬이 전부인 자신의 집, 열기 가득한 침대 위에서 베럿이라는 이름을 지닌 여인 옆에 누워서 눈을 뜨고 재빨리 몸을 일으켰다. 그녀 옆에 놓여 있는 작은 서랍장 위에는 알람시계가 5시가 채 안 된 시각을 가리키며 빛을 발하고 있었다. 서랍장은 이제 그녀의 것이 되었다. 그녀가 원한다면 언제까지나, 영원히 그녀의 서랍장으로 남아 있을 것이다.

그녀는 여전히 잠에 빠져 있었다. 그의 집은 어둡고 조용했다. 그녀는 소리 없이 자고 있었다. 그는 그녀의 숨소리를 들을 수 없었다. 그녀의 입술 위로 조심스레 뺨을 가져가니 따스한 숨결과 생기가 느껴졌다.

그는 바닥에 발을 딛고 침대 가장자리에 앉아 하늘을 가로지르는 비행기의 꼬리 불빛과 고요한 피오르 수면을 머금은 유리창을 바라보았다. 사방은 칠흑같이 어두웠다.

그의 집이 자리한 섬은 그다지 크지 않았다. 그의 집과 다리까지는 엎어지면 코 닿을 정도로 가까워 보였다. 1, 2분밖에 걸리지 않지만 그는 다리까지 차를 타고 가리라 마음먹었다. 늦으면 안 된다는 생각 때문이었다. 그가 떠난 뒤에 다리에 도착한다면 아무 소용이 없는 일이다. 문득 다리 위로 차를 타고 가면 안 된다는 생각이 났다. 메르세데르라면 더욱 안 될 것이다.

그는 다시 알람시계를 보았다. 다리까지 걸어가는 데 5분밖에 걸리지 않을 것이라 생각했다. 아무리 오래 걸린다 하더라도 5, 6분, 넉넉잡아 10분 이내엔 다리 위에 도착할 수 있지 않을까. 그는 감을 잡을 수 없었다. 그는 이 섬에 무려 6년이나 살았지만 단 한 번도 집에서 다리까지 걸어가본 적이 없었다. 어쩌면 10분 이상 걸릴지도 모른다.

어쨌든 이제부터라도 밖에 나가 걸어보겠다고 다짐했다. 더 자주, 더 오래. 이젠 애인이 생겼으니 건강을 챙겨야 한다. 오늘은 시내에 나가지 않을 것이다. 시내에 한번 나갔다 오면 하루가 다 지나가버리니 말이다. 이제 그는 이전과는 다른 삶을 살 것이다. 바로 지금 이 순간부터. 차는 집에 세워둘 것이다.

그는 침대에서 일어났다. 몸이 무거웠다. 어둠을 헤치고 옷장까지 걸어갔다.

"일어났어요?"

그녀가 말했다.

그는 몸을 돌려 미소를 지었다. 자신의 목소리가 아닌 또 다른 목소리를 집 안에서 들을 수 있다는 사실에 행복했다.

"당신을 볼 수가 없어요."

"두려워할 일은 아니에요."

"지금 미소를 짓고 있나요?"

"네."

"그렇군요."

그는 옷장을 열었다. 커다란 옷장 안에 있는 램프 불을 켰다. 천천히 옷장 속이 밝아졌다. 옷장 안의 뒷부분 벽은 거울로 장식되어 있었다. 그는 나란히 걸려 있는 옷 때문에 거울에 자신의 모습을 비추어볼 수 없다는 사실이 다행스럽다고 생각했다. 그녀는 지금 무엇을 보고 있을까.

옷장 속에는 단 한 번도 입어보지 않은 옷이 대부분이었다. 그는 집 안에 있는 여러 가지 다른 물건과 마찬가지로 옷도 충동적으로 자주 구입했다. 도대체 무슨 옷을 입고 나가야 할지 감이 잡히지 않았다.

어둠 속 등 뒤에서 그녀의 목소리가 들렸다.

"부족한 것이 없을 정도로 잘 구비되어 있군요."

그녀가 나직이 웃음을 터뜨리며 말했다.

"하지만 입을 옷이 없는걸요."

그가 미소를 지으며 말했다.

"그런 말은 마세요."

"당신 말대로 와이셔츠는 부족하지 않아요."

그는 옷걸이에 나란히 걸려 있는 수많은 셔츠를 바라보았다. 와이셔츠에는 대부분 커프스의 핀이 마치 나폴레옹을 생각나게 하듯 여전히 가슴께에 붙어 있었다. 어떤 옷을 입어야 할지 갈피를 잡을 수 없던 그는 당황해서 큰 소리로 외쳤다.

"어떤 셔츠를 입어야 할지 모르겠어요. 평범한 흰색 와이셔츠라면 겉에 양복까지 걸쳐야 할 것 같아요."

그는 사무실에 가는 길도 아닌데 양복을 입고 다리 위로 걸어갈 수는 없는 일이라고 생각했다. 그는 다시 고층 빌딩의 10층까지 승강기를 타고 올라갈 마음이 없었다. 결정을 내리지 못하고 우유부단한 자신의 모습이 낯설었다. 그는 항상 모든 일을 자기만의 방식대로 결정하는 데 익숙했고, 또 그것은 그의 장점 가운데 하나이기도 했다. 가끔은 너무나 단호하게 결정을 내리기에 단점이라 할 수도 있었다. 결정을 내릴 때는 시간을 두고 기다려야 할 필요도 있는 법이니까. 하지만 지금은 너무나 당황해서 계획했던 일을 포기하고 싶었다.

'이대로는 안 돼. 포기하는 수밖에 없어. 도대체 무슨 옷을 입어야 할지 결정할 수가 없는걸.'

"다리까지만 걸어갈 텐데 양복과 코트를 입고 갈 수는 없잖아요. 값비싼 자주색 코트를 입고 다리 위로 걸어오는 나를 본다면 그가 무슨 말을 할까요. 그렇다고 아무 옷이나 걸쳐 입고 갈 수는 없어요. 조금은 꾸민 모습을 보여줘야 그도 나의 진정성을 알아줄 거예요. 짐을 위해서라도 옷을 차려입고 가야 해요."

"정말 옷을 차려입고 꾸민 모습을 보여줄 건가요?"

"네. 조금은… 아니, 꾸민 모습을 보여주지 않아도 돼요. 옷을 잘 차려입고 간다면 오히려 그가 부정적으로 느낄지도 몰라요. 정말 결정을 내릴 수가 없군요. 무슨 옷을 입어야 할지 모르겠어요."

그녀가 이불을 들치고 일어나는 소리가 등 뒤에서 들려왔다. 그가 몸을 돌렸다. 옷장 안의 희미한 램프 불빛이 이불로 감싸고 그를 향해 걸어오는 그녀의 모습을 비추었다. 그는 옷장 안의 거울을 통해 자신의 옆에 서 있는 그녀를 보았다. 거울 속에는 그의 모습, 아니 그의 일부분과 그녀의 일부분이 자리하고 있었다.

"떨고 있군요. 추운가요?"

그녀가 말했다.

"아니에요."

그녀가 옷장에서 셔츠 한 벌을 꺼내자 그녀의 몸을 감싸고 있던 이불이 바닥으로 흘러내렸다. 그녀가 웃음을 터뜨렸다. 갑자기 그녀가 성인 여성이라는 사실을 떠올리자 다행스럽고 행복하다고 느꼈다. 그녀가 고른 셔츠는 그가 수년 전에 구입했던 하늘색 셔츠로 지금까지 몇 번밖에 입어보지 않은 것이었다. 다림질이 되어 있지 않았지만 새 옷처럼 깨끗했다. 그녀는 이불을 집어올려 어깨에 걸치고 그에게 셔츠를 건넸다.

"이걸 입어보세요."

그는 그녀가 시키는 대로 했다. 그가 셔츠를 입자 그녀가 말문을 열었다.

"청바지는 어울리지 않아요. 당신의 이미지와는 거리가 멀거든요. 이 바지는 어때요?"

그녀는 옷걸이에서 감색 바지를 꺼내 건네주었다. 그는 카키색 바지라 불렀다. 그의 아버지는 어두운 색의 바지라면 모두 카키색이라 불렀다. 그녀는 브이넥 디자인의 회색 면 스웨터도 함께 건넸다. 그는 마치 어린아이처럼 그녀가 골라주는 대로 옷을 입었으나 개의치 않았다. 있을 수 없는 일이라 생각하면서도 이번만큼은 괜찮다고 생각했다.

그는 거실로 나가 이전에는 있는 줄도 몰랐던 커다란 거울 앞에 서서 푸른색 가죽 재킷을 입었다. 거울 속에 보이는 그는 스포티해 보이는 동시에 상류층의 느낌을 주기에 충분했다. 그는 낯선 자신의 모습에 당황했으나 싫진 않았다. 그녀는 침실 문께에 서서 목까지 이불을 끌어올리고 그를 바라보며 미소를 지었다.

"세상에. 이렇게 긴장될 수가… 만약 그가 다리 위에 없으면 어떻게 하죠? 그건 그렇고 내겐 외출용 구두밖에 없어요. 모두 검은색에다 광택이 날 정도로 잘 닦여져 있어요. 양복에 어울리는 구두죠. 이 재킷을 입고 그런 구두를 신으면 우스꽝스러워 보이지 않을까요?"

"상관없어요. 어둠 속에서 당신 구두에 눈길을 주는 사람은 아무도 없을 거예요."

그는 그중에서도 조금 오래된 구두를 신어보았으나 도움이 되진 않았다. 구두는 어둠 속에서 스스로 빛을 발할 만큼 반짝반짝 윤이 났다.

"너무 신경 쓰지 마세요."

그녀가 말했다.

그는 허리를 굽히고 천천히 구두끈의 매듭을 지으면서 생각에 잠겼다.

'짐을 만나면 무슨 말을 할까. 무슨 말을 해야 할지 아무 생각도 나지 않아. 그런데 다리 위에 가면 정말 짐을 만날 수 있을까.'

"다리 위에 가면 무슨 말을 먼저 해야 할까요?"

그녀는 대답 없이 미소만 지었다. 그는 몸을 일으켰다.

"이제 가볼게요."

그녀가 다시 미소를 지었다. 그녀는 참으로 아름다웠다. 그녀는 오른손을 들어 천천히 흔들어보인 후 몸을 돌려 어둠 속의 침실로 사라졌다. 현관의 불빛이 꺼지자 그녀의 어깨를 가리고 있던 이불은 스르르 바닥으로 떨어져내렸고, 그녀는 실오라기 하나 걸치지 않은 알몸이 되었다.

밖으로 나간 그는 평소와 달리 야외등을 켜지 않고 돌계단을 내려갔다. 한기가 느껴졌다. 그는 재킷의 목깃을 끝까지 올리고 두 손을 비비며 입김을 후후 불었다. 사실, 그렇게 추운 날씨는 아니었다. 그는 밖에 나가면 늘 그러하듯 습관처럼 양손을 비볐을 뿐이었다. 방풍이 되는 푸른색 재킷의 안감은 털이 북실북실해서 따뜻했다. 그는 걷기 시작했다. 집에서 섬의 꼭대기까지는 가파른 오르막길이었고, 머릿속으로 가늠했던 시간보다 훨씬 많은 시간을 걷는 데 소비했다. 어둠 속에서 손목시계를 훔쳐본 그는 늦었다고 생각했다. 사만의 구멍가게 앞을 지나치자, 마침내 내리막길이 시작되었다. 모퉁이를 돌면 오른쪽 언덕 밑으로 칠흑같은 어둠 속에서 반대편 길의 가로등 불빛을 머금고 반짝이는 새벽 바다를 볼 수 있을 것이다. 모퉁이를 돌자 하얀 현수교 다리가 눈에 들어왔다.

그는 제자리에 가만히 서서 다리를 바라보았다. 어둠 속에 매달린 다리는 스스로 빛을 발하고 있는 것 같았다. 언뜻 이전에는 그런 다리의 모습을 본 적이 없는 것 같다는 생각이 스쳤다. 동시에 자신과 달리 짐은 어둠 속의 다리를 셀 수 없이 보았을 것이라는 생각도 들었다.

그는 언덕의 마지막 등성이를 내려가 다리 앞에 섰다. 이젠 뒤돌아보지 않고 앞으로만 가야 한다고 혼잣말로 중얼거린 그는 더 지체하지 않고 다리 위로 발을 내디뎠다. 다리 난간에는 낚시꾼들이 저마다 낚싯대를 가슴께까지 바짝 당겨 낚싯줄을 감아올리고 있었다. 그는 리듬감 있게 움직이는 낚시꾼들의 손동작을 눈으로 따라잡을 수가 없었다. 그들은 제각기 자신만의 리듬을 지니고 있었다. 그는 낚시꾼들이 다리의 한쪽 편에 나란히 서 있는 이유가 서로의 낚싯줄이 엉키는 것을 피하기 위해서라고 짐작했다.

그는 낚시꾼들을 한 명 한 명 천천히 지나쳤다. 그들은 살짝 몸을 돌려 무관심한 눈길을 던졌다. 반면 그는 한 사람씩 찬찬히 살펴보며 감색 털모자를 쓰고 남루한 더블 재킷을 입은 남자가 있는지 찾아보았다. 다리 위에는 낚시꾼이 모두 여섯 명 있었다. 다리 건너편 모세베이엔까지 이른 그는 걸음을 돌려 왔던 길을 되돌아갔다. 짐은 그곳에 없었다.

그는 마지막 자리에 서 있던 낚시꾼—아니 첫 자리라 해도 상관없을 것이다—옆에서 걸음을 멈추었다. 통통하게 살이 찐 그는 스웨터 두 벌을 겹쳐 입고 있었다. 스웨터는 두 벌 모두 남루하기 짝이 없었다. 안에 받쳐입은 스웨터는 흰색에 가까운 회색이었고, 겉에 입은 스웨터는 색이 바랜 푸른색이었다. 손에는 분홍색 손목 장갑을 끼고 있었다. 어디로 보나 어울린다고는 할 수 없는 옷차림이었다.

"안녕하세요."

토미가 말을 걸자 그가 몸을 돌렸다.

"실례합니다만 어제 이 자리에 당신 옆에 서서 낚시하던 남자가 오늘도 왔습니까?"

그는 고개를 저었다.

"그가 매일 아침 이곳에 오나요?"

그가 다시 고개를 저었다.

'젠장. 이젠 어떻게 하지? 도대체 무엇을 해야 할까.'

갑자기 그의 앞에 서 있던 남자가 피를 토할 듯 격렬하게 기침을 하기 시작했다. 기침이 멈추기까지는 꽤 오랜 시간이 걸렸다. 토미는 그가 병원에 가봐야 한다고 생각했다. 남자는 기침을 멈추고 심호흡을 한 후 헛기침을 하며 목을 가다듬었다.

"가끔은 좀 늦게 올 때도 있어요. 6시쯤. 늦게 오는 날은 한 시간 정도만 낚시를 하다 가요. 왠지 모르게 안절부절못하는 것 같기도 하고…"

"그래요?"

"네. 바쁜 일이 있는지 왠지 서두른다는 느낌을 받았어요."

"당신은 그렇지 않은가요?"

"하하, 전혀."

토미는 그런가 보다 하고 속으로 생각했다. 남자가 다시 말문을 열었다.

"6시쯤이면 지금 이 시각인데…"

"어쨌든 고맙습니다."

"시간만 허비하는 거예요."

남자가 말했다.

"뭐가요?"

"안절부절못하고 서두르는 것 말이죠. 그건 결국 시간을 허비하는 일이나 마찬가지예요."

"당신 말이 맞아요."

남자는 마치 보이스카우트 대원처럼 모자에 손가락 세 개를 가져가 인사를 건넨 후, 몸을 돌려 낚싯줄을 두 번 힘껏 잡아당겼다. 마치 잃어버린 시간을 되찾기라도 하듯.

토미는 오른쪽 언덕 아래 공터로 걸음을 옮겼다. 어제는 그 자리에 차 한 대가 서 있었다. 하지만 오늘은 차가 보이지 않았다. 그는 커다란 바윗돌에 몸을 기댔다. 고급 재킷을 뚫고 바윗돌의 차가운 기운이 등으로 스며 들어왔다. 그는 시계를 보았다. 6시 정각이었다.

여전히 어둠은 가시지 않았지만 다리는 마치 유령의 집처럼 희멀건 빛을 발하고 있었다.

'짐, 왜 안 오는 거야! 오늘은 와야만 해! 와야만 한다고!'

짐 · 2006년 9월 · 마지막 밤

짐은 릴레스트룀 중심지에서 헬스 스튜디오가 들어선 낡은 벽돌 건물 뒤편을 향해 걷기 시작했다. 차를 세워놓은 그곳에는 오슬로에서 릴레스트룀으로 들어오는 철로가 터널 속의 어둠을 뚫고 빛을 발하고 있었다. 거기서 100미터도 떨어지지 않은 곳에는 니텔바 강물이 외이에렌호수로 흘러 들어가는 물줄기가 이어져 있었다. 차를 주차해놓은 곳에 이르니 와이퍼 밑에 끼워져 있는 과태료 고지서가 바람을 타고 흔들리고 있었다. 그는 일일 정기 주차료를 이미 지불한 터였기에 의아해했다. 주차장에 들어오기 직전 자동 주차권 발행기에서 25크로네를 넣고 주차권을 발급받지 않았던가. 차문을 여니 주차권은 조수석 바닥에 떨어져 있었다. 그가 차문을 닫고 내릴 때 바람에 날려 떨어진 것이 분명했다. 다른 이유는 있을 수가 없었다. 그는 갑자기 당황하기 시작했다.

'이젠 직장도 없는데 과태료는 어떻게 내지?'

하지만 그는 거의 동시에 침착함을 되찾았다. 그는 과태료 고지서를 떼서 철로 앞 높다란 철조망 아래쪽, 차가운 잔디밭으로 밀어넣고 차로 되돌아와 시동을 걸었다.

앞 차창을 향해 상체를 쭉 내밀고 하늘을 쳐다보았다. 늦은 오후였다. 사회보장처와 구직센터 등 공공 기관은 대부분 문을 닫았고, 직원들은 퇴근길에 올랐다. 시내에는 사람들이 가득했다. 기차역으로 가는 길에 자리한 문화회관과 의사회관 앞 도로에는 오슬로에서 퇴근해 릴레스트룀으로 들어오는 차들의 행렬이 짜증날 정도로 느릿느릿 움직이고 있었다.

기차를 타고 시내로 들어온 사람들의 줄은 여덟 개의 플랫폼에 서부터 아래층 로비까지 이어졌고, 다시 두 무리로 나뉘었다. 그중 한 무리는 왼쪽에 자리한 시내로 향했고, 다른 한 무리는 기차역 뒤 편의 주차장으로 향했다. 주차장 옆으로는 강물이 흐르고 있었고, 톤^{Thon} 호텔이 있었으며, 커다란 체육관이 있었다.

하지만 그는 다른 이들과는 달리 집으로 갈 수 없었다. 그들처럼 일하러 직장에 나가지도 않았다. 어쨌거나 집으로 가기에는 너무나 이른 시각이었고, 집으로 간다 하더라도 낯설기만 할 것 같았다. 자 신만의 소유물이라 이름 붙일 수 있는 것도 없었다. 책이 있긴 했지 만 그 책들은 예전과는 달리 삶의 방향을 제시해줄 수 없었다. 책을 열어보아도 공허함만 느낄 뿐이었다. 마지막으로 읽은 책은 무엇이 었던가. 1년 전 대문 앞에 찾아온 외판원에게서 구입했던 매그레 소 설 스무 권. 그는 그 책을 단숨에 모두 읽어버렸다. 마지막 책의 책장 을 덮을 때까지 그는 거의 침대에서 일어나지 않았다. 그런데 이젠 마지막 몇 시간을 어디서 무얼 하며 보내야 할까…

기다리는 수밖에 없었다. 시간이 가기만을 기다리는 수밖에. 그는 다시 에네바크로 차머리를 돌렸다. 어젯밤과 마찬가지로 120번 국 도를 따라가면 탕겐 다리 옆에서 쉽게 방향을 틀어 오슬로로 들어 갈 수 있다. 원한다면 어젯밤처럼 위트레 에네바크에서 오슬로로 들 어가거나 아니면 교차로 부근의 작은 가게 앞에서 차를 돌려 되돌아

나올 수도 있다. 어쨌거나 상관없는 일이었다.

20여 년 전엔 그에게도 애인이 있었다. 그녀는 도시 반대편에 살고 있었기 때문에 짐은 자주 자신의 낡은 차를 타고 그 길을 달려 그녀에게 가곤 했다. 가끔은 그녀가 반대편에서 차를 몰고 그를 찾아오기도 했다. 생각지도 않았던 때에 갑자기 그녀가 차를 타고 와서 초인종을 누를 때면 더없이 행복했다. 그는 자주 대문을 열기 전에 내면의 눈으로 그녀의 모습을 먼저 그려보곤 했다. 발끝에서 머리끝까지. 그녀를 직접 보기 전에 자신만이 볼 수 있는 내면의 눈으로 그녀의 사랑스런 눈빛을 떠올리며, 그녀 또한 자신처럼 기대감에 들떠 있는지 궁금해했다. 그리고 문을 연 후엔 상상했던 그녀의 모습과 일치하는지 살펴보곤 했다. 오직 그가 행복하기만을 바라며, 오직 그의 옆에 누워 함께 밤을 보내려고 그 먼 길을 달려오는 그녀를 보면, 그는 더 바랄 것이 없었고 자랑스럽기까지 했다. 두 사람은 120번 국도를 그들의 길이라 불렀고, '라이프 라인'이라는 이름도 붙여주었다.

아주 오래전의 일이지만 이상하게도 최근엔 그녀 생각이 자주 떠올랐다. 그녀를 떠올릴 때면 그 어떤 부정적인 기억도 없다. 그는 그녀를 진심으로 사랑했고, 그녀를 만나기 위해 차로 달렸던 40여 킬로미터의 길조차도 사랑했다. 그는 차 안에서 시간적 여유로움과 마음의 평화를 만끽했고, 온갖 가능한 상황 속의 그녀를 상상하는 것을 즐겼다. 저녁이 되어 외이에렌호수의 수면이 감색으로 변하고 라디오나 CD에서 흘러간 노래가 나오면 그는 멜로디를 따라 흥얼거렸다. 레드 제플린의 「굿 타임즈, 배드 타임즈」가 흘러나오면 반짝이는 계기판 앞에 앉아 목청을 높여 큰 소리로 따라 부르기도 했다. 두 사람이 헤어진 것은 절대 그녀의 잘못이 아니었다.

플라테뷔에 들어선 그는 주유소 옆 모퉁이의 그늘진 주차장 안, 타이어 공기압을 측정하는 곳 앞에 차를 세웠다. 그는 차에서 내리지 않고 한참을 멍하니 앉아 있었다. 슬프진 않았다. 오히려 온몸이 훈훈하고 기분이 좋았으며, 기대감마저 느껴졌다. 무언가 먹고 싶었다. 하지만 이미 릴레스트룀에서 거나하게 점심을 먹었던 터라 뱃속에는 음식이 더 들어갈 자리가 없었다. 시계를 보았다. 점심을 먹은 지 두 시간도 채 지나지 않은 시각이었다.

차에서 내린 그는 모퉁이를 돌아 주유소 안의 편의점으로 들어갔다. 카운터에는 학생처럼 보이는 젊은 여인이 서 있었다. 그녀는 나무집게로 냉동 소시지를 그릴 위에 올려놓았다. 그녀가 몸을 앞으로 굽힐 때마다 짙은 색의 긴 머리는 눈을 덮었고, 머리카락이 눈을 가릴 때마다 그녀는 엄지손가락을 들어 내려온 머리를 귀 뒤로 쓸어넘겼다. 하지만 그것도 잠시, 그녀가 다시 상체를 굽히면 머리카락은 어김없이 앞으로 흘러내렸다.

그가 들어서자 그녀는 앞머리를 귀 뒤로 쓸어넘기며 미소를 지었다.

"어서 오세요."

"안녕하십니까."

그도 미소를 지었던가. 그녀는 매우 친절해 보였고 아름다웠다.

그는 출입문 옆의 진열대에서 『다그블라데』와 『VG』를 하나씩 집어들고 1면을 살피고 나서 『VG』를 제자리에 놓았다. 『다그블라데』를 제자리에 놓았을 수도 있겠지만 상관없었다. 가게 안을 둘러본 그는 25크로네짜리 커다란 프레이아 밀크초콜릿을 골라 카운터에 일간지와 함께 올려놓았다.

"이게 전부인가요?"

"뭐가 더 필요하다고 생각하십니까?"

짐이 물었다.

"음… 음료수…?"

"그것도 나쁘진 않군요."

그는 냉장고로 가서 1.5리터짜리 콜라 한 병을 꺼내들었다. 무의미하다는 생각이 들었다.

'도대체 1.5리터짜리 콜라로 무엇을 한단 말인가. 얼마나 오래 마실 수 있을까.'

하지만 그는 말없이 콜라병을 카운터에 올려놓았다. 그녀는 짐이 바로 그 콜라병을 골라든 것이 놀랄 만한 우연이라도 되는 듯 환하게 미소를 지으며 계산기를 두드렸다.

"여기가 플라테뷔인가요?"

그가 물었다.

"네."

"여기 사십니까?"

"네, 이 동네에 살아요."

"살기 좋은 동네인가요?"

"네. 아니 어쩌면 그다지 좋은 동네라고는 할 수 없을지도 모르지만 나쁘진 않아요."

"플라테뷔에선 젊은이들이 무엇을 하며 시간을 보냅니까?"

그녀가 웃음을 터뜨렸다.

"젊은이라면 어디서든 그렇듯 여기에서도 차를 몰며 허세를 떠는 사람들이 꽤 있어요. 어딜 가나 터보 엔진 소리를 요란하게 내며 달리는 자동차가 많죠."

그녀는 다시 웃음을 터뜨리며 고개를 절레절레 저었다.

"당신도 그렇지 않나요?"

"아뇨, 저는 아니에요."

하긴 그녀는 차를 몰고 다니며 허세를 떠는 여느 젊은이들과는 달라 보였다. 물론 허세를 떠는 젊은이들의 유전자가 따로 있는 건 아니지만 말이다. 시각에 따라 다른 법. 그는 이미 뫼르크에서 살 때부터 이러한 진리를 터득하고 있었다.

"저는 저축을 하기 위해 여기서 아르바이트를 하고 있어요. 돈이 좀 모이면 시내에 가서 살 생각이에요. 시내는 집값도 비싸고 생활비도 많이 들 테니까요. 독립하기 위해선 조금이나마 자본금이 필요하잖아요."

"참 건전하고 이성적인 사고방식이군요."

그는 신문을 집어들어 겨드랑이 아래에 끼고 초콜릿을 주머니에 넣었다. 커다란 초콜릿이 주머니 위로 삐죽 튀어나와 잔디밭에서 풀을 뜯고 있는 소들이 그려진 포장지가 보였다. 그는 콜라병을 들고 말했다.

"앞날에 행운을 빕니다."

"저는 문학 공부를 할 거예요."

"그렇군요."

"영문학…"

"도전할 목표가 있다는 건 행복한 일이지요."

그녀가 등을 쭉 펴고 집게손가락을 들어올린 후 유창한 영어로 말하기 시작했다.

"당신은 제가 아무런 감정도 없는 로봇이라고 생각하나요? 단지 제가 가난하고 평범하고 보잘것없는 젊은이기에 영혼도 없고 가슴도 없는 사람이라고 생각하나요?"

"그렇게 생각한다면 당신은 잘못 생각하고 있는 거요."

"바로 그거예요."

"눈물 어린 대사군요. 그렇죠?"

아무렇지 않게 말했지만 그는 내심 가슴이 먹먹해져 오는 것을 느꼈다.

"그 말엔 동의할 수가 없군요."

그녀가 말했다.

"그렇군요."

짐은 무슨 말인가를 더 건네고 싶었다. 적어도 문학에 대한 이야기를 더 나누고 싶었다. 영국이라는 나라와 제인 에어 등. 그 방면에는 완전히 무지하지 않았으니까. 솔직히 문학은 그의 전공과목이 아니었던가. 물론 전문가에 비해선 그의 지식이 협소한 건 사실이지만 말이다. 하지만 마음과는 달리 아무 말도 나오지 않았다.

"앞날에 행운을 빕니다."

그가 가게를 나오며 작별 인사를 건넸다.

"감사합니다."

그는 차로 걸어가며 울먹였다. 마지막으로 눈물을 참았던 것이 언제였던가. 오늘 아침 다리 위에서였던가, 아니 훨씬 오래전이었을지도 모른다. 주유소 카운터 뒤에 서 있는 점원이 그의 눈물을 볼 리는 만무했다. 하긴 본다 하더라도 문제될 것은 없었다. 그는 이제 다시 주유소 편의점 안에 들어가지 않을 테니까. 다시는.

차를 몰며 초콜릿을 먹었다. 커다란 초콜릿은 불과 몇 분 만에 자취를 감추었고, 10여 분 후 그는 급히 갓길에 차를 세우고 허둥지둥 밖으로 나와 구토를 했다. 꽤 오래 구토를 했던 것 같았고 엄청난 통증을 느꼈다. 마침내 허리를 편 그는 오물을 피해 몇 발짝 옆으로 옮겨 멍하니 서 있었다. 한기가 느껴졌다. 해는 하늘에 나직이 걸려 있었다.

사방에는 황금색 밭이 펼쳐져 있었다. 밭과 밭의 경계선에는 갈색의 뻣뻣한 나무 그루터기가 자리하고 있었다. 저 멀리 모퉁이를 넘어선 곳에는 솔베르그 폭포를 향해 가파른 내리막길이 이어져 있었고, 그곳에서부터는 외이에렌 강물이 글룸마강의 수력발전소까지 흘러 들어간다. 수력발전소는 마치 영화 속에서 볼 수 있는 성을 떠오르게 한다. 노르웨이의 전쟁 영화. 하얗게 쌓인 눈을 배경으로 하얀 아노락을 입고 무모한 저항운동을 하던 사람들, 귀를 찢는 듯한 굉음과 함께 폭포수처럼 흘러내리는 물에 휩쓸려 마치 운명처럼 높고 가파른 댐 위에서 떨어져 내리던 생명들. 그들의 얼굴에는 마치 지난날의 고통과 의문에서 해방되는 듯 두려움이라기보다는 놀라움과 경이로움의 빛이 어려 있었고, 그림자처럼 어둑한 색을 띤 그들의 몸은 마치 자유를 찾아 나서듯 하얀 물거품 위로 떨어져 내렸다. 그들은 이제 무슨 일이 생길지 궁금해 하는 얼굴인 것 같기도 했다. 남쪽으로 흐르는 강물은 해안 도시의 폐허가 된 낡은 공장 건물들 사이와 피오르를 거쳐 짜디짠 북극해로 흘러 들어간 다음 스코틀랜드 연안까지 쉬지 않고 움직였다.

그는 차에 들어가 운전석에 털썩 주저앉았다. 앞좌석 사물함에서 두루마리 화장지 하나를 찾아냈다. 화장지의 각 칸에는 산타클로스와 크리스마스트리가 프린트되어 있었다. 그는 크리스마스트리 열 칸을 뜯어내 얼굴을 닦았다. 특히 입 주변과 눈가를 깨끗이 닦아내고선 콜라병을 열고 길게 한 모금을 들이켰다. 천상의 맛이었다. 그는 천천히 한 모금을 더 마신 후 뚜껑을 잘 닫아 조수석에 콜라병을 놓아두고 의자에 등을 기대자마자 잠에 빠졌다. 다시 눈을 뜨니 주변은 어두워져 있었다.

시계를 보았다. 30분 정도밖에 자지 않았지만 훨씬 더 오래 잔 것 같은 기분이었다. 해가 지니 어둠이 더 빨리 찾아들었나 보다. 그는 자기가 어디에 있는지 알 수 없었다. 차 주변을 둘러보았지만 눈에 익은 풍경과는 거리가 멀었다. 생각을 정리해보려 애썼다. 내 이름은 짐. 지금 내가 어디에 있는지 전혀 알 수 없다. 하지만 그건 사실이 아니었다. 그는 그곳이 어딘지 알고 있었지만 단지 잠시 기억할 수 없을 뿐이었다.

열쇠를 꽂고 시동을 걸자 헤드라이트의 불빛 사이로 차 양옆에 나란히 늘어선 가로수들이 보였다. 마치 집 안에, 방 안에 앉아 있는 것 같은 느낌과 함께 낯선 느낌이 더욱 강해졌다. 그는 다시 생각에 잠겼다. 이곳에 차를 몰고 들어왔다면 이론적으로 볼 때 다시 차를 타고 나갈 수도 있지 않을까. 그는 후미등을 켜고 후진했다. 몇 미터 가지 않아 후미등을 반사시키는 노란 표지판이 보였다. 지명과 함께 그곳에 이르기까지의 거리를 표시해놓은 표지판이었다. 한 표지판에는 아홉 개의 지명이 적혀 있었고, 다른 표지판에는 다섯 개의 지명이 적혀 있었다. 지도에서 한 번쯤은 본 적이 있는 지명들이었다.

그는 거의 180도로 방향을 꺾었다. 헤드라이트의 빛이 원을 그리며 나란히 서 있는 가로수들을 어지럽게 비추었다. 그는 다시 왔던 길로 되돌아갔다. 120번 국도에 들어선 그는 천천히 차를 몰아 에네바크와 플라테뷔를 지나친 다음 속력을 조금 높여 릴레스트룀으로 향했다. 마침내 언덕 위에 자리한 그의 집이 눈에 들어왔다.

지하 차고에서 1층에 있는 집을 향해 계단을 오르다가 2층에 사는 남자와 마주쳤다. 남자가 미소를 지었다. 그의 이름은 산뎀이었다. 짐은 어쩔 수 없이 걸음을 멈추어야만 했다. 산뎀은 매우 친절하고 호의적인 사람으로 짐보다 열 살 정도 어렸다. 어쩌면 스무 살 정도 어릴지도 모른다. 그는 결혼을 했고 유치원에 다니는 두 아이가 있었다. 그의 가족은 모두 친절했고 짐과 마주치면 항상 기분 좋게 인사하곤 했다.

"오늘 저녁에 축구 경기를 보실 겁니까?"

그가 물었다.

짐은 그가 어떤 축구 경기를 말하는지 짐작할 수 없었다. 기억나는 것이 없었다.

'오늘 저녁에 중요한 경기가 있었던가. 리그 경기일지도 모른다.'

하지만 볼레렝가 축구팀은 이미 실망스럽게도 8강전에서 패배했기 때문에 그는 남은 경기에 그다지 큰 흥미를 느낄 수 없었다. 그는 오래전 릴레스트룀팀을 응원하다가 볼레렝가팀으로 바꾸어 응원하

기 시작했다. 하지만 그는 이 사실을 동네방네 소리 높여 알리고 싶
지 않았다. 그런데 4강전은 일요일에 열릴 예정이니 이웃집 남자가
말하는 오늘 저녁의 축구 경기는 리그 경기전이 아닐 것이 분명했
다. 그런데도 짐은 물어볼 용기가 나지 않았다.

"글쎄요, 오늘 저녁에는 일찍 잠자리에 들 생각입니다만."

"그래요, 경기를 좀 늦게 시작하긴 하죠."

산뎀이 말했다.

"맞아요."

짐이 맞장구쳤다.

"경기를 조금만 더 일찍 시작한다면 우리 집에서 함께 볼 수도 있
을 텐데요. 저는 내일 교대근무 때문에 늦게 출근할 예정이라 문제
없어요. 게다가 냉장고에는 맥주도 가득 넣어놓았거든요."

그가 미소를 지으며 말했다.

교대근무라… 짐은 자신이 그간 병가를 내고 집에만 있었다는 사
실을 이웃집 남자도 잘 알고 있으리라 짐작했다. 언젠가는 이웃집
남자에게 직접 솔직히 말할 기회가 올 테지만 지금은 그럴 상황이
아닌 것 같았다. 산뎀은 매우 사려 깊고 인정 넘치는 사람이라 괜한
걱정을 끼치고 싶진 않았다.

"다음 기회에 함께 경기를 보도록 하죠."

짐이 말했다.

"결승전을 함께 보는 건 어때요?"

"그것도 좋겠군요."

산뎀이 말을 이었다.

"제 아내는 축구 경기엔 전혀 관심이 없어요. 텔레비전에 짧은 바

지를 입은 남자들만 보이면 다른 방으로 가버릴 정도예요. 아이들은 함께 경기를 보기엔 아직 어려요. 그래서 혼자 앉아 화면을 뚫어지게 바라보는 건 정말 지루해요. 참, 그건 그렇고 오늘 밤에도 낚시하러 가실 건가요?"

그가 다시 미소를 지었다. 도대체 그는 어떻게 짐이 밤에 낚시하러 나가는 것을 알고 있단 말인가. 짐은 그에게 낚시에 대해 한마디도 한 적이 없었다. 하지만 짐이 다리 위에서 낚시를 하고 새벽에 집에 돌아올 때 계단에서 그를 마주친 적이 몇 번 있는 것 같기도 했다. 산뎀은 야근을 하는 날이면 새벽에 집에 오곤 했으니까. 두 사람은 계단에서 마주치면 인사를 하는 둥 마는 둥하며 지나쳤다. 산뎀도 피곤했고, 짐도 피곤했으니 이상한 일은 아니었다. 짐은 자신의 낡은 재킷에서 생선 비린내가 났을 것이라 짐작했다. 아니 그의 가방에서 비린내가 진동했던 것이 틀림없었다. 고기를 잡아 다른 이들에게 주지 않고 집으로 가져올 때면 항상 가방 속에 생선을 넣어왔으니까.

"네… 그럴 생각입니다만…"

말은 그렇게 했지만 그는 그날 밤엔 낚시하러 나갈 생각이 전혀 없었다. 그는 왜 그런 대답을 했는지 스스로도 알 수 없었다. 멍청한 짓을 했다는 생각이 들었다. 그것도 되돌릴 수 없이 소리 높여 말했던 것은 참으로 멍청한 짓이 아닐 수 없었다. 일단 말을 뱉고 나면 거기에서 벗어날 수가 없고, 그럴 경우 머릿속에서 지워내기도 쉽지 않다.

"행운을 빕니다."

"감사합니다."

"또 뵙죠."

현관에 들어선 짐은 모자라곤 단 하나도 얹어두지 않은 모자 선반 밑에 놓인 옷걸이에 재킷을 걸어두고 주머니에서 지갑을 꺼낸 후, 거실을 거쳐 부엌으로 들어갔다. 지갑을 부엌 조리대 위에 올려놓고 바지 주머니에서 차 열쇠를 꺼낸 그는 손목시계를 풀었다. 조리대 한가운데에 지갑과 차 열쇠, 손목시계를 나란히 올려둔 그는 오븐을 향해 고개를 돌렸다. 갑자기 배가 고파졌다. 그러고 보니 몇 시간 전에 먹었던 것을 모두 토해냈던 기억이 났다. 냉장고 문을 열고 버터와 달걀 두 개를 꺼냈다. 너무나 배가 고파 달걀을 굽는 동안 발을 동동 구르며 빵에 버터를 발랐다. 달걀이 다 구워지자 그는 선 채로 허겁지겁 음식을 먹기 시작했다.

음식을 다 먹은 그는 설거지를 하고 냉장고를 모두 비운 후 냉장고 안팎을 닦았다. 오래된 음식은 모두 버리고 나머지 음식은 다시 냉장고에 넣어두었다. 그런 뒤 부엌과 거실을 청소하고 방마다 전기청소기를 돌렸다. 책은 알파벳 순서대로 책장에 꽂아두었고, 침대보와 이불은 군대에서 하듯 밀리미터도 어긋나지 않게 잘 접어두었다. 다시 피곤해졌다. 너무나 피곤해 손가락 하나도 들어올릴 수 없을 정도였지만 그는 자리에 눕지 않았다. 다시 거실로 나간 그는 천천히 거실을 둘러보았다. 더는 손댈 것이 없었다.

그는 담뱃갑과 성냥갑을 들고 소파에 드러누웠다. 담배에 불을 붙인 그는 생각에 잠겼다. 이번 주엔 꼭 담배를 끊으려 했다는 생각에 이르자 그는 웃음을 터뜨렸다. 그의 웃음소리를 듣는 사람은 아무도 없었지만 그는 잠시 후 갑자기 웃음을 멈추고 담배 연기를 폐의

깊숙한 곳까지 밀어넣었다. 그보다 더 담배 맛이 좋을 수는 없었다. 어쩐 일인지 기침도 나지 않았다. 그는 몸을 일으켜 앉아 담배를 마저 피우고 꽁초를 재떨이에 던져 넣었다. 다시 소파에 누운 그는 천장을 향해 올라가는 푸른 담배 연기를 바라보았다. 그러고는 시선을 고정시킬 것이 필요했는지 지하 창고로 내려가 오십 세 생일 선물로 받았던 '블랙&데커' 드릴을 가져왔다. 천장에 튼튼하게 나사를 박아넣으려 했던 그는 문득 늦은 시간이라 천장에 드릴 작업을 한다면 이웃집 아이들이 모두 잠에서 깰 것이라는 데 생각이 미쳤다.

'할 수 없군. 여기선 안 되겠어.'

짐 · 2006년 9월 · 마지막 밤 이어서

얼마나 오래 누워 있었는지 알 길이 없었다. 시간 개념은 잊은 지 오래. 그는 잠을 자지 않았다. 깨어 있지도 않았다. 꿈을 꾼 것 같았지만 무슨 꿈을 꾸었는지 기억이 나지 않았다. 꿈이 텅 비어 있을 수 있을까. 꿈이 단 하나의 색으로 채워질 수 있을까. 만약 그렇다면 그의 꿈은 보라색이었다. 그의 꿈엔 한 가지 색밖에 찾아볼 수 없었다.

창밖은 칠흑같이 어두웠고 집 안도 어둡긴 마찬가지였다. 늦은 시각, 아니 새벽으로 향하는 시각일지도 모른다. 집 안을 밝히는 빛이라곤 현관에서 비스듬히 새어 들어오는 하얗고 희미한 불빛뿐이었다. 그는 여전히 소파에 누워서 천장만 뚫어지게 바라보았다. 시선을 돌릴 곳도 없었다. 창을 바라보면 나을까. 아니, 그는 이웃집을 염탐하는 나이 많은 노파처럼 창밖을 바라볼 생각은 추호도 없었다.

팔꿈치로 몸을 지탱해 일어난 그는 텔레비전을 켰다. 산뎀이 말했던 축구 경기가 무엇인지 확인해보고 싶었다. 짐은 엄지손가락으로 채널을 돌렸다. 마지막으로 유로스포츠 채널에 이른 그는 거의 경기 종료 시간에 이른 축구 경기가 방영되고 있는 것을 발견했다. 맨체스터 유나이티드와 리딩의 경기였다. 산뎀이 말했던 경기는 바로 그것이었으리라. 이 나라 안에는 맨체스터 유나이티드 팬이라 자처하는 사람들로 가득하다. 화면을 들여다보니 그것은 재방송이거나 이전의 경기들을 짜깁기해서 보여주는 방송 같았다. 왜냐하면 화면 속의 시간과 경기장 시계가 가리키는 시간이 너무나 달랐기 때문이다. 텔레비전 화면 속의 시계는 2시 15분을 가리키고 있었다. 경기는 1 대 1, 무승부로 끝났다. 유나이티드의 젊은 축구 선수 호날두는 1점을 기록했다. 여기서 말하는 호날두는 브라질의 호날두가 아닌 포르투갈의 호날두다. 그는 축구에 천재적인 재능을 보였다. 솔샤르는 여전히 유나이티드 선수로 뛰고 있다. 관중석에서는 솔샤르의 팬이 '당신은 나의 솔샤르, 나의 유일한 솔샤르'라고 큰 소리로 노래를 부르고 있었다. 꽤 감동적이라 그는 눈물을 흘릴 뻔했다. 갑자기 허리를 쭉 펴고 자세를 가다듬은 그는 이런 일에 시간을 허비할 필요가 없다고 생각했다.

그는 소파에서 일어나 욕실로 갔다. 세면대에 물을 가득 받아 얼굴을 담갔다. 물이 넘쳐흘러 바닥으로 떨어지는 바람에 양말만 신고 있던 그의 발이 축축하게 젖었다. 눈을 떠보려 했지만 잘 되지 않았다. 바다에서 헤엄칠 때는 바닷물이 짠데도 눈을 뜰 수 있었다. 파도를 따라 움직이는 해파리와 해초는 물론 바닥에서 모래바람을 일으키며 치솟아 오르는 가자미가 다시 모래 속으로 몸을 숨기는 것도 볼 수 있었는데… 그는 이제 마지막이라고 생각했다. 고개를 들자, 머리카락과 이마에서 물이 흘러내려 두 눈과 턱까지 적셨다. 여기를 떠날 수밖에 없다는 생각이 들었다. 그가 여기 있든 없든 상관없는 일이 아닌가.

그는 얼굴을 세게 문질러 물기를 닦아냈다. 머리가 맑아지는 것 같았다. 그는 젖은 양말을 벗고 발을 닦은 후, 새 양말을 꺼내 신었다. 현관 옆 창고로 들어가 낚시도구가 들어 있는 세트레 비스킷 상자를 꺼내, 역시 창고에서 꺼낸 검은색 가방 속에 넣었다. 창고 벽에 박아놓은 못에 걸려 있던 견인 밧줄을 꺼내 살펴보았다. 이미 몇 번이나 오가는 차들을 견인했던 이력이 있는지라 많이 낡았을 것이라 생각했지만, 자세히 살펴보니 여전히 새것처럼 보였다. 아직도 평평한 곳에선 1톤 이상의 차량을 문제없이 견인할 수 있을 것 같았다. 물론 다리 아래나 나무에 걸어놓는다면 1톤 이상의 무게를 견뎌낼 수는 없을 테지만 말이다. 하지만 1톤 이상의 무게를 견뎌내야 할 필요는 없다. 그는 밧줄을 둘둘 감아 가방 속에 넣었다.

그는 가방을 대문 옆에 놓고 다시 거실로 돌아가 소파에 앉았다. 담배를 꺼내 불을 붙이고 담배가 다 타들어 갈 때까지 기다렸다. 마음을 바꾼 것은 아니었다. 오히려 서두르지 않아도 된다고 생각하니 마음이 느긋하고 편해졌다. 산뎀은 어젯밤 축구 경기를 보면서 맥주를 마셨을 것이다. 게다가 오늘은 교대근무 때문에 늦게 출근한다고 했으니 아직 자고 있을 것이 분명했다. 그러니 계단에서 그와 마주칠 염려는 하지 않아도 된다.

이번에는 기침이 조금 나왔다. 하지만 걱정할 일은 아니었다. 부엌으로 간 그는 재떨이를 물로 깨끗이 닦아 잘 말려놓았다. 다 타들어 간 담배꽁초는 발코니로 가져가 집게손가락으로 화분에 담긴 흙 속으로 밀어넣었다. 화분에 심어놓은 식물은 이미 몇 년째 꽃을 피우지 않았다. 그러니 담배꽁초를 밀어넣어도 크게 해가 되지는 않을 것이다.

현관으로 간 그는 바닥에 놓여 있는 가방을 발로 밀며 생각에 잠겼다.

'제장, 매번 같은 일을 되풀이하게 되는군.'

그는 서둘러 부엌으로 가 오븐이 꺼져 있는지 확인했다. 그러느라 집중력이 떨어진 그는 문에 몸을 기대고 심호흡을 했다. 열다섯, 열여섯, 열일곱까지 센 그는 다시 숨을 깊이 들이쉬고 열여덟, 열아홉까지 세었다. 숨을 천천히 내쉬었다. 문득 카페에서 500cc 맥주를 벌컥벌컥 들이켰을 때와 비슷한 기분 좋은 현기증이 온몸을 감쌌다. 다시 숨을 깊이 들이쉬었다가 천천히 내쉬었다. 조금 전보다 기분이 훨씬 안정된 것을 느낀 그는 차고로 내려가는 계단으로 발을 내디디며 살짝 미소를 지었다.

차문을 열고 재킷을 조수석에 던져놓았다. 가방은 트렁크에 넣었다. 뒷좌석에 던져놓을 수도 있었지만 차 안에 냄새가 남을 것 같아 차마 그럴 수가 없었다. 설사 이번이 마지막이라 하더라도 말이다.

만약 당신이 피터팬처럼 소리 없이 밤하늘을 날아 가문비나무들의 꼭대기에서 슬라롬 언덕이 자리한 동쪽으로 방향을 튼다면 저 아래쪽에서 릴레스트룀을 향해 차머리를 돌리고 있는 짐을 볼 수 있을 것이다. 시간이 시간인지라 차도에는 짐의 차를 제외하고선 차가 단한 대도 보이지 않았다. 누런 헤드라이트 불빛을 앞세우고 하얀 차선을 따라 달리는 짐의 차를 다른 차와 혼동하는 일은 없을 것이다. 사실 짐이 타고 있는 차는 어둠 속에 묻혀 보이지 않았다. 단지 전혀 서두르지 않고 느긋하게 달리는 그의 차가 발하는 불빛만 눈에 들어올 뿐이다.

바다와 이어진 강 하류 옆, 기차역 앞 주차장과 SATS 헬스 스튜디오가 자리한 커다란 건물 앞에 이른 짐은 옛 애인과 함께 이름을 붙였던 '라이프 라인'을 벗어나 릴레스트룀 중심으로 들어갔다. 레이라강이 흐르는 커다란 평원을 거쳐 펫순으로 향하는 길에 들어선 그는 글룸마강 위에 자리한 높다란 다리와 낡은 기차역 사이에 난 좁은 길로 다시 방향을 틀었다. 길 양옆에 자리한 것들은 어둠에 묻혀 보이지 않았지만 짐은 이 모든 것이 제자리에 있다는 것을 너무나 잘 알고 있었다.

남쪽으로 차머리를 돌린 그는 외이에렌 호숫가의 구불구불한 길을 달리기 시작했다. 특별히 늦은 시각도 아니었지만, 그렇다고 이른 시간도 아니었다. 그는 평소 오슬로에 갈 때나, 피오르로 가기 위해 캄캄한 차 안에 앉아 있던 때와는 달리 시간이 넉넉하다고 생각했다. 하지만 E18번 도로에서 한 시간 정도 달리고 나니 그가 생각했던 것보다 시간이 훨씬 많이 흘러버린 것을 알아차렸다.

갑자기 불안해졌다. 라디오를 켜니 클래식 음악이 흘러나왔다. 베토벤의 현악 사중주곡이라 생각했다. 매우 아름다운 곡이었지만, 그의 어머니 말에 따르면 지금 같은 상황에선 긴장감을 유발하는 곡이 틀림없었기에, 그는 얼른 라디오를 껐다. 늦을 것 같다는 걱정에 안절부절못하던 그는 갑자기 생각을 바꾸었다.

'젠장, 무엇에 늦는다는 거지? 목적지에 도착하기까지는 시간이 충분해.'

창밖은 여전히 캄캄했다. 대로를 피해 좁은 길로만 차를 몰았던 그는 마침내 하우케토에 도착했다. 철로 너머로 헤레고르즈 도로가 보였다. 리얀 기차역 앞에서 왼쪽으로 방향을 틀어 다리를 건너기 직전 신호등에 빨간불이 들어왔다. 주위에 아무도 없는 것을 발견한 그는 계속 차를 몰았다. 다리 건너편에 이른 그는 내리막길을 내려가 카루셀렌이라는 표지가 붙은 조그마한 구멍가게를 지나쳤다. 갑자기 맞은편 어둠 속에서 두 개의 헤드라이트 불빛이 다가왔다. 짐은 천천히 심호흡을 했다. 다가오는 차를 문제없이 비켜간 그는 모세베이엔 쪽으로 가다가 오슬로로 향하는 오른쪽의 하얀 다리 쪽으로 방향을 틀었다. 그는 여전히 시간은 충분하다고 생각했다.

제 4 장

시리 · 2003년

이 이야기는 꼭 해야만 할 것 같다.

나는 레드 바르나*의 일원으로 아프가니스탄에 가려던 참이었다. 나는 이미 수년 전부터 이 구호 조직에 속해 세계 오지의 도움이 필요한 가족을 위해 일해왔다. 다리 한쪽을 잃고 가정을 책임져야 하는 부모들, 병에 걸린 어린이들을 보살피는 것은 물론 열악한 학교에서도 봉사를 해왔다. 아프가니스탄에는 전에도 두 번이나 다녀온 적이 있어서 이번에는 무엇을 가져가야 할지 또는 무엇을 두고 가야 할지 잘 알고 있었다. 특정한 책과 옷가지들, 특정한 문양이 새겨진 장신구들, 갖가지 여성용품은 가져가지 않는 것이 좋다. 어쨌든 아프가니스탄으로 가려던 나는 갑자기 계획을 바꾸어 싱가포르에 먼저 들르기로 했다. 그곳에 가면 알고 지내던 남자를 만날 수 있을 것이라는 희망 때문이었다. 다시 말하면, 그는 해마다 이때쯤이면 싱가포르에서 만날 수 있는 사람이다.

그는 노르웨이 사람이고 기자다. 우리는 몇 년 전 연인 사이로 지낸 적도 있다. 우리는 서로에게 많은 것을 배울 수 있었고, 행복하게 지냈지만 지난 일을 뒤로하고 각자 다른 길을 가기로 했다. 헤어질 때도 쓰라린 감정 없이 서로의 앞날을 축복하며 헤어졌던 기억이 난

---

* 노르웨이에 거점을 둔 국제 아동 구호 조직.

다. 이별의 원인은 바로 나였다. 내게는 그 어느 누구와도 삶을 나눌 수 있는 재능이 없었다. 물론 그에게도 그다지 큰 재능이 있다고 생각하지는 않았다. 하지만 우리는 헤어진 후에도 가끔 만났고, 만날 때마다 함께 침대에 눕곤 했다. 그와 나는 정처 없이 세상을 떠도는 영혼이었기에 우리가 만나는 곳은 정해져 있지 않았다.

90년대 중반, 사라예보에서 일하고 있을 때 나는 그를 처음 만났다. 이후 프리스티나에서도 그를 만난 적이 있다. 리비아에서도 만났고, 심지어는 벵가지에서도 그를 만났다. 그가 그곳에서 무엇을 했는지, 무엇을 쓰고 있었는지는 기억나지 않는다. 우리는 그가 결혼한 후에도 만난 적이 있다. 그의 아내는 제네바 출신이며, 같은 기자 출신이라고 했다.

하지만 그가 결혼했다는 사실은 내게 아무런 영향을 주지 못했다. 그가 나를 만남으로써 불륜을 저지른다는 생각도, 그가 나 아닌 다른 여자에게 속한 사람이라는 생각도 하지 않았다. 나는 한 인간이 또 다른 한 인간에게 속할 수 있다는 점을 아예 생각조차 하지 않았던 것이다.

그는 매우 친절하고 현명했으며 다재다능했다. 나는 그처럼 키스를 잘하는 사람을 만나본 적이 없다. 나는 그 점에 대해선 꽤 까다로운 편이다. 하하.

하지만 싱가포르에 가게 된 것은 그를 만나기 위해서만은 아니었다. 그는 내게 그다지 중요한 사람이라곤 할 수 없었고, 내겐 돈도 충분하지 않았다. 그렇기 때문에 단순히 그를 만나기 위해 싱가포르에 들렀다가 아프가니스탄으로 간다는 것은 값비싼 충동에 불과할 뿐이다.

싱가포르에 가게 된 이유를 말하자면 이렇다. 레드 바르나를 거쳐 학생용품과 의료용품을 싣고 가던 선박이 싱가포르에 정박한 후, 비행기로 바꾸어 운송되는 과정에서 항공 수송 임무를 맡았던 중소업체가 갑자기 카불로 갈 수 없다고 발을 뺐기 때문이었다. 항공업체는 카불에 들어갈 때 누군가가 비행기에 총격을 가할까봐 걱정된다고 했다. 내 귀에는 수송 직원이 총에 맞는 것보다 비행기를 잃는 게 더 걱정된다는 소리로밖에 들리지 않았다. 왜냐하면 그 업체는 직원들의 안전에 대한 말은 한마디도 하지 않았기 때문이다.

때는 2003년 늦겨울, 이라크 침공 사태가 있기 직전이었다. 하지만 가슴에 손을 얹고 장담하건대, 그 당시엔 아프가니스탄으로 가는 비행은 그다지 위험하지 않았다. 우리는 프로젝트와 관련된 여러 기관과 무난하게 의사소통을 해왔고 진행 과정도 면면히 들여다보고 있어서 문제없다는 것을 확신할 수 있었다.

하지만 내 말은 그들에게 아무런 영향을 주지 못했다. 그렇기 때문에 나는 프로젝트를 진행하기 위해 직접 새로운 항공 운송업체를 찾아나서야만 했다. 시간이 걸리는 작업이긴 했지만 결과는 긍정적이었다.

나는 갖가지 서류들과 신청서, 그리고 내 여권을 손에 들고 이곳저곳을 뛰어다녔다. 그다지 어려운 일은 아니었다. 그런데 처음으로 찾아낸 항공 운송업체는 짐을 목적지가 아닌 여러 중간 기착지에 띄엄띄엄 내려놓았다. 따라서 우리가 보냈던 짐은 서로 다른 세 곳에 분산되어 각각 보관되어 있는 처지였다. 덕분에 나는 여기저기 돌아다니면서 담당자들을 만나 예의 바르게 상황을 설명하고, 이곳저곳 분산되어 있는 짐들을 한데 모아 분실된 것은 없는지 확인하는 일을 맡아야만 했다. 뿐만 아니라 프로젝트에 대해 전혀 이해하지 못하고 있는 항공 운송업체 직원들도 도와줘야만 했다. 이 모든 일이 끝나면 나는 집으로 돌아올 예정이었다.

그는 나를 보자 무척 반가워했다. 나는 일이 끝날 때까지 기다리는 동안 그와 함께 행복한 며칠을 보냈다. 며칠 후, 그는 타이를 거쳐 미얀마 국경 지역으로 옮겨가야만 했다. 나중에서야 알게 된 사실이지만, 그는 그곳에서 국경 갈등이 일어날 것이라 생각했지만 걱정했던 일은 일어나지 않았다.

우리는 미소로 작별 인사를 대신했다. 나는 그에게 키스를 건넸다.

"당신은 너무나 사랑스러운 사람이에요."

그는 내 말에 고개를 절레절레 저으며 웃음을 터뜨렸다. 하지만 그가 사랑스러운 사람이라는 것은 사실이었다.

나는 다시 거대한 도시에 홀로 남겨졌다. 갑작스런 게으름이 나를 덮쳤다. 주변 사람들과 영어로 대화를 나누기도 싫어졌고 앞으로 일어날 일에 대해서도 무관심해졌다. 일에 익숙해지기 위해선 나의 태도부터 고쳐야 할 것 같다는 생각이 들었다. 그래서 그곳에 상주하는 노르웨이 기독교 센터로 걸음을 옮겼다.

건물은 싱가포르에서 가장 가파른 언덕 꼭대기에 자리하고 있었으며, 언덕 위에서는 컨테이너들이 즐비한 부둣가를 한눈에 내려다볼 수 있었다. 그곳은 세계에서 가장 큰 물류센터라는 것을 어디에선가 읽은 적이 있다. 그럴 만도 하다는 생각이 들었다. 부둣가 풍경은 내가 왜 이곳에 오게 되었는지 깨우쳐주기도 했다. 문득 그곳에선 물건들이 갑자기 자취를 감추고 영원히 사라져버릴 수도 있다는 생각이 뒤를 이었다.

기독교 센터에 도착하니 직원인 듯한 사람이 커피와 와플을 내왔다. 어머니가 남기고 간 구식 와플기계를 찾아 토미와 함께 와플을 만들어 먹은 이후, 단 한 번도 와플을 먹어본 적이 없다는 생각이 났다. 부엌 찬장의 가장 아랫부분에 있던 와플기계를 찾아낸 우리는 녹색 플라스틱 그릇에 반죽을 만들었던 기억이 난다. 반죽을 만드는 방법은 전적으로 토미의 기억에 의존했다. 토미는 눈을 감고 집중해서 어머니의 손동작을 기억해냈다. 달걀을 깨고 설탕과 밀가루를 넣은 후 잘 저어 노릇노릇하게 구운 와플 냄새를 맡은 쌍둥이는 행복하고 나른한 오후를 보냈다. 토미와 나는 와플과 아늑한 가정의 의미는 동전의 양면 같은 것이라고 결론 내렸다. 와플을 구울 때 기계에 기름을 두르는 것을 잊어버렸던가. 구워낸 와플은 너덜너덜해져 토미와 나는 각각 하트 한 조각씩밖에 먹지 못했다. 대신 쌍둥이들은 남은 와플을 넉넉히 먹을 수 있었다. 우리는 와플 굽기를 시도했다는 것만으로도 만족했다.

이틀 후, 경찰관이 와서 우리를 갈라놓았다.

기독교 센터에 상주하는 목사는 매우 친절하고 호의적인 사람이었다. 나이도 그리 많지 않았다. 나는 내 소개를 하고 와플을 먹기 시작했다. 우리는 커피를 마시며 꽤 오랫동안 이야기를 나누었다. 그는 내가 하는 일에 깊은 관심을 보이며 이것저것 물어보았다. 내가 보고 경험했던 것들, 내가 가보았던 도시들, 또 얼마나 자주 긴급 상황을 경험하는지에 대해서도 질문했다. 요점은 누군가가 그곳에 가야만 한다는 것이었다. 그렇다. 누군가 그곳에 가서 도움의 손길을 주어야만 했다.

그는 내가 그리스도의 가르침을 이행하는 사람이라고 말했다. 나는 미소를 지으며 내가 하는 일은 그리스도의 가르침을 이행하는 것과는 상관없는 일이라고 대답했다. 나는 그에 대해 아는 것이 없었기에 내 삶을 그의 무릎 위에 올려놓고 싶지 않았다. 그가 아무리 친절한 사람이라 하더라도 말이다.

"성이 베르그렌이라고 했나요?"

그가 말을 이었다.

"갑자기 떠오르는 게 있군요. 예전에도 베르그렌이라는 성을 지닌 사람이 이곳에 온 적이 있어요. 제가 이곳에 부임하기 전의 일이라 정확히 언제인지는 장담할 수 없군요. 제가 그 이름을 기억하는 이유는, 그간 이곳을 방문했던 사람들이 잊고 가져가지 않았거나 일부러 두고 간 물건들을 정리하다가 그 이름을 보았기 때문입니다. 물론 그들이 일부러 두고 간 경우엔 어떤 목적으로 그랬는지 알 수 없습니다. 어쨌든 이곳에는 베르그렌 씨가 두고 간 물건들을 담아놓은 상자가 지금도 있습니다."

"노르웨이에는 베르그렌이라는 성을 가진 사람이 셀 수 없이 많아요. 그렇게 따지면 스웨덴도 마찬가지입니다. 이곳까지 왔다면 뱃사람일 확률이 높군요."

"맞습니다. 하지만 그분은 나이 많은 여성이었어요. 저는 그분이 뱃사람의 일원으로 이곳에 왔는지, 아니면 우연한 기회에 이곳 싱가포르까지 왔는지는 확인할 수 없었습니다. 그분의 이름은 티아였어요. 꽤 특이한 이름이었죠. 티아 베르그렌. 그래서 아직도 기억하고 있습니다."

나는 무슨 말을 해야 할지 감을 잡을 수가 없었다.

"그분이 이곳에 도착했을 때 건강 상태가 매우 안 좋았던 것으로 기록되어 있습니다. 당시 이곳을 운영하던 사람들은 그분을 즉시 병원으로 옮겼어요. 불행하게도 그분은 병원에서 숨을 거뒀습니다. 사망 원인은 기록되어 있지 않았습니다. 노르웨이 주소도 찾을 수 없었기 때문에 유족들에게도 알릴 수가 없었지요."

나는 아무것도 이해할 수가 없었다.

"제 어머니 이름도 티아 베르그렌이었습니다."

"그래요? 어머니가 바다에 나가신 적이 있습니까?"

"글쎄요, 저는 아무것도 모릅니다."

"그렇군요. 잠시 여기서 기다려 보시겠습니까?"

그는 자리에서 일어나 문을 열고 나갔다. 잠시 후 되돌아온 그는 신발 상자 하나를 겨드랑이에 끼고 있었다. 나는 창밖으로 시선을 던졌다. 무더웠다. 무더워서 숨을 쉴 수 없을 지경이었다. 저 창 너머로 보이는 온갖 색깔. 그것들은 참을 수 없을 정도로 많았다. 컨테이너 위에는 후덥지근한 공기가 약하게 떨리며 허공에 머물러 있었다. 햇볕에 달구어진 철제 컨테이너 때문에 공기가 떨리는 것 같았다. 저 공기에 손을 대어보는 건 불가능할 것 같았다. 피곤하고 부자연스러운 분위기. 기중기들은 저마다 하늘을 가리키고 있었다.

갑자기 카불로 가고 싶었다. 그곳에서는 이른 봄기운을 느낄 수 있으리라. 힌두 쿠쉬 근처에 자리 잡은 높은 산등성이, 세상의 천장이라 일컬어지는 그곳에서는 지금도 선선한 공기를 느낄 수 있을 것이다.

그는 신발 상자를 탁자 위에 올려놓았다.

"한번 볼까요?"

"나쁠 것도 없겠군요."

그는 상자를 열어 내용물을 하나씩 꺼냈다. 나는 이상하리만큼 그 수가 적다고 생각했다.

'정말 이상하군. 더 많이 있을 것이라 예상했는데…'

기이하게도 내 머릿속을 스쳤던 말은 영어로 된 문장이었다.

"보시다시피 많지 않아요."

목사가 말했다.

"그렇군요."

"눈에 익은 물건이 있습니까?"

나는 탁자 위의 물건들을 하나하나 집어들었다. 열쇠, 손목시계, 너무나 아름다운 장신구, 장갑을 끼고 축구공을 손에 든 한 남자의 사진을 실은 꼬깃꼬깃 접힌 신문기사, 얼룩덜룩한 달러 지폐 몇 장, 선박 회사의 로고가 찍힌 편지지. 그 어느 하나도 노르웨이에서 온 것은 없었다.

하지만 그녀의 이름은 노르웨이 이름이었다. 여권도 있었지만 그 것은 노르웨이 여권이 아니었다. 나는 여권을 열어 사진을 살펴보았 다. 알아볼 수 없을 정도로 낯선 얼굴이었다. 당황스러웠다. 불편하 기도 했다.

"너무나 낯설군요. 하지만 이상한 일은 아니에요. 어머니는 제가 아주 어렸을 때 집을 나갔거든요. 이 사진 속의 여인은 나이가 꽤 많 네요. 제 어머니라고 생각하지는 않습니다."

"어머니가 아닐 가능성도 있지요. 하지만 이걸 보세요."

그는 상자 제일 밑에 있는 유리 액자 하나를 꺼냈다. 액자 속에는 조그마한 사진 세 장이 들어 있었다. 그는 액자를 내 앞으로 밀어주었다. 나는 허리를 굽혀 자세히 살펴보았다. 갑자기 온몸이 감전된 듯 찌릿한 느낌이 스쳤다.

석 장의 사진 중 첫 번째 사진에서는 열세 살 정도로 보이는 소년의 모습이 보였고, 두 번째 사진에서는 소년보다 두 살 정도 어려보이는 소녀의 모습이 보였다. 마지막 사진에서는 조그마한 여자 쌍둥이의 모습을 볼 수 있었다. 양 갈래로 땋은 쌍둥이 머리에는 리본이 묶여 있었다. 나는 사진을 하나씩 차례대로 손에 들고 자세히 살펴보며 생각에 잠겼다.

'이건 우리가 아냐. 틀린 점은 하나도 없지만, 이건 우리가 아냐. 전혀 닮지도 않았어.'

문득 그것은 진짜 사진이 아니라 잡지에서 오려낸 인쇄물이라는 것을 발견했다. 종이 질이 다른 것으로 보아 서로 다른 잡지에서 오려낸 것이 틀림없었다. 나는 지금 무언가에 대해 슬퍼해야 하는가. 나는 꽤 오랫동안 진정으로 슬퍼해본 적이 없다. 어쩌면 바로 지금이 내가 슬퍼해야 하는 때가 아닐까. 하지만 나는 슬프다기보다는 놀라울 뿐이었다. 아니, 놀라움 이상의 형언할 수 없는 느낌이 나를 덮쳤다.

토미에게 전화를 해야겠다고 생각했다. 싱가포르의 노르웨이 기독교 센터 신발 상자 속에 들어 있던 사진, 우리라고 할 수 없는 우리의 사진 석 장을 찾았다고 말이다.

"글쎄요, 이 아이들이 누구인지는 저도 알 길이 없군요."

내 말은 사실이었다.

"어쨌든 유족을 찾아보려 시도는 해보았으니 이걸로 만족해야겠습니다."

목사가 말했다.

"그럼요."

그곳을 나서기 전, 나는 목사의 손을 잡고 맛있는 와플을 잘 먹었다고 말했다. 어렸을 때 이후로는 그토록 맛있는 와플을 맛본 적이 없다고 말하자, 그는 와플과 어린이는 천국에 속한 존재라고 말했다. 이상하게 들리긴 했지만 동시에 웃기기도 했으며, 듣는 사람을 행복하게 해주는 말이었다. 나는 그가 매우 친절하고 호의적인 사람이라고 생각했다.

그는 사람들이 그리스도의 가르침대로만 산다면 내가 카불까지 가지 않아도 될 것이라 말하면서 내 앞날의 행운을 빌어주었다. 내가 그를 힘차게 포옹하자 그의 얼굴은 눈에 띌 정도로 발갛게 달아올랐다.

그는 짙은 색 곱슬머리를 지닌 매우 잘생긴 남자였다. 나보다 열다섯 살 정도는 더 어려 보였다. 그는 너털웃음을 지었다. 나는 그에게 키스를 할까 잠깐 생각해보았지만 그건 도리에 맞지 않는 것 같았다.

교회에서 나와 내리막길을 걸었다. 그에게 손을 흔들어주기 위해 뒤를 돌아보는 순간, 교회 건물이 여느 교회와는 외양이 다르다는 것을 깨달았다. 아시아 사원 같은 분위기가 느껴졌다. 지붕 때문이었을까.

나는 여전히 교회 안에서 보고 들은 것에 놀랐던 마음을 가라앉힐 수가 없었다. 그와 동시에 내 가슴속에는 기쁨과 행복감이 스멀스멀 솟구쳐 오르기 시작했다. 바로 그것이었다. 나는 기쁘기 그지없었다.

그로부터 사흘 후, 나는 비행기를 탔다.

페르 페테르손 Per Petterson, 1952-

노르웨이 오슬로 출생. 막노동꾼으로 생활하다 나중에 도서관 사서, 서점 점원으로 일하면서 소설을 쓰기 시작했다. 1987년 단편소설집 『내 입안에 재, 내 신발 속에 모래』(*Ashes in My Mouth, Sand in My Shoes*)를 발표하면서 작가로 데뷔했다. 2003년 『말 도둑놀이』(*Out Stealing Horses*)로 전 세계의 주목을 받으며 노르웨이의 대표작가가 되었다. 『말 도둑놀이』는 현재 43개국에서 번역 출간되어 100만 부 이상 판매되었으며 『타임』지가 선정한 '2007년 최고의 소설 10편'으로 선정되는 등 많은 문학상을 수상했다. 2008년 노르웨이 비평가상을 수상한 『나는 시간의 강을 저주한다』(*I Curse the River of Time*)를 포함해 지금까지 모두 아홉 편의 작품을 발표했다.

옮긴이 손화수 孫和秀

한국외국어대학교에서 영어를, 오스트리아 잘츠부르크 모차르테움 대학에서 피아노를 공부했다. 1998년 노르웨이로 이주한 후 크빈헤라드 코뮤네 예술학교에서 피아노를 가르쳤다. 2002년부터 노르웨이 문학을 번역하기 시작했다. 2012년에는 노르웨이 번역인협회 회원(MNO)이 되었고 같은 해 노르웨이 국제문학협회(NORLA)에서 수여하는 번역가상을 받았다. 칼 오베 크나우스고르의 『나의 투쟁』 시리즈와 『벌들의 역사』 『부러진 코를 위한 발라드』 『노스트라다무스의 암호』 『파리인간』 『이케아 사장을 납치한 하롤드 영감』 등을 번역했다. 스테인셰르 코뮤네 예술학교에서 가르치고 있으며, 철 따라 찾아오는 노르웨이의 백야와 극야를 벗 삼아 책을 읽고 번역을 하고 있다.

나는 거부한다

지은이 페르 페테르손
옮긴이 손화수
펴낸이 김언호

펴낸곳 (주)도서출판 한길사
등록 1976년 12월 24일 제74호
주소 10881 경기도 파주시 광인사길 37
홈페이지 www.hangilsa.co.kr
전자우편 hangilsa@hangilsa.co.kr
전화 031-955-2000~3 **팩스** 031-955-2005

부사장 박관순 **총괄이사** 김서영 **관리이사** 곽명호
영업이사 이경호 **경영이사** 김관영
편집 백은숙 노유연 김지수 김지연 김대일 김영길
관리 이주환 문주상 이희문 김선희 원선아 **마케팅** 서승아
디자인 창포 031-955-9933
인쇄 예림 **제본** 예림바인딩

제1판 제1쇄 2020년 6월 22일

값 15,500원
ISBN 978-89-356-6341-5 03850

• 이 도서의 국립중앙도서관 출판시도서목록(CIP)은 서지정보유통지원시스템
홈페이지(seoji.nl.go.kr)와
국가자료공동목록시스템(www.nl.go.kr/kolisnet)에서 이용하실 수 있습니다.
(CIP제어번호: CIP2020020472)
• 이 책은 노르웨이 국제문학협회(NORLA)의 지원을 받아 출간했습니다. **N** NORLA